The Mystery Collection

KISS ME WHILE I SLEEP

くちづけは眠りの中で

リンダ・ハワード／加藤洋子 訳

二見文庫

KISS ME WHILE I SLEEP

by

Linda Howard

くちづけは眠りの中で

主要登場人物

リリアン（リリー）・マンスフィールド……CIAの契約エージェント
ルーカス・スウェイン……CIAの諜報員
サルヴァトーレ・ネルヴィ……国際犯罪組織のボス
ロドリゴ・ネルヴィ……サルヴァトーレの長男
ダモーネ・ネルヴィ……サルヴァトーレの次男
ヴィンチェンツォ・ジョルダーノ……医師。サルヴァトーレの旧友
エイヴリル・ジュブラン……引退した契約エージェント。リリーの親友
ティナ・ジュブラン……同右。エイヴリルの妻
ジーア……ジュブラン夫妻の養女
チャールズ・マリー……イギリス政府の職員
ジョルジュ・ブラン……インターポールの職員
フランクリン・ヴィネイ……CIAの作戦本部長

1

パリ

リリーは小首をかしげ、連れの男、サルヴァトーレ・ネルヴィにほほえみかけた。レストランの最上のテーブルの椅子を、給仕長が優雅な手つきで音をたてずに引く。彼女のなかでほんものと言えるのは、このほほえみだけだ。北極の氷とおなじ冷たいブルーの瞳には、はしばみ色のカラーコンタクトであたたかみを添え、ブロンドの髪は深いミンクブラウンに染めて、微妙なハイライトを入れてある。二、三日ごとに根元を染めなおしているから、ブロンドだとばれることはない。サルヴァトーレ・ネルヴィには、デニス・モレルと名乗った。モレル姓はフランスでは一般的だが、無意識に警戒心を抱かせるほどありふれてはいない。サルヴァトーレ・ネルヴィは猜疑心(さいぎしん)の強い男だ。そのおかげで命拾いしたことが何度あったか、本人もいちいち憶えてはいないだろう。しかし、今夜すべてが計画どおりにいけば、自分のペニスに足をすくわれることになる。皮肉なものだ。

でっちあげた生い立ちは、薄皮を二、三枚も剝(は)がされればばれる程度のものだが、準備期間が短かったのでしかたない。サルヴァトーレはそこまで深く探りを入れないだろうし、調査結果が出るまで待てずになにか仕掛けてくるにちがいないとリリーは踏んでいた。通常の任務で偽の経歴が必要な場合、ラングレー、つまり中央情報局（CIA）が準備してくれるが、今回はひとりで動いていたから、かぎられた時間内で最善を尽くすだけだ。サルヴァトーレの長男でありネルヴィ一家のナンバー・ツーでもあるロドリゴは、まだ探りを入れているかもしれない。デニス・モレルなる女が、ほんの数カ月前この世に忽然（こつぜん）と現れたことを突きとめられる前にすべてを終わらせなければならない。

「ああ！」サルヴァトーレは満足げなため息をついて椅子に背をあずけ、彼女にほほえみ返した。五十の坂を越したばかりのハンサムな男だ。艶（つや）やかな黒髪、澄んだ黒い目、魅惑的な口元、古典的イタリア人そのものの風貌だ。若いときの体形を維持することに気を配り、髪には白髪一本ない。自然のままでないとしたら、リリーと同様、彼も修正を施すのが上手だ。

「今夜のきみは、いちだんときれいだ。この台詞（せりふ）、二度めだったかな？」

　サルヴァトーレにはイタリア人に特有の魅力が備わっているが、惜しむらくは冷血な殺し屋だ。その点もリリーとおなじ。まさに好敵手、だが、対等ではない。リリーはそう願っていた。ほんのわずかでも自分が優位に立たねばならない。

「ええ」彼女のまなざしはあくまでやさしい。パリっ子の口調は、長く厳しい訓練で身につけたものだ。「でもうれしいわ。ありがとう」

　レストランの支配人、ムッシュー・デュランがテーブルに近づいてきて慇懃（いんぎん）に頭をさげた。

「またお目にかかれて光栄です、ムッシュー。じつはシャトー・マクシミリアンの八二年物を入手いたしまして、昨日こちらに届きました。ご予約をいただいておりましたから、別にしておきました。お気に召していただけると存じます」

「それはいい！」サルヴァトーレは顔を輝かせた。極上と讃えられた八二年物のボルドーはごくわずかしか残っておらず、そのためプレミアム付きで取引されていた。サルヴァトーレはワイン通で、希少なボトルには金を惜しまなかったが、なによりもワインを愛していた。手に入れたワインを実際に味わい、その口当たりとアロマを詩的な言葉で讃えることを好んだ。笑顔をリリーに向けて言った。「ギリシャの神々をもうならせるワインだ。きみもきっと気に入る」

「それはどうかしら」リリーは落ち着きはらって答えた。「ワインの味はどうしても好きになれないの」これまで折に触れて、ワインを好まないめずらしいフランス女であることを吹聴してきた。悲しいかな味蕾が未発達なのだ、と。リリー本人はワインが好きだが、サルヴァトーレの前ではリリーではなく、デニス・モレルだ。デニスはコーヒーかボトル入りの水しか飲まない。

サルヴァトーレがクスクス笑う。「まあ試してごらん」そうは言いながらも、彼女のためにコーヒーも注文した。

サルヴァトーレとのデートはこれが三度めだった。彼の期待に反し、そっけない態度を取りつづけ、誘いを二度も断った。リスクは承知のうえ、疑いをやわらげるためにはそうする必要があった。サルヴァトーレのまわりにいるのは、彼の関心を引こうとする者ばかりだ。

むげにされることには慣れていない。だからこそ、自分に関心を示さぬ彼女の態度は、サルヴァトーレの好奇心を掻き立てた。権力を握る人間とはえてしてそういうものだ。周囲から関心を示されて当然と思っているから、そうでない人間に惹かれる。それに、リリーはサルヴァトーレの好みに合わせようともしなかった。ワインもしかり。これまでの二度のデートでも、サルヴァトーレは自分が選んだワインをなんとか飲ませようとしたが、リリーはかたくなに拒んだ。サルヴァトーレはこれまで、黙っててもこっちを喜ばそうとする女としか付き合ったことがなかった。リリーのよそよそしさに、好奇心はいやがおうにもくすぐられた。

サルヴァトーレと同席することとさえ、リリーには耐えがたかった。ほほえみかけ、言葉を交わすことも耐えがたく、さりげなく触れられると虫唾が走る。なんとか悲しみを押し殺し、やるべきことに意識を集中していたが、ふとしたとき、怒りと苦痛にわれを忘れ、素手で殴りかかりそうになる。

できることなら撃ち殺してやりたい。でも、サルヴァトーレの身辺警護は万全だった。彼に近寄る前には、かならずボディチェックをされた。最初の二度のデートはパーティの席だったが、参加者全員がボディチェックを受けていた。サルヴァトーレはけっして公道で車に乗りこまず、車を警護下にある屋根付きポーチに着けさせた。無防備な状況では車から降りなかったし、そもそもそういう場所には出向かなかった。誰にも知られることなく外出できるよう、パリの自宅には安全な秘密の出口を設けているにちがいない。そうだとしても、リリーはその出口をまだ突きとめていなかった。

　このレストランはサルヴァトーレの気に入りの場所だ。客を厳選する店で、玄関には覆いがある。予約リストは長くなるいっぽうだが、席が取れるのはごく一部にすぎない。客は居心地のよさと安全に気前よく金を払い、支配人は安全を確保するための努力を惜しまない。通りに面した窓辺にテーブルはなく、花がずらりと並んでいる。ダイニングフロアは数本の煉瓦の柱で区切られ、どの窓からも奥を見通すことはできない。くつろぎと贅沢感を醸すしつらえだ。黒いスーツに身を包んだウェイターたちがテーブルのあいだを行きかい、グラスにワインを注ぎ足し、灰皿を取り替え、パンくずをテーブルから取り除く。客は要望をわざわざ口に出さなくともすべて満たされる。表の通りには、強化スチールのドアと防弾ガラスを装備し、床部分を装甲で覆った車が列をなしている。車中には武装したボディガードがいて、通りに面する建物の窓を監視し、ねずみ一匹見逃しはしない。

　このレストランとそこに集う悪名高き顧客たちを倒せるのは、誘導ミサイルぐらいなものだ。それ以外の方法となると、一か八かの賭け、運を天に任せるしかない。残念ながら、リリーの手元に誘導ミサイルはなかった。

　そろそろボルドーワインが出されるころだ。ボトルにはグラス半分で命を奪えるほど強力な毒が仕込んである。支配人はサルヴァトーレのためにこのワインを手に入れようと苦心惨憺したが、その前にリリーが苦心惨憺してこのワインを手に入れ、支配人の目に留まるよう仕組んだのだ。サルヴァトーレとこの店に食事に来ることがわかった時点で、ボトルが店に届くよう手配した。

サルヴァトーレは、リリーをうまいことおだててワインをともに味わおうとするだろうが、ほんとうの狙いは別にある。

サルヴァトーレがともにしたいのはワインよりベッドだ。でも、今夜もまたがっかりすることになる。リリーの憎悪は激しく、彼のキスや触れてくる手をにこやかに受け入れるだけでせいいっぱいなのだから。それ以上のことは死んでもいやだ。それに、毒が回りはじめるときにそばにいたくはなかった。ドクター・シュペーアの予測が正しければ、口にしてから四時間から八時間で効いてくる。そのあいだになんとか国外に脱出しなければならない。

なにかおかしいとサルヴァトーレが気づいたときには、もう後の祭り。毒はすでに猛威をふるっている。腎臓と肝臓は機能を停止し、そろそろ心臓がやられるころだ。サルヴァトーレは重度の多臓器不全に陥る。それから最期を迎えるまで二、三時間、ことによると丸一日かかるかもしれない。ロドリゴはデニス・モレルを探してフランスじゅうをしらみ潰しに調べるだろうが、彼女は忽然と姿を消している――少なくともしばらくのあいだは。永久に姿を隠すつもりはなかった。

毒殺という手段をいつも使っているわけではない。サルヴァトーレの病的ともいえるほど徹底した警備に対抗するにはそれしかなかった。リリーは毒よりも拳銃を好む。サルヴァトーレを撃てば、その場で自分も撃ち殺されるだろう。それでもよかった。ただ、武器を持ったままサルヴァトーレに近づく方法が見つからなかった。もし単独で行動しているのでなかったなら、あるいは……いや、やはり無理だろう。サルヴァトーレは何度も暗殺されかかり、その教訓を無駄にはしていない。狙撃のプロをもってしても、彼を仕留めることはできない。サルヴァトーレ・ネルヴィを殺すには、毒殺か、周囲の人間も巻きこむ爆殺しかない。ロドリゴや組織の連中を巻き添えにするなら躊躇しないが、サルヴァトーレのまわりには、つねに罪のない一般市民がいる。平然と無差別に人を殺すことは、リリーにはできない。その点がサルヴァトーレとは違う。おそらく唯一の違いだろう。そこを崩してしまっては、正気は保てない。

リリーは三十七歳になっていた。この仕事をはじめたのは十八のときだから、人生の半分以上を暗殺稼業に費やしてきたことになる。腕は超一流、そうでなければこれほど長くやってこられなかった。はじめのころは若さが武器だった。見るからに若く純真な娘に脅威を感じる人間はまずいない。いまでは若さを売り物にはできないが、そのかわりに経験が強みとなっている。でも、その経験のせいで、神経が磨り減ってしまった。ひびの入った卵の殻のように、自分を脆く感じることがある。あとほんの一撃で、ばらばらに砕けてしまいそうだ。

あるいは、とうの昔に砕けているのに、そうと気づいていないだけかもしれない。なにも残っていない、人生は荒涼たる不毛の大地。そんな思いを抱いていた。目の前にあるのはひとつのゴールだけ。サルヴァトーレ・ネルヴィを倒し、その組織を崩壊させること。でも、最初に倒すべきもっとも重要な標的はサルヴァトーレその人だ。リリーが心から愛した人びとを殺せと命じたのは、サルヴァトーレだったのだから。この目的を達成するまで、なにも目に入らない。希望も、笑いも、明るい陽射しも。みずからに課したこの任務を遂行できなければ、生きている意味はない。

かならずやり遂げてみせる。でも、けっして無謀なことはしない。任務を果たすだけでなく、無事に脱出することは、プロとしてのリリーのプライドだ。それに、心の片隅には人並みに希望が棲みついていた。このまま耐え忍べば、いつの日か、心を枯らす痛みがやわらぎ、また喜びを感じられる日が来るのではないか。希望の炎はごく小さいけれど、明るい光を放っていた。苦痛に押し潰されても人がなんとか生きてゆけるのは、希望があるからだ。生きることをあきらめてしまう人が比較的少ないのは、そのおかげなのだろう。

自分がやろうとしていることの困難さは充分にわかっていた。うまくやり遂げたとしても、それで終わりではない。生き延びられたら、今度は足跡を完全に消してしまわねばならない。ネルヴィ暗殺の報を、ワシントンの背広組は喜んで受け止めはしない。ロドリゴばかりか、味方からも追っ手を差し向けられることになる。どちらに捕まっても、結果はおなじだろう。組織の枠からはみだした人間は、ただの消耗品——いままでもそうだったが——というだけでなく、消されるべき存在となる。どう考えても好ましい状況とはいえない。

家に戻ることはできなかった。もっとも、わが家と呼べるものはすでになかった。母親や妹を危険にさらすわけにはいかない。妹の家族ももちろんそうだ。母とも妹とも、この二年ほど話をしていなかった……いえ、違う、最後に母親に電話をかけてからもう四年になる。それとも、五年？　消息は確かめているけれど、母たちが住むのは彼女とは無縁の世界であり、こちらの世界のことなど、母たちに理解できるわけもない。それは厳然たる事実だ。十年近く、家族の誰とも会っていなかった。みんな、あれ〝以前〟の人たちであり、彼女は〝以後〟の世界で生きるしかないのだ。仕事のうえで知り合った友人たちが、家族になった――そして、彼らは殺された。

その事件の裏で、サルヴァトーレ・ネルヴィが糸を引いていたという噂を耳にして以来、たったひとつの目的のために動いてきた。サルヴァトーレに近づき、殺すこと。リリーの仲間を殺させたことを、彼は隠そうともしなかった。逆らうものはただではおかぬ、と見せしめに殺させたのだ。彼は警察を恐れていない。広い人脈のおかげで、司法も彼には手を出せない。フランスのみならずヨーロッパじゅうの国の政府に息のかかった高官がいて、彼にはやりたい放題が許されていた。

気がつくと、サルヴァトーレが話しかけている。リリーがうわの空なので気分を害しているようだ。「ごめんなさい。母のことが気になっていたので。きのう電話があって、家の階段を踏みはずしたんですって。怪我はなかったと本人は言うのだけれど、あすにでも行ってこの目で確かめてこようと思ってます。七十を過ぎているし、歳を取ると骨だって脆くなるから」

母親のことを考えていたのはほんとうだが、そのことを差し引いてもうまい嘘だ。サルヴァトーレは根っからのイタリア人だから母親を崇拝しており、家族を思う気持ちを大切にする。すぐに心配そうな顔になった。「ああ、それは行ってあげなさい。母上はどこにお住まいかな?」

「トゥールーズです」パリから遠く離れた、スペイン国境に近い都市の名をあげた。サルヴァトーレがこの地名を告げるとして、ロドリゴが南に捜索の手を伸ばすあいだ、数時間は時間稼ぎができるだろう。むろんこれが牽制作戦だと、ロドリゴは見抜くかもしれない。どっちに転ぶかは、そのときになってみないとわからない。先を読む人間のそのまた先を読んでもはじまらない。自分の計画に従うだけ、それがうまくいくことを願うだけだ。

「戻るのはいつごろ？」

「あさって。母が元気ならば。でも、もし——」彼女は肩をすくめた。

「そういうことなら、今夜のこの時間を大切にしなければ」熱を帯びた黒い目が、彼の心のうちを雄弁に語っている。

気づかぬふりはしなかった。わずかに身を引き、眉を吊りあげた。「そうね」冷ややかに言う。「どうしようかしら」なにがなんでもあなたと寝たいとは思ってないわ、と彼女の口調が告げている。

そのそっけなさが、彼の気持ちを煽(あお)り立て、熱を帯びた目の色が深くなる。彼女のためいに、青春の日々を思い出しているのかも。子供たちの母親である亡き妻に言い寄っていたころを。その時代、イタリアの娘は貞操をかたくなに守った。いまだにそうなのかもしれないが、国はどこであれ若い娘と接することがないので、リリーにはわからない。

ふたりのウェイターがテーブルにやってきた。ひとりはワインを宝物のように掲げ持ち、もうひとりはリリーのコーヒーを運んできた。リリーはウェイターに笑みで応え、濃厚なクリームを注ぐことに気を取られるふりで、サルヴァトーレのほうを見もしなかった。ウェイターが派手な手つきでワインのコルクを抜き、サルヴァトーレの前に置く。コルクの香りを確かめてもらうためだ。リリーは全神経を、ボトルと、目の前で繰り広げられる儀式に向けていた。ワイン愛好家はたいてい大まじめにこの儀式に取り組むが、これがリリーには理解できない。さっさとグラスに注いで口に運べばいいのに。コルクの香りなんて、嗅ぎたくもない。

サルヴァトーレがうなずくと、ウェイターは厳かな面持ちで、周囲の視線を意識しながらサルヴァトーレのグラスに赤ワインを注いだ。サルヴァトーレがグラスを回し、香りを楽しみ、ひと口味わうあいだ、リリーは息を詰めていた。「おお!」サルヴァトーレは幸せそうに目を閉じた。「すばらしい」

ウェイターは自分の手柄であるかのようにお辞儀すると、ボトルを置いてさがった。

「これは味わってみるべきだ」サルヴァトーレが言う。

「ワインが無駄になるわ」リリーはコーヒーを口に含む。「わたしにはこちらのほうがすばらしい味ですもの。ワインなんて!」

「だが、こいつを飲めば、きみの考えも変わるよ。まちがいない」

「いままでにもさんざんそう言われてきました。でも、そうはならなかった」

「ほんのひと口、舐めるだけでいい」サルヴァトーレがなだめにかかる。その目に、はじめて怒りの炎が揺らめいた。彼はサルヴァトーレ・ネルヴィであり、拒絶されることには慣れていない。とりわけ相手が、彼の目に留まるという栄誉を与えられた女ならなおのこと。

「ワインは好きになれなくて――」

「だが、このワインは試したことがないだろう」ボトルをつかみ、別のグラスに注いでリリーに差しだす。「天にも昇るような心地になる。そうならなかったら、二度とワインは勧めない。約束しよう」

勧められるわけがない。彼は死ぬのだから。それは彼女もおなじだ。もしワインを飲んでしまったなら。

彼女が頭を振ると、サルヴァトーレの怒りの炎に油が注がれた。ドンと大きな音をたててボトルをテーブルに置く。「わたしの頼みが聞けないというのか」リリーを睨みつける。「それならなぜこの席にいる？　これ以上付き合ってくれなくてけっこう、今夜はこれでお開きとしようじゃないか、ええ？」

彼女が望むのはただひとつ――サルヴァトーレがもっとワインを飲んでくれること。たったひと口では期待どおりの効きめが出るとは思えない。毒はひじょうに強力だし、サルヴァトーレぐらいの体格の人間を数人殺すに足るほどの量をコルクから注入しておいた。もし彼が怒って席を立ってしまったら？　ワインを持ち帰るだろうか、それともテーブルに残したまま席を蹴って出ていく？　これほど高価なワインが捨てられるはずがない。ほかの客が飲むか従業員が分け合うだろう。

「いいわ」彼女はグラスを取った。ためらうことなく口元へ運び、傾けた。閉じたままの唇をワインが洗ったが、一滴たりとも飲みこまなかった。この毒は皮膚からも吸収される？ おそらく。取り扱うときにはゴム手袋をはめろ、とドクター・シュペーアは言っていた。事態はひじょうに興味深い方向へと向かっていた。予想外の展開だが、ほかに道はなかった。ボトルを床に落とすこともできない。片づけをする従業員が確実にワインに触れてしまう。

そう思うと体に震えが走ったが、抑えようとはしなかった。さっとグラスを置き、ナプキンで唇を押さえ、濡れた部分にうっかり触れてしまわないようナプキンを丁寧にたたんだ。

「どうだね？」サルヴァトーレがせっかちに尋ねる。リリーの体の震えに気づいたはずなのに。

「腐ったブドウ」彼女はまた体を震わせた。

彼はびっくり仰天したようだ。「腐った――？」これほどすばらしいワインを好きになれない人間がいるなんて、信じられないのだ。

「ええ。もとはそうでしょ。腐ったブドウ。これでご満足？」目に怒りをちらつかせる。

「無理強いされるのは嫌いなの」

「そんなつもりは――」

「なさったわ。もう会わないと脅したじゃありませんか」

サルヴァトーレは時間稼ぎにもうひと口ワインを飲んだ。それからおもむろに言った。

「すまなかった。慣れていないものだから、その――」

「『ノー』と言われることに？」サルヴァトーレに倣(なら)ってリリーはコーヒーを飲む。カフェインは毒の進行を早める？　それともコーヒーに入れたクリームが進行を遅らせてくれる？　サルヴァトーレの頭に銃弾をぶちこむためなら、どんな犠牲も払う覚悟だったはず。犠牲を払うことにかわりはないでしょ？　リスクを最小限にするためできるだけのことはしたが、それでもリスクは残る。ただ、おなじ死ぬのでも、毒で死ぬのはあまりうれしくない。

サルヴァトーレはがっしりとした肩をすくめ、訴えるような目で彼女を見た。「そのとおり」彼は言い、伝説にもなっている魅力の一端を覗かせた。その気になればとても魅力的になれる男だ。その正体を知らなければ、リリーも騙されていただろう。親しい友ふたりとその養女が眠る三つの墓の前に立つことがなければ、達観していただろう。この仕事をつづけるかぎり、死と隣り合わせでいるのだから、と。エイヴリルとティナは、リリーと同様、この世界に足を踏み入れたときからリスクは覚悟していたはずだ。でも、十三歳のジーアにはなんの罪もない。リリーにはジーアを忘れることはできなかった。許すことはできなかった。達観などできるはずもない。

三時間後、くつろいだ雰囲気で食事は終わり、ボトルの中身はすべてサルヴァトーレの胃におさまり、ふたりは席を立った。真夜中を回ったところで、十一月の夜空から舞い落ちた雪は、濡れた舗道に触れると融けた。リリーは吐き気を覚えていたが、それは毒のせいというより激しい緊張のせいだった。毒の効果を感じるまでには、三時間以上かかるはずだ。

「なにか体に合わないものを食べたみたい」車に乗りこんで、リリーは言った。

サルヴァトーレはうなった。「わたしと一緒に家に来たくないならそう言えばいい。へたな嘘はつくな」

「嘘じゃありません」鋭く切り返す。サルヴァトーレは窓外を流れるパリの灯りに目をやった。彼がボトルを空けたことは喜ばしいことだ。これで彼女をものにするという望みは潰えたのだから。

リリーはクッションに頭をもたせかけて目を閉じた。違う、緊張のせいじゃない。吐き気は強まるいっぽうで、喉の奥にこみあげてくるものを感じた。「車を停めて、吐きそうなの！」

運転手がブレーキを踏みこみ——とっさの場合、訓練で身につけたものより本能が反応するのだから、おかしなものだ——リリーはタイヤが回転を止めるのも待たずドアを開け、身を乗りだして側溝に吐いた。サルヴァトーレの手が背中と腕に伸びてきて、体を支えようとしてくれた。もっとも、どこから弾が飛んでくるかわからないから、車から体を出すようなことはしない。

胃の中身をすっかり吐いてしまうと、リリーはシートにぐったりと体を沈め、サルヴァトーレが無言で差しだしたハンカチで口元をぬぐった。「ごめんなさい」震える声の弱々しさに、われながらショックを受けた。

「謝らなければならないのは、わたしのほうだ。ほんとうに具合が悪いとは思わなかった。医者に連れていこうか？　わたしの主治医を呼んで——」

「いいえ、もう楽になりましたから」それは嘘だ。「どうかうちまで送ってください」

サルヴァトーレは気遣いを示し、翌朝いちばんに電話をかけると約束してうちまで送ってくれた。運転手がフラットの前に車を停めると、リリーはサルヴァトーレの手を軽く叩いた。

「ええ、あす、電話をくださいね。でも、おやすみのキスはおあずけ。悪いウィルスに感染しているかもしれないから」うまい言い訳をしてコートを掻き寄せ、降りしきる雪のなか、ドアへと急いだ。車が動きだしても振り返りはしなかった。

なんとか部屋に戻ると、そのままソファに倒れこんだ。計画どおり荷物をまとめて空港に向かうのはとても無理だ。でも、これでよかったのかも。自分の身を危険にさらすことで疑いを逸らせる。彼女も毒に侵されたのだから、ロドリゴも疑惑は持たないだろうし、回復してから彼女がどうなったかなど、気にもとめないはずだ。

でも、それは回復しての話。

とても安らいだ気分で彼女は待った。それがなんであれ、来るべきものが来るのを。

2

翌朝の九時すぎ、部屋のドアが蹴破られた。男が三人、銃を構えて入ってきた。リリーは頭を起こそうとして低いうめき声をあげ、絨毯(じゅうたん)に頭を戻した。磨きぬかれた木の床に敷かれた絨毯に。

男たちの顔が目の前を泳ぐ。ひとりがかたわらに膝を突き、荒っぽい手つきで彼女の顔を自分のほうに向けさせた。目をしばたたいて焦点を合わせる。ロドリゴ。唾を呑みこみ、片手を差し伸べた。無言で助けを求めて。

演技ではない。夜はあまりに長く、つらかった。何度も吐き、熱と寒気がかわるがわる襲ってきた。胃袋を切り裂かれるような鋭い痛みに体を丸め、めそめそと泣いた。あのときは致死量を摂取してしまったにちがいないと思ったが、痛みはやわらいでいるようだ。でも、衰弱と吐き気がひどく、床からソファへと体をあげることはおろか、助けを求める電話をかけることすらできなかった。夜のあいだに一度、なんとか受話器を取ろうとしたが、時すでに遅し、手を伸ばすこともできなかった。

ロドリゴはイタリア語で悪態をつき、銃をホルスターに戻し、部下に命令を発した。

リリーは体力を振り絞ってなんとかつぶやいた。「どうか……近づかないで。たぶん……なにかに感染したんだと思う」

「いや」ロドリゴがみごとなフランス語で言った。「感染などしていない」やがてやわらかな毛布がかけられた。ロドリゴが手際よく毛布で彼女の体をくるみ、軽々と抱きあげて立ちあがった。

彼はフラットを出ると裏手の階段をおり、エンジンをかけたままの車が待つ裏口に向かった。彼の姿を見ると、運転手が飛びだしてきて後部シートのドアを開けた。

リリーは車に放りこまれ、ロドリゴと男のひとりにはさまれて座った。頭を背もたれにもたせ目を閉じると、またしても鋭い痛みに胃袋を切り裂かれ、うめき声を洩らした。まっすぐに起きていることができず、ずるずると横に倒れた。ロドリゴは不機嫌な声をあげたが、脇にずれて、彼女がもたれかかる場所を空けてくれた。

意識の大部分は肉体的苦痛に占領されていたが、脳みそのごく一部は切り離されたまま、冷静に事態を把握していた。まだ森を抜けてではいない。苦痛の森も、ロドリゴという森も。彼はいまのところ判断を保留にしている。だが安心はできない。治療のためにどこかへ連れていこうとしているのだろうか――そうであってほしい。殺して死体を捨てるためではないだろう。それなら、フラットで殺してそのまま立ち去ればいい。はるかに面倒がない。彼女を連れだすところを見ていた人がいたかどうか。裏口を使ったが、人に見られた可能性は高い。見られてもかまわないと思っているのだろう。たいした問題ではないと。サルヴァトーレは死んだか、死にかけているはずで、いまやロドリゴがネルヴィ一家の長だ。つまり、経済的にも政治的にも大きな力を受け継いだということ。サルヴァトーレの息のかかった人間は多い。

車がたどる道筋を憶えておくため目を開いておこうとするのだが、じきにまぶたが垂れてくる。そのうち、どうとでもなれ、という気になって努力するのをやめた。ロドリゴにどこに連れていかれようとも、できることはなにもない。

車内は静まり返っていた。無駄口を叩く者はいない。空気は重く張りつめている。悲しみのせいだろうか、それとも不安、怒り？　誰もなにも言わないのだから、判断のしようがない。車外を往来する車の音すら小さくなってゆき、やがてなにも聞こえなくなった。

車が近づくとゲートがするすると開き、運転手のタデオが白のメルセデスを滑りこませた。両側にはほんの数インチの隙間しかない。柱廊式玄関(ポーチコ)に車を着けると、タデオは飛び降りて後部シートのドアを開けた。ロドリゴはそこではじめて、デニス・モレルの体を仰向かせた。頭が後ろに垂れ、意識を失っている。顔色は練り粉のような黄味を帯びた白色で、目は反転し、その体からは臭いが立ち昇っていた——父の体から臭っていたのとおなじものだ。

悲しみをこらえようとすると胃袋がぎゅっとなった。いまだに信じられない——サルヴァトーレが死んだなんて。だが、たしかに父は死んだ。そのことはまだ外部に洩れていないが、時間の問題だ。悲しみに浸る贅沢は許されない。早急に手を打つ必要がある。商売敵がジャッカルの群れのごとく襲いかかってくる前に、足元を固め、権力を手中におさめなければ。

サルヴァトーレはキノコの毒にやられたようだ、と主治医に言われると、ロドリゴはすぐに動いた。手下三人をレストランにやり、ムッシュー・デュランを家に連れてこさせた。そのあいだに、彼自身は、ランベルトとチェーザレを引き連れ、タデオが運転する車でデニス・モレルを探しに出掛けた。父が倒れる前、最後に会っていたのが彼女だし、毒は女が用いる武器だ。直接手を下さずにすむが不確実で、推測や偶然に拠るところ大の女の武器。今度ばかりはその武器が効力を発揮した。

だが、彼女は父をその手で殺しておきながら、国外に脱出するかわりにみずからも毒を呷ったというのか。まさか彼女がフラットにいるとは思っていなかった。怪我をした母を見舞いにトゥールーズに行くとサルヴァトーレには言っていたそうだから。ロドリゴはそれを逃げ口上と受け取ったが、どうやら思い違いだったようだ——というより、思い違いの可能性が高いので、あの場で彼女を撃ち殺さなかったのだ。

車を降り、両手を彼女の腋の下に差しこんで引きずりおろした。タデオの手を借り、腕を彼女の膝の下に入れて胸に抱きかかえる。一七〇センチ弱と中背だがほっそりしている。意識を失っているせいで全体重がかかってきたが、彼は難なく運びこんだ。

「ドクター・ジョルダーノはまだいるのか？」彼が尋ねると、います、という返事が戻ってきた。「話があると伝えてくれ」そのまま彼女を二階の客用寝室のひとつに運んだ。彼女のためには病院に運びこむほうがよかったのだろうが、ロドリゴは質問に答える気分ではなかった。警察というのは、なんでも杓子定規にやろうとするから苛々させられる。彼女が死んだらそれはそれでしかたない。できるかぎりのことをするまでだ。ヴィンチェンツォ・ジョルダーノは、いまでは患者を診ることはせず、サルヴァトーレがパリ郊外に設立した研究所にこもりっきりとはいえ、ほんものの医者だ——だが、サルヴァトーレがもっと早くに助けを求め、病院に運べと命じていたなら、命を失わずにすんだかもしれない。もっとも、ドクター・ジョルダーノを呼びにやらせた父の判断にロドリゴは異を唱えなかったし、納得してもいた。生死に関わる場合、秘密厳守が鉄則だ。

デニスをベッドに横たえ、じっと見下ろす。この女に、父はなぜあれほど夢中になったのだろう。サルヴァトーレに女を見る目がないというのではない。だが、この女はごく平凡だ。いまの姿は見られたものではない。髪の毛にはこしがなく、もつれ放題、顔色ときたらまるで死体のそれだ。めかしこんでいるときですら、美人とは言えない。顔は細すぎて潤いに欠け、そのうえちょっと出っ歯だ。もっともそのせいで上唇がふくよかに見え、彼女の顔に唯一の魅力を添えている。

パリにはデニス・モレルよりも美人でセンスのよい女は掃いて捨てるほどいるというのに、サルヴァトーレはこの女にのぼせあがり、経歴調べがすっかり終わるのを待てずに言い寄った。驚いたことに、彼女は二度も誘いを断り、サルヴァトーレはそのせいで取り憑かれたようになった。彼女に夢中になるあまり、いつもの警戒が緩んだのだろうか？　つまり、この女は、間接的にだが父の死に責任があるのか？

その可能性があるというだけで彼女を絞め殺したくなるほど、ロドリゴの悲しみと怒りは強かったが、そういった感情の奥から冷静な声が告げていた。毒殺者につながるなにかを、彼女は知っているかもしれない、と。

犯人を見つけだし、消さねばならない――それが女であっても。復讐を遂げられなければ、ネルヴィ一家の名折れ、彼の評判にも傷がつく。サルヴァトーレの後継者となったばかりのいま、その能力や決断力に微塵の疑いも抱かれてはならない。敵を探しだすのだ。困ったことに、サルヴァトーレを殺したがっていた者はそれこそ星の数ほどいた。死と金が絡んでくると、全世界が敵だ。デニスも毒を盛られているのだから、犯人は嫉妬に狂った父の元愛人という可能性もある――あるいは、デニスの昔の恋人のひとりとか。

ドクター・ヴィンチェンツォ・ジョルダーノが、開いたままのドアの枠を礼儀正しく叩いてから入ってきた。ロドリゴはちらりと目をやった。憔悴しきった顔をしている。いつもはきれいに撫でつけられているごま塩頭は、掻きむしったかのように乱れていた。この優秀な医者は父の幼なじみで、ほんの二時間前、サルヴァトーレが逝くと身も世もなく泣き崩れた。

「なぜこの女も死ななかったのかな」ロドリゴはベッドの女を指差し、尋ねた。

ヴィンチェンツォはデニスの脈を取り、心音を聞いた。「いつ死んでもおかしくない」そう言うと、げっそりした顔を撫でた。「脈は速すぎるし、微弱だ。だが、おそらく彼女は、父上ほど多量に毒を摂取していないのだろう」

「やはりキノコの毒だと思っているのか?」

「キノコの毒のように見えると言ったのだ――症状はひじょうによく似ている。ただし、違う部分もある。ひとつは毒が回るスピード。サルヴァトーレは大柄で壮健だった。ゆうべ、一時近くに帰宅したときにはどこもなんともなかった。それから六時間後に亡くなった。キノコの毒は効きめがもっとゆっくりだ。猛毒のものでも、命を奪うまでには二日ほどかかる。症状は酷似しているが、スピードが違う」

「シアン化物かストリキニーネでは?」

「ストリキニーネではない。症状が違う。それに、シアン化物だったら数分のうちに死ぬ。痙攣を起こしてね。サルヴァトーレは痙攣を起こしていない。砒素の毒による症状に似たところもあるが、違う部分も多いのでその可能性は除外できる」

「なにが使われたのか、確実に知る方法はないのか?」

ヴィンチェンツォはため息をついた。「毒だと断定もできんのだ。ウィルスの毒という可能性もある。その場合、われわれはみな感染している」

「だったら、父の車の運転手がなんともないのはなぜだ? 人を数時間で死に至らしめるウイルスなら、運転手もいまごろ倒れているはずだ」

「可能性もある、と言ったのであって、そうだとは言っていない。調べることはできる。きみの承諾を得て、サルヴァトーレの肝臓と腎臓を検査する。彼の血液の分析結果と比較してみよう、こちらの……名前はなんといったかね?」

「デニス・モレル」

「ああ、そう、思い出した。あいつが話してくれた」ヴィンチェンツォの黒い目が悲しみに翳る。「恋に落ちたんだな」

「まさか。じきに飽きていただろうさ。いつもそうだった」ロドリゴは考えをはっきりさせようとして、頭を振った。「いいかげんうんざりだ。それで、この女の命は救えるのか?」

「いや。生き延びるかもしれんし、だめかもしれん。わたしにできることはなにもないよ」

分析に回す血液を採取するヴィンチェンツォを部屋に残し、ロドリゴは地下室へおりていった。手下がムッシュー・デュランを監禁している部屋だ。

レストランの支配人は鼻から血を滴らせ、ぐったりとしていた。だが、手下がパンチを食らわせたのは顔より胴体のほうで、外から見えない部分がそうとうな痛手をこうむっているはずだ。

「ムッシュー・ネルヴィ!」ロドリゴの姿を見ると、支配人はしゃがれ声をあげ、ほっとして泣きだした。「なにが起きたのか知りませんが、わたしはいっさい関係ありません。誓ってほんとうです」

ロドリゴは椅子を引っぱってきてムッシュー・デュランの前に置き、腰をおろして寄りかかり、長い脚を組んだ。「ゆうべ、親父があんたの店で食べたものが体に合わなかったようだ」控えめな言いまわしだ。

フランス人の顔に当惑と驚きの表情がよぎった。ロドリゴには彼の思いが手に取るようにわかった。サルヴァトーレ・ネルヴィが食あたりしたせいで、叩きのめされたというのか？「だったら──その」ムッシュー・デュランがまくしたてる。「代金はお返ししますよ、もちろん、そうおっしゃっていただきさえすれば」それから、思いきって付け加えた。「なにもこんなことしなくても」

「親父はマッシュルームを食べたか？」ロドリゴが尋ねた。

また当惑の表情が浮かんだ。「食べていないことはご当人がご存じのはず。チキンのワインソース煮アスパラガス添えを注文されて、マドモアゼル・モレルはヒラメを。いいえ、マッシュルームは出しておりません」

部屋にはサルヴァトーレの専属運転手、フロンテもいた。彼が屈みこんで耳打ちすると、ロドリゴはうなずいた。

「フロンテが言うには、レストランを出るとじきに、マドモアゼル・モレルの気分が悪くなったそうだ」つまり、彼女が先に毒にやられたのか、とロドリゴは思った。仕込まれた毒を最初に食べたのは彼女だったのか？　それとも、彼女のほうが体重が軽いから、先に毒が回ったのか？

「うちの料理のせいではありませんよ、ムッシュー」デュランはむっとしている。「ほかのお客さまで気分を悪くされた方はいませんでしたし、苦情も出ていません。ヒラメの鮮度は落ちていなかったし、たとえそうだったとしても、ムッシュー・ネルヴィは口にされませんでした」

「ふたりが分け合って食べたものは?」

「ありません」ムッシュー・デュランが即答する。「パンを別にすれば。でも、マドモアゼル・モレルがパンを食べるのを、わたしは見ていません。ムッシューはワインを飲まれました。ボルドーの逸品です。シャトー・マクシミリアンの八二年物。マドモアゼルはいつものようにコーヒーを。ムッシューがなんとか彼女を説き伏せて、ワインの味見をさせましたが、お気に召さなかったようで」

「つまり、ふたりともワインを飲んだんだな」

「彼女は舐める程度です。いまも申しあげましたように、お口に合わなかったようで。マドモアゼルはワインを召しあがらないので」デュランのいかにもフランス人らしい肩のすくめ方がこう言っている。そんな変人がいるなんて、わたしには理解できませんがね。

だが、ゆうべ、彼女はワインを口にした。舐める程度だったにせよ。それだけで命を脅かされるほどの猛毒ということか?

「ワインは残っているのか?」

「いいえ、ムッシュー・ネルヴィがすべてお飲みになりました」

いつものことだ。サルヴァトーレは酒が強い。イタリア人で彼にかなう者はまずいない。

「ボトルは。まだ店にあるのか?」

「ゴミ容器に入っているはずです。店の裏の」

ロドリゴは、ボルドーの空ボトルを探してこい、とふたりの手下に命じ、ムッシュー・デユランに顔を戻した。「さて、それじゃ、あんたにはここに留まってもらう」――おもしろみのまったくない笑みを送る――「ボトルと底に残った滓の分析が終わるまで」

「でも、それには――」

「そう、数日かかる。わかってもらえると思うが」ヴィンチェンツォのことだから、もっと早くに分析結果を出してくれるだろうが、やってみないことにはわからない。

ムッシュー・デュランが口ごもりつつ言った。「お父上は……それほどお悪いのですか？」

「いや」ロドリゴは立ちあがった。「亡くなった」その言葉に、またしても心臓を射抜かれた。


翌日、リリーは自分が生き延びたことを知った。ドクター・ジョルダーノがおなじ判断を下したのは、その二日後だった。ベッドを出て待望の風呂に浸かれるほどに元気を回復するには、丸三日が必要だった。脚が震えるので、バスルームまで家具につかまり、伝い歩きで行かねばならなかった。頭はくらくらするし、視界はまだ少しぼやけていたが、最悪の時期が過ぎ去ったことはわかった。

意識を失うまいと必死に闘ってきた。痛みをやわらげよく眠れるようにと、ドクター・ジョルダーノが処方した薬を断った。ネルヴィ一家の屋敷と思われる場所に運びこまれるあいだ意識を失ってしまったが、薬で眠るわけにはいかない。いくら流暢なフランス語を操るとはいえ、母国語ではない。鎮静剤で意識がもうろうとしているときに、アメリカ英語がぽろっと出てこないともかぎらない。眠っているあいだに死んでしまうのが怖いし、長く目覚めていればそれだけ毒と闘える気がするから薬は飲みたくないのだ、と嘘の言い訳をした。ドクターに言わせれば妄信にすぎないが、彼女の意思を尊重し、薬を飲むことを無理強いしなかった。病の回復には、肉体の状態より精神状態が大きく作用するのだから。

贅沢なしつらえの大理石のバスルームから、ふらつく足でそろそろと出ていくと、ロドリゴがベッド脇の椅子に座って待っていた。タートルネックのセーターからズボンまで黒ずくめのロドリゴは、白とクリーム色を基調としたベッドルームではいかにも不吉に見える。

全身の神経が一瞬にして張りつめた。ロドリゴはサルヴァトーレのようなわけにはいかない。狡猾さではサルヴァトーレもいい勝負だったが、ロドリゴのほうが頭が切れるし、タフだし、もっと悪知恵が働く——ひと筋縄ではいかないということだ。それに、サルヴァトーレは彼女に魅了されていたが、ロドリゴは違う。サルヴァトーレにとって彼女は自分より若い女、口説き落とす対象だったが、ロドリゴは彼女より三歳も年下で、口説く相手はほかにごまんといた。

リリーは、前日にフラットから持ってきてもらった自分のパジャマの上から、バスルームに掛かっていた厚手のパイル地のローブを羽織っていた。体を充分に包んでいることで、安心感を覚える。ロドリゴは、女ならその存在を意識せずにいられぬ、強烈なセックスアピールを持った男だ。嫌悪感に鳥肌が立つほど彼のことをよく知ってはいても、男としての魅力はあらがいがたいものだ。サルヴァトーレが犯した罪の大半に、彼は無関係ではないが、リリーを復讐に駆り立てた殺人事件には関わっていない。ちょうどそのころ、彼は南アメリカにいた。

なんとかベッドまで行くと、足元の支柱のひとつにしがみついて腰をおろした。ぐっと感情を抑えて言った。「あなたは命の恩人だわ」声は細く弱々しかった。彼女自身、細く弱々しい。身を守る術もない。

彼が肩をすくめた。「あいにくだが、違う。ヴィンチェンツォ——つまり、ドクター・ジョルダーノ——が言うには、手のほどこしようがなかった。あんたは自力で回復したんだ。もっとも無傷というわけにはいかなかった。心臓の弁だったか、彼はそう言っていた」

すでに知っていた。その朝、ドクター・ジョルダーノの口からそう告げられた。リスクを負ったときに、そうなる覚悟はできていた。

「肝臓のほうは回復するそうだ。顔色がもうだいぶよくなっている」

「なにが起きたのか誰も話してくれないの。わたしが具合を悪くしたこと、どうしてわかったの？　サルヴァトーレも具合が悪くなったの？」

「ああ。父は回復しなかった」

「そんな、まさか」それ以上の反応を期待されているとわかったから、エイヴリルとティナのことを考えた。ジーアのことを考えた。思春期の女の子特有のひょろっとした体、明るくて人なつっこい顔、ノンストップのおしゃべり。ああ、ジーアに会いたい。胸の真ん中がキリキリと痛み、涙が溢れたので、頬に流れるままにした。

「毒だ」ロドリゴの表情も口調も、まるで天気の話をするように穏やかだった。彼女は騙されない。怒り狂っているはずだ。「父が飲んだワインのボトルに仕込まれていた。特別に調合された毒で、ひじょうに強力だ。症状が現れたときにはすでに手遅れ。あの店のムッシュー・デュランが言うには、あんたも味見したそうだな」

「ええ、ほんのひと口」リリーは頰の涙をぬぐった。「ワインは嫌いなんだけど、サルヴァトーレがぜひにとおっしゃるから、それで、その……ほんのひと口いただいたわ、彼を喜ばせたくて。いやな味だった」

「あんたは運がよかった。ヴィンチェンツォが言うには、毒はひじょうに強力だから、あとほんの少しでもよけいに飲んでいれば、あんたも死んでたそうだ」

　苦痛と吐き気を思い出し、リリーは身震いした。実際には唇に触れただけで、一滴も飲みこんでいなかったのに、あれほどひどい気分になったのだ。「誰のしわざ？　あのワインは、誰の口に入ってもおかしくなかった。無差別に人を殺すテロリスト？」

「狙いは父だったとおれは思う。父のワイン好きは有名だ。シャトー・マクシミリアンの八二年物はめったに出回らない。ところが、父が予約を入れた前日に、どこからともなく現れてムッシュー・デュランの手に入った」

「でも、ほかの客に勧めていたかもしれないじゃない」

「そんな希少なワインを父にではなくほかの客に出したことがあとでばれて、父を怒らせるような危険を冒すと思うか？　いや。つまりだ、毒殺者はムッシュー・デュランや彼の店のこと、客筋のことまでよく知っている人間だ」

「でも、どうやったの？　わたしたちの目の前でコルクが抜かれたのよ。ワインにどうやって毒を仕込んだの？」

「おそらく極細の注射針でコルクから毒を注入したのだろう。刺したことが目で見てもわからないぐらいのな。あるいは一度コルクを抜いて、封をしなおしたか。そういう装置があれば可能だ。ムッシュー・デュランや給仕したウェイターが共犯だとはおれは思わない。本人たちはさぞほっとするだろうがな」

長いことベッドから出ていたので、リリーの弱った体は震えていた。全身を震わす彼女にロドリゴが気づき、立ちあがりながら言った。「完全に回復するまでここにいるといい。必要なものがあれば言ってくれ」

「ありがとう」生涯で最大の嘘を彼女は口にした。「ロドリゴ、お父さまのこと、心からお悔やみ申しあげます。彼は……その、つまり――」極悪な人殺しの最低野郎。でも、いまは死んでしまった極悪な人殺しの最低野郎。ジーアの幼い顔を思い出しながら、涙をもうひと粒搾りだした。

「お悔やみをありがとう」彼は無表情に言い、出ていった。

勝利のダンスは踊らなかった。そんな元気はなかったし、部屋に隠しカメラが設置してあることぐらいわかっている。だからベッドに入り、元気を回復するための眠りに逃げこもうとした。でも勝利の喜びは大きすぎて、とても眠る気になれない。

任務はほぼ完了した。あとは、デニス・モレルなる女が実在しないことをロドリゴが嗅ぎつける前に、姿を消すだけだ。

3

二日後、ロドリゴと弟のダモーネは、イタリアの生まれ故郷にいた。目の前には両親の墓がある。母と父は生前そうであったように、死んでからも並んで眠っている。サルヴァトーレの墓を覆いつくす花のいくつかを、ロドリゴとダモーネは母の墓に移した。

気温は低いが空は晴れあがり、微風が吹いていた。ダモーネはポケットに手を突っこみ、青空を見上げた。ハンサムな顔は悲しみに曇っている。「これからどうするんだ?」

「犯人を見つけだして殺す」ロドリゴはためらうことなく言った。墓に背を向け、並んで歩きだす。「親父の死を公表する。これ以上伏せておくわけにはいかない。知らせを聞いて不安がる者もいるだろう。おれが跡を継ぐと、いままでの取決めはどうなるのかと心配して。そっちのほうもうまくやらなきゃならない。収入の一部を失うことになるかもしれないが、補えないことはない。損失が出たとしても短期だ。ワクチンのあがりで補塡できる。いや、おつりがくるぐらいだ。たんまりとな」

ダモーネが言う。「ヴィンチェンツォは遅れを取り戻したのか?」彼は実務家だ。スイスに設けた本部にいて、財政をほぼ取り仕切っていた。

「こっちの期待していたほどではないが、研究は進んでいる。夏までには完成させると言っている」

「だったら、おれの期待以上ってことだ。あれだけの損失を考えれば」研究所で起きた事故で、ヴィンチェンツォが進めていたプロジェクトは甚大な被害をこうむったのだ。

「彼もその部下たちも、毎日遅くまで仕事をしている」予定より遅れていることがロドリゴの耳に届けば、さらに遅くまで働くことになるだろう。ワクチンの重要性を考えれば、ヴィンチェンツォとしても締め切りを守らざるをえない。

「逐一報告してくれ」ダモーネが言う。身の安全を考えれば、兄弟がふたたび顔を合わせるのは、毒殺者が捕まってからになる。それはたがいに了解していた。振り返って新しい墓を見やる彼の黒い目は、悲しみと怒りに満ちている。気持ちはロドリゴもおなじだ。「いままでも信じられない」ダモーネがぼそりと言った。

「おれもだ」兄弟は感情もあらわに抱き合い、別々の車に乗りこんで私設飛行場に向かった。そこでまた別々の私有ジェットに乗ってそれぞれの家に戻る。ロドリゴは弟の存在に慰められていた。両親が亡くなったいま、ただひとりの肉親だ。ひさしぶりの再会がこんな悲しい場面ではあっても、そばにいてくれれば心が安らぐ。ふたりはこれから別々の帝国に戻る。つながってはいても別の世界だ。ダモーネは金の管理を、ロドリゴは父親を殺した犯人を見つけだし、復讐を果たす。彼がどんな手を打とうと、ダモーネは支持してくれるはずだ。

だが、実のところ、サルヴァトーレ殺しの犯人探しは少しの進展もみていなかった。ヴィンチェンツォがいまも毒の分析を行なっており、結果が出れば出所も特定できるだろう。商売敵の動向には目を光らせていた。サルヴァトーレの死を知っているような動きは見せていないか、仕事のやり方にいままでと違うところはないか。敵対関係にある組織の仕業と考えるのが妥当だろうが、ロドリゴは疑いの目を向ける相手をそんなふうに狭めはしない。組織内部の者の犯行かもしれないし、政府の人間ということも考えられる。サルヴァトーレはたくさんの〝パイ〟に手をつけていた。誰かが欲を出し、〝パイ〟をそっくり丸ごと自分のものにしようとしたのかもしれない。誰の仕業にせよ、見つけだしてみせる。

「マドモアゼル・モレルを自宅に送り届けろ」彼女の滞在が一週間を過ぎたころ、ロドリゴはタデオに命じた。彼女もいまではしっかりと歩けるようになり、めったにベッドルームから出ないとはいえ、おなじ屋根の下に他人がいるのは落ち着かなかった。地位固めに忙しいし——困ったことに、彼を父親と同等とはみなさない人間がふたりほどいて、権力の座から引きずりおろそうとしたため、殺さざるをえなくなった——それに、他人にうっかり見られたり聞かれたりしてはまずいこともいろいろある。家がまたもとの完全な安息所に戻れば、もっとくつろげるだろう。

すぐに車の用意ができ、女とその荷物が積みこまれた。タデオがフランス女を乗せて去ると、ロドリゴはサルヴァトーレの書斎——いまでは彼の書斎——に入り、サルヴァトーレ愛用の彫刻を施した巨大なデスクに向かった。レストランのゴミ容器から回収してきたワインボトルの滓の分析が終わり、ヴィンチェンツォが作成した報告書が目の前にある。受け取ったときに目を通していたが、いままたそれを取りあげ、細部まで見落としがないようじっくりと読んだ。

ヴィンチェンツォの分析では、毒は化学合成されたものだ。猛毒のキノコ、ケコガサタケの毒素であるオレラニンの特性を有していたため、ヴィンチェンツォは当初、キノコの毒を疑ったのだ。オレラニンは肝臓、腎臓、心臓などの臓器や神経系統を侵すが、毒が活性を持つまでに時間がかかることでも知られている。食べてから症状が出るまでに十時間以上かかり、その後、症状はおさまって回復したように見えるが、患者は数カ月後に命を落とす。オレラニンにたいする治療法も解毒剤も見つかっていない。毒からはほかにミノキシジルとの関連を疑わせるものも発見された。ミノキシジルは心拍低下、心不全、血圧低下、呼吸低下を引きおこす――これが、オレラニンの毒だけなら起きていただろう一時的な回復を患者から奪ってしまったのだ。ミノキシジルは即効性で、オレラニンは遅効性だ。このふたつを混ぜることにより、数時間で症状が出るような毒ができあがった。

ヴィンチェンツォによれば、そういう仕事ができる化学者は数人しかおらず、いずれも大手の製薬会社の研究室で働いてはいない。仕事の性格上、雇うには金がかかるし、連絡を取るのもむずかしい。ほんの一オンスで一五〇ポンドの体重の男――あるいは女――を殺せるような威力のある毒を合成するには、ひと財産かかる。

両手の指先を合わせ、唇をトントンと叩く。商売敵か、過去に遺恨を持った者の犯行と考えるのが理にかなってはいるが、デニス・モレルから目を離すな、と直感が告げる。彼女にはなにか引っかかるものがあった。なんとなく不安を感じるのだが、なぜだかわからない。これまでの調べでは、彼女の身元はたしかだ。それに、彼女自身も毒で死にかけている。どんなに理性的な男でも、彼女は犯人ではないと結論づけるだろう。それに、サルヴァトーレの死を告げると、彼女は泣いた。

彼女を怪しむ根拠はなにもない。ワインのコルクを抜いたウェイターのほうがよほど疑わしいが、ムッシュー・デュランとウェイターをいくら絞りあげても、ムッシュー・デュランがボトルをウェイターに渡し、まっすぐサルヴァトーレのテーブルに向かうのを見届けた、ということしか出てこなかった。いや、犯人は、ワインがムッシュー・デュランの目に留まるように画策した人物だ。いまのところ、そのような人物の足跡は見つかっていない。ボトルは幽霊会社から購入されたものだった。

毒とワインの両方を手に入れることができるのだから、犯人はその世界によほど通じた人物なのだろう。彼は――犯人について考えるとき、便宜上、〝彼〟という主語を与えていた――獲物とその習性について綿密に調べている。サルヴァトーレがあのレストランに足繁く通っていることを知っていた。予約を入れたことも、ムッシュー・デュランが、あの特別なボトルを、いちばんの得意客に出すだろうということも知っていた。それに犯人は、ワインの売買にあたって、合法的な会社の書類を用意する技量も備えている。それやこれやを考え合わせれば、プロの仕業という結論に達する。つまり〝商売敵〟。

それでも、デニスをはずすことができない。

彼女がやったとはまず考えられないが、これは激情に駆られた者の犯行だ。誰が父を殺したのか、確証がつかめるまではみんなを疑ってかからねば。父がデニスのどこに惹かれたのかわからないが、彼女には男を虜(とりこ)にする魅力があるのだろう。

サルヴァトーレのこれまでの愛人はどうだ……ロドリゴはひとりずつ思い浮かべていった。まず全員を除外していいだろう。だいいちに、サルヴァトーレは花から花へと飛び移るミツバチそのもので、女とほんものの関係を築くほど長く付き合うことはしなかった。二十年前に妻を亡くしてから、恋愛部門でめざましい活躍をしてはいたが、亡き妻に匹敵するような女は出てこなかったのだ。

それに、父と一緒に過ごす女の身元は、ロドリゴが調べあげた。捨てられたことを根に持つような女はいなかったし、あれほど特殊な毒についての知識や入手手段を持つ女はいなかった。目の玉が飛びでるほど高価なワインについてはなおさらのこと。念のためもう一度全員を調べてみるつもりだが、なにも出ないだろうと思っていた。だが、デニスの過去の男たちはどうなんだ？

そのことは彼女に問いただしてみたが、「そんな人いません」と言うだけで、名前はあがらなかった。

つまり、彼女は尼さんのような清らかな人生を送ってきたのか？　まさかそんな。だが、彼女がサルヴァトーレの誘いをはねつけたのは事実だ。それとも、恋人はいたが、あんなことをしでかせるような男はいなかったと、彼女はそう思っているのか？　彼女がどう思っていようが関係ない。自分に納得のゆく結論を出すまでだ。

ああ、そういうことか。彼女は過去の男のことをなにも話そうとしなかった。なぜそうまで隠そうとするのか？　彼女のことが引っかかるのはそのせいだ。思春期のころからいままでに付き合った男の名をあげたってべつにかまわないだろうに。誰かをかばっているのか？　ボトルに毒を仕込んだ人間に心当たりがあるのでは？　そいつは彼女のワイン嫌いを知っていて、まさか彼女が飲むとは思っていなかった。

彼女の身元調べは、不本意ながら徹底していなかった。調査が終わるまでサルヴァトーレが待てなかったこともあるし、ふたりのデートはしごくあっさりしたものだったので——最後のデートは別だが——ロドリゴもつい調査を後回しにしてしまった。だが、こうなったいま、デニス・モレルのことをすべて調べだしてみせる。寝た相手はむろんのこと、寝てもいいと思った程度の付き合いの男がいたかどうか。彼女に惚れた男がいたなら、そいつのことも調べる。

受話器を取りあげ、番号をダイヤルする。「マドモアゼル・モレルを二十四時間監視しろ。玄関からほんの一インチでも出ることがあれば、残らず報告してほしい。かかってきた電話、かけた電話をすべて探知しろ。わかったか？　よし」

客用寝室のバスルームに閉じこもり、リリーは体力をつけるための運動を行なった。部屋を丹念に調べたところ、カメラもマイクも見つからなかったので、監視される心配はなかった。最初はストレッチをするのがせいいっぱいだったが、おのれに鞭打って運動に励んだ。足がふらつくので大理石の洗面台につかまりながらジョギングし、腕立て伏せと腹筋運動を行なった。回復を促すため、できるだけたくさん食べた。心臓の弁が傷んでいるのだから、無理してはならないことぐらいわかっていたが、危険は覚悟のうえ。そもそも危険と隣り合わせの人生だ。

フラットに戻って最初にやったのも、バスルームになにか仕掛けられていないか丹念に調べることだった。なにも見つからず、ほっと胸を撫でおろした。ロドリゴは彼女を疑っていないのだろう。そうでなければ、屋敷に足止めしているあいだに盗聴器を仕掛けているはずだ。いや、疑いを持った時点で殺していたはずだ。

だからといって、安全というわけではない。過去の男について尋ねられたとき、逃げだすのに数日の猶予しかないことを悟った。デニスの過去を突かれれば、そもそも過去などないことがばれてしまう。

彼がフラットを調べさせたとして——そうしたに決まっている——捜索者の手際はあざやかなものだったが、逃亡道具の隠し場所は見つけだせなかったようだ。さもなければ、自分はいまここにいられないはずだ。

フラットの建物は古い、第二次大戦後に電気ヒーターが登場するまでは、暖炉が使われていた。彼女のフラットの暖炉は煉瓦で塞がれ、その前にはタンスが据え付けられている。そのタンスの下に、リリーは安物の敷物を敷いた。床を傷つけないためもあるが、敷物を引っぱることで音をたてずにタンスを移動できるからだ。その敷物を引っぱってタンスを動かし、腹這いになって煉瓦を調べた。細工は見破られなかったようだ。あとから埋めたモルタルを、ほかの部分とおなじに見えるようわざと汚しておいた。床にモルタルの粉は落ちていない。つまり、煉瓦を叩いてみた者はいないということだ。

ハンマーと鑿を手にまた腹這いになり、煉瓦の隙間を塞ぐモルタルを鑿で削った。煉瓦がぐらぐらになるとそれをはずし、隣の煉瓦に移る。さらに隣の煉瓦もはずした。古い暖炉だった空間に手を突っこみ、箱や袋を取りだした。どれも汚れないようにビニールでくるんである。

小さな箱のひとつには、別の人間になるための身分証明書が入っている。パスポート、クレジットカード、運転免許証、IDカード。国籍はいろいろだ。ウィッグを三つおさめた袋もある。服も隠しておいたのは、それぞれに趣味がまるで異なるので注意を引くからだ。靴はまた別。変身のたびに、必要な靴だけクロゼットにしまい、残りはひとまとめにして捨てた。靴の山に注意を向ける男がどれぐらいいる？　現金も隠してある。ユーロにイギリスのポンド、アメリカのドル。

最後の箱には盗聴防止機能付きの携帯電話が入っている。スイッチを入れてバッテリーの残量を調べる。減っている。充電器を取りだして壁のプラグにコンセントを差しこみ、携帯電話をセットした。

これだけで体力を消耗していた。額に汗が浮かんでいる。あすは動けないだろう。まだ体力が回復していない。でも、あさってには行動を起こさないと。それも素早く。

これまでのところ、運が味方してくれた。ロドリゴがサルヴァトーレの死を数日間伏せていたので、そのぶん時間が稼げたが、それだけ危険も増していた。ラングレーの誰かがデニス・モレルの写真を目にし、コンピュータでスキャンすれば、髪と目の色は別にして、デニス・モレルの顔が、アメリカ合衆国中央情報局(CIA)の契約エージェント、リリアン・マンスフィールドのものと一致するという結果が出る。そうなれば、CIAは躍起になって彼女を追うだろう。CIAには、ロドリゴ・ネルヴィが泣いて羨(うらや)むような情報源がある。自分たちの利になると思うから、サルヴァトーレをいままで泳がせておいたのだ。そのサルヴァトーレを殺したことを、彼女に感謝する者はひとりもいない。

どちらが先に彼女を追いつめるか、予測はつかない。ロドリゴか、それともCIAが送りこんでくる誰かか。ロドリゴが相手のほうがまだしも戦える。彼女をみくびっているから。CIAはそんな過ちは犯さない。

閉じこもりっぱなしでは変に思われるだろうし、監視がついているかどうか知りたくもあったから、寒さ対策にしっかり着込んで近くのマーケットまで歩いて出掛けた。フラットを出てすぐに、ひとりめを見つけた。半ブロックほど先に駐車している地味なグレーの車のなかの男。彼女が建物から出たとたん、新聞で顔を隠した。素人。ひとりが表を見張っているなら、裏にもひとりいるはずだ。ありがたいことに、建物のなかには見張りはいなかった。

もしいたら、困ったことになる。体が弱っているときに、三階の窓から抜けだしたくはない。イマーケットに入ると、持ってきた布製のショッピングバッグに、野菜と果物を入れた。イタリア人らしい男——その気になって見なければ、まるで目立たない男——が、つかず離れずあとをつけてきていた。オーケー、これで三人。多少は手こずるかもしれないけれど、対処できない数ではない。

レジで金を払い、わざとしんどそうにゆっくりと歩いてフラットに戻った。見るからに気落ちしている様子でうつむきがちに歩いたから、油断なく警戒しているとは誰も思わないだろう。監視人たちは見破られたとは思っていないし、彼女の体調がまだおもわしくないから逃げだせるわけはないと高をくくるはずだ。三人とも監視のプロではない。つまりは、無意識のうちに警戒を緩めてしまうということだ。それに、彼女は監視しがいのない相手だ。

携帯電話の充電が終わったのでバスルームに持って入り、用心のために蛇口をひねって水を流した。放射面(パラボリック)マイクでフラット内部の音を拾われているかもしれない。その可能性はまずないだろうが、この世界では過度の猜疑心が命を救う。ファーストクラスでロンドンまでの片道チケットを予約し、もう一度かけなおし、ロンドンを三十分後に出るパリ行きの便を別の名前で予約した。まさかパリに舞い戻るとは、誰も思わないだろう。それからあとのことは出たとこ勝負になる。でも、この小細工で多少の時間は稼げる。

ヴァージニア州、ラングレー

翌日の早朝、スージー・ポラードという名の下級分析官が、顔照合プログラムの分析結果を映しだすコンピュータ画面に目をぱちくりさせていた。結果をプリントアウトして、小部屋が並ぶ迷路を歩き、別の小部屋に顔を覗かせた。「おもしろいものが出てきました」彼女は言い、上級分析官のウィロナ・ジャクソンに分析結果を手渡した。

ウィロナは眼鏡をかけなおし、結果にざっと目を通した。「そうね。よく見つけたわ、スージー。さっそく上に送らなきゃ」そう言って立ちあがった彼女は、一八〇センチを超す長身の厳しい顔立ちの黒人女性だ。〝いいかげんなことはぜったい許さない〟の態度は、夫と暴れん坊の息子五人を相手に鍛え抜かれたものだ。うちには手伝ってくれる女手がないから、あたしが取り仕切るしかないの、が口癖だった。それは職場でもおなじで、手抜き仕事は許さない。彼女が上に送りこんだものは、すべからく一考の価値がある。

昼までに、作戦本部長のフランクリン・ヴィネイが報告書に目を通していた。ネルヴィ一家――いくつもの企業を傘下に置いてはいるが、会社と呼ぶのははばかられる――の長、サルヴァトーレ・ネルヴィが病死した。病名は明かされていない。死んだ日付もわからない。死亡が公表されたのは、息子が亡骸(なきがら)を故郷イタリアで埋葬したあとのことだった。その姿が最後に目撃されたのはパリのレストランで、それから死亡記事が出るまで四日の空白がある。

サルヴァトーレは完全な健康体だったのだから、突然の発病だったのだろう。健康そうに見える人間が、心臓発作や脳卒中で倒れるのはめずらしいことではない。

警報ベルを鳴らしたのは、顔照合プログラムの分析結果だった。それによれば、ネルヴィの最近の女友達は、ＣＩＡの優秀な契約エージェントであることにまちがいないというのだ。淡いブロンドの髪を茶色に染め、特徴的な薄いブルーの目を濃い色のコンタクトレンズで隠して変装してはいるが、リリアン・マンスフィールドであることに疑いの余地はない。

さらに危惧すべきなのは、数カ月前に、彼女の親友ふたりとその養女がネルヴィの手にかかって殺されたという事実だ。つまり、リリーはＣＩＡという組織に背き、自分の手でけりをつけた。

ＣＩＡが三人を殺した犯人に制裁を加えないことを、彼女は承知していた。サルヴァトーレ・ネルヴィは殺されて当然の人非人だが、悪知恵が働き、うまく立ちまわって対立するふたつの陣営を戦わせ、自分の利用価値をあげることで身を守ってきた。彼がよこす情報はひじょうに貴重なもので、それが何年もつづいていた。その情報パイプラインが断たれてしまったのだ。おそらく修復はできないだろう。彼の後継者とおなじような関係を築くには、それができると仮定して、何年もかかる。ロドリゴ・ネルヴィは猜疑心が強いことで有名で、どんな協定であれ、自分から飛びつくことはない。あとはただ、ロドリゴが父親と同様に実利的であることを願うだけだ。

フランクはネルヴィ一家と仕事をするのがいやでたまらなかった。たしかに合法的にビジネスを行なっているが、古代ローマの双面神ヤヌスのように、その活動にはつねにふたつの顔があった。よい顔と悪い顔。彼らの研究所では、ひとつのグループが癌(がん)のワクチンを開発する一方で、別のグループが生物兵器を造っている。慈善団体に莫大な寄付をするかたわら、無差別殺人を行なうテロリスト集団に資金を提供している。

世界政治の場でプレイするのは、下水溝でプレイするようなものだ。泥水をかぶらなければプレイできない。心のうちでは、サルヴァトーレ・ネルヴィが死んでせいせいしていた。だが、仕事は仕事。リリアン・マンスフィールドがやったのだとしたら、なにか手を打たねばならない。

セキュリティ・コードで守られた彼女のファイルを開く。心理的特性の欄を読むと、この二年ほど、仕事に重圧を感じていたことがわかる。契約エージェントにはふたつのタイプがある。ハエを叩き潰すぐらいの精神的負担しか感じずに仕事をこなせるタイプと、よいことをしているのだと自分を納得させながらも、暴力行為をつづけるうちに魂が磨り減ってしまうタイプと。リリーは後者だ。契約エージェントのなかでも一、二を争うほど優秀だが、ひとり暗殺するたびに心に傷を負ってきた。

彼女はもう何年も家族と連絡を取っていない。よくない兆候だ。自分が守ろうとしている世界から切り離されたような孤独を感じているにちがいない。そういう状況では、仕事仲間はたんなる友人以上の存在になる。いわば家族のようなものだ。そんな仲間が殺されたことは、彼女の擦り切れた魂にとってどれほどの衝撃だったろう。

魂のことに思いを馳せるなんて、仲間が知ったら笑うにちがいない。だが、この世界に長く身を置いてきたフランクには、彼女の苦しみが身に沁みて理解できた。

かわいそうなリリー。彼女が精神的緊張の兆候を見せはじめたときに、足を洗わせるべきだったが、いまとなっては後の祭りだ。彼としては、目の前の事態に対処するしかない。

受話器を取り、アシスタントにルーカス・スウェインの居所を探すよう命じた。意外や意外、彼はおなじ建物内にいた。気まぐれな運命の女神も、今度ばかりはフランクにほほえんでやろうと思ったのだろう。

四十五分ほどすると、インターフォンからアシスタントの声が流れた。「ミスター・スウェインがお見えになりました」

「通してくれ」

ドアが開き、スウェインがぶらぶらと入ってきた。いつでもどこでもぶらぶら歩く。行くあてもないし、急ぐ用もないカウボーイのような歩き方だ。彼のそういうところが、女心をくすぐるらしい。

それに、いつでも機嫌がよさそうに見える、善人らしい顔立ちだ。のほほんとした笑顔を浮かべて挨拶すると、フランクが勧めた椅子に腰をおろした。この笑顔も歩き方とおなじ効果を発揮し、人から好かれる。彼がすばらしく優秀なフィールド・オフィサーなのは、人に警戒心を抱かせないからでもある。お気楽な男のように見え、ぐうたらを絵に描いたような歩き方をしてはいても、仕事はきっちりやってのける。この十年ほどは、南アメリカで諜報活動を行なってきた。よく日焼けした顔と硬く引き締まった体がそのことを物語っている。

歳を感じさせるようになってきたな、とフランクは思った。もっとも、みんなそうじゃないのか？　額の上の頑固な逆毛のせいで茶色の髪を刈りこんでいるが、こめかみと額の生え際に白いものが混じっている。目尻や額にはしわが目立ち、頰のはりが失われているのも、女から見れば、歩き方同様にキュートなのだろう。キュート。まったく、焼きが回ったようだ。自分の下で働く男のフィールド・オフィサーのなかでもトップクラスのひとりを〝キュート〟と評するとは、いやはや。

「なんかあった？」スウェインはそう言うと、椅子に深く沈みこんで背中を丸め、長い脚を伸ばした。礼儀作法とは無縁の男だ。

「ヨーロッパで面倒なことが起きた。契約エージェントのひとりが枠をはみだし、貴重な情報源を殺した。彼女をやめさせねばならん」

「彼女？」

フランクがデスク越しに差しだした報告書に、スウェインはざっと目を通してから戻した。

「やめさせるもなにも、すんじまったことでしょ」

「リリーの友人の死で幕をおろした事件に関わっていたのは、サルヴァトーレ・ネルヴィだけではない。もし彼女が全員を殺してまわったら、われわれの情報網全体を壊しかねない。ネルヴィを消したことで、すでにそうとうな損害をもたらしているのだ」

スウェインは真顔になり、両手で顔をごしごしこすった。「誰かほかにいるでしょ。気むずかしいからまわりとそりが合わず、なにかの嫌疑をかけられて辞めさせられたけど、特殊な能力を持っていて、ミズ・マンスフィールドを探しだし殺人行脚をやめさせるのにはうってつけっていう元エージェントが」

フランクは笑みを洩らすまいと頬の内側を噛んだ。「きみにはこれが、映画のなかのお話のように見えるのかね？」

「希望を述べたまでで」

「そんな希望は捨てることだ」

「オーケー、それじゃ、ジョン・マディーナは？」スウェインのブルーの目が笑っている。フランクを困らせて楽しもうという魂胆だ。

「ジョンは中東で忙しくしている」フランクがこともなげに言う。

そのとたん、スウェインはしゃんと背筋を伸ばした。のんびりムードは一瞬にして消し飛んだ。「ってことは、マディーナは実在する？」

「マディーナは実在するとも」

「彼のファイルはどこにも――」スウェインは言いかけてやめ、にんまりした。「いけね」

「つまり、調べたんだな」

「だって、この業界にいたら、誰だってそうするでしょ」

「コンピュータシステムにファイルを入れていないのはそのためだ。彼を守るため。さて、いまも言ったように、ジョンは中東に潜伏している。そうでなくても、彼を修復作業に使うつもりはない」

「つまり、彼のほうがおれより大事ってわけだ」スウェインがいつものほほんとした笑顔を浮かべた。気分を害してはいないということだ。

「というより、彼には別の才能がある。この仕事に必要なのはきみだ。今夜のパリ行きの便に乗ってくれたまえ。なにをやってほしいか、ここに書いておいた」

4

　よく食べて休養して、スタミナ増強のための運動を軽くすることに丸一日を費やし、出発の朝は気分もだいぶよくなっていた。機内持ちこみ用のバッグとトートバッグに荷物を詰め、大事なものを置き忘れていないか丹念に見てまわった。服はほとんどクロゼットに掛けたままだ。偽の素性をそれらしく見せるため、どこの誰とも知らない人の写真を安物の写真立てに入れてフラットのあちこちに飾ってあったのだが、それは残しておくことにした。

　ベッドのリネン類も、朝食に使った皿とスプーンも洗わずにおいた。もっとも、指紋を消し去るため、油を溶かす消毒薬で徹底的に拭いてまわった。この十九年ずっとやってきたことで、いまでは習い性となっている。ネルヴィの屋敷を去るときにも、消毒薬は手元になかったが、手に触れたものはすべて拭いてきた。食べるときに使った食器や飲み物のグラスもさげられる前にナプキンで拭いたし、毎朝、ヘアブラシについた抜け毛を集めてトイレに流した。

　ドクター・ジョルダーノが分析用に採取した血液だけは、残念ながらどうしようもない。だが、ＤＮＡは指紋ほど身元確認の役には立たない。照合しようにもデータベースがないからだ。指紋に関しては、ラングレーのファイルにおさめられているだけ。たまに暗殺を行なう以外は模範市民なのだから、よそで指紋を採られたことはない。照合するためのファイルがなければ、指紋が残っていてもどうしようもない。ひとつの見落としはさほど重大ではない。ふたつとなると、身元確認の手段を与えることになる。だからそんな手掛かりを残さないよう、最善を尽くすまでだ。

残った血を返してくださいなんて電話をしたら、ドクター・ジョルダーノは怪しいと思うに決まっている。ここがカリフォルニアだったら、おかしなカルト宗教のメンバーで、血が必要なのだ、と言い訳できるだろうけど。それとも、じつはわたし、吸血鬼で、一滴でも血が残っていたら返してほしいんです、と言うとか。

とっぴな思いつきに口元がほころんだ。ジーアに話して聞かせられたら。彼女にはばかばかしい話をおもしろがるセンスがあった。エイヴリルやティナと一緒だと、普通の人間のようにリラックスできた。ジーアがそばにいればよけいに。リリーのような仕事をしているとリラックスすること自体が贅沢だし、気心の知れた相手の前でしかそれができなかった。

ほほえみは消えた。三人がいなくなって、人生に大きな穴が空いてしまった。その穴を埋めることができるとは思えない。この何年かのあいだに、好意を寄せる相手はどんどん減ってゆき、たった五人になった。母と妹——自分の仕事のせいで、ふたりに危険がおよんだらと思うと訪ねていくこともできない——それに三人の友人。

エイヴリルはかつての恋人だ。ほんの短いあいだだったが、孤独をはねのけようと身を寄せ合った。やがてどちらからともなく別れ、彼女は、ふたりのエージェントが必要とされる仕事でティナと出会った。リリーはたやすく人と打ち解けるタイプではないが、ティナにはすぐに心を開いた。まるで別れ別れだった双子が再会したような出会いだった。ひと目見ただけで、この人は自分と考えることがおなじだと思った。笑うツボがおなじだし、夢見ることもおなじ。いつかこの仕事を辞めたら、結婚して自分で商売をはじめる——順番はこのとおりでなくてもかまわない——そして、できれば子供をひとりかふたり欲しい。そんなばかげた夢を持っていた。

　その〝いつか〟がティナに訪れた。閉めきった部屋に漂う風船のように、エイヴリルが彼女の行く手をふわふわと横切ったのだ。リリーとティナには共通する部分がごまんとあったが、男性との相性という点では違っていた。エイヴリルは、ほっそりしたブルネットのティナにひとめ惚れだった。それはティナもおなじ。仕事がオフになると、ふたりはあちこち旅してまわり、ずいぶんと羽目もはずした。若く健康で仕事もできる。暗殺者である自分は、タフで無敵だと不遜にも思っていた。プロの自覚があったから吹聴してまわることはなかったが、若さゆえの思いあがりはあった。

　そんなときにティナが撃たれ、現実がふたりにのしかかってきた。仕事はそれほど危険なものだ。思いあがりは影をひそめた。不死身ではないことを思い知らされた。

　ふたりは結婚することで現実に立ち向かった。ティナが教会の通路を歩けるまでに回復すると式を挙げ、パリのフラットで新婚生活をはじめた。やがて郊外に小さな家を買い、請け負う仕事の数を減らしていった。

リリーは暇を見つけてはふたりを訪ねた。そんなある日、ジーアを連れていった。クロアチアに行ったときに、飢え死にしかけている捨て子を拾ったのだ。クロアチアがユーゴスラヴィアからの独立を宣言した直後のことで、セルビア系勢力が武装蜂起し、クロアチア紛争が激化していった時期だった。リリーは赤ん坊の母親のことを尋ねまわったが、知っている人はひとりも現れなかったし、関心を示す人もまれだった。残された道は、赤ん坊を連れていくか、放置して惨めな死を迎えさせるか。

赤ん坊を拾って二日後には、まるで自分が産んだ子のように溺愛していた。クロアチアを出るのは大変だった。赤ん坊を抱えているからなおさらのこと。ミルクとおむつと毛布を調達しなければならない。その時点では着せる服のことまで心配する必要はなかったが、どんな手段を講じてでも、赤ん坊にミルクを与え、清潔なおむつを当て、あたたかくしてやらねばならない。赤ん坊はジーアと名づけた。その名が好きだったから。

ジーアのための書類を揃えるという問題もあったが、文書偽造のプロを探しだし、なんとか一緒にイタリアに入ることができた。クロアチアを出てからは赤ん坊に必要な物を揃えることがぐんと楽になったが、世話を焼くこと自体はけっして楽ではなかった。リリーが手を触れるたび、赤ん坊は体を引きつらせ、こわばらせる。それに、与えたミルクをそっくり吐くこともしばしばだった。生まれて間もないのに移動ばかりを強いられてきた赤ん坊に、これ以上旅をさせるのは酷だ。そう思い、しばらくイタリアに滞在することにした。

ジーアを拾ったときには生後数週間だろうと思ったが、世話もされず栄養不足だったためか、標準より小さかったのかもしれない。イタリアに滞在して三カ月が過ぎるころには体重も増え、ちっちゃな手足にえくぼが出るぐらいふっくらしてきた。やがて歯が生えはじめ、ひっきりなしに涎を垂らすようになった。リリーが顔を覗きこむと、口も目もいっぱいに開いて、心の底からうれしそうな顔をする。開けっぴろげの笑顔を浮かべても間抜けに見えないのは、乳飲み子にだけ許される特権だ。

そのころになってようやく、ジーアをフランスに連れていき、エイヴリルおじさんとティナおばさんに会わせた。

ジーアの親代わりという役目は、リリーからエイヴリルとティナへと比重が移っていった。仕事が入るたび、ジーアをふたりに預けた。ふたりに愛され、ジーアも満足しきっていた。もっともリリーは、ジーアを残していくたび、胸が張り裂ける思いだった。仕事から戻ってジーアを迎えにゆく、その瞬間のためにリリーは生きていた。ちっちゃな顔をぱっと輝かせ、ジーアは大喜びでキャッキャッと叫ぶ。こんなに美しい音がほかにあるかしら、とリリーはいつも思ったものだ。

でも、時の流れは止められない。ジーアは成長していった。学校に通わせなければならない。リリーは何週間も家を空けることがあり、ジーアがエイヴリル夫妻と過ごす時間は当然長くなった。夫婦がジーアの両親であることが書かれた書類を偽造する必要があることに、三人とも気づくことになる。ジーアが四歳の年、エイヴリルとティナがパパとママになり、リリーはリルおばさんになった。

十三年間、リリーの感情生活の真ん中にいつもジーアがいた。でも、いまはもういない。

エイヴリルとティナは、足を洗ったはずの世界にどうして舞い戻ったりしたの？　お金が必要だった？　ふたりともわかっていたはずだ。リリーにひとこと言いさえすれば、持っているユーロもドルも残らず渡した――金になる仕事を十九年もつづけてきて、スイスの銀行にたっぷり貯金していた。でも、なにかがふたりを引退生活からおびきだし、ふたりはみずからの命を代償にした。ジーアの命も巻き添えにして。

その貯金の大半を、例の毒を入手し暗殺のお膳立てをすることに使ってしまった。偽造書類も、精巧なものはそれだけ高くつく。フラットを借りて仕事に就き――無職の人間は疑われる――サルヴァトーレ・ネルヴィの前に姿を現し、餌に食いついてくれるのを待った。勝算があったわけではない。魅力的に見えるよう手を加えたが、もともと美人ではないから、うまくいかない場合も想定して別の手を考えていた。ところが、うまくいった。みごとなまでに。サルヴァトーレが、ワインを味見しろ、としつこく迫ってきたあの瞬間までは。

いまでは貯金も十分の一になり、心臓の弁は傷ついてしまった。弁置換手術を受けるしかない、とドクター・ジョルダーノは言っていた。スタミナは笑いたくなるほど落ちているし、残された時間はごくわずかだ。

論理的に考えれば、逃げきれる可能性は低い。ラングレーの援助をあてにできないばかりか、敵対する立場に立っている。ラングレーが提供してくれていた安全な避難場所を使うことはできず、援護も救出も頼めない。つねに警戒していなければならない——誰にたいしても。ラングレーが誰を送りこんでくるのか、見当もつかなかった。あるいは、こちらの居所を突きとめ狙撃者に狙わせるかも。それなら心配してもはじまらない。目に見えぬ敵から身を守る術はない。彼女はサルヴァトーレ・ネルヴィではない。鋼鉄で装甲した車も、厳重に警備された出入り口もない。居所を突きとめられないこと。逃げ延びるにはそれしかなかった。

プラスの面は……そう、プラスの面なんてひとつもない。

だからといって、のこのこ出ていって標的になるつもりはなかった。仕留められるにしても、できるかぎり手こずらせてやる。プロとしてのプライドがかかっていた。ジーアとふたりがいなくなったいま、リリーに残っているのはプライドだけだった。

寸前まで待ってから、携帯電話でタクシーを呼んだ。ロドリゴが手下を配備する暇を与えないよう、ぎりぎり間に合う時間に空港に着く必要がある。尾行している男たちは、彼女がどこに向かうつもりかわからない。だがそのうち、空港に向かっていると気づき、ロドリゴに指示を仰ぐ電話をかけるだろう。ロドリゴがすでに人を——あるいは何人かを——雇って、空港を見張らせている可能性は五分五分というところだが、ドゴール空港は広いから、使う航空会社か行く先がわからなければ先回りするのはむずかしい。彼らにできるのはあとをつけることだけだが、それもセキュリティ・ゲートまで。

ロドリゴが搭乗者名簿を調べてもなにも出てこない。デニス・モレルの名も、本名も使っていないのだから。調べるに決まっている。問題はいつの時点で調べるかだ。おそらく最初のうちは、それほど疑いもせずあとをつけさせる程度だろう。

小さな荷物を持っておおっぴらにフラットを出れば、関心を引くだろうが、疑いは持たないはず。姿を消すのに必要な短時間のあいだだけは、持たないでいてほしい。

運命の女神が彼女にほほえんでくれれば、たとえ手下がヒースロー空港の雑踏でこちらの姿を見失ったとしても、ロドリゴはたいして疑念を抱かないだろう。パリからロンドンに行くのにフェリーか列車を使わず飛行機を使ったことを不思議に思うかもしれないが、急いでいる場合、飛行機を利用する人はけっこういるものだ。

いちばん好ましいシナリオは、彼女が旅に出たことを、ロドリゴがおかしいと思わないことだ。二日たっても戻らないとわかって、ようやく疑いだす。最悪のシナリオは、ドゴール空港で、見ている人が大勢いるなか、騒ぎになるのもかまわずに彼女を捕まえさせることだ。証人がいようが、騒ぎになろうが、ロドリゴは気にしないだろうが、そこまではしないはずだ。手下がフラットに踏みこんでこないところを見れば、ロドリゴはこちらの正体をまだつかんでいない。正体がわからなければ、公の場で騒ぎを起こす理由がない。

リリーは階下におりてタクシーを待った。通りが見渡せて、見張りからはこちらが見えない場所で。数ブロック先のタクシー乗り場まで歩こうかとも考えたが、それではロドリゴに考える時間を与えてしまうし、歩くことで体力を消耗してしまう。以前なら——ほんの一週間前までは——それぐらいの距離なら、全力で走っても息切れしなかった。

ドクター・ジョルダーノが雑音を聞き取ったとしても、心臓の損傷はたいしたことないのかも。厄介な体の衰弱もいずれ回復するだろう。丸三日間、ひどい吐き気でなにも食べられず、ただ横になっていたのだから衰弱するのも無理はない。体力をつけるのは大変だが、失うのはあっという間だ。もとどおりになるには一カ月はかかるだろう。それでも回復しなければ、心臓の検査を受けてみよう。その費用を、どこでどうやって払うことになるのかわからないが、なんとかなるだろう。

もちろんそれだって、一カ月後まで生きていればの話だ。ロドリゴから逃げ延びたとしても、もとの雇い主の追跡をかわさねばならない。それができる確率はまだ算出していない。やる気を失いたくないから。

黒塗りのタクシーが停まった。機内持ちこみ用のバッグを持ち、リリーは「ショータイム」とつぶやいて落ち着いた足取りで通りに出た。急ぎ足にならず、不安なそぶりは見せない。後部シートに落ち着くと、トートバッグからコンパクトを取りだし、見張りの男たちが見えるよう鏡をずらした。

タクシーが発車すると、シルバーのメルセデスがゆっくりと動きだした。男が慌てて走り寄り、助手席に文字どおり飛びこむ。メルセデスはスピードをあげてタクシーの後ろについた。助手席の男が携帯電話をかけているのが、コンパクトの鏡に映った。

空港はパリ市内から三〇キロほどの郊外にあり、メルセデスはぴたりとつけてきた。みくびられたものだと思うが、はたしてそうなのだろうか。ロドリゴは彼女のことを、尾行に気づかないぐらい馬鹿だと思っているのか、気づいたとしても気にしないだろうと思っているか。もっとも、普通の人間なら、尾行されているかどうか調べたりはしない。見張りの態度があけすけなのは、ロドリゴが彼女を見張らせ、尾行させてはいても、まだ疑いを抱いていないからだろう。彼について得た知識から判断すれば、父親殺しの犯人を見つけるまで、かならず監視しつづけるはずだ。ロドリゴは、ほどけた紐の先をそのままにしておくような人間ではない。

空港に着くと、リリーはまた落ち着いた足取りで英国航空のデスクに向かい、搭乗手続きをすませた。パスポートの名前はアレグザンドラ・ウェスリー、国籍はイギリス。写真の彼女の髪や目の色は、いまの彼女のそれとおなじだ。席はファーストクラスで、預ける荷物はない。数年かけて、慎重にこの人格を作りあげてきた。パスポートにいくつも捺されたスタンプから、年に数度はフランスを訪れていることがわかる。彼女がなりすますことのできる人格はほかにもいくつかあり、用心のためラングレーの連絡相手にも秘密にしてきた。

セキュリティ・チェックをすべてすませゲートに着いたのは、搭乗のアナウンスが流れたあとだった。あたりを見回すことはせず、視界の端でとらえるだけにした。あそこのあの男。手に携帯電話を持って、こっちを見張っている。

近づいてくるそぶりは見せず、電話をかけただけだ。まだ運に見放されてはいない。

すんなりと機内におさまった。ここはもうイギリス政府の管轄だ。彼女の席は窓側で、通路側の席には、流行の服をまとった女性が座っていた。二十代後半か、せいぜい三十二、三。リリーは、すみません、と小声で言って女の前をすり抜け、窓側の席におさまった。

ロンドンまで一時間の旅もなかばが過ぎたころ、リリーは隣席の女と挨拶を交わした。パブリックスクールのアクセントで話しかけたのは、安心感を与えるためだ。イギリス英語のアクセントは、パリっ子訛り(なま)に比べればやさしい。脳みその緊張がほぐれると、安堵(あんど)のため息が洩れそうになった。空港を歩いただけで疲れていたから、うとうとした。

ロンドンまであと十五分というときに、彼女は身を屈め、シートの下からバッグを取りだした。「あの、お休み中ごめんなさい」ためらいがちに隣の女に声をかける。「ちょっと困ったことがあって」

「どうしました?」女は礼儀正しく言った。

「わたし、名前はアレグザンドラ・ウェスリー。ウェスリー・エンジニアリングという会社、ご存じありません?　主人のジェラルドがやってます。困ったことというのは——」リリーはきまり悪そうにうつむいた。「あの、つまり、わたしは別れたいのに、主人にはまるでその気がなくて。人を雇ってわたしを尾行させてるんです。その人たちに捕まるんじゃないかって、わたし、恐ろしくて。主人はちょっとその、暴力的なところがあって、それに、自分のやり方をぜったいに曲げない人なものだから、それで……もう、彼のところには戻れない」

困ったような、でも興味をそそられているような複雑な表情で、女は耳を傾けていた。赤の他人の打ち明け話など聞きたくはないけれど、でも関心はあるというところなのだろう。

「お気の毒に。そりゃそうよね、戻れるわけない。でも、わたしになにをしろと？」

「飛行機を降りるときに、このバッグを持って出て、いちばん近いトイレに直行していただけません？　わたしもあとから行って受け取ります。中身は変装の道具」女が警戒の表情を浮かべたので、リリーは慌てて言い添えた。テロが横行するこのご時世に、他人のバッグを持っていってくれと頼まれれば、誰でも警戒する。「ほら、なかを見て」急いでバッグのチャックを開ける。「服と靴にウィッグ。ほかにはなにも入ってません。問題は、彼らもそう考えるだろうってこと——わたしが変装するだろうって——だから、わたしがバッグを持ってトイレに入れば、注意を引くことになるわ。ストーカーをうまくかわす方法を書いた本に載ってたの。主人はヒースロー空港に人を送って、わたしを待ち伏せするつもりなんです。きっとそうだわ。タクシーに乗ろうとターミナルを出たところで捕まってしまう」身も世もないというふうに両手を揉みしだく。病後でげっそりとやつれていたから効果覿面だ。それに、もともと痩せぎすだから、実際よりもか弱く見える。

女はリリーからバッグを受け取り、念入りに中身をあらためた。ウィッグのひとつを手に取って眺めるうち、女の顔に笑みが浮かんだ。「これじゃ、ウィッグをかぶってますって言って歩くみたいじゃない」

リリーも笑い返した。「うまくいくことを祈るだけです」

「どうかしらね。うまくいかなかったら、一緒にタクシーに乗ってあげるわ。赤信号、一緒に渡ればって言うじゃない」女はすっかりその気になっている。

隣席が女でなかった場合、それはそれでほかの手を考えだしていただろうが、いま打っているこの手なら、勝機をつかめそうな気がしてきた。使えるものはなんでも使うつもりだ。ロドリゴの手下だけでなく、ＣＩＡの人間も待ち構えているかもしれない。出し抜くにはむずかしい相手だ。

彼らがどんな手を打ってくるかわからないが、飛行機を降りたその場で彼女を逮捕させることも可能だ。そうなったら逃げようがないが、たいていの場合、彼らは秘密裏に動く。組織内部の問題に片をつけるのに、イギリス政府を巻きこまずにすむならそうするはずだ。

飛行機は着陸し、すんなりとゲートへ向かった。リリーが深く息を吸いこむと、〝相棒〟が彼女の手を叩いた。「心配しないで」明るく言う。「きっとうまくいくわ。でも、変装を見破られたかどうか、わたしにはわからないのよね」

「トイレに駆けこむあいだに見張りを見つけだして、どこに立っているのか教えるわ。わたしが先に出るから、あなたはあとから出てくださいね。それで、もし男たちがまだ立っていたら、うまくいったってこと」

「ああ、なんだかわくわくする！」

リリーはわくわくするどころではなかった。

女はバッグを持って飛行機を降りた。あいだにふたりはさんでリリーもつづいた。女はきびきびした足取りで歩いてゆき、標識には目をやるものの、ゲートで待つ人には目もくれない。やるじゃない、とリリーはほころびそうになる頰を引き締めた。まったくの自然体だ。

待ち受けていたのはふたりで、彼女を探していることをやはり隠そうともしない。心のうちで快哉を叫ぶ。ロドリゴはまだ不審を抱いてはいないのだ。彼女に尾行を見破られているとは思ってもいない。これならきっとうまくいく。

五メートルから一〇メートルの距離をおいて、ふたりの男はついてきた。前方を歩く〝相棒〟がトイレに入っていった。リリーはトイレの入り口の水飲み場で立ち止まり、尾行者たちが位置につくのを待ってからなかに入った。

女は入ってすぐのところで待っていて、バッグを渡してくれた。「待ち伏せされてた?」

リリーはうなずいた。「ふたり。ひとりは身長一八〇センチぐらいで太め、明るいグレーの背広を着てるわ。出た正面の壁際に立ってる。もうひとりは小柄で短い黒髪、ブルーのダブルの背広。その四メートルほど先に立ってるわ」

「さあ、急いで着替えて。ああ、もう待ちきれない」

リリーは個室に入ると、急いで変装に取りかかった。濃い色の地味なスーツとヒールの低い靴を脱ぎ、明るいピンクのタンクトップと鮮やかなターコイズブルーのスパッツに着替え、膝までのスパイクヒールのブーツを履き、ふさ飾りの付いたターコイズブルーのジャケットを羽織る。頭には短い髪を逆立てた赤毛のウィッグ。脱いだ服をバッグに放りこみ、個室から出た。

女は満面の笑みを浮かべて手を叩いた。「素敵!」

リリーもつい顔をほころばせる。青白い顔に頬紅をはたき、ピンクの口紅を厚く塗り、羽根のイヤリングをさげる。仕上げはまぶたにピンクのシャドー。「どうかしら?」

「あらまあ、すっかり見違えたわね。事情を知っているわたしでもわからないぐらい。ところで、わたし、レベッカ。レベッカ・スコットよ」

ふたりは握手を交わした。どちらも満足感を覚えていた。理由は違っていたけれど。リリーは深呼吸し、「それじゃ、行くわね」とつぶやき、臆することなくトイレをあとにした。

見張りはふたりとも彼女に見とれた。みんなが見とれた。正面に立つ黒髪の男の肩先をまっすぐに見つめ、リリーは大きく手を振った。「ここよ!」誰に向かうともなく声を張りあげる。もっともこの人込みのなかでは、誰に声をかけようとおなじだ。母国語であるアメリカ英語のアクセントを強調し、見張りのそばを通り抜けた。その先に待っている人がいるかのように。

黒髪の男は慌ててトイレの入り口に視線を戻した。目を逸らした隙に、獲物に逃げられては大変だといわんばかりに。

リリーは大急ぎで歩いて人込みにまぎれた。一〇センチのヒールのせいで身長は一八〇センチ近くになっていたが、高いヒールの靴で歩くのは必要最低限に抑えたい。予約してある便の出発ゲートに近づくと、ふたたびトイレに飛びこみ、人目を引く服を脱いだ。トイレを出たときには、長い黒髪にブラックジーンズ、薄手の黒いタートルネックのセーターという格好だった。足元は前に履いていた低いヒールの靴。ピンクの口紅を落として赤のグロスだけにし、ピンクのアイシャドーはグレーに変えていた。アレグザンドラ・ウェスリーのパスポートはトートバッグにしまった。手に持ったチケットとパスポートに記された名前は、マリエル・サンクレア。

じきに機上の人となり、また海峡を越えてパリに戻った。今回はエコノミークラスで。シートに頭をもたせて目を閉じる。

これまでのところはうまくいった。

5

ロドリゴは怒り狂っていた。一語一語ゆっくりと言う。「いったい、どうやれば、あの女を見失うなんてことができるんだ?」

「飛行機を降りた瞬間から尾行してました」受話器の向こうからイギリス人の声が答える。

「彼女はトイレに入り、出てこなかったのです」

「人をなかに入れて探させたのか?」

「しばらくたってから、ええ」

「正確にはどれぐらい時間がたっていた?」

「おそらく二十分ぐらいでしょう。部下がおかしいと思ったのは、サー。それで、係の女性をその場に呼んで、トイレのなかを調べさせました」

ロドリゴは気を鎮めようと目を閉じた。ドジを踏みやがって! デニスを尾行したやつらがよそ見していて、彼女がトイレを出たのに気づかなかったのだ。出口はほかになく、窓もダストシュートもなにもない。入ったところから出るしかない。それでも、ドジの間抜け野郎どもは、彼女を見逃してしまった。

まあ、それほどの重大事ではないが、不手際が彼を苛立たせた。デニスの身元調べが終わるまで、どこでなにをしているのか把握しておきたかった。必要な情報は前日に届くはずだったのに、まったく役人の無能ぶりときたら。

「ひとつ解せないことがありまして、サー」

「なんだ？」

「わたしの部下が彼女を見失った直後、税関に問い合わせてみたところ、彼女の記録はどこにもありませんでした」

ロドリゴははっとなって眉根を寄せた。「どういうことだ？」

「つまり、彼女は消えてしまったということです。到着便の搭乗者名簿を調べましたが、デニス・モレルの名はありませんでした。たしかに飛行機を降りましたが、姿をくらましてしまった。唯一考えられるのは、別の便に乗り換えたのだろうということですが、その記録もありません」

ロドリゴの頭のなかで警報ベルがけたたましく鳴りだした。ふいに湧きあがる疑念に、全身の血が引いてゆく。「記録をもう一度調べろ、ミスター・マリー。別の便に乗り換えたに決まってる」

「再調査しました、サー。彼女がロンドンに入った記録も、ロンドンを出た記録もありません。徹底的に調べたんです」

「わかった、もういい」ロドリゴは受話器を置いた。怒りの激しさに頭がくらくらしていた。

あの女め、おれを虚仮にしやがって！

確認の意味で役所にいる情報源に電話をしてみた。「情報を即刻よこせ」彼は吠えた。名を名乗ることも、どの情報かを言うこともしなかった。そんな必要はない。

「はい、わかってます。ただ、問題がありまして」

「デニス・モレルって女が、存在しているかどうかわからないとでも？」ロドリゴは皮肉たっぷりに尋ねた。

「それをどうしてご存じで？　たしかに――」

「もういい。いくら探したって見つかりゃしない」疑惑は裏付けられた。ロドリゴは受話器を置き、デスクの椅子に腰をおろした。身内をどよもす激しい怒りをなんとか抑えようとした。冷静に考えなければならないのに、いまこの瞬間、それができなかった。

毒を盛ったのはあの女だ。しかも念の入ったことに、自分も毒を飲んでいる。ただし、ほんの少量。気分は悪くなってもいずれは回復する。あるいは、ワインに口をつけるつもりはなかったのかもしれない。だが、親父がしつこく勧めたので、つい口をつけた。それが思っていたよりも量が多かった。そんなことはどうでもいい。問題なのは、彼女が親父を殺すことに成功したということだ。

彼女が彼を騙しおおせたことが、みんなを騙しおおせたことが信じられなかった。身元を表す書類は完璧だった。いまこの時点までは。どうして騙されたのか、いまならよくわかるが、後の祭りだ。彼女が口説かれても関心を示さなかったことが、サルヴァトーレの気持ちに火をつけ、警戒を緩ませる結果となった。サルヴァトーレと彼女のデートはごくあたりまえのものだったから、ロドリゴもつい安心してしまった。彼女が物欲しげなそぶりを見せていたら、身元調べをもっと急がせていただろう。だが、彼女はみんなを完璧に欺いた。

きっとプロにちがいない。商売敵に雇われたプロの殺し屋だ。プロなら、仕事を終えて姿をくらますのに偽名を使うことなどお手のものだ。あるいは、本名を使って逃げたのかも。デニス・モレルが偽名だったのだから。彼女はたしかにロンドン行きの便に乗った――手下がロンドンで彼女の姿を見ている――ということは、搭乗者名簿に記載された名前のうちのひとつが彼女のものだ。そいつを見つけだし、足取りを追えばいい。彼の目の前に――いや、実際に仕事にあたる手下どもの目の前に――あるのは、手間のかかる大変な仕事だが、取っかかりはつかめた。あの便の乗客全員を調べ、彼女を見つけだすのだ。

どれほど時間がかかろうが、きっと見つけだしてやる。そうして、哀れな父が味わったのよりはるかにひどい苦しみを味わわせてやる。息の根を止める前に、知っていることを洗いざらいしゃべらせる。そのあとで、彼女は自分を産んだ母を呪いながら死んでゆくことになる。父の御霊に誓ってそうしてやる。

デニス・モレルことリリアン・マンスフィールドが住んでいたフラットを、ルーカス・スウェインが静かに歩きまわっていた。

ああ、服は置いていったんだな、ほとんどを。戸棚には食べ物が入れっぱなしだし、流しには汚れた皿とスプーン。まるで仕事に出掛けたあとのようだ。それとも買い物。だが、彼は騙されない。ひと目見ればプロの仕事とわかる。どこにも指紋は残っていない。流しのスプーンにさえも。拭き取り作業は完璧だ。

彼女のファイルを読んだかぎりでは、残された服は彼女の好みとは違う。デニス・モレルにふさわしい服だ。デニスはその役割を終え、ヘビが脱皮するように、リリーはデニスを脱ぎ捨てた。サルヴァトーレ・ネルヴィが死んだいま、デニスが生きつづける理由はなにもない。

不思議なのは、彼女がぐずぐずしていたことだ。ネルヴィは一週間以上前に死んでいるのに、大家の話では、マドモアゼル・モレルがタクシーを呼んだのはけさのことだ。大家は行く先まで知らなかったが、彼女が小さなバッグを持って出た、と言っていた。週末の旅行に出たのではないかと。

ほんの数時間。ほんの数時間遅かった。

当然のことながら、大家は彼をフラットに入れてくれなかった。だからこっそり忍びこみ、彼女のフラットの鍵を開けた。大家は親切にもフラットの番号を教えてくれたので、夜中に押し入ってどのフラットか調べる手間が省けた。時間を無駄にせずにすんだわけだ。

もっとも、結局は時間の無駄だったわけだが。彼女はここにいなかったし、戻ってもこない。

テーブルには果物を盛った鉢が置かれている。リンゴを選びだし、シャツでぬぐってかぶりつく。こっちは腹ペコなんだ。リンゴが食べたかったのなら、持っていってるはずだ。ほかにどんなものを食べていたのか興味を覚え、冷蔵庫を開けてみたが、がっかりだった。腹にたまるものはない。果物と野菜、カテージチーズかヨーグルトのなれの果て。ひとり暮らしの女ときたら、どうしてまともな食い物を買い置きしておかないんだ？　ああ、ピザが食いたい。ペパローニが載ってるやつ。ステーキもいいな。バターとサワークリームをたっぷりかけたでっかいベイクドポテトを添えて。いいか、食い物ってのはそういうのを言うんだ。

リンゴをかじりながら、獲物の居所を突きとめるためにつぎに打つ手を考えた。

ファイルによれば、リリーはフランスの暮らしに溶けこみ、言葉も母国語とおなじぐらいできる。よほど耳がいいにちがいない。イタリアにもしばらく滞在していたことがあり、文明世界の隅々まで旅してまわっているが、休暇を過ごすのはもっぱらフランスかイギリスだ。気が休まるのだろう。犯行現場に留まるわけがないと考えるのが常道だ。つまり、もうフランスにはいない。となると、探しはじめる場所はイギリスだ。

もっとも彼女はプロだ。おなじような筋道で考え、まったく別の場所に行ったのかもしれない。たとえば日本とか。にやりとする。こんなふうに突拍子もないことを思いつく自分に、うんざりすることがある。まずは定石どおり、いちばん行きそうな場所からはじめるとするか。目の見えない豚だって、ドングリを見つけることはある。

海峡を渡るには三つの方法があった。フェリーか列車か飛行機。彼は飛行機を選んだ。いちばん速いし、それに彼女は、自分とネルヴィ一家のあいだに距離を置きたかったはずだ。

イギリスだからロンドンを選ぶとはかぎらないが、もっとも近く、追跡者たちに時間の余裕は与えずにすむ。短期間で動けば、先回りされる可能性は低い。情報は瞬時に伝わるが、人を動かすには時間がかかる。つまり、ロンドンに行ったと考えるのが妥当だ。ロンドンには主要な空港がふたつある。ヒースローとガトウィック。まずはヒースローからあたろう。発着の便が多いし、混んでいる。

こぢんまりした居間に腰をおろし――リクライニング・チェアぐらい置いとけよな――盗聴防止機能付きの携帯電話を取りだした。いくつもの数字を打ちこんでから〝送信〟ボタンを押し、つながるのを待った。きびきびしたイギリス英語が聞こえてきた。「マリーです」

「スウェインだ。情報が欲しい。デニス・モレルという名の女が――」

「なんたる偶然」

アドレナリンが全身を駆けめぐる。感じているスリルは、探していた足跡をふいに見つけたハンターのそれだ。「ほかにも彼女のことを尋ねた人間がいたのか？」

「ロドリゴ・ネルヴィ本人。飛行機から降りてきたらつけろと言われた。尾行にはふたりつけた。彼女がトイレに入るところまでつけたが、なかに入ったきり出てこなかった。税関を通ってもいない。別の便に乗り換えた記録もない。まったく機転のきく女だ」

「あんたが思っている以上にな。ネルヴィにはすべて話したのか？」

「ああ。彼には協力しろと命じられている――ある程度までは。彼女を殺せとは頼まれなかったからね。ただあとをつけろと」

だが実際には、彼女は掻き消すように姿を消し、ひと筋縄ではいかない女だとネルヴィに思い知らせる結果となった。つまり、彼女にあらたな光が当てられたのだ。彼女の特徴に一致するデニス・モレルなる女はこの世にいないことを、ネルヴィもいまごろは突きとめ、彼女こそ父を殺した犯人だと知っただろう。リリーの人気はここにきていっきに二千倍にも高まった。

ヒースロー空港で、彼女はどうやって姿を消した？　秘密のドアから？　その前に、彼女は見張りに気づかれずにトイレから出た。つまり変装していたのだ。リリーほど頭のいい女なら、それぐらいの準備はしているだろう。それに偽の身分証明書も用意していたはずだ。

「変装だな」スウェインは言った。

「わたしもそう思った。ミスター・ネルヴィには言わなかったがね。切れる男だから、いずれ気づくさ。空港の警備に疎くてもね。そのうち、監視カメラの映像をすべて調べろと言ってくるだろう」

「調べたのか？」答がノーだったら、マリーも焼きが回ったものだ。

「彼女がトイレを出たことがわかった直後にね。見過ごした部下を責められないよ。ビデオを二度調べたが、わたしにも見つけられなかった」

「つぎの便でそっちに行く」

空港までの時間を勘定に入れて予約を取ったが、いちばん早い便で発ってもロンドンに着いたのは六時間後だった。空いた時間を昼寝にあてたが、時間が過ぎればそれだけリリーに有利になる。こちらがどう動くか、どんな手段を講じるか、彼女は熟知している。いまごろは隠れ場所に潜りこんで、変装の皮を一枚また一枚と重ねているはずだ。それに、どこかの銀行の隠し口座から資金を引きだしているだろう。彼がもし彼女のような仕事をしていれば、口座をいくつも作っている。実際、彼は外国の金融機関に現金化しやすい有価証券を預けていた。こういう事態がいつ起きるかしれないから、万全の準備が必要だ。使わずにすめばそれにこしたことはない。引退後の生活がそれだけ豊かになる。老後は楽しく送りたいものだ。

　スウェインがヒースロー空港に着くと、チャールズ・マリーが約束どおりゲートで待っていた。中背で引き締まった体つき、短く刈った鉄灰色の髪にはしばみ色の目。その物腰から軍人あがりだとわかる。表情は穏やかで、自信に溢れている。非公式にネルヴィ一家と接触するようになって数年、政府の仕事はそれよりずっと前からやっている。スウェインとマリーの付き合いは長く、たがいに気心の知れた仲だ。つまり、スウェインはざっくばらんな態度で接している。マリーはといえば、そこはやはりイギリス人だ。

「こっちだ」握手を交わし、マリーが言う。

「奥さんと子供たちは元気にしてる？」スウェインはマリーの後ろをぶらぶら歩きながら、その背中に向かって尋ねた。

「ヴィクトリアはあいかわらずきれいだ。子供たちはティーンエージャーだ」

「それだけ聞けば充分だ」

「たしかに。それできみのほうは？」

「クリッシーは大学の三年、サムは一年。すばらしくいい子たちだ。サムはまだ十代だが、むずかしい時期は抜けてめっきり大人になった」十数年前に両親が離婚し、父親はめったに国内にいないという家庭環境で育ったにしては上出来の部類と言える。それはひとえにしっかり者の母親のおかげだ。別れた亭主をけっして悪く言わない見上げた女性だ。離婚にあたり、彼と妻のエイミーは、子供たちにきちんと理由を説明した。若すぎた結婚だったから、とかなんとかいろいろと。むろん嘘ではない。だが、根底にあったのは、家にめったにいない夫と暮らすことに、エイミーがくたびれてしまったことだ。自由になって別の相手を探したい、というのが本音だった。皮肉なことに、彼女は何人かの男と付き合いはしたが、再婚はしなかった。だから、子供たちの生活は、ふたりが結婚していたころとほとんど変わらなかった。おなじ家に住み、おなじ学校に通い、父親とはたまに顔を合わせる。

もっと分別のつく年頃になってから結婚していたら、仕事が結婚生活にもたらす影響を考慮し、子供は持たなかっただろう。しかし、残念ながら年齢を重ねなければ知恵はついてこないものらしく、いろいろとわかってきたときには手遅れになっていた。それでも子供を持ったことを彼は後悔していない。たとえ会えるのが年に数度でも、子供たちが母親ほど彼のことを重要視していないとわかってはいても、それこそ全身の細胞のひとつひとつでふたりを愛していた。

「ようするに最善を尽くし、あとは悪魔の種がやがては人間として育ってゆくことを祈るしかないということだ」マリーはそう言うと、短い廊下へと折れた。「さあ、ここだ」キーパッドを体で覆ってコードを打ちこみ、スチール製のドアを開けた。室内にはモニターがずらりと並び、巨大な空港内の人の流れを目つきの鋭い連中が監視していた。

ふたりはさらに奥の小部屋に入った。そこにも何台かのモニターが並んでおり、無数のカメラがとらえ、フィルムに落とされた映像を見直すための装置もあった。マリーはブルーの車輪付き椅子に座り、スウェインにもおなじような椅子を勧め、キーボードでコマンドを打ちこんだ。目の前のモニターが息を吹き返す。浮かびあがったのは、けさがた、パリからの飛行機から降りてくるリリー・マンスフィールドの画像だった。

スウェインは画像をつぶさに観察し、装飾品の類は腕時計も含めいっさいつけていないことを知った。頭のいい女だ。ほかのすべては取り替えたのに、うっかり腕時計はおなじままで足がつくことがある。着ているのは平凡な黒っぽいスーツに低いヒールの黒のパンプス。病みあがりのようにげっそりと青白い顔をしている。

左右に目をやることなく、ほかの乗客に混じって飛行機を降りてきて、最初のトイレに入っていった。トイレからはつぎつぎと女が出てくるが、リリーに似た者はいない。

「まいったな。もう一度はじめから。スローモーションで」

マリーは言われたとおり、ビデオを最初に戻した。飛行機から降りた彼女は中型の黒いトートバッグを持っていた。女が普段使いに持つ、ごくありふれたバッグ、バックルもストラップのおさまり具合も、なにもかもがどこにでもある類のバッグだ。リリーがトイレに入ったあとの画像で、彼はそのトートバッグに焦点を絞った。あらゆるサイズと形の黒いバッグが現れたが、よく似て見えるのは一個だけだった。持っているのは一八〇センチはあろうかという女で、服も髪もメイクも〝あたしを見て！〟と叫んでいる。だが、彼女はトートバッグ以外に、機内持ちこみ用のバッグもさげていた。

はははぁ。

「もう一度。最初から流してくれ。飛行機から降りた人間すべてを見てみたい」

マリーが従う。スウェインは、持っているバッグに注意しながら、ひとりずつの顔をじっくりと眺めた。

すると、あった。「これだ！」スウェインは言い、スクリーンに身を乗りだした。

マリーが映像をコマ止めにした。「どうした？　彼女はまだ出てきてないではないか」

「ああ、だが、この女を見てみろ」スウェインがスクリーンを指差す。「持ってるバッグに注意して。オーケー。それじゃ、この女がなにをするか見てみよう」

流行の服に身を包んだその女は、リリーの数人前を歩いていた。まっすぐにトイレに向かう。べつにめずらしいことではない。おなじ飛行機から降りた女たちの何人もがそうしている。スウェインはビデオをじっと見つめていた。女がトイレを出てくる――例のバッグは持っていない。

「当たり。この女がバッグを持って入った。変装用の服が入ったバッグをね。その証拠に、ほら。こいつがおれたちが探している女。バッグを持っているだろ」

マリーはスクリーンに現れた派手な女に目をみはった。「そんなまさか。たしかなのか？」

「この女がトイレに入るところを見た？」

「いや、だが、わたしが探していたのは彼女ではなかったから」マリーが考えこむ。「それにしたって見逃すわけはないな」

「この格好じゃね」羽根のイヤリングひとつとっても、充分に目を引く。逆立てた短い赤毛からスパイクヒールのブーツにいたるまで、人の目を釘付けにする。彼女が入るのをマリーが見ていなかったのなら、そもそも入らなかったからだ。マリーの部下たちが変装を見破れなかったのも無理はない。ほんとうの自分を隠したいときに、わざわざ人目を引く格好をする人間がどれぐらいいる？

「鼻と口元を見てみろ。彼女さ」リリーの鼻は鷲鼻というほどではないが、かなりそれに近い。それでいて女っぽい鼻だ。細いが力強く、ふっくらした上唇と合わさると奇妙な魅力がある。

「なるほど」マリーが頭を振りながら言う。「これに気づかなかったとは、わたしもがたがきたたか」

「うまい変装だからね。たいしたもんだ。オーケー、それじゃ、テクニカラーのカウガールがどこへ行ったか見てみようじゃないの」

マリーがキーボードを叩き、リリーの足取りをたどるのに必要なビデオを検索する。彼女はしばらく歩いてから別のトイレに入り、出てこなかった。

スウェインが目をこする。「また振りだしに戻っちまった。それじゃ、二個のバッグに目を凝らすとするか」

カメラの視界を通行人に遮られるので、ビデオを何度も見直したすえにようやく三人の女に絞りこみ、より鮮明な画像を探した。ついに見つけた。長い黒髪に黒いズボン、黒のタートルネックという格好だ。スパイクヒールのブーツを履いていないから、背が低くなっている。サングラスも違っているし、羽根のイヤリングはゴールドの輪のものに替わっていた。だが、二個のバッグはそのままだった。

カメラは別のゲートに向かう彼女を追ってゆく。そのゲートからその時間に出発したフライトを、マリーが即座に調べた。「パリ行きだ」

「なんてこった」スウェインが驚きの声をあげる。彼女は舞い戻った。「その便の搭乗者名簿は手に入るか？」言わずもがなの質問だ。手に入るに決まっている。数分後に手元に届いた。デニス・モレルもリリー・マンスフィールドも載っていない。つまりまた別の偽名を使ったということだ。

いやはや、楽しいことになってきた。パリに戻り、ドゴール空港でその筋の人間相手におなじことを繰り返す。お高くとまったフランスの役人はマリーほど協力的ではないが、ほかに頼る相手はいない。

「頼みがあるんだが」彼はマリーに言った。「この情報はロドリゴ・ネルヴィに流さないでほしい」ああいう連中に邪魔されたくなかったし、まして協力するなど彼の気持ちが許さなかった。ネルヴィの組織の汚れた部分について、アメリカ合衆国はときにやむをえず見て見ぬふりをしているが、彼には協力する義理などこれっぽっちもない。

「さて、いったいなんの話をしているのか」マリーが穏やかな口調で言う。「なんの情報かね？」

海峡を渡ってロンドンに来たときと同様、できるだけ早く戻らねばならない。彼女がやったように、こっちの便で来てすぐにあっちの便に乗るというわけにはいかなかった。そんな簡単にはいかない。彼女は事前に予定を立てていた。一方こっちは、彼女のあとを追うため空席を確保しようとあたふたと動きまわっている。追跡者を混乱させ、動きを遅らせるにはどうすればいいか、むろん彼女は熟知している。

予約が取れた便の出発までまたもや長々と待たねばならないことがわかると、気持ちも挫けるというものだ。

マリーが彼の肩をドンと叩いた。「はるかに速くきみを運んでくれる人物に心当たりがある」

「ありがたい」と、スウェイン。「そいつを呼んでくれ」

「後部シートに乗りこむのはかまわないだろう？　その人物というのは、NATO軍のパイロットだ」

「勘弁してくれよ。おれを戦闘機に乗せるつもりか？」

「〝はるかに速く〟と言っただろう？」

6

　リリーは、数カ月前、デニス・モレルになりすます前に借りていたモンマルトルのアパートに落ち着いた。ワンルームの狭いアパートだが、小さなバスルームがついている。ここに置いてあるのは自分の服だし、プライバシーとある程度の安全を確保できる。

　借りたのはデニスが世に出る前だから、コンピュータで検索をかけても彼女がリストに載る可能性はまずない。それに、ここでも別の偽名を使っていた。ドイツ国籍のクローディア・ウェーバー。

　クローディアはブロンドだから、アパートに戻る前に美容院に寄り、染めていた髪をもとに戻した。そのための製品を買って自分でやってもよかったが、髪の色をもとに戻すのは、染めるよりはるかに手間がかかる。素人がやって髪を傷めるのもいやだった。それに、脱色したために傷んだ毛先を一インチほど切ってもらう必要もあった。

　鏡を覗くと、ようやくほんものの自分がそこにいた。カラーコンタクトをはずしたので、淡いブルーの目がこちらを見つめている。肩すれすれのまっすぐな髪は淡いブロンド。これなら目の前を通り過ぎても、ロドリゴ・ネルヴィに気づかれることはない——そう願っていた。これからしようとしているのが、まさにそのことだったから。

きちんと整えられた折りたたみ式のベッドにバッグを置き、その脇にぐったりと体を横たえる。その前に盗聴装置が仕掛けられていないか調べるべきだとわかっていたが、丸一日動きまわったあとだけに、疲労で体が震えるほどだった。一時間ほど眠ったらだいぶ違うだろう。

それでも、きょう一日スタミナがもったことに満足していた。疲れてはいるが、息を喘がすほどではない。心臓弁の損傷がひどい場合はそうなると、ドクター・ジョルダーノから注意されていたのだ。むろんそれほど体を酷使したわけではない。全力疾走はしていない。だから、損傷の度合いを判断するのは早計にすぎる。

目を閉じて、心臓の鼓動に耳をすます。正常なような気がする。ドクン、ドクン、ドクン、ドクン。ドクター・ジョルダーノは聴診器を当てて雑音を聞き取ったが、彼女の手元には聴診器はないし、鼓動のリズムは完全に正常なようだ。おそらく損傷は小さなもので、ほんのかすかな雑音を発しているのだろう。心配することはほかにいっぱいある。

浅いまどろみのなかで体をリラックスさせながら、頭は忙しく動いていた。これまでに知った事実を厳密に調べ、配列しなおし、未知の要素に解決策を見いだす。

エイヴリルとティナがなにを見つけてしまったのか、なにを言われたのかわからないが、辞めたはずの仕事に舞い戻ったぐらいだから、よほど重要なことだったにちがいない。ふたりの雇い主が誰だったのか、リリーは知らなかった。ＣＩＡでないことはたしかだ。イギリスの秘密情報部、MI6でもないだろう。ふたつの組織はべったりというほどではないが、緊密な協力関係にある。それに、活動中のエージェントをたくさん抱えていて、休眠中のエージェントふたりをわざわざ引っぱりだす必要はない。

国はどこであれ、政府がふたりを雇ったとは考えられない。個人の雇い主だろう。その仕事をする過程で——いや、最初からずっと——サルヴァトーレ・ネルヴィがふたりの邪魔をし、脅し、残忍さを剝きだしにし、殺した。彼の敵を見つけだすのはむずかしくない。だが、そのなかから雇い主を選り分けるには一年以上かかるだろう。引退したとはいえ、ふたりのプロをわざわざ雇って彼を狙わせたのは、いったい誰？ それより、ふたりの過去を知っていたのは誰？ ジーアのために、エイヴリルとティナは過去と決別し、普通の生活を送っていた。過去のことを自分から宣伝したりはしなかった。

でも、誰かがそれを知っていた。ふたりにはそういう能力があることを知っていた。つまり、その誰かは、おなじ世界の人間だということだ。あるいは、名前を知ることのできる立場にいる人間。そして、活動中の契約エージェントに近づいてはならないことも承知していた。そんなことをすれば自分に注意を集めることになる。男か女かわからないが、その誰かは、だからエイヴリルとティナを選んだ……でも、なぜ？ なぜふたりだったの？ それに、ジーアがいるのに、なぜふたりは仕事を請け負ったの？

ふたりともまだ充分に若くて壮健だった——彼らが選ばれた理由のひとつはそれだろう。それに、ふたりとも優秀だった。冷静で経験を積んでいた。選ばれた理由はわかるが、彼らが仕事を引き受ける気になったのはなぜ？　お金？　余裕のある生活ぶりだった。金持ちではなかったが、金に困ることはなかった。天文学的な数字の金を積まれれば心が動くかもしれないが、ふたりとも金にはあまり頓着しないほうだった。それはリリーもおなじで、仕事をはじめたときから、金はついてきた。金の心配をしたことはなかった。エイヴリルもティナもそうだったはずだ。契約エージェントとしてやってきたのだから、ふたりとも残りの人生を快適に暮らせるだけの蓄えはあった。それに、エイヴリルはコンピュータ修理の店をやっており、それが性に合っているように見えた。

ふたりのうちのどちらかが電話をくれてさえいれば。なにをするつもりか、教えてくれてさえいれば。彼らをそこまでやる気にさせたのがなんだったのか、どうしても知りたい。そうすれば、どこを攻めればいいのかわかるだろう。サルヴァトーレが死んだからといって、彼女の復讐は終わらない。これはまだ第一幕にすぎない。ふたりの友人が関わり合いにならざるをえないほど悪い事態とはなんだったのか。おそらくそれはネルヴィ一家が全世界を敵に回すことになるような事態、権力の座にあって、サルヴァトーレの息のかかった連中が慌てて距離を置こうとするような事態だったにちがいない。腐りきったネルヴィ一家の最後のひとりまで、倒してやりたかった。

仕事を引き受けることをティナが話してくれていて、それがふたりを引退生活から引き戻すほど重要なものだったら、リリーも一緒にやっていただろう。そうしたら、失敗ではなく、成功に導けたかもしれない——あるいは、彼女も一緒に死んでいたかも。

でも、彼らはなにも話してくれなかった。ふたりが殺された一週間前に、夕食をともにしていたというのに。彼女はそれから仕事で町を離れた。数日かそれよりもうちょっとかかる仕事だったが、いつごろ戻るかふたりに言っておいた。あのときには、すでに仕事を引き受けていたのだろうか。それとも、突然持ちこまれた仕事で、すぐに取りかからねばならなかった？　エイヴリルとティナはそういう仕事のやり方はしない。彼女もだ。ネルヴィ一家が相手なら、調査と準備にそれだけ時間がかかる。防御手段を幾重にも張りめぐらせているからだ。

　彼らが殺されて以来、そんなことを考えながら眠れぬ夜を過ごした日が、いったい何度あったことか。ときにジーアの楽しげな顔が脳裏（のうり）に浮かび、激しく泣きじゃくることもあった。自分でも怖くなるほどに。悲嘆に暮れ、いてもたってもいられぬ思いだった。すぐにも報復し、ヘビの頭を切り落としてやる。三カ月ほかのことには目もくれず計画を立て、目的を果たしたいま、つぎの標的に的を絞ることができる。

最初にやるのは、エイヴリルとティナを雇った人物を探しだすこと。雇ったのが個人なら、金を持った人物ということだ……いや、そうともかぎらない。彼らが引き受けざるをえないように仕向けたのかも。サルヴァトーレが関与した、とりわけ汚い仕事の証拠を携えて、ふたりを訪れたのかも。サルヴァトーレなら、それこそなんでもやる。どんなに下劣な汚れ仕事だろうと尻込みしない。金さえ儲かるならそれでいいのだ。

　エイヴリルもティナも、根っこのところでは理想主義者だった。してきた仕事が仕事だけにさんざんいろいろなものを見聞きし、多少のことでは驚かなくなっていたにしても、動揺をきたすことはある。いったいなにに動揺したの？

ジーア。ジーアの命を脅かすようななにか。ジーアを守るためなら、素手でトラと格闘したはずだ。彼らが慌てふためいたことも、引き受けざるをえなかったことも、それで説明がつく。

リリーは起きあがって、目をしばたたいた。むろんそうだ。どうしていままで考えつかなかったのだろう？ お金のためでないとして、ふたりにとってほかに大切なものは？ 結婚生活、たがいの愛情、リリー……でも、いちばん大事だったのは、ジーア。

証拠はない。証拠など必要なかった。友人のことはよくわかっている。ふたりが娘をどれほど愛していたか、よくわかっている。ふたりが人生でなにを大切にしていたか、よくわかっている。直感が導きだした結論だけれど、正しいような気がする。ほかには考えられない。

これで進むべき方向がわかった。ネルヴィ一家は研究施設もいくつか所有しており、医学や科学、生物学のありとあらゆる研究を行なっている。エイヴリルとティナが請け負った仕事は、よほど差し迫ったものだったにちがいない。彼らが仕事に失敗したとはいえ、異常事態はなにも起きていない。研究所の周辺で大惨事が起きたというニュースも耳にしていない。無差別に命が狙われた事件といえば、テロリストの爆弾事件ぐらいしか思い浮かばなかった。

もしかして、彼らは失敗していないのかも。任務は果たしたけれど、サルヴァトーレにそれがばれ、見せしめのために殺されたのかもしれない。

彼らが狙ったのは研究所のひとつではないかもしれないが、いちばん狙われやすい場所ではある。サルヴァトーレはヨーロッパじゅうにたくさんの研究施設を持っている。最後に会ってからふたりが死ぬまでの一週間にネルヴィ一家所有の研究施設でなにか事件が起きていないか、新聞記事を調べてみる必要がある。メディアの報道を最小限に抑えること、そして必要とあらば完全に握り潰すこともできる力を、サルヴァトーレは持っていたが、小さな記事が掲載されているかもしれない……なんらかの事件についての。

彼らは死ぬ直前に旅行に行ってはいない。リリーは近所の人に聞いてまわった。エイヴリルとティナは家にいたし、ジーアは学校に通っていた。つまり地元で片づく仕事だったのだ。あるいは近いところで。

あすにもインターネット・カフェに出掛け、調べてみよう。いま行ってもいいが、長い一日だったのだからきょうは休養にあてたほうがいい。ここなら比較的安全だ。ＣＩＡにも見つからないだろう。クローディア・ウェーバーのことは誰も知らないし、注意を引くようなことはなにもしていない。美容院が長くかかるのはわかっていたから、空港で食事をすませ、夜食のスナックも買ってある。コーヒーもあすの朝の分ぐらいは残っている。きょうのところはこれで充分だ。あしたになったら、食料の買いだしに行こう。新鮮な品が揃っている朝のうちに出掛けて、いいものを選んでこよう。それからインターネット・カフェに出向き、調査開始だ。

インターネットはすばらしい、とロドリゴは思った。優秀な人材を知っていれば——彼は知っていた——ネット上のすべてのものからセキュリティ機能を剝ぎ取り、丸裸にできる。

まず最初に、猛毒を調合する技術を持ち、なおかつ金で雇うことのできる、一匹狼の化学者のリストを作らせた。最後にやったのは、リストに並んだ数百の名前から九人に絞りこむ作業だった。このぐらいの人数ならなんとかなる。

あとはそれぞれの懐具合を調べるだけだ。ごく最近、大金を手にした者がいるはずだ。問題の人物は、金をいくつもの口座に振り分けるぐらいの世間知を身につけているかもしれない。そうだとしても、金が流れた記録は残っている。

そういう記録が見つかったのが、ドイツ国籍でアムステルダム在住のドクター・ウォルター・シュペーアだった。ドクター・シュペーアはベルリンの名だたる企業を首になり、ハンブルグでも職を追われていた。それからアムステルダムに移り、まあまあの暮らしぶりだったが、金儲けとは縁遠かった。ところが、最近になってシルバーのポルシェを購入した。しかもポンと現金で。ドクター・シュペーアの銀行はすぐに見つかったし、ロドリゴが抱えるコンピュータのプロにかかれば、銀行のコンピュータシステムに侵入することなどお茶の子さいさいだ。ほんの一カ月前、ドクター・シュペーアは米ドルで百万を預金した。米ドルの交換レートがよかったから、彼の懐はますます潤った。

アメリカ人。ロドリゴはぎょっとした。父を殺させたのは、アメリカ人だったのか？　納得がいかない。結んでいた協定は、アメリカ側にとってひじょうに価値のあるものだったはず。サルヴァトーレはそう考えていた。ロドリゴはかならずしも父に賛成ではなかったが、長年にわたりうまく機能しており、現状を覆すような事態が起きたことはなかった。

デニス――そう名乗った女――は、きょうのところはみごとに姿をくらましたが、彼女につながる別の糸を見つけたからには、かならずや正体を暴き、雇い主が誰だか突きとめてやる。

ロドリゴは時間を無駄にするような男ではない。その晩さっそく、自家用ジェットでアムステルダムに飛んだ。ドクター・シュペーアのアパートを見つけ、押し入るなど造作もないこと。暗がりで待っていると、ドクター・ウォルター・シュペーアが帰ってきた。

ドアが開いた瞬間にアルコールの匂いがぷんとして、ドクター・シュペーアがちょっとふらつきながらランプのスイッチをつけた。

一瞬ののち、ロドリゴは背後から飛びかかり、ドクターを壁に叩きつけて床に放り投げ、馬乗りになって、顔に強烈なパンチをたてつづけに見舞った。暴力に不慣れな人間にとって、暴力の爆発は度肝を抜かれる経験であり、混乱とショックでなす術をなくす。ドクター・シュペーアは不慣れなばかりか、酔っ払ってもいた。まったくの無抵抗だったが、だから手加減してくれる相手ではない。ロドリゴは体も大きく、若く、素早く、手際がよかった。

ドクターを引っぱりあげて床に座らせ、いま一度頭を壁に叩きつけた。おもむろにドクターのコートをつかんで顔を近づけ、じっくりと観察した。思いどおりの表情を浮かべている。

その顔はすでに赤く腫れあがり、鼻と口から血が流れていた。眼鏡は壊れ、片耳からななめにぶらさがっている。目には、なにがなにやらわけがわからない、という表情が浮かんでいた。

そういった点を除くと、ドクター・シュペーアは四十代前半に見える。くしゃくしゃの茶色の髪といい、ずんぐりした体つきといい、どことなく熊を思わせる。ロドリゴの暴力が加えられる前は、ごく平凡な顔立ちだったろう。

「自己紹介する」ロドリゴは訛りのきついドイツ語で言った。流暢ではないが意思の疎通ははかれる。「おれはロドリゴ・ネルヴィ」誰を相手にしているのか、ドクターにしっかりわからせておきたかった。ドクターがぎょっとして目を見開く。理性を失うほど酔ってはいならしい。

「一カ月前、あんたは米ドルで百万受け取った。誰がなんのために払った？」

「わたし——わたしは……なんだって？」ドクター・シュペーアはしどろもどろだ。

「金だよ。誰があんたに支払った？」

「女だ。名前は知らない」

ロドリゴはドクターを激しく揺すぶった。頭ががくがくし、眼鏡がすっ飛んだ。「たしかなんだな？」

「彼女は——なにもしゃべらなかった」シュペーアが喘ぎながら言う。

「外見はどんなだった？」

「ああ——」シュペーアは目をしばたたきながら記憶をたぐった。「茶色の髪。目も茶色だったと思う。外見など気にしなかったから、そうだろ？」

「歳は？　若かった？」

シュペーアはまた目をパチパチさせた。「三十代？」問いかけるように言ったのは、記憶が定かでないからだろう。

やはり。彼に百万ドルを渡したのはデニスにまちがいない。彼女に金を渡したのが誰か、シュペーアは知らない——こっちで調べあげるまでだ——が、これですべてがはっきりした。彼女が姿を消したと知ったとき、彼女こそ犯人だと直感でわかったが、誤った手掛かりを追って時間を無駄にしなかったのがわかったことは収穫だ。

「彼女のために毒を調合したんだな？」

シュペーアは反射的に唾を呑みこんだが、どんよりした目にプロとしてのプライドがちらりとよぎった。否定すらしない。「傑作だよ、言わせてもらえば。数種の猛毒の特性を生かしつつ結合させた。ほんの半オンスで、百パーセント命を奪える。後発症状が現れるころには、臓器の損傷がひどすぎて治療の手だてはない。多臓器移植という手があるにはある。拒絶反応を起こさない臓器が、一度に何種類も手に入ればだがね。しかし、毒が少しでも組織内に残っていれば、今度は移植した臓器を攻撃する。いや、やはり多臓器移植でもだめだろう」

「ありがとう、ドクター」ロドリゴはほほえんだ。冷たい笑みだった。ドクターが素面(しらふ)だったら震えあがっていただろうに、酔っていたからほほえみ返した。

「どういたしまして」声の余韻がまだ残るあいだに、ロドリゴはドクターの首をへし折っていた。ぬいぐるみの人形のように体がずるずると床に落ちた。

7

翌朝、ホテルのベッドに横になったまま、スウェインは天井を見つめ、いくつかの点を論理的につなぎ合わせようとしていた。冷たい十一月の雨が窓ガラスを叩いている。温暖な南アメリカの気候に体が馴染んでいたので、ベッドにぬくぬくおさまっていても寒くてかなわない。雨と時差ぼけを理由に休養を取ることにした。だが、怠けているわけではない。考えていた。

リリーはいったいなにをするつもりなんだ。その人となりを知らないから、想像をめぐらそうにもうまくいかない。独創的で大胆で、冷静だということはわかった。彼女の裏をかくためには、よほど頭を研ぎ澄ませなければならない。だが、むずかしいほうがやる気が湧くというもの。彼女の写真を手にパリじゅうを走りまわり、この女を見たことありませんか、と手当たりしだいに尋ねてみるよりも——まあ、それもひとつの手だが——彼女がつぎになにをやるかを予測し、その半歩先を行くこと。

これまでに知ったことを頭のなかでリストアップする。といってもほんのわずかだが。

ポイントA　サルヴァトーレ・ネルヴィは彼女の友人を殺した。
ポイントB　彼女はサルヴァトーレ・ネルヴィを殺した。

普通に考えれば、それで終わりのはずだ。任務完了。あとはロドリゴ・ネルヴィの手から無事に逃げだしさえすればいい。彼女はそれもやり遂げた。ロンドンへと逃げ、みごとな変装で監視の目をすり抜け、パリに引き返した。おそらくパリにある隠れ家に身をひそめているのだろう。無尽蔵とも思える偽名のストックのなかから、また別の名を取りだして。あるいは、空港を出てからまた変装し、空港に戻って別の便に乗ったということも考えられる。空港を利用する乗客は誰でも、各所に取りつけられた監視カメラの被写体になっていることは、彼女も承知しているはずだ。だから、彼女を追う人間がいずれは変装を見破り、搭乗者名簿を調べて彼女が使った偽名を突きとめるだろうということもわかっているはず。ロドリゴ・ネルヴィが送った追跡者をまき、時間を稼ぐためには早替わりをする必要があった。たとえ三つの偽名を捨てることになっても。その名をふたたび使えば、警報が鳴り響き、彼女は捕まってしまう。

だが、パリに戻ってからは、空港をいったんあとにして、別の名前の別の人間になりすますだけの時間があった。空港の監視カメラに引っかからないよう、変装する時間が。彼女が使う偽造書類は上等なものだ。よほど腕のいい人間を知っているのだろう。セキュリティ・チェックも税関もすんなり通り抜けられる。いまごろは、世界のどこにいてもおかしくない。

ロンドンに戻ることも、合衆国に向かう夜行便に乗りこむこともできたはずだ。案外このホテルの隣の部屋で眠っていたりして。

彼女がパリに戻ったのには、なにかわけがあるはずだ。作戦上は筋が通っている。飛行時間が短いので、空港の警備の連中が彼女の足取りをつかもうと目が赤く腫れるほどビデオを見まくり、搭乗者名簿を絞りこんで彼女が使った偽名を突きとめる前に、姿をくらますことができる。それに、パリに戻ることで、イギリス政府ばかりかフランス政府まで巻きこみ、捜査をもたつかせられる。でも、それならヨーロッパのほかの国に飛んでもよかったわけだ。ロンドンとパリのあいだはほんの一時間だが、ブリュッセルはもっと近い。アムステルダムやハーグもそうだ。

スウェインは両手を頭の後ろで組み、天井を睨みつけた。彼の推理には大きな穴がある。ロンドンで税関を抜けたあと、監視カメラのビデオで変装を見破られる前に、彼女は空港を出ることが充分にできた。ロンドンに留まりたくなかったのなら、数時間後に別の変装で空港に戻ってきて、別の便に乗ればよかったのだ。誰もおなじ人間だとは思わない。楽勝じゃないか。そこらじゅうに監視カメラがある空港に留まるより、はるかに賢い方法だ。なぜそうしなかった？　変装を誰にも見破られないと思っていたのか、あの時間にどうしてもパリに戻らねばならないわけがあったのか。

たしかに、彼女はスパイの訓練を受けたフィールド・オフィサーではない。契約エージェントは、特定の任務を果たすためにそのつど雇われ、任地に送りこまれる。彼女のファイルを読んでも、変装や脱出のテクニックを習ったという記録はない。ネルヴィ一家との協定を反故（ほご）にしたことでＣＩＡからも追われる身となることはわかっていたはずだが、主要な空港の監視システムがどの程度のものか、知らなかった可能性はある。

いや、それはない。

彼女はひじょうに頭が切れるし周到だ。一挙手一投足をカメラに見張られていることは承知のうえで、変化球を投げて時間稼ぎをした。それに、ヒースロー空港を出て数時間後に戻ることで、追っ手に時間を与えることになり、なにがしかの手を打たれることを恐れたのだ。どんな手を？　顔照合プログラムのデータベースで検索をかけるとか？　彼女の顔は、ＣＩＡのデータベースに入っているだけだ。だが、誰かが彼女の顔の特徴をインターポールのデータベースに打ちこんでいれば、空港の出入り口に設置された監視カメラに引っかかって、搭乗ゲートまでたどり着けなかっただろう。なるほど、そういうことか。ロドリゴ・ネルヴィがインターポールのデータベースを操作することを、彼女は恐れたのだ。

その危険をどうすれば回避できる？　美容整形手術を受けるというのもひとつの手だ。逃亡中の女にとって、それは賢い手だろう。だが、彼女はその方法を選ばなかった。しかもパリに舞い戻ってきた。美容整形手術を受けるまでどこかに隠れているのは、あまりに時間がかかりすぎる。彼女がやり遂げようとしていることには、おそらく時間的制約があるのだろう。

たとえば？　ディズニーランド・パリ見物？　ルーブル宮殿ツアー？

おそらく、サルヴァトーレ・ネルヴィ殺害は終着点ではなく、第一幕にすぎないのだ。CIAがえり抜きの人間――つまりおれのことだが、彼女はおれのことなどこれっぽっちも知らない――を送りこんでくるだろうから、捕まるのは時間の問題だと覚悟しているのだろう。自分の能力にたいする自信のようなもので、スウェインは体の内側が熱くなるのを感じた。それはそれとして、思考の筋道としては合っている気がする。彼女にはやろうとしていることがある。それは急を要することだから一時間も無駄にできない。時間切れでできなくなることを、彼女は恐れているのだ。

スウェインはうなり声をあげて起きあがり、両手で顔をこすった。この推理にも穴がある。彼女がなにをやろうとしているにしても、姿を隠して美容整形手術を受けたほうが成功の確率は高い。思考が堂々めぐりしていた。彼女の行動を説明する唯一の説は、どこかに彼女にとっての〝時限爆弾〟があり、数カ月も待っていられず、いますぐに、あるいは短期間のうちに処理しなければならないということだ。だが、そういうことなら、世界を危険にさらすような事態なら、電話一本かけてプロ集団に処理を任せればいいじゃないか。白馬シルヴァーにまたがる正義の騎士、ローン・レンジャーを気取らなくても。

〝世界を危険にさらす〟は削除。動機にはならない。だったら個人的なことか。彼女が自分の手で片をつけたいなにか、しかも早急にやらなければと思っているなにか。

彼女のファイルの内容に思いをめぐらせてみる。サルヴァトーレ・ネルヴィを殺した動機は、数カ月前に友人夫妻と養女が殺されたことだ。彼女は周到な準備をし、時期をうかがい、ネルヴィに接近した。だったら今度もなぜそうしないんだ？　切れ者のプロのエージェントが、みすみす捕まるような馬鹿な真似をなぜしようとするんだ？

動機はこの際忘れよう。スウェインはふとそう思った。彼は男だ。女の心を読み取ろうとすると、ついしゃかりきになってしまう。いちばんありえそうなシナリオは、彼女がまだネルヴィ一家への復讐を果たしてはいないというものだ。彼らに手ひどい一撃を与えたが、いままたさらなる一撃を加えようとしている。ネルヴィ一家への恨みは凄まじいものだから、報復せずにはいられないのだ。

満足のため息を洩らす。そうだ。それならわかる。動機がわからなくてもかまうものか。彼女は愛する者たちを失い、どんな犠牲を払おうと復讐を果たそうとしている。それは理解できる。理由は単純明白だ。なぜこういうことをやって、なぜああいうことはやらないのか、と先を読もうとしなければ。

あと数時間もすれば首都ワシントンで夜が明ける。フランク・ヴィネイに連絡を入れ、この推理を説明しなければならない。推理が正しい方向を指していることは直感でわかっていた。だから、ヴィネイと話をする前に嗅ぎまわってみよう。どこから手をつけるべきか、それを決める必要があった。

すべては彼女の友人に戻る。友人夫婦がやっていたことが、ネルヴィ一家の逆鱗(げきりん)に触れた。友人夫妻の遺志を受け継ぐことは、彼女にとっての〝詩的正義〟――つまり、悪を滅ぼし善を栄えさすことなのだろう。

ヴィネイのオフィスで読んだファイルを思い出してみる。書類の類はいっさい持ってこなかった。機密漏洩の恐れがあるからだ。手元になければ読まれる心配はない。持ってくるかわりに、彼には頼りになる記憶力がある。エイヴリルとクリスティーナ・ジュブラン夫妻、引退した契約エージェント。エイヴリルはカナダ人でクリスティーナはアメリカ人だが、ずっとフランスに住み、十二年前に完全に足を洗った。いったいなにがサルヴァトーレ・ネルヴィを怒らせ、ふたりの命を奪ったのだろう？

オーケー、それじゃ手はじめに夫婦の住まいと、どんなふうに死んだか、リリー・マンスフィールド以外に友人はいたかどうかを探りだしてみよう。異常事態が起きたというようなことを、友人に話していなかったかどうか。ネルヴィは生物兵器を製造し北朝鮮に売っている。だが、もし彼らがその手のことを偶然に見つけたとしたら、なぜ昔のボスに報告しなかったんだ？　自分でなんとかしようなんて愚か者のやること。契約エージェントは愚か者ではない。もしそうだったら、とっくの昔に死んでいる。

いや、そうとも言えない。ジュブラン夫妻は現に死んでいるのだから。

また思考の堂々めぐりになる前にベッドを出て、シャワーを浴び、ルームサービスに朝食を頼んだ。シャンゼリゼ地区のブリストルホテルに投宿したのは、専用の駐車場と二十四時間のルームサービスがあるからだ。そのぶん高くつくが、前夜に借りた車を駐める場所と、変な時間でも食事ができるようルームサービスは必要だ。それに、大理石のバスルームはかっこいいし。

ジャムを塗ったクロワッサンを食べている最中に、ふと思い浮かんだ。ジュブラン夫妻は偶然になにかを見つけたのではない。彼らは仕事をやるために雇われ、しくじったか、成功したけれどネルヴィ一家に報復されたのではないか。

リリーはそれがなんだったか知っているのかもしれない。そうなると、彼はまだ遅れを取っていることになる。だが、もし彼女が知らなかったとしたら――その可能性のほうが高そうだ。夫妻が殺されたとき、彼女は仕事でフランスを離れていた――戻ってから、友人を雇った人物とその理由を突きとめようとした。となると、スウェインがこれから話を聞こうとしている人たちに、彼女もおなじことを聞いてまわっているのだろう。ふたりの道がいつか交差する確率は？

そんな賭けみたいなことは彼の好みではなかったが、その確率はかなり高そうに思えてきた。取っかかりとしては、ネルヴィ一家所有の施設で、ジュブラン夫妻の死の前の一週間に事故かなにか起きていないか探りだすことだ。リリーは新聞記事を調べるだろう。ネルヴィ一家が関わる事故や事件の記事が掲載されているかもしれない。彼のほうは、フランス警察に問い合わせられる立場にあるが、自分の正体や滞在先は知られないほうがいい。この一件は秘密裏に運ぶことを、フランク・ヴィネイは望んでいる。ＣＩＡの契約エージェントが、サルヴァトーレ・ネルヴィのような政治的にも影響力を持つ人物を暗殺したことがフランス政府にばれるのは、両国の外交関係に悪影響をおよぼしかねない。サルヴァトーレはフランス市民ではないが、パリに住んでいたし、フランス政府に〝お友達〟がたくさんいた。

電話帳でジュブラン夫妻の住所を調べたが載っていなかった。驚くことはない。

スウェインにとって有利なのは、世界じゅうで起きている些細な出来事を収集し、分類し、分析する機関に所属していることだ。しかもその機関の情報ハイウェイは二十四時間開いている。それも彼にとって利点だ。

盗聴防止機能付きの携帯電話でラングレーに電話し、通常の身元確認のプロセスを経て一分後にはパトリック・ワシントンという名の担当者と話ができた。スウェインが身分を明かし、欲しい情報を告げると、パトリックは言った。「お待ちください」スウェインは待った。待ちつづけた。

十分後、パトリックが電話口に戻ってきた。「お待たせして申し訳ありません。ダブルチェックする必要があったもので」つまり、スウェインの身元をチェックしたのだ。「ええ、たしかに八月二十五日に研究所で事故がありました。かぎられた場所で爆発と火災が起きましたが、損害は最小限に食い止められたそうです」

ジュブラン夫妻が死んだのは八月二十八日。研究所の事故が引き金だったのだ。

「研究所の住所は?」

「すぐにわかります」

コンピュータのキーを叩く音がして、パトリックが言った。「カピシン通り七番地、パリ郊外です」

郊外といっても広い。「北、東、南、それとも西？」

「通りで検索してみます——」またキーの音。「東です」

「研究所の名前は？」

「そのものずばり。ネルヴィ研究所です」

ああ、なるほど。スウェインは頭のなかで、その名前をフランス語に訳した。

「ほかにお知りになりたいことは？」

「ああ。エイヴリルとクリスティーナ・ジュブラン夫妻の住所。引退した契約エージェントだ。ときどき使っていた」

「いつごろですか？」

「九〇年代のはじめごろ」

「ちょっとお待ちください」またもやキーを打つ音。「わかりました」住所を告げる。「ほかには？」

「いや、ない。きみは優秀だな、ミスター・ワシントン」

「ありがとうございます、サー」

〝サー〟をつけたところをみれば、スウェインが機密情報の使用許可を得ている人物かどうか、パトリックはほんとうにダブルチェックを行なったのだろう。頭のなかの〝使える人間ファイル〟にパトリックの名を書き加えた。なんでも疑ってかかる用心深さが気に入った。

窓の外に目をやる。雨は降りつづいていた。くさくさする。長く過ごした熱帯では、ふいのスコールでずぶ濡れになったあとに襲いかかってくる蒸し暑さに辟易したものだ。その経験から、服が濡れることに激しい嫌悪を覚える。冷たい雨に打たれたのはずっと昔のことだが、つらつら思うに、濡れて暑いよりも濡れて寒いほうがいっそうみじめな気がする。それにレインコートを持ってきていない。持ってこようにも最初から持っていなかった。買いに行っている時間はない。

腕時計は八時十分を指していた。買いに行く時間があったとしても、店はまだ開いていない。そこでフロントに電話し、料金はルームチャージに上乗せするように言って、大きさの合うレインコートを部屋に届けさせることにした。どのみち届くまで待っているわけにはいかないから、けさは雨に濡れるしかない。もっともジャングルを何キロも行進するわけじゃなし、濡れるといってもレンタカーまでの往復だけだ。

ジャガーを借りたのは運転してみたかったせいもあるが、NATO軍にいるマリーの友人のおかげで〝はるかに速く〟海峡を渡れたとはいえ、レンタカーのオフィスを訪ねたのが前夜遅くだったために、レンタル料の安い車はみな出払っていたからだ。残っていた車のなかではジャガーがいちばん安かった。経費を請求するときには、規定のレンタル料を書きこんで差額は自腹を切るしかない。どんな規則にも抜け道はあるが、こと経費に関しては几帳面すぎるほど規則を守っていた。仕事ぶりには自信がある。もし落ち度を責められるとしたら金にまつわることぐらいしかなく、そんなことで突かれていやな思いはしたくないから、きっちりやることにしていた。

ジャガーを運転してホテルを出た。シートの革の濃厚な香りを胸いっぱいに吸いこむ。女が香りで男をその気にさせたいのなら、新車の匂いの香水をつければいい。

愉快な思いつきに心も軽くパリっ子の車の列に突っこんでいった。パリに来たのはひさしぶりだが、この街ではより勇敢で無鉄砲な運転手が優先権を得ることは憶えていた。規則では右側の車に優先権があるが、規則なんてくそくらえだ。タクシーに追い越しをかけると、運転手がブレーキを踏んでフランス語で怒鳴ったが、スウェインはかまわずアクセルを踏んで割りこんだ。こりゃおもしろくなってきた！　濡れた路面が危険度を増し、アドレナリンの分泌がいっそう活発になる。

抜きつ抜かれつを繰り返し、ときおり地図に目をやりながら、ジュブラン夫妻が住んでいたモンパルナス地区へと向かった。あとからネルヴィの研究所に回り、建物の配置や保安対策を調べてみよう。だがまずは、リリー・マンスフィールドがいちばん立ち寄りそうな場所に行ってみることだ。

いよいよ活動開始。きのうは彼女にしてやられたが、知恵比べの相手として不足はない。こっちが勝つに決まってはいるが——最終的には——追っかける楽しみはなににも替えがたい。

8

ロドリゴは受話器を叩きつけると、デスクに肘を突き両手に顔をうずめた。誰でもいいからいまここで絞め殺してやりたい。マリーとその部下め、たかが女ひとりにここまで虚仮にされるとは、目は節穴、おつむは空っぽのうすら馬鹿集団にちがいない。空港のビデオを専門家に分析させるとマリーは約束した。それなのに、デニス・モレルの行き先がわからないときた。彼女はふっつり姿を消した。変装したことにまちがいないが、巧妙なプロの変装だったので見破ることができなかったなどと、言い訳ばかり垂れやがって。

親父を殺しておいて、逃げられると思ったら大間違いだ。顔に泥を塗られたというだけじゃない。彼の全身が復讐を望んでいた。悲しみと傷つけられたプライドが胸のなかで渦を巻き、心が休まるときがなかった。彼も父もつねに細心で用心を怠ったことがなかったのに、あの女は防御の壁をくぐり抜け、サルヴァトーレを痛ましくもおぞましい死に追いやった。銃弾に倒れたなら威厳も保てるが、臆病者の武器である毒を盛られるとは。

マリーはあの女を見失ったかもしれないが、ロドリゴはあきらめない。あきらめてたまるか。

頭を使え！　自分に命じる。彼女を見つけだすには、まず正体を突きとめなければ。何者で、どこに住んでいるのか？　家族はどこに住んでいるのか？

身元調べの通常の手段とは？　むろん指紋。歯型。これは使えない。彼女の身元がわかっていて、なおかつかかっていた歯科医がわからなければどうしようもない。歯型の照合は死んだ人間の身元確認に使われる。生きている人間を見つけだすには……どうすればいい？

指紋。屋敷にいたときに使った部屋は、彼女がフラットに戻ったその日にきれいに掃除されたので指紋は残っていない。彼女が使ったグラスや銀器からも指紋は採れない。だが、彼女のフラットなら可能性はある。そう思ったら少し元気が出たので、さっそくパリ警察の友人に連絡を取った。友人はなにも尋ねず、自分で出向くとだけ言った。

一時間もせずに連絡が入った。まだフラットの隅々まで調べ終わってはいないが、おもだった場所を調べたかぎりでは、指紋は、ぼやけたものすらひとつも出なかった、と友人は言った。フラットはきれいに拭いてあった。

出鼻を挫かれ、湧きあがる怒りを、ロドリゴは抑えこんだ。「身元を知るのにほかに方法は？」

「確実な方法はないね。指紋が使えるのは、その人間に逮捕歴があり、指紋がデータベースに保存されている場合だけだ。ほかの方法もおなじだ。ＤＮＡ鑑定は精度が高いが、比較するための別のサンプルがなければどうしようもない。ふたつを比べて、おなじ人間のものかどうかを判定するのだからね。顔照合プログラムも、すでにデータベースにおさめられている場合しか使えないし、これはおもにテロリストを対象にしている。声紋鑑定にも網膜判定にもおなじことが言える。比較するためのデータベースがなけりゃね」

「わかった」ロドリゴは額をこすった。考えをめぐらす。監視ビデオ！　デニスの顔は屋敷内の監視カメラがとらえているし、彼女の身分証明書にはもっとはっきりとした写真が貼ってある。それに彼がやらせた身元調査の写真もある。「顔照合プログラムのデータベースは誰が持ってる？」

「インターポールはむろん持っているし、主要機関はどこも持っている。ロンドン警視庁とか、アメリカのＦＢＩやＣＩＡ」

「それで、たがいに情報交換はしているのか？」

「ある程度まではね、ああ。捜査する立場からすれば、すべての情報は共有のものだ。理想の世界ならそうだろうが、実際にはどの機関も秘密にしているものがある、そうだろ？　この女が犯罪者なら、インターポールのデータベースに入っているだろう。ひとつ気になることがあるんだが――」

「なんだ？」

「大家が言うには、きのう、この女のところに男が訪ねてきたそうだ。アメリカ人の男だ。大家は男の名前を訊かなかったし、人相なども曖昧（あいまい）で要領を得ないんだがね」

「ありがとう」ロドリゴは言った。それがなにを意味するのか考えてみなければ。女は米ドルで報酬を受けている。アメリカ人の男が彼女を訪ねてきた。だが、男が彼女の雇い主なら、り合いだろう。

居場所を知っているはずだ——それに、彼女は仕事をやり終えたのだから、訪ねてくる必要はないんじゃないか？　いや、男はこの件にまったく関係ないに決まっている。たんなる知り合いだろう。

受話器を置き、残忍な笑みを浮かべる。これまでに何度もかけた番号を押す。ネルヴィ一家は、ヨーロッパはもとよりアフリカや中東、それに東洋にまで手づるを持っている。彼ほど頭の切れる人間なら当然のこと、インターポールにもそういう手づるを確保していた。

「ジョルジュ・ブラン」落ち着いた声が答える。冷静沈着な男にふさわしい声ではある。ブランほど有能な男に会ったことがない。もっとも、じかに顔を合わせたことはないのだが。

「写真をスキャンしてあんたのコンピュータに送ったら、おたくの顔照合プログラムにかけてもらえるか？」名を名乗る必要はなかった。ブランには声だけでわかる。

短い間があってから、ブランの声がした。「ああ」交換条件を出してこない。自分の立場がどうのといった恩着せがましい言葉もない。ブランはひとことで依頼を引き受けた。

「五分以内に送る」ロドリゴは言い、電話を切った。デスクの上のファイルからデニス・モレル——そう名乗った女——の写真を取りあげ、スキャンしてコンピュータに取りこむ。考えられるかぎりのセキュリティ対策が施されたコンピュータだ。キーを打ちこむと、写真はインターポールの本部があるリヨンへ送られた。

電話が鳴る。受話器を取る。「もしもし」

「受け取った」ブランの冷静な声が聞こえる。「わかりしだい電話するが、どれぐらいかかるかとなると……」言葉が尻つぼみになる。肩をすくめているのが目に見えるようだ。

「なるべく早く頼む」ロドリゴが言う。「もうひとつ」

「なんだ？」

「アメリカ政府に持っているあんたのコネ――」

「それが？」

「おれが探している人物はアメリカ人の可能性がある」あるいは、アメリカ人に雇われている可能性が。支払いは米ドルだった。父の殺害にアメリカ政府が関与しているとは思っていなかったが、あの女の雇い主が判明するまでは、手持ちのカードを明かすつもりはなかった。アメリカ政府内の手づると連絡を取り、ブランに頼んだように照合を依頼することもできたが、ここは遠回りをしたほうがいいような気がしたのだ。

「向こうのデータベースを調べさせよう」ブランが言う。

「内密に」

「むろんだ」

9

傘でも防ぎきれない横殴りの雨にも、リリーは顔をあげ周囲に視線を配りながら歩いた。スタミナがどこまでつづくか知りたかったから、無理しても足取りは緩めなかった。手袋とブーツとレインコートで寒さ対策はしていたが、帽子はかぶっておらず、金髪は丸見えだ。ロドリゴの手下が万が一パリで彼女を探していたとしても、めあては茶色の髪の女だし、パリに舞い戻っていることをロドリゴはまだ知らないだろう。少なくともいまはまだ。

だが、CIAとなると話はまったく別だ。ロンドンで飛行機を降りたとたん、身柄を拘束されなかったのは意外だった。それどころか、ドゴール空港でも、けさ家を出たときにも、尾行者の姿はなかった。

とんでもなく運に恵まれているのかも、と思いはじめていた。ロドリゴはサルヴァトーレの死を数日間伏せ、葬式のあと、急病で死亡とだけ発表した。毒のことには触れずじまいだった。点と点が結びつけられていないのだろうか？

へたに希望を持てば気が緩む。仕事をやり終えるまでは、いつどこから襲いかかられるかわからない。警戒を怠ってはならない。仕事が終わったら——さあ、どうしよう。いまの時点で願うのは生き延びることだけ。

アパートに近いインターネット・カフェには行かなかった。ネルヴィ一家に関するオンライン情報にはきっと罠が仕掛けられている。だから地下鉄に乗ってラテン・クォーターまで行き、あとは歩いた。このインターネット・カフェを選んだのは、これまで一度も使ったことがないからだ。追跡を逃れるための基本ルールその一は、日課を設けないこと。行動を予測されないためだ。捕まるのはたいてい居心地のよい場所にいるときや、慣れたことをしているときだ。

リリーはパリで長い時間を過ごしてきたので、避けるべき場所や人が多い。ここに住まいを構えたことはなく、友人の家――たいていはエイヴリルとティナの家――か、朝食付きの民宿に泊まった。ロンドンでは一年ほどフラットを借りていたことがあったが、旅先で過ごす時間のほうがずっと長く、もったいないからやめた。

仕事の場はたいていがヨーロッパで、故郷のアメリカに帰ることはめったになかった。ヨーロッパが好きで馴染んではいても、落ち着こうと思ったことはない。いつかもし――特大の〝もし〟――家を買うとしたら、アメリカでになるだろう。

エイヴリルやティナのように引退して、普通の生活を送れたらいいのに、とたまに考える。九時から五時までの仕事に就き、ひとつところに落ち着いて、コミュニティの一員となって隣近所と馴染み、親戚を訪ねたり電話でおしゃべりする生活。どうしてこうなったのだろう。虫を踏み潰すようにやすやすと人間らしい生活を捨て、母親に電話するのさえためらわれるようなことに。はじめたころは若かったから、不安に怯えていた——木の葉のように震えていた——が、ひとつの仕事を成し遂げるとつぎは少し楽になっていた。そんなふうにどんどん平気になっていった。やがて標的を人間としてとらえなくなった。感情を切り離さなければ仕事はやり遂げられない。うぶだったと思うが、政府が彼女を善良な人間のもとに送りこむはずがないと信じていたのだ。そう信じなければ仕事はできない。それでも気がつけば、そうはなりたくないと思う人間になってしまっていた。普通の社会には受け入れてもらえないような人間に。

引退してひとつところに落ち着くという夢はまだ持っていたが、夢は夢のまま、けっして叶うことはないとわかっていた。今回なんとか生き延びたとしても、ひとつところに落ち着くのは普通の人間のすることで、リリー自身は人間以下になりさがっているのではないか。殺すことはあまりにたやすく、すでに本能になっていた。いやな上司や性悪な隣人に苦労させられ、毎日おなじことでくよくよしなければならないとしたら、いったいどうなるだろう？　誰かに襲いかかられたら？　本能をコントロールできるだろうか。それとも、殺してしまう？

それよりも、愛する人をうっかり危険にさらしてしまったら？　自分のせいで、自分がしてきたことのせいで、家族の誰かが傷つけられたとしたら、とても耐えきれないだろう。

車のクラクションにはっとし、意識を周囲に戻した。つい警戒を怠り、物思いに耽った自分にぎょっとした。集中力がとだえたらそれで終わりだ。

いまのところはＣＩＡのレーダーをかいくぐっている――希望的観測だけれど――が、いつまでつづくものではない。いずれは誰かが襲いかかってくるだろう。それも近いうちに。

現実的に考えて可能性は四つ。最良のシナリオは、エイヴリルとティナを引退生活からおびきだしたものがなんだったかを突きとめるというものだ。それがなんであれあまりに残忍非道なことだから、文明世界はこぞってネルヴィ一家と距離を置き、そうなるとネルヴィ一家の事業は成り立たなくなる。むろんＣＩＡは二度と彼女を使わないだろう。大事な情報源を殺した契約エージェントなど危なくて使えない。つまり、彼女は勝利するけれど失職する。となると、さっき考えていた問題に直面することになる。はたして普通の生活を送れるかどうか。

つぎのシナリオは、ネルヴィ一家の罪を問う証拠をつかめず――テロリストに武器を売るのは充分にひどいことだが、誰でも知っている――別名で生きることを余儀なくされる。この場合も仕事を失うから、最初のシナリオとおなじことになる。普通の仕事をする普通の女になれるかどうか。

残りふたつのシナリオは厳しいものだ。目的は遂げるが殺されるか、遂げる前に殺されるか。

最初のふたつのシナリオが現実のものとなる可能性は五分五分だろうが、四つのシナリオが起こりうる確率はおなじではない。命を落とす確率は八〇パーセントと見ていた。それでも楽観的かもしれない。でも、残りの二〇パーセントのために全力を尽くすしかない。ここであきらめてジーアの死を無駄にはできない。

ラテン・クォーターは石畳の小道が迷路のように入り組んでいて、いつもは近くのソルボンヌ大の学生や、風変わりなブティックとエスニックな店をめあてにやってくる買い物客でごったがえしているが、きょうは冷たい雨のせいで人通りも少なかった。それでも、インターネット・カフェはすでに盛況だ。傘をたたみ、レインコートとスカーフと手袋を脱ぎながら店内を見回し、なるべく人目につかない場所で空いているコンピュータがないかと探した。ライナー付きのレインコートの下は分厚いタートルネックのセーターにだぶだぶのニットのスラックス、それに短いブーツ。セーターの濃いブルーが目の色の明るさをやわらげてくれる。右の足首に巻いたアンクルホルスターには二二口径のリボルバーがおさめてある。短いブーツだからすぐに取りだせるし、だぶだぶのスラックスの裾がうまく隠してくれている。サルヴァトーレに近づくたびにやられたいまいましいボディチェックのせいで、ここ数週間は武器を携帯することができず、丸裸で無防備な気分だった。いまは安心できる。

戸口を見張れてなおかつ誰にも邪魔されない席を見つけたが、十代のアメリカ娘が電子メールをチェックしていた。アメリカ人はどこにいてもすぐわかる。着ている服とか話しぶりのせいばかりではない。一歩間違えば傲慢にも見え、ヨーロッパ人の不興を買う、うちに溢れる自信のせいだ。彼女にもそれはある――ほぼ確信していた――が、長いことかけて服の好みや仕草を変えてきた。髪や目の色のせいで、北欧の人間かドイツ人に間違えられることが多い。いまの彼女からアップルパイと野球を連想する人はいないだろう。

アメリカ娘が電子メールのチェックを終えて席を立つまで待った。一時間あたりの席料が手ごろなせいか大学生が多い。リリーは一時間分の料金を払った。調べにはそれぐらいかもっとかかるだろう。

まずはフランス最大手の新聞〈ル・モンド〉から。ジュブラン夫妻と最後に食事をした八月二十一日から、ふたりが殺された二十八日までの記事を調べる。〝ネルヴィ〟で検索に引っかかったのは、国際金融の記事に絡んでサルヴァトーレの名が出てきたものだけだ。行間から読み取れるものはないかと記事に二度目を通したが、金融問題に疎いためか、もともとなにもないからか、得られるものはなかった。

パリ地区で売られている新聞は、小さなものも含めて十五紙ある。すべての新聞で、問題の七日間の記事を検索した。時間のかかる作業で、気が遠くなるほど大量の記事がダウンロードされることもあった。途中で接続が断たれ、ログインをやりなおすこともあり、経済紙〈アンヴェスティール〉にログインして当たりを取るまでに、作業をはじめてかれこれ三時間はたっていた。

わずか二行の補足記事だった。八月二十五日、ネルヴィ研究所で爆発が起き、火災が発生したが、〝かぎられた場所〟で起きた〝小規模な〟火災で、〝損害は最小限〟に食い止められたため、研究所で進行中のワクチンの研究にはなんの影響もなかったそうだ。

エイヴリルは爆破のプロで、その技量は芸術の域に達していた。慎重に計画すれば、必要なものだけを取り除くよう爆弾を仕掛けられるんだから、手当たりしだいに吹き飛ばしてなんになる、というのが彼の持論だった。ひと部屋だけやればいいんだ。建物全体を爆破する必要はない。ひとつの建物を消すために一ブロック丸ごと吹き飛ばすなんて素人の仕事だ。彼の仕事を評するのによく使われるのが〝かぎられた場所〟という言葉だった。ティナのほうは、拳銃の腕もだが、セキュリティ・システムを迂回する技術に長けていた。

彼らの仕業だという確証はないが、当たりのような気がする。少なくとも手掛かりにはなる。正しい方向に導いてくれることを祈るだけだ。

探しついでに問題の研究所について調べてみると、住所以外にも貴重な情報を入手できた。所長というのが、なんとまあ、〝お友達〟のドクター・ヴィンチェンツォ・ジョルダーノだったのだ。名前をサーチエンジンに打ちこんでみたが収穫なし。もっとも彼が自宅の電話番号を公表しているとは思っていなかった。住所を知るのにいちばん手っとり早くはあるが、唯一の方法ではない。

ログオフしてから、肩の力を抜き、頭を前後に倒して首筋の凝った筋肉をほぐした。コンピュータの前に三時間も座りっぱなしだったせいで、全身の筋肉が凝っているうえにトイレに行きたかった。疲れていたものの、前日ほどのひどい疲れではないし、地下鉄の出口からここまで急ぎ足で歩いてもスタミナが切れなかったことに満足感を覚えていた。

カフェを出ると雨はまだ降っていたが、雨脚は弱まっていた。傘をさし、ちょっと考えてから来たのとは反対方向へ歩きだした。お腹がすいていた。もう何年も口にしていないが、昼食に食べたいものはあれしかない。ビッグマック。

スウェインはまた先を読もうとしていた。自分でもうんざりするがついそうしてしまう。ジュブラン夫妻の家を探しだしたはいいが、家財道具はすでに処分され、すっかり掃除されて、別の家族に貸すか売るかされていた。忍びこんで家捜しできるのではないかと考えてきたのだが、別の家族が住んでいるのではやっても無駄だ。家の様子をうかがっていると、若い母親がベビーシッター――顔が似ているから母親だろう――を玄関に迎え入れ、開いたドアの隙間から就学前の子供がふたり、母親の手を振りきり雨のなかに飛びだしていった。母と祖母は舌打ちしながら、はしゃぐふたりの幼子を捕まえ玄関に押しこんだ。それから若い母親が傘とバッグを抱えて飛びだしてきた。仕事か買い物に行くのだろうが、彼にはどうでもいいことだ。問題なのは家に人が住んでいるということ。

彼が先を読みはじめたのはそれからだった。隣近所や地元の商店街でジュブラン夫妻について聞きこみをしようと、そういう心づもりで来た。親しくし行き来していた友人はいたかとか、そういったことを訊いてまわるつもりだったが、もしリリーより先に尋ねてまわったら、あとから来た彼女に誰かがうっかり洩らさないともかぎらない。そういえば、きのう、あるいは数時間前に、おなじようなことを訊きまわっていたアメリカ人の男がいた、と。彼女は馬鹿じゃない。それがなにを意味するかわかっているから、どこかへ身をひそめるだろう。

前日、スウェインはなんとか彼女に追いつこうと必死で動いたが、こうなったら考え方を変えねばならない。なにも彼女のあとをついてまわる必要はない。相手のつぎの動きがわかっている場合なら、それもいいだろう。だがいまは彼女に警戒させてはならない。またしても姿をくらましてしまうだろうから。

情報網を使い――マリーに頼んでフランス政府にかけあってもらい――リリーがマリエル・サンクレアという偽名でパリに戻ってきたことまではわかっている。パスポートに記載された住所は魚市場だった。ちょっと茶目っ気を出してみたのか。サンクレア姓は二度と使わないだろう。おそらくすんなりと別の人間になりすましている。その名前を探りだす手だてはない。パリは人口二百万を超す大都会だし、彼女のほうがはるかに地理に詳しい。ふたりの道が交差するただひとつの可能性に、焦って飛びついて潰してはならない。

不本意ではあるがあたりを車で流し、周辺の地理を頭に入れたり、急ぎ足で行き交う通行人を熱心に見つめたりした。もっともたいてい傘をさしているので顔はよく見えない。傘をさしていないとしても、リリーがどんな変装をしているかわからないのでは見つけようがなかった。彼女なら年老いた尼僧以外の誰にでも化けられる。いや、年老いた尼僧にだって化けられるだろう。

そろそろここは切りあげて、ネルヴィ研究所探訪といくか。警備システムをチェックしておかねば。なかに入る事態がいつ生じるかわからない。

リリーは、不健康だけれど満足のいく昼食をすませ、ＳＮＣＦ線でエイヴリルとティナが住んでいた郊外へ向かった。着くころには雨もあがり、垂れこめる灰色の雲の隙間から太陽が弱々しい光を投げていた。あたたかくはなかったが、人の気持ちを暗くする雨はもう降っていない。そういえばサルヴァトーレが死んだ夜、雪が舞っていた。あれがパリに降る今季最後の雪になるのだろうか。パリでは雪もめったに降らない。ジーアは雪のなかで遊ぶのが大好きだった！　毎年冬になると、ジーアをこよなく愛する大人三人は、彼女を連れてアルプスにスキーをやりに行ったものだ。事故を起こせば四カ月は仕事ができないから、リリーはスキーをやらなかったが、ふたりはそりゃもうスキーに夢中だった。

思い出が絵葉書のように鮮明に甦（よみがえ）る。真っ赤なスノースーツに身を包んだ、ふっくらと愛らしい三歳のジーアが、不恰好な雪だるまを作っている。はじめてアルプスに行ったときだ。ボーゲンで滑りながら「見て！　見て！」と叫んでいるジーア。雪だまりに頭から突っこみ、笑いながら顔を出したティナは、まるで〝雪男〟そのもの。ジーアを寝かしつけると、三人は燃え盛る暖炉の前でお酒を楽しんだ。はじめて乳歯が抜けたときのジーア、学校へあがるころのジーア、ダンス教室のはじめての発表会、少女から娘へと変わる兆しをみせはじめたジーア。初潮をみたのは前年だった。髪型を気にして、マスカラをつけたがったジーア。目を閉じる。悲しみと怒りに体が震える。三人の死を知ったときから、寂寥（せきりょう）感がまとわりついて離れない。陽が射していても、ぬくもりを肌に感じることはできなかった。サルヴァトーレを殺して満足だが、陽射しを体に取りこむにはまだ充分でなかった。

友人夫婦が暮らしていた家の前で足を止めた。いまではほかの家族が住んでいる。ほんの数カ月前にここで三人の人間が死んだことを、新しい住人は知っているのだろうか。冒瀆（ぼうとく）されたような気がする。すべてそのままで残しておくべきなのに。三人の持ち物を他人の手に触れさせてはならなかったのに。

パリに戻り、三人が殺されたことを知ったその日、写真とジーアのゲームや本、幼いころに遊んだ玩具（おもちゃ）を持ちだした。それに、リリーが最初の一枚を貼り、のちにティナが喜んで受け継いでくれたベビー・アルバムも。周囲には非常線が張られ、家には鍵がかかっていたが、そんなことではあきらめなかった。合鍵を持っていたし、必要ならば、素手で屋根をめくってでも侵入していただろう。でも、残りの品々はどうなったの？　服や貴重品や、スキー道具はどこにあるの？　あれからのちの二週間、リリーは三人を殺した犯人を突きとめ、復讐計画を練ることに没頭していた。戻ってきたときには、荷物は片づけられ、家は空っぽになっていた。

　エイヴリルとティナにも家族や親戚はいたが、親しく行き来はしていなかった。きっと役所が家族に連絡を取り、家のなかを片づけさせたのだろう。そうであってほしい。彼らの遺品を家族が引き取ったのならあきらめもつく。清掃会社のどこの誰とも知らぬ人間がやってきて荷物を箱に詰め処分したとしたら、あまりにむごい。

　近所を回り、友人たちが殺された前の週に訪ねてきた者はいないか、聞きこみをはじめた。前にも訊いたことだが、あのときは質問のしかたをわかっていなかった。むろん、近所の人たちは彼女を知っていた。以前からよく訪ねてきていて、挨拶や世間話を交わしたことがある。エイヴリルはとっつきにくかったが、ティナは人付き合いがよく、ジーアときたら誰とでもすぐに打ち解け、近所の人たちみんなと仲良しだった。

役に立ちそうなことを目撃していたのは、マダム・ボネただひとりだった。二軒先に住むマダム・ボネは八十代半ば、年寄りにありがちな気むずかしい人だが、表の通りに面した窓辺に座って好きな編み物をし――しかも、起きているあいだはずっと編み物をしている――通りで起きることはなんでも見ていた。

「そのことはもう警察に話したわよ」玄関口でリリーの質問を受けると、彼女は苛立たしげに言った。「いいえ、あの人たちが殺された晩は誰も見かけてないわよ。歳のせいで目も耳もめっきり衰えてしまったから。それに、夜はカーテンを閉めるもの、見えるわけないでしょ」

「前の日の夜はどうですか？　その週のいつのことでもかまいません」

「それも警察にすっかり話したわよ」そう言ってリリーを睨みつける。

「警察はなにもしてくれませんでした」

「そりゃあたりまえでしょ！　警官なんてぼんくらばっかり」老女は呆れ顔で手を振り、毎日せっせと務めを果たしている公僕たちを切って捨てた。

「このあたりでは見かけない人を見ていませんか？」リリーは忍耐強く質問を繰り返した。

「若い男がひとりだけ。映画スターみたいにハンサムだったわよ。ひょっこり訪ねてきてね、数時間ほどいたかしら。ここらで見たことのない人」

リリーの心臓がドキンとなった。「どんな人でした？　話してくださいな、マダム・ボネ」

老女はまたリリーを睨み、「能なしのバカたれ」だの「半人前のうすのろ」だのとひとしきり警官の悪口を言ってから、声を荒らげた。「だから言ったでしょ。ハンサムだったって。背が高くてほっそりしてて黒い髪。いい服を着てた。タクシーでやってきて、別のタクシーが迎えにきて帰ってった。それだけよ」

「いくつぐらいの人かわかります？」

「若かった！　あたしから見りゃ、五十以下はみんな若いの！　くだらない質問ばかりして邪魔しないでちょうだい」そう言うと後ろにさがり、ドアをバタンと閉めた。

リリーは大きく息を吸った。若くてハンサムな黒髪の男。それに、いい服。パリにはそんな男は掃いて捨てるほどいる。ハンサムな若者で溢れる街だもの。それでも取っかかりにはなる。パズルの一ピースにはなるが、これだけではなんの意味もなさない。容疑者リストや写真があれば、マダム・ボネがそのうちの一枚を取りあげ、「これ、これ。この男よ」と言ってくれるだろうに。

はたしてどういうことだろう。このハンサムな若者がふたりを雇い、ネルヴィ研究所の一部を爆破させたのだろうか。それとも、たまたま訪ねてきた知り合いにすぎないのだろうか。エイヴリルとティナが雇い主に会うとしたら、家に呼ぶより、自分たちから出向いただろう。その可能性のほうが高い。

額を揉んだ。考えても答は出てこなかった。いくら考えたところで、答は出ないのかも。

ふたりが仕事を引き受けたことと、この一件が関係あるのか、どんな仕事だったのか、なにもわかっていなかった。仕事だったのかどうかさえわかっていない。けれど、理屈に合うシナリオはそれしか考えつかないから、直感に従って動くしかなかった。いまここで自分を疑いはじめたら先へは進めない。

考えこみながら、地下鉄の駅へと歩いて戻った。

10

ジョルジュ・ブランは法と規律を重んじていたが、むずかしい選択を迫られたときには最善を尽くすしかないと考える実用主義者でもあった。

ロドリゴ・ネルヴィに情報を提供するのはいやだったが、彼には守るべき家族があり、長男がアメリカのジョンズ・ホプキンズ大学に進学したばかりだからやむをえない。ジョンズ・ホプキンズ大学の授業料だけでも年に米ドルで三万かかり、家計を圧迫していた。それでも、なんとかやりくりはついていただろう。ところが十年前、サルヴァトーレ・ネルヴィがにこやかに近づいてきて、ときおり情報を提供し、ちょっとした便宜を図ってくれさえすれば、かなりの副収入が得られると耳打ちした。そのときは丁重に断ったが、サルヴァトーレは笑顔を崩さず、ブランの家族にも襲いかかるかもしれない身の毛もよだつような不幸の数々を掲げてみせた。たとえば家が全焼するとか、子供たちが誘拐されるとか、肉体的に痛めつけられるとか。あるいは、ならず者の一団が老女の家に押しこみ、顔に酸をかけて盲目にしたとか、貯金が煙のように消えてしまうとか、自動車に事故はつきものだとか。

ブランにはすぐにぴんときた。もし言うことを聞かなければ、彼や家族の身にそういうことが起こるのだ、と。だから、ブランはうなずき、情報を提供したり便宜を図ったりすることで生じる損害を、最小限に食い止めるための努力を重ねてきた。金という餌でくるんだ脅しのおかげで、サルヴァトーレは情報をただで手に入れることができたが、スイスの銀行にジョルジュ名義の口座を開き、彼の年俸の倍の金額を毎年振りこんでくれた。

さすがは実用主義のブランのこと、表向きはインターポールから貰う給料で生活しているように見せかけながら、息子の授業料はスイスの銀行口座から支払っていた。十年のあいだに貯まった金は、利息も含めかなりの額になっている。その金を自分の贅沢のために使ったことはなく、もっぱら家族のために使っていた。いずれはこの金を元手になにかやろうと思っているが、やりたいことがまだ見つかっていない。

接触してくるのはたいていロドリゴ・ネルヴィだった。サルヴァトーレの推定相続人であり、いまではれっきとした相続人だ。おなじ取引をするなら、ブランはサルヴァトーレを選ぶ。ロドリゴのほうが冷たく、ずっと頭が切れ、おそらくはずっと残忍だろう。サルヴァトーレが息子より秀でている点があるとすれば、経験、それに、重ねた罪のリストの長さ。

時計を見る。午後一時。パリとワシントンは六時間の時差があるから、向こうはいま朝の七時。携帯に電話をしても失礼にならない時間だ。

インターポールに電話の記録を残したくないので、自分の携帯電話を使った。たいした発明だ、携帯電話というやつは。公衆電話はすたれかけている。むろん携帯電話でも通話記録は残るが、彼の携帯は盗聴防止機能付きだし、はるかに便利だ。

「もしもし」二度めの呼びだし音で相手が出た。背後にテレビの音が聞こえる。低く抑えられた声は、ニュース番組のキャスターのものだろう。

「これから写真を送る」ブランは言った。「すぐにおたくの顔照合プログラムにかけてくれないか？」彼はけっして名を名乗らない。それは相手もおなじだ。どちらかが情報を必要としたときには、正規のルートを使わず個人の電話にかけるようにしていた。職務上の接触が最小限に抑えられる。

「わかった」

「関連情報はすべて、いつものルートで流してくれ」

ふたりは電話を切った。会話はいつも最小限に留める。連絡相手のことは名前すら知らなかった。わかっているのは、ワシントンの相手が彼とおなじ理由から協力しているということだけだ。つまりは恐怖。ふたりのあいだに親しみはいっさいない。これがビジネスだということを、ふたりともよく承知していた。


「確実な返事が欲しい。つぎのインフルエンザの流行時期までには、ワクチンを用意できるのか？」ロドリゴはドクター・ジョルダーノに尋ねた。デスクの上には分厚い報告書が載っていたが、彼が知りたいのは結論だけだ。必要とされる前に、必要なだけの量のワクチンが用意できるかどうか。

ドクター・ジョルダーノは、鳥インフルエンザの有効なワクチンを開発するために、いくつかの国際的な保健機関から助成金をもらっていた。おなじものを研究開発する研究所はほかにもあるが、ドクター・ジョルダーノを擁するのはここだけだ。彼はウィルスに魅了され、その研究のために自分の医院をたたんだという男だ。その成果は高く評価され、驚くべき天才か、はたまた驚くべき強運の持ち主とみなされていた。

　どの型の鳥インフルエンザにも効くワクチンは開発がむずかしい。このインフルエンザは鳥を死に至らしめる。ワクチンは、鳥の卵でウィルスを培養して作られる。ところが、鳥インフルエンザは卵も殺してしまうのでワクチンは生成できない。鳥インフルエンザによく効くワクチンの製造は、いまや金のなる木だった。

　これがうまくいけば、ネルヴィの組織のなかでももっとも儲かる事業になるはずだ。麻薬の比ではない。いまのところ鳥インフルエンザは、終息の兆しを見せている。感染した鳥から人にうつるが、人から人へは媒体がないのでうつらない。感染した人はほかの人にうつすことなく、死ぬか回復するかだ。爆発的な流行を起こすまでにはいかないが、アメリカの疾病管理センター(CDC)や世界保健機構(WHO)は、ウィルスが変異することを強く警戒している。つぎに世界的流行を起こすインフルエンザ・ウィルスは、人がこれまで接触したことがないため免疫ができていないことから、鳥インフルエンザ・ウィルスだろうと専門家は見ている——インフルエンザの流行時期がくるたび、彼らは固唾(かたず)を呑んで見守ってきたのだ。これまで大流行が起きなかったのは、ただ運がよかっただけ。

　このウィルスが遺伝子レベルで必要な変異を遂げ、人から人へとうつるようになれば、ワクチンを製造できる会社が言い値で販売できる。

ドクター・ジョルダーノはため息をついた。「今後二度と妨害工作がなされなければ、つぎの夏の終わりまでにワクチンを用意できる。だが、わたしには、どんな妨害も受けないと確約することはできない」

八月に起きた研究所爆破で、数年の研究成果がふいになった。ヴィンチェンツォは、組み換えウィルスの培養に成功し、ようやくのことでワクチンの生成方法を確立していた。爆発でそればかりか、膨大な量の情報まで破壊された。コンピュータにファイル、それにプリントアウトまで――すべて失われたから、ゼロから再スタートを切らねばならなかった。

なにが有効でなにが有効ではないかすでにわかっていたため、二度めはずっと早く進んだが、ロドリゴはやきもきしていた。今シーズンのインフルエンザは通常の型のものだったが、つぎのシーズンはどうなるんだ？　ワクチンのバッチを作るには六カ月かかるし、夏までには大量のワクチンを用意しなければならない。締め切りを守れないままつぎのシーズンに突入し、ウィルスが遺伝子の変異を遂げて人から人にうつるようになったら、莫大な富を築くチャンスを失うことになる。世界じゅうで大流行して数百万人が死ぬだろうが、生き抜いた人たちの体内には免疫ができているから、ウィルスが猛威を振るうのは短期間だけだ。変異を遂げたウィルスに効くワクチンを用意できた会社が、利益を享受できるのだ。

つぎの流行シーズンまでに鳥インフルエンザ・ウィルスが変異を遂げないということもありうるが、ロドリゴは運を天に任せるつもりはなかった。変異はいつ起きるかわからない。

これはウィルスとの競争だ。ぜったいに勝ってみせる。

「妨害を受けないようにするのはあんたの仕事だろう」ロドリゴはヴィンチェンツォに言った。「これほどのチャンスは一生に一度あるかないかだ。見逃すわけにはいかない」仕事を果たせないなら別の人間と首をすげ替えるだけだ、とまでは言わずにおいた。ヴィンチェンツォは古い友人だ——父の古い友人。ロドリゴはそんな感傷とは無縁だった。ヴィンチェンツォは仕事の重要な部分を果たしてきたが、ここまでくればほかの人間に受け継ぐことができる。

「一生に一度ではないかもしれん」ヴィンチェンツォが言う。「このウィルスでやってきたことを、ほかでも応用できるだろうから」

「だが、周囲の状況はどうだ？　願ってもないチャンスだ。すべてうまくいけば誰にもばれることなく、おれたちは救世主と称えられるんだ。WHOの助成金をもらっているから、おれたちがワクチンを作っても誰も驚かない。だが、井戸にあまり足繁く通えば水は濁り、答えたくないことまで突かれる。大流行が毎年起きてみろ、いや、五年おきでも、疑いを持つやつが出てくる」

「時代は移っている。人が暮らす領域はますます広がり、動物と接する機会がそれだけ増える」

「だが、インフルエンザほど徹底的に研究された疾病はほかにない。変異のひとつひとつが、無数の顕微鏡で覗かれている。あんたも医者だから、そのへんはわかっているだろう」インフルエンザは恐ろしい病気だ。一九一八年の大流行で亡くなった人の数は、中世ヨーロッパで四年にわたり猛威をふるった大疫病の犠牲者の数を上回っていた。その年にインフルエンザで死んだ人の数は四千万とも五千万とも言われている。普通に流行した年でも数万、数十万の人が亡くなっている。毎年、二億五千万服のワクチンが製造されているが、大流行すればそれではとても足りない。

アメリカとオーストラリア、それにイギリスの研究所で厳しい規制のもと製造されているワクチンは、毎年のインフルエンザのシーズンでもっとも支配的と研究者が考えるウィルスをターゲットにしている。しかし世界的流行を引きおこすウィルスは、たいていが新種で予測がつかないため、既存のワクチンは効果を発揮しない。ワクチン製造は数百万の人の命がかかった大規模な予想ゲームだ。たいていの場合、研究者の予想は当たるが、三十年に一度ぐらい、突然変異したウィルスに不意打ちを食らっている。一九六八年から六九年にかけて香港型インフルエンザが猛威をふるってからすでに三十五年が過ぎており、つぎの大流行はいつ起きてもおかしくない。すでに秒読みの段階に入っているのだ。

サルヴァトーレはその影響力とコネをフルに使い、鳥インフルエンザのワクチン開発にWHOから助成金を得ることに成功した。ワクチンを製造しているいくつかの研究所は、通常の型のウィルスに焦点を当てており、そのワクチンでは鳥インフルエンザ・ウィルスに効力を発揮しない。助成金とヴィンチェンツォのおかげで、ネルヴィ研究所だけが、鳥インフルエンザ・ウィルスのワクチン製造のノウハウを持っており――ここが肝心――出荷できる態勢を整えることができる。新種のウィルスのせいで世界じゅうの数百万の人がバタバタと倒れれば、効きめのあるワクチンはそれこそ値のつけられないほど貴重なものとなる。ほんの数カ月で得られる利益は、文字どおり天井知らずだ。

むろん世界じゅうのすべての人を守るのに充分な量は製造できないが、増大する世界の人口をうまく間引く結果となり、ひいては人類のためになる、とロドリゴは考えていた。

八月の爆破によって、そういったことすべてが危険にさらされた。サルヴァトーレはすみやかに動いて損害を最小限に留めた。爆弾を仕掛けた者たちを始末し、新たな警備システムを導入した。古いシステムに欠陥があったことは明らかだ。しかし、懸命の努力にもかかわらず、ロドリゴはいまだに研究所を破壊した夫婦の雇い主を見つけられないでいた。ワクチン製造のライバルか？　いや、ライバルはいない。この特別なプロジェクトを行なっている研究所はほかにはない。広い意味での商売敵？　だったら、ほかにもっと標的とすべきものはいくらでもあるじゃないか。

最初が研究所の爆破、その三カ月後にサルヴァトーレが殺された。このふたつは関連しているのか？　もっとも、これまでもサルヴァトーレは何度も命を狙われてきた。ふたつの事件に関連はないのかもしれない。たまたま今年はついていなかったとか。だが、しかし……ジュブラン夫妻はプロだ。亭主は爆破の専門家、女房は暗殺者。デニス・モレルもおそらくはプロの殺し屋だ。三人がおなじ人間に雇われていたとみるのは考えすぎか？

ふたつの事件はその性格がまるで違う。最初の場合、ヴィンチェンツォの研究が狙われ、破壊された。彼がインフルエンザ・ワクチンの新たな生成方法を研究していたことは周知の事実だった。破壊することで利益を得る者は？　考えられるのは、おなじプロジェクトを進めている者。ヴィンチェンツォが完成に近づいたことを知り、邪魔をした。鳥インフルエンザ・ワクチンの開発に取り組んでいる私営の研究所はいくつもあるが、ヴィンチェンツォの研究の進捗(しんちょく)状態を知っていて、なおかつ、プロをふたり雇えるだけの資力がある者は？

インフルエンザ・ワクチン製造の認可を受けている研究所のひとつだろう、おそらく。だが、サルヴァトーレが死んでも、ヴィンチェンツォの研究は影響を受けない。ロドリゴが後釜に据わるだけの話だ。いや、父を殺した犯人の狙いはそのことではない。となると、関連はないわけだ。

電話が鳴った。立ちあがって席をはずそうとするヴィンチェンツォを、ロドリゴは手をあげて留めた。ワクチンについてまだ訊きたいことがある。受話器を取りあげた。「もしもし」「質問の答を得た」やはり名前は名乗らなかったが、ブランの落ち着いた声は聞き分けられる。「うちのデータベースにはなにも入ってなかった。だが、われわれの友人が照合する人物を見つけた。彼女の名前はリリアン・マンスフィールド、アメリカ人の契約エージェントだ。プロの殺し屋」

ロドリゴは血が凍りつくのを感じた。「彼らが雇ったのか？」アメリカ政府が彼に楯突く気なら、事態はひどく込み入ってくる。

「いや。情報源によれば、われわれの友人はひどく動揺し、なんとか彼女を探しだそうとしているそうだ」

行間を読めば、CIAは彼女を探しだし消そうとしている。ははぁ！　それなら、アメリカ人の男が彼女のフラットを訪ねてきたことも説明がつく。謎がひとつ解けてほっとした。チェス盤の上で戦うプレイヤーはすべて把握しておきたかった。彼女に関する情報をたんまり握っているのだから、アメリカのほうがロドリゴよりも早く彼女を見つけだすにちがいない……が、自分の手で彼女の息の根を止めてやりたかった。彼女はまだ息をしている。そこが問題なのだ。

「あんたの情報源は、握った情報をあんたに流してくれるのか？」CIAがつかんだ情報を逐一知ることができれば、CIAを手足として利用できる。

「おそらく。もうひとつ、おもしろい情報をつかんだ。あんたなら興味を持つと思うのだが。この女はジュブラン夫妻の親友だった」

ロドリゴは目を閉じた。なるほど、これですべて説明がつく。すべてが結びつく。「ありがとう。われわれの友人からほかにも情報を入手できたら知らせてくれ」

「わかっている」

「彼女について得た情報はすべて目を通したいんだが」

「できるだけ早くファックスで送る」ブランが答える。つまり、今夜自宅に戻ったら、ということだ。彼はインターポールの建物内からロドリゴに情報を流したことはなかった。

ロドリゴは電話を切り、椅子の背に頭をもたせた。ふたつの事件がつながった。だが、こういうこととは想像もしていなかった。復讐。単純明快だ。それに理解できる。サルヴァトーレは彼女の友人を殺した。だから、彼女はサルヴァトーレを殺した。ジュブラン夫妻を雇ってヴィンチェンツォの研究を破壊させた人物が、一連の事件の引き金を引き、ロドリゴの父が死んで幕がおりた。

「彼女の名前はリリアン・マンスフィールドだ」ロドリゴはヴィンチェンツォに言った。「デニス・モレルの本名。彼女はプロの殺し屋で、ジュブラン夫妻の友人だった」

ヴィンチェンツォは目を見開いた。「それで、彼女は毒を自分から飲んだのか？　毒だと知っていて？　すばらしい！　無謀だが、見上げたものだ！」

ロドリゴはヴィンチェンツォと違って、リリアン・マンスフィールドの行為を褒めたたえる気にはなれなかった。父は苦悶のうちに死んだんだ。人としての尊厳も自制も奪い取られて。忘れられるものか。

さて、それで、彼女は復讐を果たし、逃亡した。ロドリゴの手からは逃れられたかもしれないが、母国が放った追っ手からは逃れられない。ブランがいるから、アメリカ側の動きに遅れずにすむ。彼らがあの女を追いつめたあかつきには、ロドリゴが出ていき、とどめを刺す栄誉を担うのだ。喜び勇んで。

11

ファックスで送られてきた、父を殺した女の写真を、ロドリゴは長いこと見つめていた。カラープリンターから出てきた写真を見て、彼女の変装のあまりの巧みさに衝撃を受けた。髪はまっすぐな薄いブロンド、眼光鋭い淡いブルーの目。頬骨の高い細面の力強い面立ちは北欧系に見える。これが髪と目を茶色にしただけでぐんとやわらかくなる。顔の造りはおなじなのに、印象が劇的に変わるのだ。いま部屋に入ってきて隣に座っても、すぐに彼女とはわからないだろう。

父は彼女のどこに惹かれたのだろう。ブルネットの髪の彼女に、ロドリゴはなにも感じなかった。ブロンドとなると、気持ちが動く。もともとイタリア人はブロンドに弱いが、それだけではない。知性と意志の強さが現れている淡いブルーの目を見てはじめて、ほんとうにこの女に出会ったような気がする。サルヴァトーレのほうが人を見る目があるのだろう。彼と違って強さを尊ぶ人だった。この女は強い。だから目の前に現れた彼女に、サルヴァトーレは惹かれずにいられなかったのだ。

ブランが送ってくれた資料に目を通す。マンスフィールドという女がＣＩＡのためにしていた仕事には興味を覚える。彼女は雇われて殺しを行なっていた。政府がその手の人間を使っていることに驚きはない。あたりまえのことだ。この情報は、アメリカ政府に便宜を図ってもらう事態が生じたときには使えるだろうが、いまのところは役に立たない。

彼女の家族についての情報のほうが使えそうだ。母親と妹。母親、エリザベス・マンスフィールドはシカゴ在住。妹のディアドラは、夫とふたりの子供とオハイオ州トレドに住んでいる。リリアンの居所を突きとめられない場合、家族を使っておびきだせるだろう。つぎを読むと、彼女は何年も家族と音信を断っている、と書かれてあった。となると、家族がどうなろうと気にしない可能性もある。

最後のページには、ブランが言っていたように、父の暗殺はアメリカ政府の命令ではないことが記されていた。友人のジュブラン夫妻の仇を討つため、彼女は独自に動いた。ＣＩＡは問題の決着をつけるため、工作員を送った。

決着。うまい言いまわしだ。だが、決着をつけるならおれの手で、とロドリゴは思っている。できることなら本懐を遂げたい。それがだめなら、アメリカ政府に任せることもやぶさかではない。

最後の文章を読んではっとなった。問題の女は偽名を使ってロンドンに飛び、そこでまた別の人間になりすましパリに戻った。捜索はパリを中心に行なわれている。現地に飛んだ工作員によれば、彼女はネルヴィ一家にさらなる一撃を加えようと準備中。

雷に打たれたような気がした。背筋に悪寒が走り、総毛立つ。

彼女はパリに戻ってきた。手を伸ばせば届くところにいる。なんと大胆な。ムッシュー・ブランの情報がなかったら、不意を突かれていただろう。彼個人の警備態勢は万全だが、ヨーロッパ各地にあるネルヴィの施設はどうだ？　パリ地区にかぎってみて、どうなんだ？しっかりとした警備態勢を敷いてはいるが、この女が相手となると特別な警戒が必要だ。

彼女の狙いは？　答は一瞬にして浮かんだ。ヴィンチェンツォの研究所。そうにちがいない。直感を無視するわけにはいかない。彼女の友人が攻撃を仕掛け、そのために命を落とすことになった場所。友人たちの遺志を継いで〝詩的正義〟を成し遂げるつもりだろう。いくつもの爆弾を仕掛け、研究所全体を破壊する気かも。

インフルエンザ・ワクチンで得られる利益を失っても破産はしないが、莫大な金が入ってくることを心待ちにしていた。金こそがほんもののパワーだ。世界の国王も石油王も、大統領も首相も、陰に回れば少しでも多くの金を握ろうと躍起になっている。だが、利益を失うこと以上に問題なのは、虚仮にされ面目を失うことだ。研究所でまた爆破事件が起きれば、WHOは警備態勢に疑問を抱き、よくて助成金引きあげ、悪くすれば現場検証を求められる。外部の人間に研究所を覗かれてはまずい。ヴィンチェンツォがうまく取り繕うだろうが、これ以上の遅れは、計画そのものをめちゃめちゃにしてしまう。

あの女に勝たせるわけにはいかない。ロドリゴ・ネルヴィがしてやられたなんて噂が広まったりしたら――それもたかが女ひとりに。しばらくは秘密にしておけるだろうが、いずれ誰かがしゃべる。人の口に戸はたてられない。

まったくいやなことは重なるものだ。ほんの一週間前に父を埋葬したばかりだというのに。彼がサルヴァトーレの後釜に据わるだけの器かどうか、懸念を抱く者たちがいることはわかっていた。サルヴァトーレが行なっていた通常の業務は、その大半を生前から引き継いではいた。だが彼には、片腕となってそれを引き受けてくれる人間はいない。

核兵器製造に適した品位のプルトニウムをシリアに出荷する準備の最中だし、アヘン剤をいくつもの国に流さねばならず、武器売買の契約締結も控えている。それ以外にも、合法的な総合商社の経営という仕事もあり、出席すべき重役会がいくつもある。

だが、リリアン・マンスフィールドを捕まえるためなら、ほかの仕事をすべてなげうつことになろうと時間を作らねばならない。あすの朝までには、フランスにいる配下の者全員に彼女の写真を配ろう。彼女が外を歩いていれば、いずれ誰かの目に留まる。

表から見たかぎり、研究所の警備態勢は通常のものだった。フェンスにゲート——入り口は表側にひとつ、裏側にひとつで、それぞれに警備員がふたり——通路で結ばれたいくつもの建物はほとんどが窓のないものだ。設計者はよほどの野暮天だな。建物はどこにでもある赤煉瓦造りだ。左手に見える駐車場には五十台ほどの車が駐まっていた。

車で一度前を通り抜けただけで、スウェインはそれだけのことを見て取った。ジャガーは目立つ車だから、すぐにおなじことを繰り返せば警備員に目をつけられる。だから翌日まで待った。それまでにコネを使って建物の設計明細書を入手しておいたので、再度車で流しながら、リリーならどこから入ろうとするのかあたりをつけることができた。外側の警備は見てのとおりだ。フェンスにふたつのゲート、警備員。夜になると、ライトで明るく照らされた地所をジャーマンシェパードを連れた警備員が巡回する。

彼女が突入を図るとしたら、夜だ。犬がいるとしても。夜のライトは明るいとはいえ陰を作る。隠れ場所を提供してくれる。それに夜のほうが人が少なく、夜中ともなればみな疲れてくる。だが、彼女は拳銃のエキスパートで、沈静ダートを撃って警備員と犬を眠らせることができる。だが、即座に眠るわけじゃないから、警備員が大声をあげる危険はある。むろん殺してしまうという手もある。サイレンサーを使えば、ゲートを守る警備員に気づかれる心配はない。

だが、そうなったらいやだな、とスウェインは思った。彼女が警備員を殺すぶんには動揺を感じないだろうが、犬を傷つけると思うだけでいやな気になる。彼は犬に弱かった。人を襲うように訓練された犬ですら傷つけられない。人それぞれ。犬を殺してもなんとも思わない人間もいる。犬と同様、子供を傷つけるのもいやだ。もっとも、こいつらがいなけりゃ世の中もっとましになるのに、と思うガキはけっこういるが。自分の子供たちがろくでなしに育たなくてよかった。そんなことになっていたら、親として恥ずかしくて表も歩けない。

リリーが犬を撃たないことを願うだけだ。もし撃ったら、彼女に抱く同情心は一瞬にして消し飛ぶだろう。

研究所の向かいにこぢんまりした公園があった。夏になれば、近くの店の店員たちがやってきて、昼休みをのんびりと過ごすのだろう。十一月の寒さのなかでも、元気な連中が数人、犬を散歩させたり読書をしたりしている。ひと気があるのはありがたい。もうひとり男が増えても怪しまれないから。

パリの旧市街に比べれば通りの幅は広いが、駐車スペースを探すのはひと苦労だった。スウェインはようやく車を駐め、歩いて公園に戻った。途中でコーヒーを買い、陽だまりのベンチに腰をおろした。そこからだと研究所に出入りする車が見える。日常の動きを観察できるうえ、警備の弱点を見つけだせるかもしれない。それにもしかしたら、リリーもきょう、おなじことをしにくるかも。何色のウィッグをかぶっているか、どんな服装をしているか見当もつかないから、あたりをぶらぶらしながら、公園に来る人間の鼻と口を注意して見ることにした。リリーの口元なら、どこにいても見間違うはずはない。

研究所の施設はとくに変わった様子はなかった。警備態勢も製造工場ならどこでも見かけるものだ。敷地はフェンスで囲まれ、出入り口はふたつだけでゲートには制服姿の警備員が詰めている。てっぺんに有刺鉄線をめぐらした三メートルものコンクリートの塀で囲ったりすれば、いたずらに注意を引くばかりだ。

建物内部は高性能の警備システムで守られているのだろう、とリリーは思った。立ち入り禁止区域に入るには、指紋スキャンか網膜スキャンを通らねばならないはずだ。モーションセンサーやレーザー光線、ガラス破壊感知センサー、ウェイトセンサーなど、設置されている警備システムの正確な情報が必要だし、システムを迂回できる人間を雇わねばならない。何人か心当たりはあるが、仕事仲間に接触するわけにはいかなかった。彼女がいまやCIAにとって〝好ましからざる人物〟であることは、すでに広まっているかもしれず、そうなれば誰も手を貸してはくれない。それどころか、彼女の居所や計画をよそに洩らすかもしれない。

周囲にはエスニックショップや洒落たブティック——最近ではどこにでもある類の店——カフェにコーヒーショップ、それに安アパートがごたごたと並んでいる。大都市の郊外化はここでも見られ、そんな殺風景な景色に小さな公園が彩りを添えていた。もっともこの時季だから木々も葉を落とし、枝が風に揺れて骨がぶつかるような音をたてている。

きょうは気分がよかった。すっかりもとに戻ったようだ。駅から急ぎ足で来ても脚は痛まないし、息もあがらなかった。あすから軽いジョギングをはじめよう。でも、きょうはまだ歩くだけで満足しなくちゃ。

コーヒーショップに寄り、濃いブラックコーヒーとペストリーを買った。バターたっぷりのサクサクしたペストリーは、口に含んだとたんフッと融けてゆく。公園まで五〇メートルほどの距離を歩き、陽だまりのベンチを選んで腰をおろし、罰当たりなほどおいしいペストリーとコーヒーを味わった。食べ終わり、指を舐め、トートバッグから薄いノートを取りだして膝の上に開いた。夢中でノートを読んでいるふりをしながら、目は忙しく動かして公園にいる人たちやいろいろなものの位置を頭に入れる。

小さな公園には二十人ほどの人がいた。元気いっぱいのよちよち歩きの子を連れた母親、老犬を散歩させている老人。コーヒーを飲んでいる男がひとり、しきりに腕時計を見ているところをみると、苛々と誰かを待っているのだろう。木立のあいだを歩いている人たちもいる。若いカップルは手を握り合い、ふたりの若者がサッカーボールを蹴り合って通り過ぎていった。みな穏やかな日和を楽しんでいる。

リリーはトートバッグからペンを取りだし、公園の見取り図を描き、ベンチや木々や植えこみ、コンクリート製のゴミ容器、中央の水飲み場を書きこんだ。ページをめくり、今度は研究所の見取り図に取りかかる。ゲートを中心に建物のドアや窓を書きこむ。おなじことを四方からやる必要があった。午後になったらバイクを借り、ドクター・ジョルダーノが出てくるのを待ち伏せしよう。彼が建物のなかにいると仮定してだが、勤務時間はわからない。それに彼がどんな車に乗っているのかも知らなかった。でもなんとなく、朝から夕方まで、普通の人とおなじ時間帯に働いているような気がした。帰宅する彼を尾行する。それだけ。電話帳に電話番号は出ていなくても、昔ながらの方法で自宅を突きとめることはできる。

彼の家庭生活についても、なにも知らなかった。パリに家族がいるかどうかさえわからない。彼は切り札だ。研究所の警備態勢を知っているし、所長だからどこへでも出入りできる。そういった情報をそうやすやすと洩らしてはくれないだろうけれど。彼を利用せずにすむならそれにこしたことはない。彼を捕まえたら迅速に動かねばならない。無断で休めばじきに大騒ぎになるだろうから、別の方法で内部の警備システムを探りだしたかった。それでも、住まいを知っておいて損はない。なにかの役に立つかもしれない。

そっち方面の知識が乏しいことは痛感している。警備システムはごく初歩的なものしか扱ったことがない。これといって専門分野がなかった。標的の動きを読んで近づき、任務を遂行するだけ。考えれば考えるほど成功の確率は低くなっていくが、だからといってやめるつもりはなかった。この世に完璧な警備システムなど存在しない。迂回する方法を知っている人間がかならずいるものだ。そういう人間を見つけるか、やり方を学ぶか。

ふたりの若者はサッカーボールを蹴るのをやめ、携帯電話でしゃべっていた。手に持った紙を見て、それからこっちを見た。

頭のなかで警報ベルが鳴り響く。ノートとペンをしまい、うっかりバッグを落としたふりをして上体を屈め、右足の脇に落としたバッグを楯にして、ブーツに手を滑りこませ拳銃を取りだした。

拳銃をバッグで隠したまま立ちあがり、ふたりの若者から見ると斜め前方へ向かった。胸のなかで心臓が激しく脈打つ。ハンターの役は慣れたものだが、今回は自分が獲物の立場だった。

12

リリーはふいに走りだして相手の隙を突いた。叫び声を聞き、とっさに地面に突っ伏した瞬間、大口径の拳銃の鋭く深い銃声が平和な日常を切り裂いた。コンクリート製のゴミ容器の裏に転がりこみ、膝立ちになった。

ゴミ容器の陰から顔を出すような馬鹿はやらないが、銃弾はめったなことでは当たらないものだ。リリーは容器の脇からちらっと覗き見て、銃を発射した。三〇から三五メートル距離があり、彼女も狙いをはずした。銃弾はふたりの男の手前の地面に当たって土を吹き飛ばし、ふたりは慌てて身を隠した。

タイヤがきしむ音につづき、銃声だと気づいた人びとの悲鳴があがった。目の端に若い母親の姿が映った。幼児に飛びかかるとフットボールみたいに脇に抱え、安全な場所へと逃げこむ。幼児は遊びだと思ってキャッキャッと喜んでいる。老人がよろめいて倒れ、持っていた綱を放した。老犬は突然の自由を謳歌して走りまわる歳はとっくに過ぎているらしく、草の上に座りこんだ。

背後から襲ってくる者がいないかと視線を配ったが、走り去る人ばかりで誰も向かってこない。この方向はいまのところ安全だ。反対側に目をやると、研究所のゲートを守る制服姿の警備員がふたり、拳銃を構えて走ってくる。

警備員に向かって引き金を引くと、ふたりは歩道に突っ伏した。狙いを定めるには距離がありすぎる。手にしているのはベレッタのモデル87の改造銃で、二二口径のライフル用の銃弾を使っている。弾は拳銃に装塡(そうてん)してある十発だけ。二発撃ち、予備の弾は持ってきていない。使うことになるとは思っていなかったからだ。ドジ！　自分を叱る。ふたりの男がＣＩＡかロドリゴの手下かわからないが、こんなに早く見つかったところをみるとＣＩＡの可能性が高い。万全の準備をしてくるべきだった。彼らを侮(あなど)り、自分を買いかぶった罰だ。

ふたりの〝サッカー野郎〟に視線を戻す。ふたりとも銃を構え、彼女が覗きこむと発砲した。一発は完全に逸れ、背後で草が吹き飛ぶ音がしてさらに悲鳴が聞こえ、負傷者が出たのだろう、苦痛のうめき声が起こった。

もう一発はゴミ容器に命中し、コンクリートのかけらが舞いあがって彼女の顔にパラパラと落ちてきた。リリーも引き金を引き——三発め——警備員の様子をうかがう。ふたりとも隠れ場所を見つけていた。ひとりは木陰、もうひとりは彼女が隠れているのとおなじゴミ容器の陰だ。

移動する気配はないので、〝サッカー野郎〟のほうに顔を戻す。左手にいた男はさらに左に移動していた。彼女は右利きだし、護ってくれているゴミ容器がかえって邪魔になり狙いにくい。

これはまずい。こちらを狙う銃は四丁、つまり敵は最低でも四倍の銃弾を持っているということだ。弾が尽きるまでここに釘付けにされるか、その前にフランス警察がやってきて――銃声でガンガンしている耳にサイレンが聞こえていたから、じきにやってくるだろう――彼女を連行するか。

背後では車が急ブレーキをかける音がつづいていた。運転手が車を停め、流れ弾を避けようと車の陰に隠れている。停まっている車を楯に逃げられるかもしれない。近くの店に飛びこんで裏口から逃げるか、自転車に乗った人が通りかかったら、そいつを奪って逃げる。自分の足で走りきれる自信はなかった。

倒れた老人が起きあがろうとしながら、震えてうずくまる犬を抱き寄せようとしている。

「伏せて！」リリーは老人に怒鳴った。老人は怯えながらも怪訝な表情で彼女を見た。白髪がくしゃくしゃになっている。「伏せて！」もう一度怒鳴り、手をさげてみせる。

ありがたいことに老人は理解し、地面に伏せた。老犬が這って近づき、老人の顔に体をぴたりと寄せた。

一瞬、時間が凍りついた。冷たい風が吹いているのに、公園には火薬の臭いが充満していた。〝サッカー野郎〟がなにか言い合っているが聞き取れない。

右手からよく整備されたパワフルなエンジン音がした。目をやるとグレーのジャガーが縁石を踏み越えまっすぐこちらに向かってくる。

耳鳴りがしてなにも聞こえない。数秒の勝負だ。跳んでよけるか、車に轢かれるか。両脚を体の下で踏んばり跳ぶ体勢を――

運転手がハンドルを切った。ジャガーは横滑りして、彼女と〝サッカー野郎〟のあいだに割りこんできた。土と草を舞いあげてタイヤが地面を噛み、車の後部がぐるっと回って、来た方向に頭を向けた。運転手が身を乗りだし、助手席のドアを開いた。

「乗れ！」運転手が英語で叫ぶ。リリーは助手席に身を躍らせた。頭上で大口径の銃弾が発射される音がし、排出された薬莢がシートに当たって跳ね返り、彼女の顔をかすめて飛んだ。

運転手がアクセルを踏みこみ、ジャガーが飛びだす。銃弾がさらに発射され、鋭い音をたてて口径の違う弾が飛び交った。運転席側の後ろの窓ガラスが割れ、首をすくめた運転手の背中に砕けたガラスが飛び散る。「クソッ！」運転手が叫び、目の前に迫る木を慌ててよけた。

リリーの目の前を車の列がかすめ、ジャガーは通りに飛びだした。運転手がまたもハンドルを切り、車が回転してリリーは床に投げだされた。シートでもドアの取っ手でもなんでもいいからつかもうと必死だった。運転手は狂ったように笑っている。車はふたたび縁石を飛び越え、後尾を左右に振りながら一瞬宙に舞った。ドスンと通りに着地したものだから、歯がガチガチいって、車台がギシギシきしんだ。リリーは息を喘がせた。

運転手は急ブレーキを踏んでハンドルを左に切り、アクセルを踏みこんだ。リリーは遠心力で床に押しつけられたまま、シートに這いあがることもできなかった。ドアのすぐ外でブレーキがきしむ音がして目を閉じたが、衝突は免れた。運転手がハンドルを右に切り、車はでこぼこの路面を弾みながらすっ飛んでゆく。両側に建物が迫ってきて、サイドミラーがもげるのではないかと気が気ではない。路地を進んでいるのだ。なんとまあ、スピード狂の車に拾われるとは。

路地のはずれまで来ると車はスピードを緩めて一時停止し、車の流れに滑りこんだ。まるでサンデードライバーのおばあちゃんのような、慎重な運転ぶりだ。

ただし、運転手はにやりとすると、首をのけぞらせてゲラゲラ笑いだした。「いやぁ、楽しかった！」

両手でハンドルを握っているため、大きなオートマチック拳銃はかたわらのシートの上だ。やるならいましかない。リリーは助手席の狭い床で小さくなっていた。まるでジェットコースターに乗ったみたいに振りまわされたとき落とした銃を手探りする。助手席の下に滑りこんでいた銃を最小限の動きでつかみだし、男の眉間に狙いをつけた。「車を停めてちょうだい、降りるから」

彼は拳銃をちらっと見て、前方に視線を戻した。「おれを怒らす前に、その豆鉄砲をどけてくれ。なあ、お嬢さん、おれはあんたの命を救ったんだぜ！」

たしかに。そうでなければ、とっくに撃っている。「ありがとう。さあ、車を停めて、降ろしてちょうだい」

〝サッカー野郎〟はＣＩＡではなかった。イタリア語でしゃべっていたからロドリゴの手下だ。そうだとすると、この男がおそらくＣＩＡだ。どこから見てもアメリカ人だもの。偶然なんて信じない。できすぎている。窮地に陥った彼女の前に現れ、運転の腕前はプロ級、携帯している銃はヘックラー・ウント・コッホの九ミリ、千ドルは下らない銃だ——そう、ＣＩＡ以外の何者でもない。それとも、彼女とおなじ契約エージェントか。金で雇われた殺し屋。

リリーは顔をしかめた。でも、おかしい。彼女を始末するため送りこまれた契約エージェントなら、ただ眺めているだけでよかった。もはやリリーの命は風前の灯だったのだから指一本動かす必要はなかった。自力で逃げだしてはいただろう。銃を持った四人の男に追われ、体力に問題があるとなれば、どこまで逃げられたかわからないが。悔しいことに心臓はまだバクバクいってるし、息を吸おうと必死だ。

頭がおかしいのかも。あの笑い方をみれば疑いたくもなる。どっちにしても、この車からは降りたかった。

「わたしに引き金を引かせないで」彼女は静かに言った。

「そんな気はない」彼がまたこっちをちらっと見る。目尻にしわが寄って、またあのにやにや笑いを浮かべた。「犯罪現場からもうちょっと遠ざかってからでもいいだろ？　念のために言っとくが、おれもあの騒動に関わったんだ。それに窓ガラスの吹き飛んだジャガーは目立つ。レンタカーなんだぜ。アメックスにどやされる」

リリーは男の表情を読み取ろうとした。彼女に拳銃を向けられているという事実にも、動じている気配はない。それどころかおもしろがっている。「精神病院に入っていたことある？」

「はあ？」彼は笑い声をあげ、またこっちをちらっと見た。

彼女は質問を繰り返した。

「まじで言ってるの？　おれが狂ってるって？」

「そういう笑い方するもの。まるっきりおもしろくもなんともないときに笑った」

「数ある欠点のひとつでね、笑い方がさ。退屈で死にそうだったんだ。ちっちゃな公園に座って仕事のことを考えてたら、すぐそばで撃ち合いがはじまった。四対一で、しかもひとりのほうはブロンド女だ。退屈で、そのうえムラムラきていた。だから思ったんだ。飛び交う弾をかいくぐり、ジャガーを乗りつけて彼女を救いだしたら、さぞワクワクするだろうし、ブロンドが感謝のあまり抱きついてくれるかもってさ。それがこのザマだもんな」そう言うと、眉を上下に動かしてみせた。

リリーは驚いて笑った。ほんとにおかしな人。眉をあんなふうに動かすなんて。

彼は眉の上下動をやめ、ウィンクした。「シートにちゃんと座ったらどうかな。座った姿勢でもおれに拳銃を向けられるわけだし」

「あなたの運転じゃ、床に座ってるほうが安全よ」とは言いながらもシートに座ったが、シートベルトは締めなかった。そうするには拳銃をさげなければならない。彼もシートベルトはしていなかった。

「おれの運転のどこが悪いのかな。ふたりともぴんぴんしてるじゃない。体のどこにも新しい穴は開いてない——というか、ちっちゃなやつだけ」

「撃たれたの？」彼女は鋭く問いかけ、体を彼のほうにひねった。

「いや、割れたガラスでうなじが切れた。なに、かすり傷だ」彼は右手でうなじをこすった。指に血がついたがたいした量ではない。「ほらね？」

「オーケー」彼女は左手をするりと動かし、彼の脚の脇に置かれた拳銃を回収しようとした。

彼は前を向いたまま、右手で彼女の手首をつかんだ。「おっと」その声からおもしろがっている響きは消えていた。「そいつはおれのだ」

驚くほどの変わり身の早さ。お人よしののんびりムードは一瞬にして消え去り、冷ややかで厳しい表情が本気だと告げている。

おかしなことに、リリーはかえって安心した。ほんものの男と対峙(たいじ)している気がしたからだ。これなら対処のしかたはわかっている。

彼から離れてドアにぴたりと身を寄せた。怖かったからではない、あの素早い動きでこっちの拳銃まで奪われてはたまらない。あるいは、ほんのちょっぴり怖がっているのかも。彼は未知の存在だ。この商売では、未知のものに足元をすくわれ命を落とす。恐怖は大切だ。恐怖は警戒を呼ぶ。

彼女の動きに、彼は目をくるっと回した。「なあ、おれを異常者扱いしなくたっていいだろ。無事に送り届けてやるから、約束する——あんたが撃たないかぎり。その場合、車はなにかに衝突するから、保証のかぎりではない」

「あなた、何者?」彼女はにべもなく尋ねた。

「ルーカス・スウェイン、よろしく。みんなスウェインと呼ぶ。ルーカスって言いにくいのかな、誰も呼んでくれない」

「名前を訊いたんじゃない。どこに雇われてるの?」

「一匹狼。九時五時の勤めには向かないんでね。十年ほど南アメリカにいたんだが、政情が不安定になってきたから、しばらくヨーロッパ観光でもしようかと思って」

そう言われれば陽に焼けている。行間を読むとすると、彼は冒険家か傭兵か、契約エージェント。最後の可能性が高い。だったら、なぜ介入してきたの? 理屈に合わない。彼の任務が彼女を殺すことで、ロドリゴの手下にお株を奪われたくなかったのなら、彼女が車に飛び乗ったときにやれたはずだ。

「あんたがなにに巻きこまれてたにせよ、見たところ数で負けてたから、助っ人がいるだろうと思った。おれなら手を貸せるし、優秀だし、退屈してる。それで、いったいないにがあったんだ?」

リリーは衝動的な人間ではない。少なくとも仕事では、用心深く準備を整え計画を練る。でも、研究所に忍びこむには協力者が必要だとわかっていた。人を面食らわせるほどの陽気さを除けば、ルーカス・スウェインはいろんなことに秀でている。この数カ月、ずっとひとりぼっちだった。孤独は痛みとなって心に巣食っていた。この男には頼りたくなるようななにかがある。孤独の痛みをやわらげてくれるなにかが。
質問には答えず、リリーは言った。「警備システムに詳しい？」

13

彼は唇を引き結んで考えこんだ。「ある程度のことは知ってるけど、専門ではない。実際のシステムにもよるしね。でも、必要なことを教えてくれるほんもののプロを知っている」

そこで間を置く。「違法行為をやるつもり？」

「ええ」

「そりゃいい。ますます楽しくなってきた」

これ以上楽しくなられたらやばい。こっちの正気を守るために、いまのうちに撃ち殺したほうがいいのかも。

車は別の角を曲がった。彼は周囲に目を配り、おもむろに言った。「おれたち、いまどこにいるのかわかる？」

リリーは窓の外を見て、両脚を胸に引き寄せ、彼に奪い取られないよう拳銃を脚でブロックしてから、周囲を見回した。「ええ。つぎの信号を右、一・五キロほど先を左。道案内するわ」

「それで、どこへ行くんだ？」

「駅よ。そこで降ろして」

「そりゃないだろ。せっかく近づきになったんじゃないか。そう簡単にポイしないでほしいな。パートナーになれると期待してたんだから」

「あなたのことを調べもせずに？」彼女は信じられない思いで尋ねた。

「やっても無駄だって」

「本気よ」アメリカ人と一緒にいて十分もしないのに、すっかり母国語の発音に戻っていた。まるで履き慣れたスリッパを履いたみたい。「どこに泊まってるの？　こっちから連絡する」

「ブリストル」彼は言われたとおり右に曲がった。「七一二号室」

彼女は眉をひそめた。「ジャガーを借りて、パリでいちばん高いホテルのひとつに泊まってる。本業でよほど儲けてるのね」

「おれがやってる仕事はすべて儲かってる。それに、ジャガーを駐車する場所が必要だ。あ、しまった。別の車を借りなきゃ。こいつを返すわけにはいかない。損害を報告されたら、警察に捕まっちまう」

彼女は後部の割れた窓に目をやった。寒風が吹きこんでいる。「こうなったらガラスの残りも割って、レンタカー会社には、不良にバットで割られたって言ったら」

「それもありだな。誰かにナンバープレートを見られてなけりゃ」

「それでわざとお尻を振ったの？　ナンバープレートを見られないように」

「ま、そういうわけ。でも、運を天に任せるわけにはいかない。フランスじゃ、無実を証明できないかぎり有罪にされるからな。警察に睨まれるようなことはしないんだ、あしからず」

「お好きにどうぞ」彼女はそっけなく言った。「二台分のレンタル料を払うのはあなたなんだから」

「いや、同情してもらわなくていい。おたくが払ってくれそうな気がしてきたから」

軽口の応酬に彼女は思わず口元をほころばせた。肩の力が抜けた人だ。それがいいんだか悪いんだかわからないが、本人はおおいに楽しんでいる。誰かの助けを借りようかと思案していたそのときに、彼のほうから転がりこんできたのだから、頭ごなしに切り捨てるのはもったいない。身元を調べ、CIAの影がちらりとでも見えたり、信頼できないとわかったら、連絡を取らなければいいだけの話だ。彼の様子から、雇われて殺しにきたようには見えない。その点は信じていいような気がしていた。彼が優秀かどうか、信頼できるかどうかはこれから調べればいい。これまでのようにCIAの情報源に尋ねるわけにはいかないが、こっそり調べてくれる人物をふたりほど知っている。

駅までの短い時間に彼を観察した。ハンサムな男だと気づいて軽い驚きを感じた。彼のおしゃべりに気を取られて顔は見ていなかったのだ。背は高め、一九〇センチ近くあるだろう。体は引き締まっている。手は筋張っていて指は長く、指輪ははめていない。血管が浮きでており、爪は短く清潔だ。茶色の髪は短く、こめかみに白いものが見える。目はブルー。リリーの目よりも濃いブルーだ。唇は薄めだけど形はいい。力強い顎は先が割れてはいない。細く鼻梁（びりょう）の高い貴族的な鼻。白髪を除けば歳より若く見える。おそらく彼女とおなじぐらいか、いっても四十代のはじめだろう。

着ているものはヨーロッパ的。リーヴァイスやナイキや、ひいきのフットボールチームのロゴ入りのスウェットシャツといった、全身で〝アメリカ人〟と叫んでいるような格好はしていない。茶色がかった灰色のスラックスにブルーのシャツ、上等な黒革のジャケット。素敵なジャケットに嫉妬を覚える。それにイタリア製のローファーは手入れが行き届いていた。

南アメリカからやってきたばかりだとしたら、その土地の流儀にすぐに溶けこめる質（たち）なのだろう。

「つぎを左」曲がり角に近づいたので、彼女は言った。

運転のしかたもパリっ子のそれだ。度胸と気迫、それに命知らずの自由奔放さで車をすっ飛ばしている。割りこみをかけてきた運転手に向かって見せた仕草まで、地元の人に倣（なら）っている。笑顔を浮かべて別の車に追い越しをかける。目の輝きが、パリっ子と運転を競うのが楽しくてしかたないと言っている。ぜったいに頭がおかしい。

「パリに着いてどれぐらい？」

「三日。なぜ？」

「そこで停めて」彼女は停める場所を指示した。「パリっ子みたいな運転をするから」

「サメと一緒に泳ぐときは、歯を剝きだす。本気だってとこを見せなきゃ」縁石に車を寄せた。「楽しかった、ミズ……？」

リリーはすぐには飛びださなかった。拳銃をブーツのなかのホルスターにおさめ、流れるような動きでドアを開け、滑り降りた。彼のほうに身を屈める。「連絡するわ」ドアを閉め、大股で歩み去った。

路上で停めるよう指示されたため、彼女がどの列車に乗るか見届けることはできない。スウェインはしかたなく車を出し、振り向いたときにはブロンドの髪は視界から消え去っていた。ポケットからウィッグを出してかぶったとは思えないから、自分より背の高い乗客の陰にすっと隠れたのだろう。

車をどこかに駐めて、あとを追おうと思えばできたが、深追いは禁物と直感が告げていた。追えば逃げる。向こうから来させるようにするのだ。

おれのことを調べると言っていた。クソッ。携帯電話を取りだし、アメリカ本国へ電話を入れる。コンピュータおたくに資料をちょっといじらせる。高い給料をもらってるんだから働いてもらわなくちゃ。ルーカス・スウェインについて調べようとすれば、うまく編集したでっちあげの履歴しか出てこないように細工させるのだ。

そちらが片づくと、それほど差し迫ってはいないもうひとつの問題に取り組んだ。ジャガーをどうするか。レンタカー会社に返す前に窓ガラスを入れ替えねばならない。フランス警察に嗅ぎまわられるのはなんとしても避けなければ。そこからぼろが出てはたまらない。それに、ネルヴィ一家のような組織は、いたるところに情報提供者を持っているものだ。警察だって例外ではない。

ジャガーは大好きな車だがあきらめよう。あまりに目立ちすぎる。メルセデスはどうだ――いや、やはり目立ちすぎだ。だったらフランスの車、ルノーあたり。でも運転するなら、やっぱりイタリアのスポーツカーだな。おいおい、仕事優先だぞ。派手な車を転がしていってみろ、リリーはぜったいに乗らないと言うに決まってる。

いやはや、あのときはコーヒーでむせそうになった。ヨーロッパのどこへ行っても追われる身だというのに、彼女ときたら、平気な顔でぶらぶらと公園にやってきたんだから。彼はこれまでも幸運の女神に愛されてきたが、幸運はつづいていた。コンピュータ分析も演繹(えんえき)的推理も知ったことか――こぢんまりした公園のベンチにただ座っているだけで、ものの十五分もしないうちに、彼女のほうからやってきた。そりゃたしかに、演繹的推理の結果、彼女がもっとも姿を現しそうな場所は研究所だとあたりをつけたわけだが、それでも幸運であることに変わりはない。

それに撃たれなかった。めちゃくちゃ運がいい。ジャガーのことは残念だが。またスタンドプレイをやったんだろう、とフランクに言われそうだ。おかげで高くついた。でも、人生わくわくすることがなくっちゃ。フランクにはどやしつけられるだろうな。言われた仕事を果たしもしないでなに浮かれてんだ、って。でも、彼は運がいいのとおなじぐらい好奇心が強い。リリーがなにをするつもりか知りたかったし、研究所になにがあるのか好奇心を掻き立てられた。それよりなにより、彼女に先手を取られたのが悔しい。

不思議なことに心配はしていなかった。リリー・マンスフィールドはプロの暗殺者だ。よい側に雇われているからといって、危険なことに変わりはない。だが、あの公園で、彼女は老人が怪我をしないよう気を遣っていた。それに、むやみに発砲して罪もない第三者を傷つけるようなことはしなかった——それに引き換え〝サッカー野郎〟は、まわりのことなどおかまいなしだった。だからこそ彼女に助太刀しようという気になった。たとえ彼女が獲物でなかったとしても。

いまはまだフランクに報告するつもりはない。連絡先もわからないままリリーを逃がしたことを、どう説明してもわかってもらえないだろうから。

彼女は一両日のうちに連絡してくるはずだ。人間としてあたりまえのことだ。彼女を助け、笑わせ、無理強いはしなかった。さらなる協力を申しでた。身元も明かした。彼女が拳銃を向けてきたのは、彼に狙われると思ってのこと。こっちから仕向けるまでもなく、彼女の気持ちは揺らいでいた。

彼女は優秀だし危険だ。こちらが慌てて動けば、体に風穴を開けられるのがおち。強運の持ち主という評判を損なう結果となる。予測を裏切って彼女が連絡してこない場合、退屈きわまる人探しに戻らねばならない。コンピュータ分析と演繹的推理に。

その日はそれからジャガーの窓ガラスを修理してくれるところを探し、別の車を借りるのに費やした。最初はルノーの普通の小型車にするつもりだったが、土壇場で選んだのがスポーツタイプのルノー・メガーヌだ。ターボエンジン搭載、六速のホットなやつ。目立たない車とはけっして言えないが、スピードとハンドリングが要求される場合がないともかぎらないし、馬力不足で捕まるなんて願いさげだ。レンタカー会社には赤いやつがあって目を引かれたが、無難なシルバーを選んだ。赤い旗をひらひらさせて「ここよ、見て見て！」などと叫ぶわけにはいかない。

ブリストルホテルに戻ったのは日もとっぷり暮れたころだった。腹ペコだったが人と混じりたい気分ではなかったので、まっすぐ部屋に戻ってルームサービスを頼んだ。料理が運ばれてくるまでのあいだに、靴を脱ぎ、ジャケットを脱いでベッドに放り、自分もベッドにごろっとなって天井を見つめ——天井を見ていると妙案が浮かぶ——リリー・マンスフィールドのことを考えた。

ファイルのカラー写真を見ていたから、ひと目で彼女だとわかった。でも、彼女の動作のひとつひとつから発せられるエネルギーと強烈さは、写真ではわからない。顔も気に入った。細いけれど力強い顔立ち。高い頬骨に高慢そうな鼻。それよりなにより、あの口。ひと目見ただけでムラッときた。目はブルーの氷みたいだが、唇はやわらかく、無防備で、セクシー。ほかにも、言葉にはできないが、いろんな思いを抱かせる口元だ。

抱きついてくれるかも、と言ったのは冗談ではなかった。彼女が、いいわ、と言ってくれたら、あのまま車をすっ飛ばしてホテルに戻っていただろうに。

彼女の姿を、着ていた服をありありと思い出す。ダークグレーのパンツに黒いブーツ、ブルーのオックスフォードクロスのシャツ、ダークブルーのピーコート。彼女があのブーツを分でないのか。

履いてるときは、銃を隠し持っている。油断は禁物だ。髪は肩までの長さのシンプルなカット、顔にかかる長いほつれ毛。ピーコートで体の線は隠れていたが、脚の長さと形からみて痩せ型だろう。顔は少しやつれ、目の下に隈ができていたから、病気だったのか、休養が充分でないのか。

彼女にムラッときたからといって、仕事がやりやすくなるわけじゃない。やるべきことを考えるといやな気分になった。規則の抜け道を探すほうだが、破るつもりはない。まあ、それなりに守る。自分の予定表に従って任務を遂行するつもりだ。遠回りのひとつやふたつしたからってそれがなんだ。ジュブラン夫妻殺害の裏になにがあるのか、誰がどうしてふたりを雇ったのか探りだしたって害にはならない。ネルヴィ一家は人間のくずだ。その確たる証拠をつかめたら、それにこしたことはない。

それまではリリーと過ごせる。最後には彼女を裏切らねばならない。それが残念だが。

14

「きのう、騒動があったそうだな」書斎の戸口にダモーネが姿を見せ、静かな口調で言った。

「どういうことか話してくれ」

「まあ入れ」ロドリゴは立ちあがって弟を手招きした。手下からダモーネの到着を知らされ、びっくりしていた。父親殺しの犯人が捕まるまで、兄弟は顔を合わせない約束だったはずだ。デニス・モレルことリリアン・マンスフィールドが、死んだ友人の仇を討ってサルヴァトーレを殺したことがわかったからといって、約束を反故にしていいわけではない。女の身元と、彼女をいま捜索中だということ以外、ダモーネには知らせていなかった。

　ダモーネは弱い男ではないが、ロドリゴは弟を守らねばとつねづね思っていた。自分より若いからということもあるが、弟は火の粉を浴びた経験がまったくなかった。ロドリゴは父とともに組織抗争も企業戦争も経験しつくしているが、ダモーネが知っているのは株式市場と投資信託だ。

「親父には兄さんという補佐役がいたが、兄さんには誰もいないじゃないか」父の存命中はロドリゴが座っていた椅子に、ダモーネは腰をおろした。「兄さんが組織を動かす全責任を負って苦労しているときに、のんびり株式市場の動きを追ったり、資金を動かしていられない」ダモーネは両手を広げた。「インターネットと紙の情報源からニュースを仕入れた。けさ早くに読んだ記事には詳しいことは書いてなかったが、きのう、公園で事件があったそうじゃないか。数人が銃を撃ち合った。犯人の身元はわかってなくて、近くの研究所の警備員がふたり、銃声を聞いて助けに駆けつけた」知的な黒い目がすぼめられた。「公園の名前は載っていた」

ロドリゴは言った。「だが、なぜおまえがここに？　事件は片づいた」

「ヴィンチェンツォの研究所で事件が起きるのは、これで二度めだからだ。偶然の一致と考えろと？　インフルエンザ・ワクチンであがる利益は大きい。それがだめになれば、計画中のいくつかの事業はペンディングにしなきゃならない。なにがどうなってるのか、おれには知る権利がある」

「電話で事足りたはずだろ？」

「電話じゃ顔は見えない」ダモーネはそう言うとほほえんだ。「兄さんは天才的な嘘つきだが、おれは兄さんのことを知りつくしている。子供のころからさんざん見てきたからな。父さんをまっすぐに見上げ、ぼくたち、そんなことしてない、と言い張ってた。むろん父さんはお見通しだったけど。いつもお目玉を食らったな。兄さんに目の前で嘘をつかれたら、おれにはわかる。三桁の暗算ぐらいおれだってできるさ。ヴィンチェンツォの研究所は問題を抱えている。そんな最中に親父が殺された。このふたつは関係してるんだろ？」

ダモーネにも困ったものだ、とロドリゴは思った。頭がよすぎるし、おまけに直観力がある。弟に嘘をついてもかならず見破られることが、ロドリゴには癪の種だった。誰にも嘘を見破られない自信はある、そうさ、だが、ダモーネには通じない。七歳と四歳のころなら兄貴風を吹かすのもいいが、もうふたりとも大人だ。そろそろやめるべきなのだろう。

「どんなふうに？」

「ああ」ロドリゴはしぶしぶ言った。「関係してる」

「親父を殺した女、リリアン・マンスフィールドはジュブラン夫妻の親友だった。八月に研究所に忍びこんで、ヴィンチェンツォの研究のかなりの部分を破壊した夫婦のな」

ダモーネは疲れているのか目をこすり、鼻梁を揉んだ。「復讐ってわけか」

「その部分はな、そうだ」

「それで、ほかの部分は？」

ロドリゴはため息をついた。「そもそもジュブラン夫妻を雇った人物がわかっていない。それが誰であれ、ほかの人間を雇ってまた研究所を襲う可能性がある。これ以上製造を遅らせるわけにはいかない。親父を殺した女は、誰かに雇われてそうしたわけじゃないと思う。おそらくはな。だが、いまは雇われているかもしれない。きのう、おれの手下が彼女を公園で見かけた。研究所の建物の配置を調べているところだった。彼女が雇われているにしろ、単独で動いているにしろ、もたらされる結果はおなじだ。ワクチンを破壊しようとしている」

「どんなワクチンか知ってるのか？」

ロドリゴは両手を広げた。「内部に裏切り者がいる可能性はいつだってある。研究所で働いている人間にな。もしそうなら、彼女は知っているだろう。ジュブラン夫妻のような傭兵は、安い金じゃ動かない。だからいま、研究所の所員のなかにそういう連中を雇えるだけの資力があるやつがいるかどうか、経済面の調査をやらせている」

「この女についてはどこまでわかってるんだ？」

「アメリカ人でプロの殺し屋。契約エージェントだ、ＣＩＡのな」

ダモーネが青くなった。「アメリカ政府が彼女を雇ったのか？」

「いや、親父を殺したのは違う。彼女が勝手にやったことだ。向こうさんは泡食ってる、わかるだろ。それで〝問題の決着をつける〟ために人を派遣した。やつらの得意の言いまわしだ」

「それで、彼女は研究所に潜りこむ方法を探っていたってわけか。きのうはどうして逃げおおせたんだ？」

「仲間がいた。ジャガーに乗った男。そいつが彼女とおれの手下のあいだに割って入り、車を楯に援護射撃をした」

「ナンバープレートは？」

「いや。手下からは見えなかった。目撃者がいるにはいたが、慌てふためくばっかりで番号を控えてる余裕なんてなかった」

「いちばん大事な質問だ。彼女は兄さんを襲おうとしたのか？」

「いや」ロドリゴは驚きに目をぱちくりさせた。

「だったら、おれのほうが兄さんよりさらに安全だな。それならここにいるさ。兄さんの仕事の一部分でも肩代わりしてやるよ。女の捜索の指揮を見るとか、そっちは兄さんが自分でやりたいなら、ほかの仕事を引き受ける。それともふたりで一緒にやるか。助けになりたいんだ。親父はおれの親父でもあったんだからな」

ロドリゴはため息をついた。ダモーネを蚊帳(かや)の外に置こうなんて間違っていた。弟にもネルヴィの血は流れている。ロドリゴとおなじように、復讐したいという思いは深いのだ。

「この件を自分の手で片づけたいのには、ほかにもわけがあるんだ」ダモーネが言う。「じつは結婚を考えている」

ロドリゴは驚きのあまり声も出なかった。それから笑いだした。「結婚！　いつ？　真剣な付き合いをしてるなんて、ひとことも言ってなかったじゃないか！」

ダモーネも笑い、頬を赤く染めた。「いつになるかまだわからない。まだ申しこんでいないからね。だが、承諾してくれると思う。一年以上の付き合いだし――」

「それで、おれたちにはなにも話してくれなかった？」〝おれたち〟にはサルヴァトーレも含まれる。息子のひとりが所帯を持ち、孫を授けてくれると知れば、父はさぞ喜んだだろう。

「――でも、深い付き合いになったのはほんの数カ月前なんだ。確実になるまで誰にも言いたくなかった。彼女はスイス人で、いい家の娘だ。父親は銀行家。彼女の名前はジゼル」名を口にしたときの口調に、深い思いが表れていた。「ひと目見た瞬間、この人こそと思った」

「だが、彼女のほうはもっと時間がかかった、そうだろ？」ロドリゴはまた笑った。「おまえのハンサムな顔をひと目見たとき、この人とならかわいい子供ができるとは思わなかったわけだ」

「いや、瞬間にそう思ったそうだ」ダモーネは落ち着きはらったものだ。「ただ、おれがいい亭主になれるかどうか、そこに不安を感じた」

「ネルヴィの男はみないい亭主になる」ロドリゴが言う。それはほんとうだ。たまに愛人を作ることに女房が文句を言いさえしなけりゃ。だが、ダモーネは浮気をしないだろう。そういう男だ。

ダモーネが、リリアン・マンスフィールドの件になんとしても決着をつけたがるわけが、この喜ばしいニュースだったのだ。報復を望んでいることも事実だろうが、私生活でこういうことがなかったら、ロドリゴが手を下すのをじっと待っていただろう。

ダモーネはロドリゴのデスクに目をやり、写真に気づいた。近づいてきてファイルを自分のほうに向け、写真の女をしげしげと眺めた。「魅力的だな。美人じゃないけど……魅力的だ」

ファイルをぱらぱらっとめくり、ざっと目を通す。驚きに顔をあげる。「こいつはＣＩＡのファイルじゃないか。どうやって手に入れた？」

「便宜を図ってくれる人間がいるのさ、もちろん。インターポールにもロンドン警視庁にもいる。事前に情報を知ることができれば、いろいろと便利だからな」

「ＣＩＡがここに電話をしてくるのか？　兄さんから電話できる？」

「いや、むろんできない。通話はすべてチェックされ、おそらく記録されているだろう。インターポールの接触相手、ジョルジュ・ブランの個人専用の番号を知っている。それで、彼がＣＩＡなりＦＢＩなりと通常の回線を使って連絡を取る」

「ブランに指示することは考えなかった？　ＣＩＡがマンスフィールドを追うのに送りこんだ人間の携帯の番号を聞きだせって。ＣＩＡは自分の手を汚さないだろう。人を雇ってやらせる、違うか？　その彼なり彼女なりは携帯を持ってるはずだ。いまじゃ誰だって持ってる。そいつに小遣い稼ぎをしてみないかってもちかける。ＣＩＡより前にこっちに情報を流してくれれば、かなりの金を払う用意があるってさ」

名案だと思いながらも、ロドリゴは思いつかなかった自分に歯噛みしてもいた。弟に尊敬のまなざしを送る。「新鮮な目で眺めると違うな」ひとり言のようにつぶやく。ダモーネのなかにネルヴィの血が息づいている。「おまえはまったく悪知恵が働く」彼は笑った。「おれたちにかかったら、この女は死んだも同然だ」

15

フランク・ヴィネイは早起きだ。夜明け前には起きている。十五年前に妻のドディを亡くしてからというもの、仕事をしない理由を見いだすのが年々むずかしくなっていた。ときおり妻が恋しくてたまらなくなるが、たいていはかすかな痛み程度におさまっている。生活のどこかに不都合があるような、そんな感じだ。再婚は考えたこともない。いまもなお亡くなった妻を心の底から愛しているのに結婚するのは、相手に不公平な気がするからだ。

それでも、彼はひとりぼっちではない。愛犬のカイゼルがいる。巨体のジャーマンシェパードは、キッチンの隅を寝場所と決めていて——もらわれてきたばかりの子犬のころ、新しい環境に馴染むまでキッチンに置かれていたせいで落ち着くのだろう——階段をおりてくるフランクの足音を聞いたとたん、寝床からむっくり起きあがって尻尾を振りはじめた。

フランクはキッチンに入るとカイゼルの耳の後ろを撫でてやり、猫撫で声で馬鹿なことをつぶやいた。カイゼルなら秘密をばらすことはないから、安心してなんでも言える。犬におやつをやり、水の皿が空っぽになっていないことを調べてから、家政婦のブリジェットが前夜に用意しておいてくれたコーヒーポットのスイッチを入れた。家事能力は皆無だった。水とコーヒーとフィルターを彼がいじくろうものなら飲むに耐えない代物ができあがるのだが、ブリジェットがおなじものを使って作るコーヒーは、泣きたくなるぐらい美味なのはどうしてだろう。彼女がやるのを見て真似をしても、出てくるのは泥水。コーヒーを自分で淹れようと努力することは狂気の沙汰なのだからと負けを認め、さらなる屈辱から身を守ることにした。

ドディが作ってくれた決まりごとを、いまも守っている。靴下はすべて黒だから、色合わせに気を遣わずにすむ。背広は中間色、シャツは白かブルーだからどの背広にも合う。ネクタイも無難な柄のものばかりだから合わせる背広を選ばない。服のセンスがいいと褒められることはないが、恥ずかしい思いをすることもない。

掃除機をかけようとしたことはある……一度だけ。爆発しなかっただけめっけものだ。

そんなわけだから、家事はいっさいブリジェットに任せ、書類仕事に専念することにしていた。いま彼がやっているのがそれだった。書類仕事。書類を読んで事実を吟味し、経験に基づいた意見――別の言い方をすれば〝最高の推量〟――を長官に述べる。長官はそれを大統領に進言し、大統領は、彼が読み取ったことをもとに作戦を決定する。

コーヒーが沸くまでに、外の防犯ライトを切り、カイゼルを裏庭に出して見回りをさせ、ついでに生理的欲求も満足させる。愛犬もめっきり歳を取ったが、それは彼もおなじだ。どちらも引退を考えるべきなのだろう。フランクは諜報活動の報告書以外のものを読むことができるし、カイゼルは番犬としての役目を解かれ、ただの相棒になれる。

引退は数年前から考えていた。彼を引き止めているのは、ジョン・マディーナが現場を去る覚悟ができていないという事実だ。あとを任せるとしたら彼以外には考えられなかった。フランクの一存で決まるわけではないが、彼の意見は大きな意味を持っていた。

もう間もなくだろう、とフランクは思っている。ジョンが二年前に結婚したニエマから、ジョンを配置換えしてくれとせっつかれていた。妊娠したいし、そうなったらジョンにそばにいてほしいから、と。それがニエマの気持ちだ。ふたりはこれまでに何度も一緒に作戦を遂行してきたが、いまジョンが関わっている任務に彼女は参加できず、長く離れて暮らすことでふたりのあいだはぎくしゃくしていた。ニエマも子供を持つなら急がねばならない年齢だし、ジョンがその栄光を誰かに譲る日も近いだろう。

たとえばルーカス・スウェインのような人物に。スウェインも長年現場で働いてきたが、ジョンとはまったく気質が違う。ジョンは忍耐の塊だ。スウェインは、うずくまっているトラをわざわざ棒で突くタイプだ。ジョンは十八のころから——実際にはそれ以前から——訓練に訓練を重ね、抜きんでた存在となった。その後任には若い人材が求められる。精神的にも肉体的にも厳しい訓練に耐えられる人物が。スウェインは結果を出す天才だが——それもあっと驚くような手を使って——十九の若者ではない。もう三十九だ。

カイゼルが裏口にやってきて尻尾をパタパタさせている。フランクは戸を開けて犬を入れておやつをやり、自分のカップにコーヒーを注いだ。カップを手に書斎に向かうと椅子に腰をおろす。世の中の動きに遅れないための時間だ。朝刊が配達されると、テーブルに席を移してシリアルの朝食――ブリジェットの助けがなくてもそれぐらいなら用意できる――を食べながら新聞を読み、またコーヒーを飲む。朝食のあとはシャワーを浴びてひげを剃り、七時半きっかりに玄関に向かう。迎えの車が到着する時間だ。

　フランクは長いあいだ迎えの車を断りつづけてきた。自分でハンドルを握るほうが性に合っている。だが、首都ワシントンの朝のラッシュといったらまさに悪夢だ。どうせ時間を取られるならそのあいだも仕事にあてたほうがいい。そこでついにあきらめた。運転手のキーナンとは六年の付き合いで、長く連れ添った夫婦のような居心地のよさがあった。フランクは助手席に座るが――後部シートに座って読み物をすると吐き気がする――朝の挨拶以外言葉を交わすことはない。しかし、帰り道は違う。キーナンが六人の子持ちで、妻のトリーシャはコンサートピアニスト、末っ子が料理をして家を燃やしそうになったことなど、打ち解けた話をするのはこの時間だ。キーナンが相手なら、ドディのことやともに過ごした幸せな日々、テレビが茶の間に登場する前に送った青春時代を語ることができた。

「おはようございます、ミスター・ヴィネイ」フランクが乗りこむのを待って挨拶し、キーナンはなめらかに車を出した。

「おはよう」フランクがうわの空で答えた。読んでいる報告書に夢中だ。

　ときおり目をあげるのは、車酔いにならないための用心だったが、何百何千の人が車で職場に向かうための渋滞の列など目に入らない。

　交差点に差しかかった。フランクの車は青の矢印で左折する二車線の右側にいて、前後も左側も車で囲まれていた。そのとき、右側からブレーキのきしむ音がして、フランクはなにごとかと顔をあげた。花屋の白い配達トラックが、ライトを点滅させたパトカーに追われ、左折車の列を無視し、猛スピードで突っこんできた。突進してくるトラックのラジエーターグリルが、目の前に迫る。キーナンの「やばい!」という声。左車線に車を入れようと必死でハンドルと格闘している。それから、凄まじい衝撃があった。巨人につまみあげられ地べたに叩きつけられたような激しさだった。

キーナンが意識を取り戻すと、口のなかに血の味がした。車内には煙が充満しているようで、ハンドルからは巨大なコンドームみたいなものが汚らわしくも溢れだしていた。頭のなかがガンガン鳴っており、胸にひっつきそうなほど垂れた頭を持ちあげることもままならない。いったいここでなにをしてるんだ、と思いながら巨大なコンドームを見つめる。左耳のなかで耳障りな音が鳴り響き、いまにも頭が破裂しそうだ。叫び声のような音も聞こえた。

キーナンはハンドルのコンドームをぼんやりと眺めた。永遠とも思える時間がたったようだが、じつはほんの一瞬だった。意識が戻ってきて、コンドームはエアバッグで、〝煙〟はエアバッグの粉だと気づいた。

ポンという音が聞こえた気がして、現実がもとの位置におさまった。

車は絡み合った金属の真っ只中にあった。左手に車が二台、片方の車の壊れたラジエーターから蒸気が立ち昇っている。配達トラックは、右側に衝突して潰れていた。T字衝突を避けようとハンドルを切ったのを憶えている。その直後の衝撃は、予想だにしない激しさだった。トラックはミスター・ヴィネイが乗る助手席めがけて突っこんできて——

ああ、どうしよう。

「ミスター・ヴィネイ」絞りだしたかすれ声は、とても自分のものとは思えなかった。顔をめぐらし、作戦本部長の姿を探す。車の右側は完全に陥没し、金属とシートと人間が混ざり合った塊のなかにミスター・ヴィネイが横たわっていた。

耳をつんざくクラクションを誰かが止めてくれたので、騒々しさがふっとやわらぎ、遠くのサイレンの音が耳に届いた。

「助けて！」叫んだつもりだったが、しゃがれ声が洩れたにすぎない。口から血を吐きだし、激痛を我慢して深く息を吸いこみ、もう一度叫んだ。「助けて！」

「もうちょっと頑張れよ」誰かが叫ぶ。左手の車のボンネットに制服警官がよじのぼってきたが、二台の車はがっちり嚙み合っていて隙間に入りこむことができない。しかたなくボンネットに両手足を突き、キーナンの顔を覗きこんだ。「いま助けが来るからな。怪我はひどいか？」

「電話しなくちゃ」キーナンが喘ぎながら言う。警官からはナンバープレートが見えないのだ。携帯電話は車の残骸のなかのどこかだ。

「そんな心配することない——」

「電話が必要なんだ！」キーナンは鋭い口調で言った。息を吸いこもうと喘ぐ。ＣＩＡの職員はけっして身分を明かさないことになっているが、緊急の場合はしかたない。「隣の席の男は作戦本部長――」

みなまで言う必要はなかった。警官は首都に長く勤めており「どんな作戦だ？」などという質問はしなかった。無線を取りだして二言三言吠えると、周囲に向かって怒鳴った。「誰か携帯を持ってないか？」

馬鹿な質問だ。みんな持っている。すぐに警官はボンネットの上に腹這いになり、キーナンに携帯電話を差しだした。キーナンは血まみれの震える手を伸ばし、それを受け取った。最初のいくつかの数字を打ちこんだところで、盗聴防止機能が付いていない電話だと気づき、心のうちで「クソッ」と毒づきながら残りの数字を押した。

「サー」黒く縁取られた視界が狭まってくる。気を失うまいと必死でこらえた。まだすべき仕事が残っている。「こちらはキーナン。部長とわたしは事故に遭いました。部長は重傷です。場所は……」彼の声が尻つぼみになった。どこにいるのかわからなかった。携帯電話を警官に向かって差しだした。「ここの場所を言ってくれ」そこで目を閉じた。

16

いつもの連絡員に調べてもらうのは無理だとしても、長年この世界にいたリリーには、腕は一流だが人格に難アリの連中との付き合いがあった。それなりの金を積めば、実の母親の秘密も探りだしてくれる。貯金はまだ残っていたがそれほどの額ではないので、〝それなり〟が〝手ごろな〟という意味であることを願うだけだ。

スウェインが身元調べにパスしたら、金銭的にかなり助かる。彼は無料奉仕を申しでているのだから。人を雇わねばならないとなると、銀行口座は底をつく。スウェイン自身は警備システムのプロではないが、プロの知り合いがいると言っていた。問題はそのプロが金を要求するかどうか。もしそうなら、最初から別の誰かを雇ったほうがいい。スウェインに調査費用を払うだけ損というものだ。

でも、そうこうしているうちに時間切れになる可能性はある。スウェインの身元が大丈夫であってほしい。どこぞの精神病院を脱走していませんように。ＣＩＡに雇われていたなんて間違ってもごめんだ。

前日、スウェインのもとを歩いて立ち去るという戦術的ミスを犯したことに気づいたのは、インターネット・カフェに入ろうとしたときだった。スウェインがCIAに雇われているなら、いまごろは電話をかけて、偽の経歴をでっちあげているだろう。彼女であれ誰であれ、彼のことを探りだそうとしても、その情報が正しいという確証はない。

ふいに立ち止まった拍子に、背後からきた女にぶつかり、じろりと睨まれた。「エクスキューゼモア」リリーは言い、ひとまずベンチに腰をおろしてじっくり考えることにした。ああ、もう、スパイ稼業については知らないことが多すぎる。立場はおそろしく不利だ。スウェインを調べてもしょうがない。CIAかもしれないし、そうじゃないかもしれない。あとは彼に連絡を取るか取らないか、決心をつけるだけだ。

安全なのは連絡を取らないこと。彼はリリーの居所を知らないし、どんな偽名を使っているのか知らない。でも、彼がCIAなら、彼女がネルヴィ研究所を狙うだろうと知ってて見張っていたのだから、また彼女が現れるのを待つだろう。計画をあきらめるか、あきらめずに続行して彼に見つかるか。

研究所に関していえば、状況はひどく複雑になってきた。ロドリゴは彼女の正体を知り、素顔の写真を手に入れたにちがいない。〝サッカー野郎〟がすぐにこちらに気づいたのはそのせいだ。ロドリゴは公園の騒ぎでますます警戒し、研究所の警備態勢を強化するだろう。

助っ人が必要だ。自力ではとてもなし遂げられない。このまますごすごと引きさがり、エイヴリルとティナが命と引き換えに見つけだしたものがなんだったのか調べる努力をしないまま、ロドリゴ・ネルヴィをますます栄えさせるか、それとも、運を天に任せてスウェインの助力を頼むか。

彼が信頼できる人間であることを望んでいる自分に気づき、リリーははっとした。彼は人生から多くの楽しみを見いだす人。彼女はこの数カ月、楽しみとは無縁の生活を送ってきた。彼のおかげで笑った。ほんとうにひさしぶりの笑いだった。彼はそんなこと知らないだろうが、リリーには大事なことだ。悲しみによっても消されることのなかった人間らしさの小さな火花が、もう一度笑うことを望んでいたのだ。もう一度幸せになりたい。スウェインは太陽のように、幸福の光を全身から発散している。頭がちょっとおかしいかもしれないけど、彼女が拳銃を奪おうとするのを制したとき、彼は厳しい表情を見せた。芯が通っていることの証、それが彼女を安心させる。彼が笑わせてくれるなら、もう一度楽しみを見つけだせるのなら、それだけで、彼と組む危険を冒してもいいのかも。

肉体的魅力もある。自分でも意外だけれど、彼の肉体に興味を引かれていた。彼にまつわることで決断を下すとき、そのことで判断を曇らせてはならない。だけど、彼の申し出を受けたい気持ちのなかに、彼が笑わせてくれたことや、彼を魅力的だと思ったことが含まれていたとして、それでなにかが変わる？　実際のところは、感情的な欲求が肉体的欲求を上回っている。それに、自分が肉体的魅力にまいるとは思っていなかった。付き合った男の数は多くないし、禁欲生活を長くつづけてもまったく支障はなかった。最後の恋人、ドミトリは彼女を殺そうとした。六年前のこと。以来、信頼はリリーにとってなによりも大事なものとなった。

さあ、これは難問だ。彼がCIAかどうか確かめる術はなく、ほかにとるべき道は、すごすごと引きさがってネルヴィ一家の悪を見過ごすことだけ、という前提がある。それで彼に連絡するのは、彼がキュートで笑わせてくれるから？

「もう、どうだっていいじゃない。でしょ？」ぶつぶつとつぶやき、フフッと苦笑いすると、通りがかりの人がぎょっとしてこっちを見た。

彼が滞在しているのは、シャンゼリゼ通りのブリストルホテル。弾かれたように立ちあがってカフェに入り、コーヒーを注文してから電話帳を貸してくれと頼んだ。ホテルの番号を控え、コーヒーを飲み終えて店を出た。

すぐに電話をかけてどこかに呼びだすという手もあったが、そうはせず、地下鉄に乗ってホテルの近くまで行った。道端の公衆電話からテレフォンカードを使ってホテルにかけた。彼がCIAなら、かかってくる電話はすべて番号を調べられる。でもこの方法なら、携帯電話の番号を知られることも、居所を知られることもない。

部屋の番号を告げると、三度めの呼びだし音でスウェインが出た——眠そうな〝もしもし〟につづいてあくび。声は歓びに輝いている感じ。挨拶のしかたはくだけたアメリカ流。

「十五分後にエリゼ宮でお会いできません？」名を名乗らずに言った。

「ええ——？　どこだって？　ちょっと待って」またしても大あくび。それから、言わずもがなのことを言う。「眠ってたんだ。あんた、おれが考えてる人かな？　ブロンドにブルーの目？」

「それに、豆鉄砲を携帯してる」

「よし、行く。ちょっと待って。それって場所はどこ?」

「通りを下ってすぐよ。ドアマンに訊くといい」リリーは電話を切り、ホテルの玄関を見張れる場所に移動した。エリゼ宮はすぐ近くだから車を使うのは馬鹿のやることだが、歩いてぎりぎり十五分かかるぐらいの距離はあった。

彼はホテルの玄関を出てくると、彼女がいるのとは逆方向へ向かった。これで、あとをつけることができる。

電話を切ってから玄関を出てくるまで五分。その間どこかに電話をかけたとしたら、廊下を歩きながら携帯電話で話したのだろう。そうだとしか考えられない。彼はドアマンと言葉を交わし、うなずき、通りを歩きだした。ぶらぶらという感じで。のんびりと揺れる腰の動きを見物できたらいいのに。残念ながらまたあの素敵な革のジャケットを着ているので、お尻は隠れて見えない。

リリーは足取りを速めた。やわらかな靴底のブーツだから、足音は往来の騒音に掻き消される。スウェインのまわりには誰もいないし、歩きながら携帯電話でしゃべってもいない。ほんとうに一匹狼なのかも。彼との距離を詰め、最後に大きく一歩を踏みだして横に並んだ。

「スウェイン」

彼がちらりと見る。「やあ。ホテルを出たときにきみの姿が見えた。エリゼ宮まで行く理由はある?」

彼女は思わずほほえみ、肩をすくめた。「ないわよ。歩きながら話しましょ」

「きみは気づいてないかもしれないけど、きょうは寒いし、太陽は沈みかけてる。南アメリカにいたって言ったの、憶えてる？　つまり、おれはあたたかい気候に馴染んでいる」ぶるっと震える。「カフェを見つけて入ろうぜ。あったかいコーヒーを飲みながらおしゃべりしよう」

どうしよう。被害妄想だとわかってはいるけど、パリの店という店、カフェというカフェに、ロドリゴが手下を送りこんでいないとは言えない。その影響力のおよぶ範囲の広さを実地検分する気にはなれなかった。「人のいるところで話をしたくないの」

「オーケー、だったらホテルに戻ろう。おれの部屋に人はいないし、あたたかい。それにルームサービスを頼める。それとも、ベッドのあるところでおれとふたりきりになると自分を抑えられなくて怖いって言うなら、車であてもなくパリを走りまわってもいい。一ガロン四十ドルするガソリンを燃やしながらね」

彼女は呆れて目を見開いた。「そんなにしないわ。それに一ガロンじゃなくて、一リットルでしょ」

「自分を抑えられないって部分は否定しなかったね」彼が浮かべたのは、得意げな笑いにかぎりなく近かった。

「なんとか抑えます」彼女はつんとして言った。「ホテルでいいわ」彼を信じるつもりなら、いまからそうしなくちゃ。片づける暇がなかったのだから、見られたくないものが出しっぱなしかも。そんな部屋を覗けるなんてなんだか愉快——もっとも、見られてまずいものが出しっぱなしになっている部屋に、彼が誘うはずはない。

来た道を引き返してホテルに戻ると、無表情なドアマンがドアを開けてくれた。スウェインはまっすぐエレベーターに向かい、脇にどいて彼女を先に乗せた。

彼がドアの鍵を開け、彼女は部屋に足を踏み入れた。中庭を眺められる天井までの窓がふたつある明るい部屋だった。壁はクリーム色でベッドカバーはやわらかなブルーと黄色、うれしいことに座って話ができるスペースが充分にあった。コーヒーテーブルを囲んでソファと椅子が二脚。ベッドは整えられたままだが、枕のひとつは彼の頭の形にへこんでおり、横になっていた場所のベッドカバーはしわくちゃだった。スーツケースが見当たらないのは、クロゼットにしまってあるからだろう。ベッドサイドテーブルの上の水のコップとベッドカバーのしわを除けば、部屋は滞在者がいないようにきちんとしていた。

「パスポートを見せてもらえる?」彼が後ろ手にドアを閉めたとたん、リリーは言った。

スウェインは問いかけるように彼女を見たが、ジャケットの内ポケットに手を入れた。リリーに緊張が走る。体の動きにこそ出さなかったが、彼は感じ取り、内ポケットに入れた手をそこで止めた。ゆっくりと左手でジャケットの前をつかんではだける。右手につかんでいるのはブルーのパスポートだけだ。

「パスポートを見たいなんて、またなんで?」彼がパスポートを差しだし、尋ねた。「おれの身元調べはしたんじゃないの」

リリーはパスポートを開いた。写真は見るまでもないから、入国スタンプを調べた。たしかに南アメリカに行っており――ほとんどの国を回っている――アメリカに戻ったのは一カ月前だ。フランスに着いて四日。「調べるまでもないでしょ」彼女がそっけなく言う。

「またどうして？」彼がむっとして言う。調べる価値もないと言われたと受け取ったのだろう。

「だって、きのう、あなたを行かせるという間違いを犯したから」

「きみがおれを行かせた？」彼が眉を吊りあげる。

「銃を向けていたのはどっち？」彼女も眉を吊りあげ、パスポートを彼に返した。

「そう言われりゃそうだ」パスポートを内ポケットにしまってからジャケットを脱ぎ、ベッドに放った。「さあ、かけて。おれを行かせたのが間違いだったというのはどうして？」

リリーはソファに座った。壁を背にできる。「もしあなたがCIAなら、あるいはCIAに雇われているなら、あなたに関する情報を削除させる時間を与えてしまったわけだから」

彼は腰に手を当ててリリーを睨んだ。「それがわかっていて、おれの部屋でいったいなにしてるんだ？　どこの誰ともわからん男に、ほいほいついてくるなんて！」

どうしてだか、彼に諌められるのがおかしくて、リリーはほほえんだ。彼女を殺すために雇われた男が、無用心を諌めたりする？

「おかしくない」彼がぶつくさ言う。「CIAに狙われてるんなら用心しなくちゃ。あんた、スパイかなんか？」

彼女は首を横に振った。「いいえ。彼らが殺してほしくないと思ってる人間を、わたしが殺したの」

彼女が人を殺したという事実に、彼はまばたきひとつしなかった。ルームサービスのメニューを取りあげ、彼女の膝に放った。「料理を注文しろよ。おれの胃袋は、まだここの時間に馴染んでないんだ」

夕食には早すぎたけれど、リリーはメニューをざっと見て料理を選んだ。スウェインが電話で注文する。そのフランス語は合格点をつけてもいいが、フランス人に間違えられることはない。彼は電話を切り、ブルーの縞柄の椅子に腰かけて、右の足首を左膝にあずけた。

「それで、誰を殺した？」

「イタリア人ビジネスマンの皮をかぶった悪党、名前はサルヴァトーレ・ネルヴィ」

「死んで当然のやつだった？」

「ええ、そうよ」しんみりと言う。

「だったらなにが問題なんだ？」

「許可された制裁ではなかった」

「許可されるって誰に？」

「ＣＩＡ」皮肉を込めて言う。

意味ありげな視線を彼女にくれる。「つまりおたくはＣＩＡ？」

「どう言ったらいいか。わたしは契約エージェントなの——だったの」

「つまり殺し屋稼業から足を洗った？」

「というより、仕事の依頼はたぶんもう来ないから」

「別の雇い主を探せばいい」

彼女は首を横に振った。

「だめ？　なぜ？」

「それが正しいことだと思えなければ、仕事はできないもの」ぼそぼそっと低い声になっていた。「うぶだって言われるかもしれないけど、その点では政府を信じていた。政府がわたしを送りだす以上、殺すことは正義だと信じるしかないでしょ。絶対の信頼を置いていたわ」

「うぶって言うより理想主義だな」彼のブルーの目はやさしかった。「そんなに信頼していたのに、ネルヴィの一件は任せられなかった？」彼の問いかけに、彼女はまた首を横に振った。

「彼は大事にされてた。情報提供者だったの」

「だったらなぜ殺した？」

「彼が友人を殺したから。わからないことがいっぱいあるんだけど、でも――友人たちは引退して娘を育ててたの。ごく普通の生活を送ってた。なにかの理由で、研究所に侵入したの、わたしたちがきのういたあの研究所――というか、侵入したとわたしは思ってる――それで、彼が友人たちを殺した」喉が詰まった。「それに、十三歳になる娘のジーアも。彼女も殺されたのよ」

スウェインはフーッと息を吐いた。「彼らがなぜ侵入したのかわからないんだな?」

「いまも言ったように、侵入したのかどうかもわからない。でも、サルヴァトーレを怒らせたことはたしか。その時期にネルヴィ所有の施設でなにかあったのはあそこだけなの。誰かが友人たちを雇ってやらせたんだと思うんだけど、それが誰なのか、どうしてなのかはわからない」

「冷たいことを言うつもりはないが、きみの友人たちはプロだったんだろ。危険は覚悟のうえだったんじゃないのか」

「友人たちはね、ええ。彼らだけだったら、そりゃ怒り狂うし、すごく悲しい思いをするだろうけど、でも、わたし——サルヴァトーレの命を奪おうとまでは思わなかったでしょう。だけど、ジーアまで……どうしても許せなかった」リリーは咳払いした。言葉が溢れて止まらない。あの事件以来、ジーアのことを口にできなかった。それなのにいま、溢れる水のように言葉がほとばしりでるのを止められない。「ジーアを見つけたのは彼女が生後数週間のときだった。捨てられてたの。お腹をすかせて死にかけてた。彼女はわたしのもの、わたしの娘だったのよ。エイヴリルとティナが養女にしたけどね。わたしは仕事で留守がちだから、面倒をみてやれないし、安定した家庭を与えてやれない。だからしかたなかったの。サルヴァトーレはわたしの娘を殺した」懸命にこらえたのに、涙が溢れて頬を伝った。

「おいおい」彼が驚いた声を出した。涙で視界がぼやけ、彼が動くのは見えなかったものの、気がつくとソファの隣にいて抱き寄せられていた。その肩の窪みに頭をあずける。「きみを責めたりしない。おれだってそんな野郎は殺してる。罪もない人間を手にかけるなんて許せない」彼が背中を撫でてくれるのが心地よかった。

しばらく抱かれるままにしていた。目を閉じて彼のそばにいる時間を味わった。その体の熱を、男の香りを。人とのふれあいに飢えていた。大事に思ってくれる人のぬくもりに飢えていた。彼は大事に思ってくれていないかもしれないが、同情はしてくれている。それで充分だった。

このままもう少しこうしていたかったからこそ、彼の腕から身を離し、濡れた頬をさっさとぬぐった。「ごめんなさい。あなたの肩で泣くつもりはなかった――ほんとよ」

「おれの肩でよければいつでも使ってくれ。それで、きみはサルヴァトーレ・ネルヴィを殺した。きのう、きみを殺そうとした連中は、だからきみを狙ったんだな。でも、なぜまだここにいる？　復讐は遂げたじゃないか」

「一部だけね。エイヴリルとティナがなぜそうしたのか知りたいの。ずっと前に引退したふたりが仕事を引き受けたんだから、よほど大事なことだったんだわ。きっと悪いことにちがいない。ふたりが行動を起こさざるをえないほど悪いことなら、そのことを世界じゅうに知らせたいの。ネルヴィの組織を壊滅させたい。商売ができないようにしてやりたい」

「だから研究所に押し入るつもりなんだな。なにが見つかるか、その目で見てやる」

彼女はうなずいた。「そのためにどうすべきか、計画はまだ固まってないの。情報を集めはじめたところ」

「きみの友人たちが侵入したせいで、警備態勢は当然強化されてるだろう」

「ええ、そう思う。でも、完璧なシステムなんてないでしょ。かならず弱点はあるものよ。それさえわかれば」

「たしかにそうだ。手はじめに警備システムを作ったやつを探しだすこと。それから仕様書を手に入れる」

「まだ破棄されていなければね」

「そこまで馬鹿じゃないだろう。いずれ修理する必要が出てくるかもしれない。ネルヴィがほんとうに頭が切れる男だったなら、仕様書を警備会社に渡さず手元に置いているだろう」

「頭が切れたし、用心深かったからきっとそう考えたはずよ」

「用心深いってのはどうかな。用心深かったら殺されなかったろう。ネルヴィのことは、地球の反対側に十年いたおれの耳にも入っていた。それにしても豆鉄砲で狙える場所まで、よく近づけたな」

「豆鉄砲は使ってないわよ。ワインに毒を盛ったの。危うく自分も死ぬところだった。彼が味見しろってしつこかったから」

「なんとまあ。毒が入ってるって知ってて飲んだのか？　きみの肝っ玉はおれのよりよっぽど大きい。おれならぜったいにそんなことしないもの」

「そうしなきゃ彼は怒って席を立ってたでしょうから。致死量の毒を飲まないうちにね。わたしなら大丈夫。心臓の弁がやられたけど、たいしたことないみたい」もっとも前日、彼の車のなかでなかなか息がおさまらなかった。撃たれると思ったらアドレナリンが噴出し、走ったときみたいに心拍があがったのだろう。

彼が驚きの顔で彼女を見つめ、なにか言おうとしたとき、ドアにノックがあった。「よし、食事だ、食事だ」立ちあがってドアへ向かう。ルームサービスのウェイターがおかしな動きをした場合に備え、リリーはブーツに手を差し入れたが、ウェイターはカートを押して入ってくると、てきぱきと料理を並べただけだった。スウェインが伝票にサインし、ウェイターは出ていった。

「豆鉄砲から手を放しても大丈夫だ」スウェインが言い、椅子を二脚引きずってカートをはさんで置いた。「どうしてももっと阻止能力のあるやつを持たない？」

「豆鉄砲で充分間に合うから」

「撃った弾が命中することが前提だろ。しくじったら、相手は怒り狂って襲いかかってくる」

「しくじらないもの」言い方は控えめだ。

彼女をちらっと見て、スウェインはにんまりした。「一度も？」

「狙った的ははずさない」

作戦本部長が自動車事故で重傷を負ったというニュースが与えた衝撃は、津波級の大きさだった。最初に検討すべき可能性は、たんなる事故だったのかどうか。人を殺すのに、自動車事故より確実な方法はいろいろあるが、検討の余地はある。だが、花屋のトラックを追跡中だった警官に事情聴取した結果、その疑念は即座に葬り去られた。信号無視で追われたトラックの運転手は事故で亡くなったが、これまでにもスピード違反で捕まり、罰金を未払いの違反チケットが何枚にもなっていた。

本部長は、警備が厳重なベセズダ海軍病院に運ばれ、手術を受けた。同時に自宅の安全確認が行なわれ、カイゼルの面倒は家政婦のブリジェットがみることになった。ミスター・ヴィネイの仕事は、彼が復帰できると仮定して、それまで副本部長が代行する。

万が一国家機密に関わる資料が落ちていては大変なので、事故現場は徹底的に調べられたが、ミスター・ヴィネイは書類の扱いには万全の注意を払っており、機密書類は発見されなかった。

長い手術のあいだ、彼は生死の境をさまよった。トラックに衝突される直前、キーナンが車の向きをほんのわずか変えていたおかげで、本部長は即死を免れた。右腕は複雑骨折が二箇所、鎖骨も折れ、肋骨の骨折五箇所、右大腿部も骨折していた。心臓と肺はひどい挫傷を負い、右の腎臓は破裂していた。首はガラスの破片で矢印状に裂け、脳震盪（のうしんとう）を起こしているので、頭蓋骨内の圧の増加が見られないか丹念にチェックされた。それでも生きていたのは、サイド・エアバッグが開いて、頭部を衝撃から守ったおかげだ。

壊れた体を修繕するのに必要な手術をいくつもくぐり抜け、外科集中治療室に送られて鎮静剤を打たれ、いまは綿密に看視されている。外科医は最善を尽くした。あとはミスター・ヴィネイの生命力にかかっている。

17

ムッシュー・ブランは、ロドリゴの電話に気が滅入った。こんなにすぐにかけてくるとは。「それでなにをやればいい？」つっけんどんな言い方になる。そもそもいやでやっていることだ。こう度重なると、傷口に塩を擦りこまれている気分だ。彼は自宅にいて電話を取った。愛する者たちを危険にさらしているようで落ち着かない。

「まず最初に、弟のダモーネが一緒にやることになった」ロドリゴが言う。「おれのかわりに弟が電話をすることもあると思う。べつにかまわないだろう？」

「ああ、ムッシュー」

「よし。こないだあんたに協力を求めた一件だが。報告書によると、アメリカにいるわれわれの友人は、事の処理にあたらせるため人を派遣したそうだ。その人物にぜひ連絡を取りたい」

「彼と連絡を取る？」ブランはにわかに不安になった。ロドリゴが契約エージェントと連絡を取るとなると——〝問題〟を解決するのは契約エージェントに決まっている、とブランは思っていた——よけいなことを言わないともかぎらず、それを契約エージェントが雇い主に伝えでもすれば厄介なことになる。

「ああ。携帯電話の番号を知りたいんだが、どうかな。彼と連絡を取る方法はあるはずだろう。そいつの名前を知らないか？」

「ああ……いや。わたしが受け取った報告書には載ってなかったと思うが」

「載ってるわけない」ロドリゴがぴしゃりと言う。「載ってりゃ、あんたに頼んだりしない、だろ？」

ブランが受け取ったものをそっくり渡していると、ロドリゴは思っているのだ。だが、そうではなかった。するわけがない。損害を最小限に抑えるため、情報の重要な部分は抜いていた。もしばれれば、ネルヴィ一家に殺されるだろうが、ブランも危険な綱渡りの腕をあげている。「情報が手に入るようならそうする」

「あんたの連絡を待っている」

ブランは時計を見て、ワシントンの現地時刻を計算した。いまはお昼時、連絡相手は昼食を取っているかもしれない。ロドリゴの電話を切ると、誰かに――というより、好奇心が旺盛すぎる妻に――立ち聞きされないよう表に出てから、番号を押した。

「もしもし」自宅で応答に出るときほど愛想がよくないのは、まわりに人がいて電話の内容を聞かれる恐れがあるからだろう。

「こないだあんたに話した件だが、こちらに派遣された人物の携帯の番号はわからないか？」

「調べてみる」

質問もためらいもなし。おそらく番号はわからないだろう、とブランは考えながら家に戻った。日が沈むとぐんと冷えこむ。コートを羽織ってこなかったので、寒さに震えた。

「誰だったの？」妻が尋ねた。

「仕事の電話だ」そう言って妻の額にキスする。仕事の内容を話せることもあれば、話せないこともあるから、妻は訊きたい気持ちを抑えた。

「表に出るんだったら、コートを羽織らなきゃだめじゃない」妻の小言には愛情が溢れていた。


二時間もしないうちに、ブランの携帯電話が鳴った。慌ててペンをつかんだものの、メモ用紙が見つからない。「苦労したよ」連絡相手が言う。「携帯電話のシステムが違っていて。番号を調べるのに深く掘らねばならなかった」相手が読みあげる番号を、ブランは左の手のひらにメモした。

「ありがとう」電話を切ってからメモ用紙を見つけて書きとめ、手を洗った。

ロドリゴ・ネルヴィにすぐ電話すべきなのはわかっていたが、しなかった。メモ用紙を折ってポケットに入れた。電話するのはあすにしよう。


ホテルの部屋を出たリリーを、スウェインはつけようとして思いとどまった。彼女に感づかれると思ったからではない。感づかれるわけがない。彼女は優秀だが、彼はその上をいっている。尾行しなかったのは、悪いような気がしたからだ。馬鹿みたいだが、彼女に信頼してほしかった。彼女は訪ねてきてくれた。それが最初の一歩。携帯の番号を教えてくれたから、スウェインも自分のを教えた。なんだか変だぞ。高校時代、ガールフレンドにフレンドシップ・リングを贈ったときとおなじ気分がした。

フランクに命じられたことをやっていない。先延ばしにしているのは、好奇心のせいであり、巨人と戦おうとしている彼女がどんな加勢でも必要としているせいであり、ベッドのなかの彼女におおいに興味があるからだった。彼女はロドリゴ・ネルヴィと危険なゲームをしており、スウェインはそれに惹かれる冒険好きで、自分もプレイしたかった。彼女にゲームをやめさせるのが彼の務めだが、研究所でなにが行なわれているのか知りたい気持ちは強かった。リリーに最初に近づいたとき任務を果たさなかったのだから、デスクワーカーに格下げされて当然だが、研究所の秘密を探りだせたら、フランクもそこまでやらないかもしれない。

そんなあれやこれやは別にして、彼は楽しんでいた。一流ホテルに滞在し、戦闘機みたいな車を転がし、フランス料理を堪能する。十年の糞壺（くそつぼ）暮らしのあとだけに、楽しみに飢えていた。

リリーは挑戦しがいのある女だ。細心で頭が切れるが、向こう見ずなところもある。ヨーロッパを拠点にする暗殺者のうちでも五本の指に入るってことを忘れてはならない。サルヴァトーレ・ネルヴィを殺すまでは、国が制裁を認めた場合にしか人を殺さないという、ユートピア的理想主義者だったことはいいとして、彼女の前では、たったひとつの誤りも許されないのだと肝に銘じていた。

それに彼女は、友人夫婦と、娘のように思っていた少女の死を深く悲しんでいる。スウェインは子供たちのことを思った。子供たちのどちらかが殺されたら、いったいどうなるだろう。犯人を逃しはしない。裁判にかけることすらしないかも――誰であろうと。その部分では、彼女に深く同情していた。もっとも、だからといって結果が変わるわけではない。

その晩、スウェインはベッドに寝転んで彼女のことを考えた。サルヴァトーレ・ネルヴィに飲ませるため、毒が入っていると知りながらワインに口をつけたこと。まさに綱渡りじゃないか。彼女の話では猛毒らしいから、さぞ苦しい思いをしただろう。おそらくまだ体は弱っている。そんな体じゃ、ひとりで研究所に忍びこむのは無理だ。だから連絡してきたのだ。理由なんてどうだっていい。連絡をくれたことがうれしかった。

彼女はおれを信頼しはじめている。腕のなかで彼女が泣いたとき、めったに他人を近づけない女なのだとわかった。全身から〝触らないで〟信号を出していたが、それは人間が冷たいからというより、自己防衛のため、そうにちがいない。けっして冷たい人間ではない。ただ用心深いだけ。

彼女に惹かれるなんて狂気の沙汰だろう。でも、オスの蜘蛛(くも)は、ナニの最中、喜んでメスに頭を噛み切られるじゃないか。いや、そういうことなら、おれのほうがうまくやってる。リリーにまだ殺されていないのだから。

彼女はなにに動かされるのか、どんなことをおもしろいと思うのか知りたい。ああ、そうさ、彼女を笑わせてやりたい。楽しいことなんてなにもなかったって顔をしている。人はいつだって楽しまなきゃ。彼女をリラックスさせてやりたい。彼女には警戒をほどいて、笑ってからかって、冗談言って、愛を交わしてほしい。彼女には乾いたユーモアのセンスがある。ちらっと見えただけだが、もっともっと出してほしかった。

すっかり虜（とりこ）になっちまったらしい。それならそれでいいじゃないか。夢中になって、幸せなまま死ねるなら本望だ。

スウェインは彼女を消すために送りこまれた。その彼女を口説こうと考えるなんて紳士のやることではない。だが、彼は紳士ではない。西テキサスの粗野な田舎者で、大人の言うことになど貸す耳を持たず、高校を出たての十八のとき同い年のエイミーと結婚し、十九で父親になった。だが、家庭に落ち着く気はさらさらなかった。エイミーを裏切ったことはない。彼女はできた女だ。それでも、いい亭主にはなれなかった。いまでは歳を取り責任感も備わってきたから、ふたりの子供の養育を彼女に押しつけた自分を恥ずかしいと思っている。ただ、自分をかばうわけじゃないが、離婚後も仕送りはつづけていた。

長いことあちこち旅してきて世間知は身につけたが、礼儀作法や三カ国語で料理を注文できることが紳士を作るのではない。いまだに粗野だし、規則が嫌いだし、それに、リリー・マンスフィールドが好きだ。彼と一緒にいても自分らしさを失わない女はそうたくさんはいない。リリーにはそれができる。個性の強さは彼といい勝負だ。こうと決めたらなにがなんでもやりとおす。筋金入りだが、それでいてほんものの女らしいあたたかさややさしさを備えている。彼女のことをすっかり知ろうとすれば、一生かかるだろう。そこまではやれないが、つかめるものはなんでもつかんでやる。リリーと数日をともにするのは、普通の女との十年分に匹敵するだろう。そんな気がしてきた。

ここで問題。そのあとどうする？

翌朝早くに電話が鳴り、ブランはびくりとした。「こんな時間にいったい誰かしら」朝食に邪魔が入り、妻は眉をしかめた。

「オフィスからだろう」彼は言い、携帯電話を持って表に出た。〝通話〟ボタンを押す。「ブランです」

「ムッシュー・ブラン」一度も耳にしたことのない、やわらかで穏やかな声だった。「ダモーネ・ネルヴィだ。兄が頼んだ番号はわかったのか？」

「名は名乗らぬ約束のはず」ブランは言った。

「そうだ。いまだけは必要だろう。はじめてしゃべるのだから。番号は？」

「まだだ。手間がかかっているようで――」

「手に入れろ。今日じゅうだ」

「六時間の時差がある。早くても午後になるだろう」

「わかった」

ブランは通話を切り、拳を握りしめてしばし佇(たたず)んでいた。ネルヴィ兄弟なんてくそくらえ！　きょうのこいつは兄よりフランス語が上手だ。流暢(りゅうちょう)に話すが、その底にあるものはおなじ。野蛮人。

いずれ番号を教えねばならないが、CIAに電話することがいかに無謀なことか、ロドリゴに思い知らせてやりたかった。彼も連絡相手も罪に問われかねない。あるいはそうはならないかもしれない。CIAが送りこんだ男は、雇い主が誰だろうと気にしないかもしれない。だが、ブランには確信はなかった。

家に入り、妻に目をやった。黒い髪は寝乱れたまま、ローブは細いウェストでぎゅっと縛ってある。寝るときは彼の気に入りの襟ぐりの大きな薄物のナイティを着る。寒がりなので、冬は彼女だけ毛布を一枚よけいに掛けている。もし彼女になにかあったら？　何年も前に聞かされた脅しを、ロドリゴ・ネルヴィが実行に移したら？　とても耐えきれない。

番号を教えるしかないだろう。できるだけ引き延ばすつもりだが、選択の余地はない。

18

真夜中、スウェインはごきげんなアイディアを思いついた。ネルヴィ研究所の警備システムを設置した人間を探しだし、オフィスに忍びこんで配線図を失敬しなくても、利用できるものを利用すりゃいいじゃないか。CIAの坊ややお嬢ちゃんたちに〝玩具〟をちょちょいといじくってもらえば、それこそどこにでも潜りこめる。仕様書がコンピュータに入っていて、そのコンピュータがオンラインなら侵入できる。ネルヴィが使っている警備会社なら、最新機能を備えているにちがいない。つまりコンピュータ化されているということだ。パスワードで守られているだろうが、それがどうした？　ラングレーに雇われているハッカーたちなら、そんなものお茶の子さいさいだ。

その場合、働くのは彼らで、スウェインではない。だからよけいにごきげんなんだ。すっかり満足して起きあがり、ベッドサイドのランプをつけ、充電器から携帯電話を引き抜いて番号を押した。セキュリティ・チェックを通過するのに、これまで以上に長くかかったような気がしたが、それでも権限のある人間と話をすることができた。

「どこまでやれるか調べてみます」電話口の女が言う。名を名乗ったが、スウェインは用心して名前で呼ばなかった。「こちらは大変な騒ぎになっているので、いつになるか——ちょっと待って。この施設はサルヴァトーレ・ネルヴィの所有になっています。彼が亡くなったので、いまはロドリゴとダモーネ・ネルヴィのものです。彼らは〝情報提供者〟ですね。その警備システムをなぜ破壊しなければならないんです？」

「彼らはもう〝情報提供者〟じゃないかもしれない。兵器級プルトニウムを受け取ったという情報があるんだ」その言葉は、相手を動かすのに充分な重みがあった。

「報告書は提出されました？」

「さっき出したが、誰からもなにも言ってこない——」

「それはミスター・ヴィネイのせいです。大変な騒ぎになっていると申しあげたでしょう」

「ミスター・ヴィネイがどうかしたのか？」まさか、フランクがよそに飛ばされた？

「お聞きになってないんですか？」

むろん聞いてない。聞いてたら尋ねるか？「聞くってなにを？」

「けさ、自動車事故に遭われたんです。ベセズダの病院にいて、重態です。彼が戻られるまで、副本部長が代行を務めています。医者は予断を許さないと言っています」

「なんてこった」鳩尾に強打を食らった気分だった。長年フランク・ヴィネイの下で働いてきた。局内で彼が唯一尊敬する人間、それがヴィネイだった。政治家が相手ならお花畑で踊りも踊るが、部下のフィールド・オフィサーには公正で、つねにかばってくれる。首都でそれはめずらしいばかりか、出世を考えれば自殺行為だ。それでもフランクは生き残り、出世も果たした。副本部長から本部長へ昇りつめたのは、有能さの証にほかならない――それに、踊り手としての腕の。

「それじゃ」女が言う。「どこまでできるかやってみます」

それで満足するしかない。部内は浮き足立っているだろうし、本部長のポストをめぐり水面下で足の引っぱりあいが行なわれているだろう。副本部長のガーヴィン・リードは知っていた。いい男だが、彼はフランク・ヴィネイではない。スパイ術の知識と経験で、リードはフランクの足元にもおよばない。それにフランクは人の心理を読み、プレイヤーとパターンを理解する天才だった。

スウェイン自身の立場も危うくなってきた。リリーの問題に、ガーヴィンはフランクとは違う解決策を打ちだすかもしれない。ネルヴィ一家のとらえ方も違うだろう。母船から伸びるつなぎ縄が切られた気分だ。別の喩えを用いるなら、任務遂行を遅らせることで薄氷の上をスケートしていたら、足元の氷が割れる音が聞こえてきた気分。

まいった。任務をはずされるか変更しろと言われるまで――勝手に変更してしまった、というか遅らせてしまったわけだが、まだ誰も知らない――いまの道を進むしかない。迷ったときは前進すること。タイタニック号の船長も、きっとおなじ心境だったはず。

その晩は眠れず、翌朝目覚めたときには気が滅入っていた。コンピュータおたくが要求に応えてくれるまで、研究所までドライブし、尻を出して警備員をからかうぐらいしかやることはなかった。外は寒いし尻が冷えるから、よっぽどのことがなきゃ尻出しはやめておこう。

思いついて携帯をつかみ、リリーの番号を押した。はたして出るかどうか。

「ボンジュール」彼女が言う。彼女の携帯には発信者番号通知サービスがついてないのだろうか。そうは考えにくいから、習慣か用心のためフランス語で応答したのだろう。

「やあ。朝食はすんだ？」

「まだベッドのなかなの、だから、まだ食べてないわ」

彼は腕時計を見た。六時になっていない。朝寝坊は大目に見てやろう。彼女がベッドにいたことがうれしかった。声が眠そうでやわらかく、いつものきつさが消えている。寝るときはなにを着てるんだろう。ちっこいタンクトップにパンティ。それとも裸。セクシーなシースルーのネグリジェはぜったいに着ないタイプだ。足首までのナイトガウンやスリープシャツ姿を想像しようとしたができない。でも、裸は想像できる。まざまざと想像できるものだから、一物がムクムクと膨らみはじめた。握ってなだめてくれる手が必要だ。

「なにを着てる？」彼の声もいつもよりゆっくりで深かった。

彼女が笑った。思わず声が出てしまった感じだ。「これっていたずら電話？」

「かもな。耳元に荒い息遣いが聞こえるような気がする。なにを着ているのか教えて」彼女が起きあがって枕にもたれるのが見えるようだ。ベッドカバーを腕の下にたくしこみ、顔にかかるほつれ毛を掻きあげる。

「おばさんくさいフランネルのガウン」

「嘘つき。きみはフランネルのガウンのタイプじゃない」

「わたしを起こしてなにを着てるか訊く以外の理由で電話してきたんじゃないの？」

「そうだ。でも、つい脱線した。なあ、教えろよ」

「わたしはテレフォンセックスはしないの」おもしろがっている口調だ。

「一生のお願い」

彼女がまた笑った。「どうして知りたいの？」

「どうしてって、想像したら頭がおかしくなりそうだから。電話口に出たきみの声はすごく眠そうだった。それで、ベッドカバーの下のやわらかくてあったかなきみの姿を想像した。そのせいで、あっちもこっちももっこりしてきた」屹立したものに渋面を向ける。

「想像しなきゃいいじゃない。裸では寝てないから。そういうことを尋ねたいのなら言っとくけど」

「それじゃ、なにを着てる？　ぜひ知りたいんだ。正確に想像できるから」

「パジャマ」

クソッ、パジャマを忘れてた。「下は短パン？」期待をこめて尋ねる。

「十月に長いのに替えて、四月に短いのに戻る」

夢よ破れたり。飾り気のないパジャマ姿の彼女を想像したが、おなじ効果は得られなかった。ため息をつく。「すっぽんぽんよって言ってくれてもよかったのに」つい愚痴になる。

「それで傷つくわけじゃなし。おれはこっちで楽しんでるんだから」

「楽しみがすぎるのよ」彼女が冷たく言う。

「でも、充分じゃない」勃起はおさまりつつあった。無駄な努力。

「お役に立てなくてごめんなさい」

「いいんだ。今度会ったときに埋め合わせしてくれれば」

「本気なの？」

「ハニー、おれがどれだけ本気かわからないの。それで、なぜ電話したかというと――」

彼女がクスクス笑った。鳩尾のあたりが妙な感じだ。彼女を笑わせたというだけで、胃袋が跳ねまわる。まただ。

「きょうはやることがなにもない。退屈してる。ディズニーランドに行かない？」

「ええ？」ぽかんとしている。まるで外国語で話しかけられたというように。

「ディズニーランド。ほら、パリの郊外にある。アメリカのも一度も行ったことがないんだ。こっちのやつは行った？」

「二度ね。ティナとふたりでジーアを連れて二度。エイヴリルは来なかったわ。列に並ぶのが嫌いだから」

「列に並んでこそ一人前の男だ」

「それに、ぶつくさ文句を言わない」

「そう、ぶつくさ文句を言わない」ここは話を合わせるしかないんだろ。「警備システムを調べてもらってるんだけど、きょうのところはわからないと思うんだ。時間を潰さなきゃならない。きみも時間を潰さなきゃならない。だったら、ぼんやり壁を眺めてるより、シンデレラ城を眺めたほうがいいと思わない？」

「眠り姫よ、シンデレラじゃなくて」

「どっちでもいい。おれとしては、シンデレラのほうが眠り姫よりかわいいと思ってる。ブロンドだからね。ブロンドに弱いんだ」

「あら、気がつかなかった」また笑っているような声だった。

「なあ、考えてみろよ。誰もきみがディズニーランドにいるとは思わない」

短い沈黙があった。彼の申し出の真意を考えているのだろう。フランクのことが心配でいてもたってもいられず、一日じゅうホテルの部屋にいたら気が狂ってしまいそうだなんてことは、彼女に言えない。遊園地が大好きなわけじゃないが、ホテルにいるよりはましだし、背後を気にせずにいられる。ネルヴィもまさかディズニーランドの入り口を見張らせようとは思わないだろう。命がけの追いつ追われつの真っ最中に、サンダーマウンテンに乗る馬鹿がどこにいる？

「きょうは天気もよさそうだし。行こうよ。おもしろいぜ。ティーカップに乗って、めまいと吐き気に襲われるのもおつなもんだ」

「素敵、楽しみだわ」彼女が忍び笑いをこらえようとしているのがわかった。小さく喉を鳴らす音が聞こえたような気がした。

「じゃ行くんだな？」

彼女がため息をつく。「いいわよ。ばかげた考えなのか、名案なのかわからないけど」

「よし。それじゃ、帽子かぶってサングラスかけてここに忍びこんでこいよ。出発する前に朝食を食べよう。ジャガーのかわりに借りた小型車を転がしてみたくてうずうずしてるんだ。二二五馬力なんだ。フル回転させてやりたい」

「ははぁ。なぜ電話してきたかわかった。助手席に女をはべらして、派手なハンドルさばきですっ飛ばして、キャーとかワーとか喚声をあげさせたいんでしょ」

「自分へのご褒美さ。最近、その手の声と縁がなかったもんでね」

「ベストを尽くすわ。八時には行けると思う。お腹が減ったら先に注文していいわよ。わたしはあとで食べるから」

二時間もあればどこからでも来られるから、居所の見当をつけられやしない。南仏からだって二時間あれば来られるだろう。「待ってるよ。なにを食いたいか言ってくれ。八時二十分前に注文しとくから」

彼女の注文はペストリーとコーヒーだけだった。彼は頭のなかにメモし、たんぱく質のものも付け加えた。彼女が電話を切ろうとしたので、スウェインは言った。「ところで――」

彼女が電話を切らずに言う。「なに?」

「知りたいんじゃないかと思って。おれは裸で寝る」

リリーは閉じた携帯電話をしばらく眺め、枕に頭を戻して噴きだした。こんなふうに男と軽口を叩き合ったことがあったろうか。たぶん一度もない。いい気分だった。笑いだしたくなるぐらい浮かれていた。わたしは元気なんだ、と思う。でも、笑うことにちょっぴり後ろめたさも覚えた。ジーアは二度と笑うことができないのだから。

そう考えると気持ちが覚めた。いつもの痛みに心が縮こまる。痛みはけっして消えない。でもそのうち、ほんの少しのあいだだけは、痛みを忘れられるようになるだろう。きょうは忘れるよう努力してみよう。

ベッドから出てストレッチをすると、体力をつけるために毎日やっている運動をはじめた。毎日少しずつスタミナがついてきている。三十分の運動を終えるころには汗をかいていたが、息は切れていなかった。心臓が持ちこたえてくれた。シャワーを浴びるのに服を脱ぐ必要はなかった。裸で眠っているから。スウェインに嘘をついたのは正解だった。それに、おもしろかった。

おもしろい。またこの言葉。彼のことを考えると、この言葉が一緒についてくる。

彼がどんな格好で眠るかなんて考えもしなかったけれど、あんなことを言われたらつい想像してしまう。目覚めて伸びをする姿を。顎にはうっすらと無精ひげ。彼の肌はあたたかくて麝香(じゃこう)の匂いがして、朝勃(あさだ)ちをした彼のものがこれみよがしに――

あたたかな男の匂いがしたような気がした。記憶はあまりに生々しく特別だから、ほんとうに彼の匂いを知っているみたい。そこで思い出した。彼の肩で泣いたことを、彼の腕に抱かれていたことを。そのときに、潜在意識が彼の匂いをキャッチして、脳みその記憶のファイルに記録したのだろう。参考のために。

きょう一日、彼と過ごすことに同意した自分が信じられなかった——行き先はよりによってディズニーランド。二度と行くことはないだろうと思っていた。子供相手の遊園地なんて行ってらんない、とこの夏、ジーアは言った。いかにも十三歳の女の子らしく、鼻にしわを寄せ、さも見下した態度で。あの遊園地に出掛ける人の大半が自分よりずっと年上であるという事実はまるっきり無視して。

アメリカ人観光客が大挙して押しかけることに、ジーアはいつも驚いていた。ディズニーランドに行きたいなら、なにもパリまで来なくたって身近にあるじゃない、というのが彼女の意見。リリーもスウェインもあそこなら目立たない。たくさんいるアメリカ人観光客のひとりなのだから。

髪をブローし、気がつくと、化粧バッグをごそごそやっていた。彼のためにおしゃれしたい自分がいる。おもしろいと思う気持ちと、驚く気持ちが半分半分——そして、それを楽しんでいる自分と。サルヴァトーレと会うときにもきっちりメイクした。でもそれは、自分ではない女になるための仮面作りだった。きょうはほんもののデート。まるで高校生のように、不安と興奮で浮き立っていた。

日光浴はしないほうだから、きれいな肌を保っている。ファンデーションの厚塗りは必要ないけれど、マスカラは不可欠だ。まつげは長いほうなのに薄い茶色なので、マスカラをつけないと存在しないもおなじに見える。アイラインを薄く入れ、シャドーをつけ、リキッドタイプの頬紅でうっすらと赤みをつけ、口紅はもう少し濃い色目に仕上げる。透明なパウダーをはたき、自己満足のためのマスカラをつけて化粧は終了。

鏡を見ながらイヤリングをつける。遊園地で過ごす一日にふさわしい、小さなゴールドの輪のイヤリング。けっして美人ではないけれど、調子のいい日にはまずまず見られるほうだと思う。きょうは調子がよかった。

生き生きと見えればいいのだけれど。

19

ディズニーランドに近づくにつれ、リリーの緊張は高まっていった。興奮は影をひそめ、思い出が前面に出てきたからだ。「ディズニーランドはやめましょう」つい口走った。

彼が眉を吊りあげる。「なぜ?」

「ジーアの思い出が多すぎるもの」

「彼女を思い出すものはすべて避けて通るつもり?」

彼女を責める口調ではなく、あたりまえのことを言っているという感じだ。リリーは窓の外に目をやった。「すべてではないわ。この先ずっとでもない。ただ……いまはまだ」

「わかった。それじゃ、どこに行きたい?」

「どこに行きたいってわけじゃ。あなたのお友達が研究所の警備システムについて調べるあいだ、ほかにできることがあるんじゃないかしら」

「研究所の前を行ったり来たりして警備員にこの車を見せびらかす以外のことは、おれには思いつかない」

この人ったら、目立たない車を選ぶことはできないわけ? このルノーも前のジャガーとおなじ、色は目立たないグレーだけれど、メガーヌ・スポーツはけっしてありふれた車ではない。赤を選ばなかっただけでもよしとしなきゃ。

「建物に入るルートはいくつぐらいある？」彼女はまじめに質問した。「ドアや窓はむろんのこと。屋根の穴から忍びこむこともできるし——」

「チェーンソー抱えて屋根に立って、誰にも見つからないと思う？」

「——でも、実行可能でしょ？」彼を睨んでやる。「地下からは？　下水施設につながってるはずよ」

彼は考えこんだ。「可能ではあるな。おれの好みじゃないけど、できないことはない。映画なんかじゃ水を跳ね飛ばして進むけど、下水に流れこむものを考えれば、跳ね飛ぶのは別のなにかだと思うな」

「パリの旧市街は地下トンネルでつながっているけど、研究所があるのは郊外だから、まともなトンネルがおそらくないでしょうね」

「たんなる好奇心から尋ねるんだけど、下水道を行くことになったとして、あそこはなんの研究所？　なにをしてるところかな？」

「医薬品の研究所よ」

「それで、廃棄物はどうやって捨ててる？　ちゃんと処理してから？　恐ろしい細菌をちゃんと殺してるのかな？」

リリーはため息をついた。常識で考えれば、廃棄物は処理してから下水に流しているだろう。その場合、建物と下水施設は直接つながっていない。廃棄物をタンクに集めて処理し、そこから下水道に流すことになる。それに常識で考えれば、未処理の下水とじかにつなげるようなことはしないだろう。

彼が言う。「下水とはつながってないほうに賭ける」

「わたしもそう思う。ドアや窓から入るのが最善の方法ね。それとも……大きな箱に隠れて研究所に運びこんでもらうの」ふいに湧いたアイディアだった。

「ははぁ」彼が検討をはじめた。「運びこまれる包みや箱をその場で開封する場合に、X線検査にかけるかどうか調べておかなきゃな。それに、大きな荷物が実際に届いているのかどうかとか——事前調査が必要だ。おれたちが箱から出るのは、夜遅くなってからが好ましいわけだろ。少なくとも夜中は回ってなきゃ。そのころなら人は少なくなる。それとも、二十四時間態勢とか？」

「わからない。でも、そういうことは調べがつくでしょ。警備システムの仕様書が手に入ったとしても、調べなきゃならないことだし」

「今夜にでも車を飛ばして行ってみよう。駐車場の車の数を見れば、夜勤の人間の数がだいたいつかめるだろうから。ごめん、ゆうべ調べておくべきだった。それはそれとして、きょうのこと。ディズニーランドがだめなら、このままそれぞれの部屋に戻って、ひたすら退屈して過ごす？　ほかにやることあるかな？　せっかく出てきたんだから、パリに戻ってショッピングってのもなんだし」

狭いアパートに戻りたくはなかった。古くて趣があるわけではない。ただ便利で安全なだけ。「ドライブしましょ。お腹がすいたらどこかでお昼を食べるの」

車をそのまま東に進め、パリや渋滞から遠く離れると、まっすぐな一本道をただ走った。楽しみのためだけに車を飛ばすなんてほんとうにひさしぶりだ。リリーは助手席にゆったりと体をあずけながら、ちょっぴり危険な感じも味わった。鼓動が速くなる。十代のころに戻ったみたい。七、八人が一台の車にぎゅうぎゅう詰めになって、ハイウェイをかっ飛ばしたものだ。全員が無事に高校を卒業できたなんて、奇跡としか言いようがない。

「どうしてこの仕事に入った？」彼が尋ねた。

彼女は驚いて彼を見た。「おしゃべりするにはスピードを出しすぎてるわよ。運転に集中して」

彼はにやりとしてアクセルから足を離した。スピードメーターの針が時速一〇〇キロまでさがった。「おれなら歩きながらガムを嚙めるぜ」軽い異議申し立て。

「どっちも頭を使わないじゃない。おしゃべりと運転はまた別」

彼が感慨深げに言う。「危険がつきものの仕事をしてるくせに、危険を冒すのはいやなんだ」

リリーは飛び去る景色に目をやった。「そうよ、危険を冒すのはいや。慎重に計画を練って、一か八かの賭けはやらない」

「毒入りのワインを知ってて飲んだのはどこの誰だったっけ？　致死量を摂取していないこ

とに賭けたんだろ。復讐を果たしたいばかりに、どこへ行っても監視の目のあるパリに留まってるのはどこの誰?」

「これは異常事態だからよ」彼を信用するという危険を冒したことは口にしなかったが、頭のいい彼のことだから察しはついているはずだ。

「人殺しを仕事にするのは異常じゃないのか?」

彼女はしばらく黙っていた。「自分を人殺しだとは思ってない」静かな口調だった。「罪もない人を傷つけたことはないもの。わたしは国に雇われ、制裁を行なってるの。その決定は軽々しく行なわれるものじゃない。世の中には、生きるに値しない、生まれついての悪人がいるわ。若いころはそこまで思ってなかったけど、でも、いまは思うの。ヒトラーだけが例外じゃない。スターリンにポルポト、ウガンダのイディ・アミン、ビン・ラディン。彼らがいなければ、世界はもっとよくなると思わない?」

「もっと小物の独裁者や麻薬王、変質者に小児性愛症者。そうだな、たしかに。でも、はじめて殺したとき、すでにそう思ってた?」

「いいえ。普通の十八歳はそこまで深く考えないでしょ」

「十八か。そりゃまた若いな」

「ええ、そう。だから選ばれたんだと思う。うぶな世間知らずだった、昔はね」彼女はほほえんだ。「無邪気で泥臭くて、世の中のことはなんにもわかってなかった。本人はクールで厭世的だと思ってたけどね。声をかけられたことで、いい気になってたし」

その純真さに、彼は頭を振り、彼女に先を促した。「つづけて」

「わたしが目に留まったのは、射撃クラブに所属していたから。そのころ夢中になってた男の子がばりばりのハンターだったの。だから武器のこととか話題にして、彼を感心させたかった。口径とか射程距離とかそういったこと。で、はじめてみたら自分にすごく合ってた。ピストルの感触が手にしっくり馴染んだの。じきにクラブの誰よりうまくなってたわ。どうしてそうなのかわからない」そこに答があるとでもいうように、自分の両手を見つめる。

「父は狩りをしなかったし、軍隊にいたこともない。母方の祖父は弁護士で、アウトドアには縁のない人だった。父方の祖父はデトロイトのフォード工場で働いていたし。たまに釣りに行くぐらいで、狩りはいっさいしなかった」

「DNAが奇妙に混じり合った結果なんだろうな。親父さんが狩りに興味はなかったといっても、射撃の才能がなかったということにはならない。もしかして、おふくろさん譲りなんじゃない」

リリーは目をぱちくりさせ、クスクス笑った。「考えたこともなかった。母は平和主義者。でも、その人の性格と肉体的能力は関係ないんじゃない?」

「たしかにそうかも。さあ、射撃クラブに話を戻して」

「話すことはたいしてないわ。わたしの腕を見込んだ人が誰かに話して、ある日、中年の男性がやってきた。彼はまずある人物のことを話してくれた。その人がやってきたことや、殺した人のことやいろいろとね。その話を裏付ける新聞の切抜きや警察の報告書のコピーを見せてくれた。それで、わたしが竦みあがると、その素敵な中年男性はすごい金額を提示したの。わたしはますます怖くなって、ノーと言ったわ。でも、彼が話してくれたことが頭から離れなかった。彼はお見通しだった。二日後に電話をかけてきたわ。わたしは、イエス、と言った。やりますってね。十八だった」

リリーは肩をすくめた。「それから特訓コースを受けたの。さっきも言ったように、わたしは見るからに嘴の青いひよこだったから、誰も脅威とは受け止めなかった。問題なく標的に近づき、仕事を果たして歩み去った。それからの一週間、思い出すたびに吐いてた。悪夢はそれよりも長くつづいたわ」

「でも、その素敵な中年男性がつぎの仕事を持ってくると、きみは引き受けた」

「引き受けたわ。彼が言ったから。最初の仕事できみは祖国に多大の貢献をしたんだって。彼は嘘を言ってないし、わたしを操ろうともしなかった。本気でそう思っていたのよ」

「でも、彼は正しかったのかな?」

「ええ」彼女は静かに言った。「彼は正しかった。わたしがしたことは違法行為よ。それはわかっている。それに、自分がしたことを引きずって生きていかなきゃならない。でも、彼は正しかった。ようするにね、わたしは進んで汚れ仕事をやったの。誰かがやらなきゃいけないのなら、わたしがやってどこが悪いの? 最初の仕事を引き受けたことで、すでに汚れてしまっているんだもの」

スウェインは手を伸ばし、彼女の手を握って自分の口元に持ってゆき、指先にやさしくキスをした。

リリーは驚いて目をぱちくりさせ、なにか言いかけたが思いなおし、見開いた目を窓の外に向けた。スウェインはクスクス笑いながら、彼女の手を膝に戻した。それから三十分、うきうきしながら車をすっ飛ばすことに専念した。

ふたりは通りすがりの町の小さなカフェで昼食を取った。日当たりがよくて風がよけられるテーブルに案内してもらい、戸外で食事を楽しんだ。彼女はグリルした山羊のチーズを散らしたサラダを、彼はラムチョップを注文し、ワインをグラスに一杯ずつ飲んだ。食後の濃いコーヒーを飲んでいるときに、リリーが言った。「あなたはどうなの？　どんな暮らしをしてきたの？」

「ごく平凡。西テキサスの田舎育ちで、ひとつところに落ち着くことができなかった。なのに結婚して子供をふたり設けたんだから、まったく恥ずかしい話さ」

ぎょっとして、彼女が言う。「結婚してるの？」

スウェインが頭を振る。「離婚した。エイミー――別れた女房――に愛想をつかされてね。おれがどこかの国で彼女が知りたくもないことをやっているあいだ、ひとりで子供たちを育てることに疲れたんだな。彼女を責められない。おれがエイミーの立場だって離婚してるもの。なんてひどい亭主だったかこの歳になるとよくわかる。子供たちの成長ぶりを見逃したことは、悔やんでも悔やみきれないけど、過ぎた年月は取り戻せない。ありがたいことに、エイミーがよくやってくれた。ふたりとも立派に育った。親父はなくても子は育つってことだ」

財布を取りだして二枚の写真を引き抜き、彼女の前のテーブルに置いた。どちらも高校の卒業式の写真だ。男の子と女の子、ふたりとも目の前に座る男にそっくりだった。「娘のクリッシーと息子のサム」

「かわいいわね」

「ありがとう」彼がにんまりする。自分にそっくりだとわかっているのだ。写真を手に取ってしばらく眺めてから財布にしまう。「クリッシーが生まれたのはおれが十九のときだった。子供を持つにはむろんのこと、結婚するにも若すぎたし、なにもわかっちゃいなかった。でも、若くてなにもわかっちゃいなかったからこそ、大人たちの言うことに耳を貸さなかった。たとえ生まれ変わったっておなじことをやるだろうな。子供たちのいない人生なんて考えられない」

「親しく行き来してるの？」

「母親ほど近しい存在にはけっしてなれないだろうな。おれよりもずっと、母親のほうが大事だろうから。いつもそばにいたんだから。ふたりとも好いてくれている。親父だという理由から愛してくれてもいる。でも、母親を理解しているほどおれのことはわかってないだろう。おれはダメな亭主で、ダメな親父だ」正直な気持ちだった。「暴力を振るうとか、ぐうたらだとかそういうんじゃないけど、めったに家にいたためしがなかった。ただ金の心配はさせたことがない」

「それだけで充分なんじゃない。なかにはひどい男がいるもの」

そういう男たちについて、彼はぼそぼそと意見を吐いた。〝愚か〟ではじまり〝ちくしょう〟で終わる言葉やらもっとひどい言葉を。

自分を甘やかさない彼の態度に、リリーは感銘を受けた。彼は間違いを犯し、歳を重ねたいま、それがわかっていて後悔している。子供たちの成長に伴うあれやこれやを見逃したことが、いまの彼にはわかっているし、彼の不在が子供たちにもたらす傷を最小限に抑えてくれた元妻に感謝している。

「そろそろ落ち着こうと思ってるんじゃないの？　お子さんたちの近くに住んで。南アメリカから戻ってきたのはそのためじゃない？」

「いや、戻ってきたのはワニの群れにどっぷり浸かったせいだ。しかも飢えたワニのね」にっこりする。「人生に多少の刺激は欲しいけど、ときには木に登って状況を再評価することも必要だ」

「それで、なにをしてるの？　食べるために」

「ようするになんでも屋だな。なにか事を起こしたい場合に、おれを雇って事を起こさせる」

いろいろに取れる言い方だ、とリリーは思った。それでもかなり具体的に言ってくれてはいる。細かなところまで知らなくていい。彼は子供たちを愛していて、日陰を歩いてきたけれどそのことをちゃんと自覚していて、スピードの出る車が好きで、いつも笑わせてくれる。

それに、彼女を助けてくれようとしている。いまはそれだけで充分だ。

昼食のあと、あたりを散策した。彼は小さなチョコレートショップを見つけると、カフェを出たばかりだというのに即座に買いに走った。違う味のを十二個も買い、歩きながらリリーと自分の口にかわるがわる放りこんだ。その途中で、いつのまにか彼女の手を握り、それからずっとそうしていた。

まるで泡のなかにいるような、奇妙に現実離れした一日だった。ロドリゴと知恵比べをするかわりに、小さな町をぶらぶらと歩きまわってウィンドウショッピングをしているなんて。心配事もストレスもなかった。ハンサムな男が手を握ってくれて、その日が終わるまでに自分のことをものにしようと企んでいる。彼を受け入れるかどうか決めかねていたけれど、心配はしていなかった。たとえノーと言っても、彼は不機嫌になったりしないだろう。これまでの人生で、不機嫌になったことのない人。そんな気がする。ちょっと肩をすくめ、つぎの楽しみを見つけにゆく。

この数カ月、絶え間ないストレスにさらされてきた。ふっと肩の力が抜けたいまになってようやく、心がどれほどの打撃をこうむったかがわかる。きょうはなにも考えたくなかった。つらい記憶を掘り起こしたくなかった。ただここにいるだけでいい。

車に戻るころには日も暮れかかり、気温がぐんとさがっていた。車のドアを開けようと手を伸ばすと、彼がその手を握ってやさしく引き寄せ、自分のほうを向かせた。なめらかな動きでその手を放し、大きくてあたたかな両手で彼女の顔を包みこみ、仰向かせて唇を寄せた。

リリーはノーと言わなかった。包みこむ彼の手首を握り、ただじっとしていた。彼の唇は驚くほどやわらかく、キスは性急というよりやさしかった。チョコレートの味がした。

キスの先になにもないことを、リリーは感じた。彼はそれ以上のことを考えていない――きょうのところは。彼女がキスを返しても、服を脱がされはしないだろう。車に押しつけられはしないだろう。ほんの少しもたれかかると、彼の体のぬくもりを感じた。その近さを楽しんだ。舌で軽く焦らし、もっととせがんだのは彼女のほうだった。彼がそれに応える。舌を深く入れてはこないで、お返しに焦らす。そうやってたがいの味わいと感触を探り、唇がしっくりと重なり合うことを知った。やがて彼が唇を離し、親指で彼女の唇をぬぐってからドアを開け、彼女を助手席に座らせた。

「これからどこへ行く?」彼が運転席に乗りこんで尋ねた。「パリに帰る?」

「ええ」彼女は言った。心残りだったけれど。いい気晴らしになった一日ももう終わり。でも、とても大事なことがわかった。スウェインはＣＩＡのはずがない。だって、彼女はまだ生きているのだから。デートが終わっても男に殺されなかったら、めっけものと思わなくちゃ。

20

その日の午後遅く、ジョルジュ・ブランはダモーネ・ネルヴィからまた電話を受けた。誰の声か聞き分けたとたん、恐ろしさに胃袋が縮まった。車を運転中だったから人に聞かれる心配はない。こんな状況のなかで見いだせるせめてもの慰めだ。道端に車を停め、話をした。

ダモーネの口調は穏やかだった。「わたしは兄よりものわかりがいい。だが、無視してもいい相手だと思ったら大間違いだ。頼んだ情報は手に入ったのか？」

「ああ、だが――」ブランはためらったあと、思いきって言った。「これはわたしの助言、というより希望だ。この番号は使わないでもらいたい」

「どうしてだ？」

ダモーネの声には怒りより好奇心が表れており、ブランはほっとした。希望がありそうだ。

「この番号を知る方法はただひとつ、CIA内部の人間から聞きだすことだ。あんたが連絡を取りたがっている男は、CIAのために働いている。携帯電話の番号をあんたがどうして知ったのか、彼が不思議に思わないわけがないだろう？　彼が雇い主に忠実で、上司に報告したらどうなると思う？　内部捜査が行なわれる。あんたがこの番号を使ったら、ムッシュー、わたしの連絡相手とわたしの両方を失うことになるんだ」

「わかった」しばらく沈黙があった。ダモーネはそこから派生する問題をすべて考えているのだろう。「ロドリゴは苛立っている。このことは知らせないのがいちばんだと思う。兄の場合、ときに行動を起こすことへの欲求が思慮分別を上回ることがある。問題のこの男はこっちで携帯電話を借りることになっていて、いまのところ誰とも連絡を取っていないと、兄にはそう伝えておこう」

「ありがとう、ムッシュー。ありがとう」ブランは安堵に目を閉じた。

「だが」ダモーネが言う。「これであんたはわたしに借りができた」

ブランは思い知らされた。ものわかりがよかろうが悪かろうが、ダモーネはネルヴィに変わりない。つまり、危険だということだ。緊張でまた胃が縮まった。同意する以外になにができる？「ああ」彼は言った。心が重かった。

「個人的なことなんだ。あんたに頼みたいことがある。けっして他言はしないように。あんたの子供たちの命がかかってるんだからな」

涙で目が痛い。ブランは慌ててぬぐった。心臓が激しく脈打ち、気絶するのではないかと思った。ネルヴィ一族が持つ残虐性を過小評価するという過ちは、いままでに犯したことがない。「わかっている。それで、わたしになにをしろと？」

ホテルまであと少しというころ、スウェインが言った。「きみのうちまで送っていくよ。

車のなかなら誰にも見つからず安全なんだから、わざわざ地下鉄に乗る必要はないだろ」

リリーはためらった。アパートの場所を知られたくない。「けさは地下鉄で来たわ。地下鉄のほうが速いし」髪をアップにして帽子をかぶり、サングラスをかける。ロドリゴが手下を地下鉄の駅に配置していないともかぎらない。パリには駅がたくさんあるから大変な人数が必要だが、ロドリゴなら自前で準備する必要はない。彼の影響力をもってすれば、誰かに肩代わりさせられる。

「ああ、でも、けさはお日さまが輝いていた。いまは暗い。サングラスをかけてると怪しい人に見られる」彼がにやりとする。「それに、きみのベッドをチェックしておきたいし。おれがおさまるぐらい大きいかどうか」

彼女は呆れた顔をした。たった一度のキスで、彼とベッドをともにすると思ってるわけ？　彼とのキスは楽しめた。うっとりはしたけれど、われを忘れるほどではない。「大きくない。だから、わざわざチェックすることもない」

「それはどうかな。幅が狭いってこと、それとも短い？　狭いだけなら問題はない。どうせ折り重なるわけだから。でも、短いとなると、きみにのぼせあがることは考えなおすべきかも。男が脚を楽々伸ばせる長いベッドを買わない女には、どこかに欠陥がある」

「両方よ」彼女は笑いだしたくなるのを必死でこらえた。クスクス笑うのは十八で卒業したはず。でも、いま喉の奥で育ちつつあるのはたしかにクスクス笑いだった。「短くて狭い。女子修道院から買ったの」

「修道女が自分たちのベッドを売るか?」

「資金集めのために大規模なガレージセールをやったのよ」

彼は顔をのけぞらせて笑った。彼女の拒絶を屁とも思っていないのだ。彼の言うことも、申し出も、とっぴなものばかりだから、半分冗談にちがいない。でも、そのうちひとつでもまともに受け取ったら、たいていの男とおなじで、セックスに持ちこむチャンスとばかり飛びついてくるだろう。

彼は最初の申し出から話を逸らせていたが、リリーは忘れていなかった。アパートの場所を明かすことと、地下鉄に乗ること、どちらの危険度がより高いか判断しなければ。地下鉄に乗らざるをえない場合もあるけれど、乗らずにすむならそれにこしたことはないでしょ?ようするに、自分にとってどっちがより危険かということだ。スウェインかロドリゴか。比べるまでもない。いまのところスウェインはこちらの味方だ。退屈してることと、彼女をものにしたいこと以外、やむにやまれぬ理由はなさそうだけれど。「モンマルトルに住んでるの。まるっきり逆方向でしょ」

彼は肩をすくめた。「だから?」

彼がかまわないなら、それでいいんじゃない? 彼に送ってもらうのは、そのほうが安全だから、それだけ。パリをぐるっと回るには地下鉄のほうがずっと便利だけど、安全は立派な理由だ。

彼に道順を告げてシートにもたれかかる。渋滞をどうすり抜けるかは彼が考えればいいこと。いつもの気迫、それに悪態とセットになった仕草で、彼は渋滞に対処した。それにしたってすごい意気込み。一度など、観光客の一団が目の前を横切ろうとしたらアクセルを吹かしたぐらいだ。ここはパリだから、隣の車も当然スピードをあげる。そうやって二台は、恰幅のいい中年女性に猛スピードで突っこんでいった。リリーは恐怖に息を呑んだ。迫りくる二台の車に驚き、女性が目を見開く。

「クソッ！」スウェインが叫ぶ。「気をつけろよ！」慌てて隣の車に車体を寄せる。パニックに陥った運転手はハンドルを左に切りつつブレーキを踏んだ。スウェインはシフトダウンして、通行人と尻を振る隣の車のあいだにできた隙間に突っこんだ。中年女性はなんとか歩道に逃げ戻った。

背後で急ブレーキの音がして、リリーは体をひねって後ろを見た。どんな惨事を巻き起こしてしまったのか。尻を振っていた車は完全に横向きになり、その周囲に何台もの車がいろんな角度で停まっていた。クラクションが鳴り響き、怒った運転手たちが拳を振りまわしながら車から飛びだしてきた。地面に倒れている人間はいないから、通行人はみな無事だったのだろう。

「降ろして」リリーは声を張りあげた。「地下鉄でロドリゴの手下に追われるほうが、あなたの運転する車に乗ってるよりずっと安全だもの」

「横の車のあのバカたれがスピードをあげさえしなきゃ、すり抜けられたんだ」弱気な言い訳をする。

「スピードをあげるに決まってるじゃない」彼女は吠えた。「ここはパリよ！　あなたに割りこまれるぐらいなら死んだほうがましって連中ばかりなの」

怒りに息を荒げながら、彼女はシートにもたれかかった。数分後にまた言う。「降ろしてって言ったでしょ」

「ごめん」深く罪を悔いている口調。「もっと慎重に運転する。約束だ」

スピードを緩めて彼女を降ろす気配がない以上、狂人とこのまま同乗するしかないのだろう。残された唯一の選択肢は彼を撃つこと。一秒ごとにそれが魅力的な考えに思えてくる。かわいそうにあの中年女性！　もし心臓が悪かったら、恐怖で死んでいたかもしれない。でも、それはなかったみたい。歩道に戻ると拳を振りまわし、スウェインが原因の騒乱から走り去るこの車のテールライトを睨みつけていたもの。

五分ほど黙って慎重な運転をつづけたのち、スウェインが言った。「あの女の顔、見た？」

リリーは噴きだした。失礼だとわかってはいるけれど、目を剝きだし、怒りで真っ赤になった女の顔が脳裏に焼きついて離れない。笑いをなんとか抑える。彼がしたことはおかしくもなんともないのだから。これで許されると思ったら大間違いだ。

「きみが笑うなんて信じられない」非難がましい言い方だが、口角が引きつっている。「冷たいな」

たしかに。彼はからかっているのだろうけど、リリーは大きく息を吸いこみ、目尻をぬぐい、意志の力を総動員して笑いを抑えようとした。

彼を見たのがいけなかった。待ってましたとばかり、彼は目を真ん丸にした。あの女の表情をそっくり真似て。リリーはまたプッと噴きだし、鳩尾を手で押さえ、シートベルトに邪魔されながら体を前後に揺すった。戒めに彼の腕を叩いてやったが、笑いすぎているから叩く手に力が入らない。

彼はふいにハンドルを切って脇道に入り、魔法でも使ったのか駐車スペースを見つけて車を駐めた。リリーは笑うのをやめた。「どうしたの？」警戒して尋ね、足首のホルスターに手を伸ばしながらあたりをうかがった。

スウェインはエンジンを切り、彼女の肩をつかんだ。「武器を使うことはない」荒々しい口調で言うと、シートベルトが伸びる範囲で彼女をコンソールに押し倒した。むさぼるような激しいキスだった。左手で彼女の後頭部を支えながら、右手で乳房をまさぐる。驚きの悲鳴をあげたのは一瞬のこと、リリーは彼に体をあずけた。ギヤシフトがお尻に当たり、片方の膝がとんでもない角度に曲がっていたけどかまわなかった。

長いこと情熱とは無縁だったから驚いた。彼の情熱にも、自分自身の情熱にも。こんなに飢えていたなんて、誰かに抱きしめられたいと、こんなにも激しく思っていたなんて。もっともっと欲しくて唇を開き、両腕を彼の首に回した。

彼の愛し方は運転のしかたとおなじ。すごい情熱ですっ飛ばす。セカンドギヤでひと息入れる間もなくサードギヤで引っぱる。彼女の脚のあいだに手を滑りこませ、やさしく撫ではじめた。反射的に彼の手首をつかんだものの、その手を押しのけることはできなかった。ズボンの縫い目に手のひらの付け根をあてがって前後に揺するものだから、リリーの全身から力が抜けた。

車内にいたので助かった。変なふうに曲がった脚に激痛が走り、彼女は喘ぎながら唇を離した。シートベルトと彼の腕に阻まれながらも、なんとか脚を伸ばそうとぶざまに体をひねった。思わずかすれた悲鳴を洩らし、歯を食いしばる。

「どうした？」彼が言い、彼女をシートにちゃんと座らせようとした。ハンドルやらコンソールやらダッシュボードやら、あちこちに肘をぶつけながら絡まり合ってる姿は、さぞ間抜けに見えるだろう。リリーはやっとのことでシートに背中をあずけ、痛む両脚を思いきり伸ばした。それでも足りないので、シートの留め金をはずして後ろにさげた。

腿を揉みながら、なんとか息を整えようとした。「脚がつったの」ぼそぼそっと言う。つった筋肉がほぐれて、痛みが和らいでゆく。「スポーツカーでセックスするには歳を取りすぎたみたい」大きなため息をついて背もたれに頭をもたせ、疲れた笑い声をあげた。「このドタバタ劇をビデオに撮られてないといいけど」

彼はこちらに体を向けたまま、その顔を街灯が照らしだす。なんともやさしいほほえみを浮かべていた。「そんなものでおれたちを強請れると思う？」

「あら、ええ。評判に傷がつくわ。それにしても、どうしてこうなったの？」

彼の笑顔が呆れ顔に変わる。「きみが笑うとおれはムラムラしてくるって、前に言わなかった？」

「いいえ、言ってない。言われたら憶えてるもの」彼は間違っている。武器はぜったいに必要だ。あんなふうにキスされる前に、撃っておけばよかった。彼にもっとキスしてもらわなくちゃ、とてもおさまりがつかない。

シートをもとの位置に戻し、髪を撫でる。「そんなことしたらあとがどうなるか考えなかったの？　また通行人を死ぬほど怯えさせて、わたしたちも死にかけるのがおちでしょ。それとも、寄り道しなおしてわたしに襲いかかる？　十二時前にはうちに帰りたいの」

「襲われたかったくせに。正直に言っちまえ」彼女の左手をつかみ、指を絡ませる。「きみの脚がつらなかったら、きみだってもっと楽しんでたはずさ」

「いまとなってはわからない、でしょ？」

「よく言うよ」

「どんなに楽しくても、数日前に会ったばかりの人と寝たりしない。それだけ。だから、期待しないで。ほかのこともね」

「手遅れだ。それはおたがいさま」

彼女は両頬を思いきりすぼめて笑いをこらえた。彼は握っていた手をやさしく握りしめて放し、エンジンをかけた。車はUターンして大通りに戻った。

モンマルトルはかつて芸術家の街だったが、昔日の面影はすでにない。中央に雨水を流す溝のある、曲がりくねった路地の両側には建物が軒を連ね、ナイトライフを楽しもうと観光客が繰りだしている。リリーの案内で、彼は迷路のような路地に車を進めた。「そこよ、ブルーのドア。そこがわたしのアパート」

そのドアに車を着ける。車を駐めるスペースはどこにもないから、彼が一緒に部屋にあがることは問題外だ。リリーは屈みこんで彼の頬に、それから唇に軽くキスした。「きょうはありがとう。楽しかったわ」

「どういたしまして。あすは？」

ちょっとためらって、彼女は言った。「電話して。それから決めましょ」研究所の警備システムについての情報を、彼の友人が入手しているかもしれない。スウェインがまたとんでもないことを思いつくかもしれない。どういうわけか、リリーはそれを心待ちにしていた。運転は彼女がしたほうが安全だろうけど――運転技術はひどく錆びついてはいても。

彼女がアパートに入るのを見届けると、彼は軽くクラクションを鳴らして走り去った。三階の部屋まで、元気なころよりはゆっくりと階段をのぼった。ほとんど息切れしない自分に満足する。部屋に入ってドアに鍵をかけ、大きなため息をついた。

まったく。彼は防御の壁をあっさり突破した。おたがいにわかっていた。

これぞモンマルトルという迷路を抜け、運転に気を取られずにすむようになると、スウェインは携帯電話をオンにしてメッセージをチェックした。なにも入っていない。そこでこちらからラングレーに電話を入れ、ヴィネイ本部長のオフィスにつないでもらった。向こうの時間の五時に近いが、アシスタントがまだ残っているだろう。耳慣れたアシスタントの声がして、ほっと胸を撫でおろす。「ルーカス・スウェインだ。本部長の容態は？」息を詰める。どうかフランクがまだ生きてますように。

「危篤状態がつづいてます」声が震えている。「近親者といっても、オレゴンに姪ごさんがふたりと甥ごさんがひとりいるだけで。連絡をしましたが、来られるかどうかわからなくて」

「回復の見込みは？」

「お医者さまが言うには、この二十四時間が山だろうって」

「また電話して容態を尋ねてもいいかな？」

「もちろんですとも。言うまでもないことですが、外部には洩らさないでくださいね」

「ああ、わかってる」

礼を言って電話を切り、感謝と祈りを捧げた。きょうは自分自身とリリーの気を逸らせることに成功したが、フランクが死にかけているという事実が頭の奥に居座って、彼を苛みつづけた。リリーがいなかったらどうなっていたことか。彼女のそばにいて彼女を笑わすことに専念したから、不安をまぎらすことができた。

息子のサムとおなじ十八歳で、冷血な人殺しとして雇われたなんて、考えるだけで心臓が張り裂けそうになる。そんなことをしたやつは、いますぐ撃ち殺すべきだ。彼女から普通の人生を奪った。しかも彼女はまだ若すぎて、自分が払うことになる代償の大きさに気づいてもいなかった。

彼女が完璧な武器になりえたことは想像に難くない。だが、若くうぶで無知だったからといって、正当化はできない。そいつの名前を聞きだしたら——彼女に教えたのが本名だと仮定しての話だが——その冷血漢をきっと始末してやる。

携帯電話が鳴った。彼は顔をしかめた。胃袋がずんとさがる。頼むから、フランクのアシスタントではありませんように。まさかフランクが死んだなんて——

携帯電話をつかみ、表示された番号を見た。フランスの番号だ。いったい誰が電話してきたんだ。リリーのはずはない——彼女は自分の携帯電話を使う——し、フランスに彼の番号を知っている人間はいない。

携帯電話を開いて顎と肩のあいだにはさみ、クラッチを踏みこんでシフトダウンし、脇道に入った。「もしもし」

穏やかな男の声だった。「CIAの本部にモグラがいて、ロドリゴ・ネルヴィに情報を流している。知らせといたほうがいいと思って」

「あんたは誰だ?」スウェインは驚いて尋ねたが返事はなかった。電話は切れていた。

ぶつぶつ言いながら電話を閉じてポケットに戻す。モグラ? 敵に情報を売る裏切り者。まさか! いや、事実なのだろう。そうでなければ、フランスの男がこの番号を知りようがない。それに、かけてきたのはぜったいにフランス人だ。英語をしゃべっていたがフランス訛りだった。だが、パリっ子ではない。スウェインは一日でパリっ子訛りを聞き分けていた。

背筋に悪寒が走る。彼が調べを頼んだことは、すべてロドリゴ・ネルヴィに筒抜けなのか？　もしそうなら、彼とリリーが動けばそのまま罠にはまることになる。

21

ホテルの部屋を歩きまわるスウェインの顔からはいつもの陽気さは消え去り、冷たく厳しい表情に取って代わっていた。どう考えても孤立無援だ。ラングレーにスパイがいる。フランクのアシスタントか、一度話をしてすっかり気に入ったパトリック・ワシントンか、分析官のひとり、ケース・オフィサーということも考えられる——副本部長のガーヴィン・リードということだってありうるのだ。スウェインが全幅の信頼を寄せている人物はただひとり、フランク・ヴィネイだが、彼はいま生死の境をさまよっている。今回の密告で、フランクの自動車事故もただの事故とは思えなくなった。

だが、彼が考えるようなことは、ラングレーで働く数千の人間が考えたはずだ。でももしスパイが、事故を疑問視する声をうまく逸らせる立場にいるとしたら?

自動車事故はどう転ぶかわからず、人を消す確実な方法とは言えない。ぺちゃんこになった車から、乗っていた人が無傷で出てくる場合もありうる。その一方で、意図した殺人であることを知られないために事故に見せかけることもある。どれだけうまく事故を仕組めるかは、関わる人間たちがどこまで信頼できるか、どれぐらい資金を用意できるかによる。

だが、本部長を亡き者にするための自動車事故を、いったいどうやって仕組む？　論理的に考えて、ワシントンの渋滞のなか、標的がいつどこにいるかを予測するのは不可能だ。玉突き事故や車の故障、タイヤのパンクのせいで、車の流れが堰き止められたり、迂回させられたりということは日常茶飯事だ。そこに人的要因も加わる。寝坊とか、コーヒーを飲みに寄るとか——どうやれば事故を仕組めるのか、時間を完璧に計れるのか、彼には見当もつかなかった。

それにおそらく、フランクの運転手は毎日おなじルートを通らなかったはずだ。基本中の基本。フランクが許さなかっただろう。

となると——事故は見かけどおりというわけか。つまり、ただの事故。

結果はおなじだ。フランクが助かるにせよだめにせよ、職務からはずれ、手の届かないところにいる。スウェインはフィールド・オフィサーとして長いが、ずっと現場で仕事をしてきた。南アメリカ各国の反政府組織や武装グループと行動をともにし、CIA本部にはめったに顔を出さなかった。あそこの連中に顔見知りはあまりいないし、向こうも彼のことを知らない。もっけの幸いと考えていたが、いまごろそれが裏目に出るとは。信頼できるほど深い付き合いのある人間が、本部にはひとりもいないのだ。

ラングレーの援助をあてにはできない。情報を集めてくれと頼むこともできない。自分が置かれているこの特殊な状況に、そのことがどう影響するかを考えてみる。選択肢はふたつ。リリーとの関わりをいまここで断って任務をまっとうし、フランクが持ちこたえ〝モグラ〟

退治をしてくれることを神に祈る——あるいはここに留まり、リリーとともにネルヴィ研究所の警備システムを打ち破り、こっちの側から〝モグラ〟の正体を突きとめる。ふたつの選択肢のうち、ここに留まることのほうがより好ましい。だいいちに、彼はすでにここにいる。それに、ネルヴィ研究所の警備システムがどれほど優秀だろうが、ラングレーの警備システムとは比べものにならない。

それに、リリーがいる。彼女といると心をくすぐられ、楽しい気分になり、予想外のことをしたり言ったりしてしまう。彼女のことは、最初から魅力的だと思っていた。知れば知るほど、その魅力は強烈なものになってゆく。少々深入りしすぎだと思うが、それでも足りない気がする。もっと深くまで知りたい。

そんなわけで、ここに留まることにした。誰にも頼らず、できるだけのことをやるだけだ。研究所に侵入するというリリーの計画に加担したのは、遊び半分、好奇心から——それに、彼女のズボンのなかに侵入したいという下心から——だったが、こうなると真剣にやらざるをえない。それに、彼はまったくのひとりではない。リリーがいる。彼女は素人ではない。そう、謎の密告者も。誰かはわからないが、内情を知りえる立場にいて、スウェインに警告することで善の味方に立とうとしている。

携帯電話の便利な機能に感謝だ。かかってきた電話の番号を記憶してくれている。番号がわかれば、相手の正体も突きとめられる。いまの時代、電子情報であれ紙の情報であれ、跡を残さずになにかやるのは至難の業ということ。それが天の恵みにも、呪いにも思える。どう感じるかはその人の立場による。追う側か、追われる側か。

密告者が〝モグラ〟の名前を知っている可能性はある。だが、どうだろう。わからないから、あんな曖昧な警告になったんじゃないのか。名前を知っていたら告げているはずだ。もっとも、どれぐらいの情報を持っているか、本人が気づいていない場合もある。ささやかな情報の断片がいくらあっても、つなぎ合わせなければ意味をなさない。それを知る唯一の方法は質問すること。

密告者に連絡するのに携帯電話は使いたくなかった。こちらと話したくないなら、表示された番号を見て通話を受けない可能性がある。それに、ブリストルホテルに滞在していることを知られたくない。知らせないほうが安全だ。フランスに着いた日にテレフォンカードを買った。使うことはないだろうと思ったが、携帯電話のバッテリーが切れる事態がないともかぎらないからだ。ホテルを出てフォブール・サントノレ通りを歩く。すぐに公衆電話があったが、もっと離れた場所のを使った。

番号を押しながら彼が浮かべた笑みには、おもしろみのかけらもなかった。さながら、獲物に近づくサメが洩らす笑み。呼びだし音が鳴るのを聞きながら腕時計に目をやる。午前一時四十三分。よし。相手の寝入りばなを襲ってやれる。人を動揺させたお返しだ。

「もしもし?」

警戒している声だが聞き覚えがある。「やあ」スウェインは英語で陽気に言った。「起こしちゃったかな? 切らないでくれよ。協力してくれれば電話だけですむ。切ればそっちに押しかける」

沈黙があった。「なにが望みだ？」相手はフランス語で答えた。言われていることはなんとかわかる。

「たいしたことじゃない。あんたが知っていることをすべて知りたいだけ」

「ちょっと待ってくれたまえ」男は小声で誰かとしゃべっている。相手は女だ。受話器を遠ざけてしゃべっているからよく聞き取れないが、「下で話をしてくる」というようなことを言っているらしい。

ははぁ。自宅にいるんだな。

やがて男の声がした。そっけない口調だ。「もしもし、それで、なにをすればいい？」

女房に聞かれている場合の煙幕か。「名前を教えてくれ、手はじめに」

「〝モグラ〟のか？」英語に切り替えたところをみると、女房に聞かれる心配のない場所に移動したのだろう。

「むろんそれもだが、あんたの名前も知りたい」

男はまた沈黙した。「知らないほうが身のためだ」

「あんたにとっちゃね。だが、あんたがどうなろうと知ったこっちゃない」

「こっちは困るんだ、ムッシュー」きっぱりとした言い方。臆病者じゃなさそうだ。「わたしと家族の命を危険にさらしてるんだ。ロドリゴ・ネルヴィは、裏切りを軽く受け止める人間ではない」

「彼のために働いてるのか?」

「いや。そんなのとは違う」

「ちょっとわからなくなってきた。彼は金を払っているのか、いないのか、どっちなんだ?」

「彼に特定の情報を与えれば、ムッシュー、彼はわたしの家族を殺さない。ああ、金をもらっている。金を受け取ればわたしは同罪だ、違うかね?」静かな声に苦々しさがにじむ。「わたしにしゃべらせないための保険金だ」

「なるほど」スウェインは〝いきがったタフガイ〟を演ずるのをやめた、というより抑えた。いまでは演技の域を超え、習い性になっている。「ひとつわからないんだが。おれがここにいることを、ネルヴィはどうして知ったんだ? 彼はおれについて調べたんだろう? だからおれの名前が浮かびあがり、電話番号もわかった」

「彼はおたくの契約エージェントのひとりの身元調べをしていた。顔照合プログラムで検索したのだと思うが、それで彼女を特定できた。〝モグラ〟が彼女のファイルにアクセスしたところ、彼女が起こした問題を解決するため、あんたが送られたと記されていた」

「彼女が契約エージェントだと、やつはどうして知ってた?」

「知らなかった。彼女の正体を知るため、いろいろな方法で調べていて、たまたまわかったんだ」

それでロドリゴは、リリーの素顔の写真を手に入れたのか。サルヴァトーレに見せた変装した顔ではなく。ロドリゴはリリーの素顔も名前も知っている。「ネルヴィはおれの名前を知ってるのか?」

「わからない。わたしはCIAとネルヴィの橋渡しをしているが、わたしからは知らせていない。ネルヴィは、あんたと連絡を取りたいと言ってきた」

「そりゃいったいどうして?」

「あんたに取引をもちかけるためだろう。大金を積んで、探している女の居所をあんたから聞きだす」

「おれが取引すると、やつはどうして思ったんだ?」

「あんたは雇われの身だろう?」

「いや」

「契約エージェントではないのか?」

「違う」それ以上は言わなかった。CIAが彼を送りこみ、その彼が契約エージェントではないとしたら、ほかに考えられるのはただひとつ。相手も馬鹿じゃないからぴんとくるだろう。

「ああ」フーッと息を吐く音がした。「つまり、わたしの判断は正しかったわけだ」

「判断って?」

「あんたの電話番号を彼に教えなかった」

「家族が危険にさらされても?」

「あいだにひとりはさんでいる。ネルヴィにはもうひとり息子がいる。ロドリゴの弟のダモーネ、彼は……少し違う。知性があり、話が通じる。その彼に、ＣＩＡの人間と接触して生じる危険性を指摘した。ロドリゴが電話番号を知る唯一の方法はＣＩＡ内部の人間から聞きだすことだとあんたが気づいたら——しかも、あんたが忠誠心に篤かったら——どうなるかとか、そういったようなことをね。ダモーネは理解してくれた。ＣＩＡの人間——つまりあんたのことだが——は、こっちで携帯電話を借りることになっていて、まだ本部に連絡を入れていないから番号はわからない、そうロドリゴに伝えると言っていた」

いささかまわりくどい説明だが、筋は通っている。フィールド・オフィサーが国外で活動する場合、盗聴防止機能付きの国際携帯電話か衛星電話を使うことなど、ロドリゴはおそらく知らないだろう。

別のピースがこれでぴったりつながった。ＣＩＡの内部情報がこの男を通じてロドリゴ・ネルヴィに流れているのなら、スウェインがいましゃべっているこの男は、そういう機密情報を要求できる立場にいるということだ——それがばれれば、多くのものを失う立場に。

「あんたは何者だ？　インターポール？」

はっと息を呑む音がした。命中！　なるほど。サルヴァトーレ・ネルヴィは、自分のものにすべきじゃないパイにも、指を突っこんでいたということか。

「あんたはいま、家族を危険にさらすことなく、ネルヴィ一家に楯突こうとしてるわけだ。ネルヴィの依頼をあからさまに拒否することはできない、そうだろ？」

「わたしには子供がいる、ムッシュー。あんたにはわからんだろうが――」

「おれにも子供がふたりいる。だから、よくわかるよ」

「協力しなければ、彼はためらいもなく子供たちを殺す。今回の件で、わたしは依頼を拒否してはいない。判断を下したのは彼の弟だ」

「でも、きみはおれの番号を知った。そこであんたは、おれに〝モグラ〟のことを警告する匿名電話をかけることで、そいつをよいことに役立てようとした」

「ウィ。内部の人間が疑いを持って捜査をはじめるのと、外部からけしかけられて捜査するのとでは違う、そうだろ？」

「たしかに」こいつは〝モグラ〟が捕まることを望んでいる。この情報ルートが閉じることを望んでいるのだ。何年ものあいだ、情報を流したことに罪の意識を覚え、なんとか償おうとしているにちがいない。「あんたが与えた損害はどれぐらい？」

「国家の安全ということでは、ごく小さなものだ、ムッシュー。依頼されると、信頼できる情報をごく少量提供したが、国家機密に関わるものは省いた」

スウェインは納得した。この男には良心がある。そうでなきゃ、警告の電話をかけてこなかったろう。「〝モグラ〟の名前を知っているのか？」

「いや、たがいに名前を口にしたことはない。向こうもわたしの名を知らない。つまり、たがいの本名はね。識別名はむろんあるがね」

「それで、彼はどうやってあんたに情報を伝えるんだ？　情報網を通じて流すのか？　ファックスやスキャンしたものを流すこともあるだろうから」

「たいていは電子ファイルの形で送られてくるから、自宅のコンピュータで受け取っている。専用のIDを作ってあるんだ。ファックスはめったにない。むろん完全に安全というわけではない――その気になれば突きとめられる。彼のアカウントにアクセスするときには……えぇと、なんて言ったか。小さなコンピュータで、スケジュールを書きこんだりする――」

「PDA、携帯情報端末(パーソナル・デジタル・アシスタント)だろ」

「ウィ。PDA」男はフランス風に発音した。ペ・デ・ア。

「相手との連絡に使っている番号は――」

「携帯電話の番号だと思う。いつも彼につながるから」

「番号を調べたことは？」

「われわれは調査しない、ムッシュー。あいだを取り持つだけ」

独自の捜査をしてはならないというインターポールの規約は、スウェインもよく知っていた。彼がインターポールであることがこれで裏付けられた。もっともスウェインは疑っていなかったが。

「携帯電話は偽名で登録されているのだろう」フランス人がつづけて言う。「彼ならそんなことは朝飯前だ」

「ちょちょっと細工すればいい」スウェインは言い、鼻梁を揉んだ。偽の運転免許証など簡単に手に入る。とくにこの世界の人間なら。リリーもロドリゴから逃げるために、その手の身分証明書を三組使っている。ラングレーで働く人間ならお手のものだ。

そいつを捕まえるにはどうしたらいいか、使える手を考えてみた。「どれぐらい頻繁に連絡を取り合ってる?」

「何カ月も連絡しないこともある。この数日で二度連絡した」

「つまり、たてつづけに三度となると異例?」

「ひじょうに異例だ。もっとも、彼が怪しむかどうかとなると、なんとも言えない。いったいなにを考えているんだ?」

「おれが考えてるのは、ムッシュー、あんたが岩と岩盤のあいだにはさまってて、そこから逃れたがってるってこと。そうだろ?」

「岩と岩盤——? ああ、わかった。そうとも、逃げだしたい」

「そこでだ、つぎにあんたが彼と交わす会話を録音したいんだ。なんだったら、あんたがしゃべっているあいだはレコーダーを止めておいてもいい。会話の内容はどうでもいいんだ。大事なのは彼の声」

「声紋を採るつもりなんだな」

「ああ。それに、あんたが使ったレコーダーも必要だ。それで照合する」声紋分析はひじょうに正確だ。それと顔照合プログラムは、サダム・フセインと彼の替え玉を識別するのに用いられた。声を作るのはひじょうにむずかしい。声を生みだす喉や鼻孔や口の構造は、個人個人で異なるからだ。物真似の名人でも、声をそっくり真似るのはむずかしい。声紋分析は音を拾うマイクやレコーダーによってばらつきが出るが、おなじレコーダーを使えばその問題もある程度は解決できる。

「喜んでやらせてもらうよ」フランス人が言う。「わたしや愛する家族を危険にさらすことになるが、あんたの協力があれば危険を最小限に抑えられるだろう」

「ありがとう」正直な言葉だった。「もう一歩踏みこんでもらえないかな。脅威を根元から断ち切るんだ」

長い沈黙があった。「いったいどうやって？」

「信頼の置ける連絡相手はいるか？」

「ああ、いるとも」

「ある場所の警備システムの仕様書を手に入れられる人物に心当たりは？」

「仕様書……？」

「青写真。技術的な詳細が書かれているもの」

「その場所というのは、ネルヴィ一家が所有しているのだな？」

「そうだ」スウェインは研究所の名前と住所を教えた。

「どこまでできるかやってみよう」

22

　翌朝、リリーは携帯電話のベルに笑みをこぼした。きっとまたスウェインが、半分冗談、半分本気のエッチな電話をよこしたのだろう。表示された番号を見もせずに通話ボタンを押した。からかってやろうと声音を使う。男と間違われそうな低く太い声でぶっきらぼうに「もしもし！」と言った。

「マドモアゼル・マンスフィールド？」スウェインの声ではなかった。機械的に処理された声で、まるで太鼓から出た音のようにひどく歪んで聞こえた。

　ショックのあまり電話を切りそうになるのを、冷静な理性の力が押しとどめた。携帯電話の番号を知られたからといって、居所もばれたことにはならない。電話は彼女の本名で登録してある。アパートやそれに付随するものはすべて、クローディア・ウェーバー名義だ。電話の相手は〝マンスフィールド〟と呼んだ。つまりクローディアという偽名はまだ使えるということだ。

　この番号を知ることができるのは？　私用の電話で、個人的な用件でしか使ったことがない。ティナとエイヴリルはむろん知っていた。それにジーアも。スウェインも知っている。

ほかには？　以前は知り合いが大勢いた。でもそれは携帯電話を持つ前のこと。ジーアを拾ったその日から、赤ん坊を育てるのにせいいっぱいで、交友関係は狭まるいっぽうだった。ドミトリの裏切りにあってからは、その傾向に拍車がかかった。スウェイン以外にこの番号を知っている人間は思いあたらない。

「マドモアゼル・マンスフィールド？」歪んだ声がもう一度尋ねた。

「はい？」リリーは無理に冷静さを装った。「この番号をどこで？」

相手は返事をするかわりにフランス語で言った。「あなたはわたしを知りませんが、わたしはあなたの友人を知ってました。ジュブラン夫妻」

なんだか変に聞こえる。機械処理した声の歪みのせいばかりではない。しゃべること自体が困難な感じ。友人の名が出たことで緊張が高まった。「あなたは誰なんですか？」

「申し訳ないが、秘密にさせていただく」

「なぜ？」

「そのほうが安全だから」

「誰にとっての安全？」彼女はにべもなく言った。

「双方にとって」

オーケー、それならいいわ。「どうして電話を？」

「あなたの友人を雇って研究所を破壊させたのはわたしです。あんなことになるとは思っていなかった。まさか死ぬとは」

ショックの追い討ちだ。リリーは手探りで背後の椅子を探し、体を沈めた。探し求めていた答が、突然膝に落ちてきた。ふたつの格言、〝もらい物のあらを探すな〟と〝贈り物を持ってくるギリシャ人には気をつけろ〟が頭のなかで争っている。電話の主はいったいどっち？　贈り物、それともギリシャ人？

「ふたりを雇ったのはなぜです？」思いあぐね、リリーは尋ねた。「それよりも、なぜわたしに電話してきたんですか？」

「あなたの友人は任務をまっとうしました――あの時点では。残念ながら、研究は続行された。だから阻止せねばなりません。あなたには引き継ぐ理由がある。復讐。サルヴァトーレ・ネルヴィを殺したのはそのためですね。任務を完遂するためにあなたを雇いたいのです」

背筋を冷たい汗が流れ落ちる。彼女がサルヴァトーレを殺したことを、どうして知ってるの？　乾いた唇を舐めた。疑問はひとまず置いておいて、相手がいま言ったことに意識を向けた。この男がリリーを雇ってやらせようとしていることは、すでに彼女がやろうと計画していることだ。皮肉な展開に笑いそうになったが、おもしろいというより苦々しい気持ちだった。「その任務とは具体的にどんなものですか？」

「鳥インフルエンザ・ウィルスのことは、ご存じでしょう。ドクター・ジョルダーノは、そのウィルスを、人から人に感染するものに作り変えた。それで大流行を起こせば、やはり彼が開発したワクチンの需要がおおいに高まります。このウィルスにたいする免疫を、人は持っていない。これまでに人類が遭遇したことのないウィルスだからです。より大きなパニックを引きおこすために、ドクター・ジョルダーノは、子供により甚大な損害をおよぼすようウィルスに手を加えた。子供の免疫システムはまだ未発達です。数百万が死ぬことになるんですよ、マドモアゼル。二千万から五千万人が死んだと言われる、一九一八年の世界的大流行より大規模なものになる」

……子供により甚大な損害をおよぼす。ジーア。リリーは吐き気を覚えた。思ったとおりだった。エイヴリルとティナを行動に駆り立てたのは、ジーアが関係していたから。ジーアを守ろうとして、結局は死なせてしまった。リリーは叫びたかった。そんな不公平なことってある？　拳を握りしめ、唾のように喉にせりあがってきた怒りと苦痛を抑えようと必死になった。

「ウィルスはすでに完成しています。ワクチンの用意ができさえすれば、世界じゅうの大都市という大都市に荷が送りだされる。人と人が接する機会の多い大都市に。インフルエンザはまたたく間に流行する。世界じゅうでパニックが起きるまでに、数万、いや数百万の人間が死ぬでしょう。ドクター・ジョルダーノはおもむろに発表する。鳥インフルエンザ・ワクチンを開発した、とね。ネルヴィ一家は、言い値でそれをさばける。巨万の富を手に入れるというわけです」

なるほど。昔からある手だ。供給を制限し、需要を生みだす。デビアスはダイヤモンドでそれをやった。市場に出回るダイヤモンドを慎重に制限し、価格を高く抑えた。ダイヤモンドはめずらしいものではないが、供給が制限されていた。原油と石油輸出国機構(OPEC)もおなじこと。ただし、石油の場合は、需要を作ったのは世の中のほうだ。

「どうしてそこまで知っているんですか」なんだか腹が立ってきて、リリーは尋ねた。「当局に訴えなかったのはどうして?」

一瞬の間があってから、歪んだ声が言った。「サルヴァトーレ・ネルヴィには政治力がある。彼に借りのある政府高官は大勢います。あの研究所は、いろいろなウィルスのワクチンを開発しているから、ウィルスが存在しても申し開きができる。彼の影響力がおよばぬほどの強力な証拠はない。だから、プロを雇わざるをえなかったのです」

残念ながらそれは事実だった。サルヴァトーレの金をあてにしている有力政治家は多い。そのおかげで彼に司法の手が伸びることはない。

いま話している相手が誰なのか、まったくわからないことも事実だった。彼は正直に話しているのか、それとも、ロドリゴが彼女の番号を知り、おびきだすための餌としてこの話をもちかけてきたのか。この男の言うことを額面どおりに受け止めて、馬鹿を見ないともかぎらない。

「引き受けてくれますか?」

「あなたが何者か知らないのに、イエスと言えるわけないでしょう。信じられると思う?」

「信じがたいのはわかるが、わたしにはどうにもできません」

「プロを雇うならほかにいるでしょう」

「ええ、ですが、あなたには誰よりも強い動機がある。それに、すでにここにいる。ほかの人間を探している暇はないのです」

「ティナ・ジュブランは警備システムのプロだった。わたしは違います」

「その必要はありません。研究所に設置された警備システムの詳細をジュブラン夫妻に教えたのはわたしです」

「八月の事故のあと、システムは変えられているはずだわ」

「ええ、たしかに。その情報もすでに入手してあります」

「ということは、あなたは研究所で働いているということでしょう。だったら、自分の手でウィルスを破壊すればいい」

「わたしにはできない理由があるのです」

しゃべるのがむずかしいような印象をまた受けた。もしかして、この人はなんらかの障害を抱えているのかも。

「報酬としてアメリカドルで百万払います」

リリーは額を揉んだ。おかしい。金額が大きすぎる。頭のなかで警報ベルが鳴りだした。

彼女がなにも言わないでいると、男はつづけた。「もうひとつあります。ドクター・ジョルダーノは殺さねばならない。生かしておけば、ほかのウィルスでおなじことをやるでしょう。すべてを破壊しなければ。ドクター本人と研究資料、コンピュータのファイル、それにウィルス。すべてをです。最初のときはそれで失敗した。そこまで徹底しなかった」

百万ドルがそれほど法外な額とは思えなくなった。彼がこれまで話したことはすべて筋が通っているし、彼女が抱いた多くの疑問に答えてくれた。それでも、持って生まれた用心深さが彼女を引き止める。これが罠だった場合、防衛手段を講じておかねばならないが、あまりに思いがけない話なので、うまく考えがまとまらなかった。決断する前によく考えてみなければ。

「いますぐに返事はできません。考えさせてください」

「わかります。これが罠という可能性もある。あなたは思慮のある人だから、あらゆる可能性を考慮に入れるでしょう。それでも、時間はかぎられているのです。わたしがもちかけたこの仕事は、いろいろな意味であなたにとってゴールのはずです。わたしの協力があれば、成功の見込みはより大きくなる。あなたが返事を延ばせば延ばすだけ、ロドリゴ・ネルヴィに見つかる可能性は高くなる。彼は頭がよく冷酷だ。金もたっぷりある。彼の息のかかった人間はパリじゅうにいる。ヨーロッパじゅうにね。店にも警察にもです。時間をかければ、彼はあなたを見つけだす。わたしが支払う金があれば、あなたはうまく姿を消す手段を手に入れることができる」

彼の言うとおりだ。百万ドルあれば状況はぐんとよくなる。でも、やはり申し出に飛びつけなかった。彼女を罠へとおびき寄せる餌である可能性は無視できない。

「よく考えてみてください。あす、また電話します。そのときによい返事がもらえなければ、別の道を選ばねばならない」

電話は切れた。すぐに相手の番号を調べたが、非通知になっていた。驚くことではない。破壊工作員を雇えるだけの金持ちなら、防衛策を幾重にも張りめぐらせるだろう。でも、それほどの金持ちが研究所で働いたりする？　それはない。それじゃどうやって情報を手に入れたの？　警備システムの仕様書の入手先は？

彼が何者で情報をどうやって入手したのか、それを知ることが先決だ。サルヴァトーレの陰謀に加担していた人物で、罪もない人が多く死ぬことを考え、怖気づいたのかも——でもリリーの経験からして、ネルヴィ一家のような連中は、目的を達成するためなら、誰が死のうが何人死のうが意に介さないものだ。

それとも、電話の主はロドリゴ・ネルヴィ本人で、彼女を罠に誘いこむために真実を話したのか？　大胆で悪知恵が働くロドリゴなら、それぐらい思いつくだろう。ドクター・ジョルダーノを殺せと言ったのは、話に信憑性を持たせるため。

ロドリゴ・ネルヴィなら、彼女の携帯電話の番号を調べることもできる。プライバシーを守るため、電話帳にも載せていない番号だけれど。

震える指でスウェインの番号を押した。

三度めの呼びだし音で眠そうな声が聞こえた。「おはよう、セクシー」

「大変なことになったの」彼の挨拶は無視し、かたい声で言った。「会って話したい」

「迎えにいこうか、それともこっちに来る？」即座に警戒する声になっていた。

「迎えにきて」ロドリゴ・ネルヴィの息のかかった人間はどこにでもいる、という電話の主の警告に、リリーはすっかり神経質になっていた。わかっていたことだし、髪を帽子で隠してサングラスをかければ、地下鉄に乗っても安心していられたが、すべてを知っているらしい人物にああもやすやすと電話番号を突きとめられたことが、彼女を不安にしていた。パリの交通事情は悪夢のようなものだから、パリっ子はたいてい地下鉄を使う。彼女の人相書きを持たせて地下鉄を見張らせるなど、馬鹿でも考えつくことだ。

「渋滞の程度にもよるが、そっちに着くのは……ええと、一時間から二日のあいだってとこかな」

「近くまできたら電話して。通りまでおりてるから」

シャワーを浴び、身支度を整えた。いつものズボンとブーツだ。窓の外を覗いてみると太陽が出ている。これならサングラスをしても変に思われない。帽子で隠せるよう髪をピンで留め、小さなテーブルに向かい、拳銃を丹念にチェックし、予備の銃弾をバッグにしまった。あの電話のおかげですっかりびくついていた。めったにないことだ。

「五分で着く」一時間十五分後、スウェインから電話が入った。

「待ってるわ」リリーは答え、コートを着て帽子をかぶり、サングラスをかけてバッグを持つと、急ぎ足で階段をおりた。細く曲がりくねった道を無謀なスピードで飛ばしてくる、パワフルなエンジン音が聞こえたかと思うと、銀色の車が目に飛びこんできて目の前で急停止した。彼女がドアを閉めきらないうちに走りだす。

「どうした?」スウェインが尋ねる。いつものからかう調子はまったくない。彼もサングラスをかけていた。スピードは出しているものの、おふざけムードは影をひそめ、運転は効率一辺倒だった。

「携帯に電話があったの」シートベルトをつけると、彼女は話した。「あなた以外に番号を教えてなかったから、チェックせずに出てしまった。非通知だったから、チェックしてもわからなかったんだけど。声は機械処理してあったわ。男だった。百万ドル——アメリカドルでね——を提示して、ネルヴィ研究所を破壊し、責任者のドクターを殺してくれって」

「つづけて」彼は言い、シフトダウンして急なカーブをうまく曲がった。

彼女は思い出せるかぎりのいっさいを話した。鳥インフルエンザのくだりにくると、彼は「クソ野郎」とつぶやき、あとはいっさい口をはさまなかった。

彼女の話が終わると、スウェインが言った。「どれぐらいしゃべってた?」

「五分ぐらい。もうちょっと長かったかも」

「それだけの時間があれば、逆探知してきみの居所をつかめるな。だいたいの場所は。電話してきたのがネルヴィなら、その一帯できみの写真を見せて聞きこみをやらせる。いずれ見つかる」

「こっちに知り合いはいないわ。アパートは外国に行ってる人から又借りしてるし」

「そいつは助けにはなるけど、きみの目はすごく印象的だからな。ハスキー犬の血が混じってるんじゃないのか。その目は一度見たら忘れられない」

「どうも」そっけなく言う。

「アパートから必要なものを取ってきたほうがいい。おれの部屋に泊まるんだ。そいつがまた電話してくるまではぜったいにな。ネルヴィなら、また逆探知するだろう。まったく違う地区だとわかれば、向こうは混乱する」

「つまり、わたしが一箇所に留まらず、動きまわってると思うわけね」

「うまくすればな。ホテル自体の電波と干渉しあうから、こっちが出す電波を外部から追跡するのはむずかしい。大きな建物は障害になる」

彼と一緒に過ごす。ふたり一緒にいることは、理にかなっている。チェックインする必要はないわけだし、彼女が高級ホテルにいるとは誰も思わないだろう。

この計画にはプラスの要因がいくつもある。マイナスの要因は、ただひとつ。ぐずぐず悩むなんてばかげていると思うけど、彼と親密な関係になることにいまもためらいがあった。おなじ部屋に寝てなにも起こらないと思うほどうぶじゃない。

スウェインは、きみの考えることぐらいわかるさ、と言いたげな鋭い一瞥(いちべつ)をくれたが、これ幸いとばかり手を出すようなことはしないと言って安心させてはくれなかった。これ幸い、とチャンスに飛びつくに決まってる。

「いいわ」

彼はほくそえまなかった。ほほえみもしなかった。ただこう言った。「よし。それじゃ、インフルエンザ・ウィルスについてもう一度話してくれ。そういうことが可能かどうか教えてくれる知り合いがアトランタにいるんだ。世界を救うために立ちあがるのはそれからだ。

そもそもが計画倒れの陰謀なら、立ちあがる必要もないわけだからな」

彼女がもう一度詳しく話すあいだに、彼は巧みなハンドルさばきで狭い道を抜け、アパートへと戻った。車を停めて言う。「きみが車を転がしてるあいだに、おれがアパートを調べてこようか？」

リリーはブーツを叩いて応えた。「ありがとう、でも大丈夫よ」

「じゃあぐるっと回ってくる。道に障害物が落っこってなければだけど。ぐるぐる回ってるあいだに、例の電話をかけておく」

「いいわ」ほんの三十分前におりた階段を、リリーはまたあがった。部屋を出がけに、髪を一本抜いて湿らせ、床から三センチほどのところで、ドアとドア枠に渡して貼りつけておいた。木のドアだから、ブロンドの髪は釣り糸のように目立たない。屈みこんで安堵のため息をついた。髪はそのままだった。アパートは安全だ。ドアの鍵を開けてなかに入り、服や洗面道具など必要と思われるものをかき集めた。残りの荷物を、取りに戻ることができるだろうか。

23

古い友人の何人かの電話番号は、死ぬまで忘れないものだ。マイカ・サマーは、残念ながらそういう友人のひとりではなかった。リリーが荷物をまとめているあいだ、スウェインは狭い道に車を走らせ、始終ギヤを入れ替えながら、果てしもなく思える数字を打ちこんで、本国の情報に到達するため電子の沼を歩いていた。数字を書き取ろうにもペンも紙もないし、手が四本あるわけでもないから、テープの声に、おつなぎしましょうか、と尋ねられると、渡りに船とばかり「クソッ、ああ」とつぶやき、「クソッ、ああ」に相当する番号を押した。

五回めの呼びだし音を聞くころには、誰も出ないのではと不安になってきた。六度めの呼びだし音のあと、ごそごそという音と、眠そうな声がした。「はい、もしもし」

「マイカか、ルーカス・スウェインだ」

「よお、おまえか」大あくび。「ずいぶんとご無沙汰だったな。このままずっとご無沙汰だったらなおよかった。いったいいま何時だと思ってるんだ?」

スウェインは腕時計を見た。「ええと、こっちは朝の九時だから、そっちの時間は……朝の三時、だよな?」

「死ね」またまた大あくび。「それで、おれを起こしたわけは？　くらだない話だったら承知しないぞ」

「さあ、そう言われてもな」スウェインは電話を顎と肩ではさみ、ギヤを入れ替えた。「鳥インフルエンザについてなにか知ってるか？」

「鳥インフルエンザ？　ふざけてんのか、おまえ」

「いや、いたってまじめだ。鳥のインフルエンザって危険なのか？」

「野鳥はまず発病しない。やられるのは家禽ばかりだ。ニュースでやってたの見ただろ。数年前だ……一九九七年だったか……香港で鳥インフルエンザが大流行して、二百万羽近くの鶏が始末された」

「テレビなんかめったにお目にかからない場所にいたんでね。それで、罹ると死ぬのか？」

「ああ。百パーセントじゃないが、それに近い。問題は、ウィルスが突然変異して鶏から人間にうつることだ」

「そいつは通常のインフルエンザより危険なのか？」

「はるかにな。これまで人間の体内に入ったことのないウィルスにたいしては免疫がないんだからな。症状はひどくなる。死ぬこともある」

「なんとも楽しい話だ」

「これまでは幸運が重なっていたんだ。鳥から人間に感染する変異は何度かあったが、人間から人間に感染するような一足飛びの変異はまだ起きていない。いまも言ったように、これまでは、だ。それに遺伝子組み換えウィルスというのもあって、こいつに人間がいつ襲われてもおかしくない状況だ。香港を襲った鳥インフルエンザは組み換えウィルスではなかったが、人間に感染した。もしそいつがちょっとばかり変異して、人間から人間に感染するようになれば大変なことになる。人間が作りだした組み換えウィルスに比べ、自然界で突然変異してできたウィルスにたいして、人間はほとんど免疫がないからな」

「ワクチンはどうなんだ？」角を曲がるとリリーのアパートが見えてきたが、所帯道具を抱えたリリーが戸口に立っていないのでそのまま通り過ぎ、また周回をはじめた。

「まだできていない。新型ウィルスは感染力が強く、あっという間に広がる。ワクチンを試験して、接種できるようになるまで数カ月かかる。鳥インフルエンザ・ウィルスに有効なワクチンができるころには、多くの人が命をなくしているだろう。一般的なインフルエンザのワクチンより、鳥インフルエンザに効くワクチンを作るほうがむずかしいんだ。ワクチンは卵で培養するんだが——わかるだろ——鳥インフルエンザはその卵を殺してしまう」

「それでCDCは、真剣に対策を練ってるのか？」

「あたりまえだろ。マスコミが大騒ぎしたエボラ出血熱のような外来病よりも、インフルエンザで死ぬ人間のほうがはるかに多いんだからな」

「だったら、どこかの研究所でワクチンを開発して、それからウィルスをばらまけば、大金を手に入れられるってわけだな」

「おい、ちょっと待て」マイカの声から眠気が吹っ飛んだ。「スウェイン、いったいなにが言いたいんだ？　そんなことが可能だと？」

「小耳にはさんだものでね。まだ調べてはいないし、なにもわかっていない。ただ、そういうことが可能かどうか聞いておきたかったんだ」

「可能かだって？　それができたらすごいけど、まさに悪夢のシナリオだぞ。ここ数年、おれたちはなんとか弾をよけてきた。撃ちこまれてきたのが通常のインフルエンザだったからな。だが、固唾を呑んで見守ってるのが実情だ。突然変異のウィルスが襲いかかってくる前に、ワクチンを生成する確実な方法が見つからないかって。合併症を治療するために抗ウィルス薬を投与しても、世界規模で数百万人が命を落とすだろう」

「子供が罹ると大変なことになる？」

「そりゃそうだ。子供はまだ免疫システムが発達していない。大人ほど多くのウィルスにさらされていないからな」

「ありがとう、マイカ。それだけわかれば充分だ」ほんとうに聞きたいことが聞けたわけではないが、少なくともどう対処すればいいのかはわかった。

「切るなよ！　スウェイン、なにかそういうことが進められているのか？　教えてくれよ、頼む、おれたちに不意打ちを食らわす気か」

「そうはならないさ」そうであってくれ。絶対確実な予防措置をとらなければならない。

「なんの根拠もないただの噂だよ。インフルエンザの流行時期はもうはじまってるじゃないか」

「ああ、いまのところは例年と変わらないようだ。だが、もしどこかの人でなしが、そういうウィルスで金儲けをしようとしているとわかったら、かならず知らせてくれ」

「真っ先に知らせるさ」それは嘘だった。「来週また電話して、経過を知らせる。よくても悪くてもな」電話はする。だが、真っ先に知らせるのはマイカではない。

「明け方の三時でもかまわないから」

「わかった。ありがとよ」

スウェインは通話を切り、携帯電話をポケットに落とした。クソッ。リリーに電話をかけてきたやつが話した陰謀は、実行可能なばかりか深刻な事態を起こす。対処法をあれこれ考えてみる。ラングレーには電話できない。フランクは仕事をはずれているし、ロドリゴ・ネルヴィに情報を流しているくそったれの〝モグラ〟もいる。フランクが元気だったら……そう、電話一本で、あすの朝には、研究所はぶっ潰れているだろう。でもフランクはいない。だから、スウェインが自力でぶっ潰さなきゃならない。なんとかして。

マイカに詳しい話をすることもできたが、CDCになにができる？　WHOに警告するのが関の山。WHOが強制捜査を行なったとする。地元の警察からネルヴィにその情報が洩れず、係官が研究所内を調べてウィルスを発見したとしよう。だが、ネルヴィ研究所は、ウィルスのワクチンを研究しているところなのだから、試験のためのウィルスはあってあたりまえ。みごとな陰謀だ。犯罪の決定的証拠が、もののみごとにそうではなくなる。たいしたものだ。

アパートのある路地に入ると、今度はリリーが待っていた。古臭い旅行カバンが二個、それに見覚えのあるトートバッグを肩からさげている。そのトートバッグに思わず笑いかける。こいつがなければ、彼女を見つけだせなかった。

車を降り、荷物を積みこむのに手を貸した。道はぬかるんでいて、彼女は軽く息を切らしていた。毒のせいで心臓の弁が傷ついた、と彼女は言っていた。なんでもできる女だから、つい忘れがちになるが、彼女がサルヴァトーレを殺してからまだ二週間しかたっていない。たとえ心臓の損傷がわずかなものでも、たった二週間で完治するわけがない。

彼女のために車のドアを開けながら、様子をうかがう。唇は青ざめておらず、マニキュアを塗っていない爪はピンク色だ。充分な酸素を取りこんでいる。大急ぎで階段を三度ものぼりおりすれば、息が切れるのも当然だ。彼だってそうなる。ほっとした。彼女が車に乗りこもうとするのを引き止める。怪訝(けげん)な顔で見上げた彼女にキスした。

その唇はやわらかかった。彼女がすんなりと受け入れてもたれかかってきたので、スウェインの心臓がいっきに疾走した。したいようなキスをするのに路地はふさわしくないから、ちょっと味わうだけで満足する。彼女がほほえむ。男を酔っ払わせ、困惑と幸福を一度に味わわせてくれる、完璧に女らしいほほえみ。それから、助手席に滑りこんでドアを閉めた。

「しまった」スウェインは運転席に座って言った。「この車は捨てなきゃならないだろうな」

「わたしが乗りこむところを見られたかもしれないから？」

「そう。休暇で出掛ける恋人同士に見えるだろうけど、用心にこしたことはない。さて、つぎはどんなのにする？」

「もう少し目立たないやつ。たとえば、真っ赤なランボルギーニ？」きつい皮肉。メガーヌ・ルノーとあのランボルギーニを比べるなんて。まあ、たしかにこれだって充分目立つ。

皮肉を笑い飛ばし、スウェインは言った。「たしかにおれは目立つ車が好きさ。悪いか」

「アメリカにいる友達に連絡は取れた？」

「ああ、時差にぶつぶつ文句を垂れた。悪い知らせ。このウィルスは作りだせるばかりか、CDCにとって最大の悪夢になる」

「いい知らせは？」

「なにもない。ワクチンの用意ができるまで、ネルヴィはウィルスをばらまかないだろう。本人だってインフルエンザに罹りたくないだろうからね。まずは自分に接種してから。それに、ワクチンの開発には数カ月かかる。きみの友人が開発を阻止したのが八月で、マッド・ドクターは最初からやりなおしたはずだ。さしあたり安全だ。今年の流行時期にウィルスをばらまくことは無理だろうから、来年まで待つんじゃないかな」

彼女が安堵のため息を洩らした。「なるほどね」そこで口ごもる。「考えてたんだけど。これまでウィルスのことは知らなかった、でも、知ってしまった以上……わたしたちが勝手に動いてはいけないと思うの。いまはＣＩＡと良好な関係ではないけど、公衆電話から昔の連絡相手に電話して知らせることはできる。これだけ大規模な陰謀だもの、ふたりでなにかするより彼らに任せたほうがいいわ」

スウェインはぎょっとして飛びあがりそうになった。「頼むから、それだけはやめてくれ！」彼女の言うことはもっともだが、彼女は〝モグラ〟のことを知らないし、知らせたら彼自身の正体がばれてしまう。

「なぜだめなの？」彼女は好奇心から尋ねているとわかったが、薄いブルーの目がレーザーのように突き刺さってくるのを感じた。鋼鉄をも焼き切るまなざし。

うまい言い訳が見つからず、一瞬、目の前ですべてが吹き飛ぶのではないかと思ったそのとき、ひらめいた。すべて彼女に話してしまえ。大事な部分はひとつ残らず。問題はどう話すかだ。「ネルヴィはCIAに連絡相手がいて、影響力も持ってる」

「彼は情報提供者よ、でも――」

「彼はひじょうに裕福でもある。彼から金をもらっている人物がいる可能性は？」単純明快、しかも事実だ。細かな部分をちょっと省いただけ。

彼女はシートの上で体をよじり、顔をしかめた。「可能性は高いわね。サルヴァトーレは徹底していた。ロドリゴはさらに上をいく。だから、誰にも言わないほうがいいってことね」

「彼に金で情報を売っている人間がいると思われる機関には、訴えでることができないってこと。フランス警察しかり、インターポールしかり……」言葉が尻つぼみになり、彼は肩をすくめた。「おれたちの手で世界を救わなきゃならないってこと」

「世界を救いたくなんてない」彼女がすねた声で言う。「話はもっと小さいほうがいい。個人的なことにしておきたい」

笑わずにいられなかった。彼女の言いたいことはわかる。彼女はひとりでネルヴィ一家を倒すつもりでいたが、いまやほんとうにそうしなければならないのだ。

最初に想像していたより大変なことになった。そういうウィルスをおさめる施設なら、警備はアトランタのCDCに匹敵するほど厳重だろう。警備システムの仕様書を手に入れるぐらいでは、とてもなかには入れない。内部から手引きしてくれる人間が必要だ。でも、そんな人間がどこにいるんだ。

「きみに電話してきたやつが信用できることに賭けるしかないな。そうでなきゃお手上げだ」

「わたしもおなじことを考えてた」彼女の言葉に、スウェインはぎょっとした。ふたりの脳みそが、おなじ速さでおなじ動きをすることがあるのが薄気味悪くさえあった。「ウィルスのせいで警備は何重にもなっているだろうし、ウィルスそのものは厳重に隔離されているはず。内部の人間の助けが必要ね」

「その男に会ってみるべきだな。ロドリゴ・ネルヴィでないかどうかを知る唯一の方法だ。もしロドリゴなら、会いにきたきみにここぞとばかり襲いかかる。やつはおれのことは知らない――こないだの撃ち合いで気づいてはいるかもしれないが、でも、おれの人相とかは知らない――だから、背後は守ってやるよ」

彼女は苦笑いした。「ロドリゴなら何人も見張りを立たせてるはずだから、あなたは手も足も出ないわよ。でも、そうね、唯一の方法だわ。会いに行くしかない。相手がロドリゴで、わたしが捕まったら、頼むからわたしを殺して。生きたまま捕まりたくない。ロドリゴのことだから、わたしを殺す前に思いきりいたぶるにちがいない。その部分は飛ばしたいの」

ネルヴィが彼女に手を出すことを考えたら、スウェインの胃が痛みだした。つらい決断はいくつも下してきたが、これは比較にならない。「わかった」彼は静かに言った。

「ありがとう」彼女の笑顔がほんの少し明るくなった。まるで彼から贈り物をもらったように。スウェインの胃はますます痛んだ。

ふたりとも朝食はまだだったので、サングラスと帽子でリリーの変装がすむと、道端のカフェに入りブリオッシュとコーヒーを頼んだ。食事をする彼女を見つめながら、きょうがふたりで過ごす最後の日になるのだろうかと思うと、心臓がドキドキしてきた。先延ばしにできると思っていたのに、それが許されぬ状況になってしまった。謎の電話の主がロドリゴ・ネルヴィだとして、事前にそれを知ることはできないし、知ったときには手遅れだ。

ほかに打つ手があればどんなにいいだろうに、なにもなかった。謎の男と会わねばならない。あす、電話がかかってきたら、男の申し出を受け入れ、会う時間と場所を決め、そこへ行く。それから……電話の主はネルヴィかもしれないし、ほかの誰かかもしれない。ほかの誰かでありますように。せめてあともう一日、彼女と一緒にいたい。ひと晩では足りなかった。

彼自身、仕事に赴くときはいつも、これが最後になるかもしれないと覚悟していた。危険な連中と仕事をすれば、ときに危険がわが身に降りかかってくることもある。リリーだっておなじだったろう。もしものことを覚悟したうえで、前線に身を置いてきたはずだ。彼女の意思でそこへ行くとわかっていても、気持ちが楽になるわけではない。

約束の場所に現れるのがネルヴィとその手下で、リリーを失うことになったら、その報いをかならず受けさせてやる。神かけて誓う。彼は本気だった。

24

スウェインはメガーヌを返し、リリーに説得されて、別のレンタカー会社からブルーの四気筒のフィアットを借りた。彼女が望みの車種を口にするのを聞いたとき、「いやだ!」と、彼は恐怖にうめいた。「だったらメルセデスにしよう。メルセデスならいっぱい走ってるから」顔を輝かせる。「わかった。それじゃポルシェ。馬力が必要だろ。じゃなきゃBMW。どっちでもいいな」

「フィアット」彼女が言った。

「お、くしゃみしたのか、お大事に」

彼女は唇を引きつらせたが、なんとか笑いをこらえた。「目立たない車はどうしてもいやなのね」

「ああ、いやだ」頑固に言い張る。「誰に見られようとかまうものか。おれのことなんて誰も知らないんだから。おれが人を探してたら、フィアットを運転してる人間に目をつける。目立ちたくないやつが乗る車だから」

リリーもおなじ理屈で赤いかつらを変装に使ったわけだから、彼の言い分は筋が通っている。でも、彼女のなかではおもしろがる気持ちがまさっていた。彼にちっちゃなフィアットを一日運転させて、どんな独創的な不満の言葉が出てくるか聞いてみたい。

「最初はジャガーを運転してて、きょうはメガーヌでわたしを迎えにきた——もし誰かに見られていたとしてね——だから、あなたは速い車が好きだと思われてるわけでしょ。まさかフィアットを運転するとは思わないわよ」

「おもしろくない」

「フィアットはいい車よ。フィアット・スティーロの3ドアにすればいい。スポーティだし——」

「つまり、ペダルを踏みこむと時速一〇マイルは出るってことだろ、五マイルじゃなく」

三輪車のペダルを漕ぐ彼のまぬけな姿が脳裏に浮かび、彼女は頬の内側を噛んで噴きだしそうになるのをこらえた。長い脚を耳の横で折りたたんで、狂ったようにペダルを漕ぐ姿が。

ふてくされて受付カウンターへ行こうとしない彼に業を煮やし、リリーは吠えた。「わたしのクレジットカードを使えっていうの？　一時間もしないうちに、ロドリゴに知られるわよ」

「こんなもののために使ったりしたら、おれのクレジットカードはきまり悪がって自分から無効になっちまう」そうは言ったが、肩を怒らせ、男らしくカウンターに歩み寄った。車が回され、使い方の説明を受けるあいだ、彼は顔をしかめることもなかった。フィアット・スティーロは小回りのきく小型車で、加速もいいが、スウェインが馬力不足を心のうちで嘆いているのは想像に難くない。

彼が後部シートに荷物を積むあいだ、リリーは助手席に乗りこんでシートベルトを締めた。スウェインは、運転席を後ろにずらし、脚がおさまるスペースを作ってから乗りこんだ。

キーを回し、エンジンをかける。「カーナビがついてる」リリーは言った。

「カーナビなんて必要ない。おれは地図を読める」スウェインはギヤを入れアクセルをふかしながら、鼻から甲高い音を発した。その音がエンジン音にそっくりなので、リリーは笑いをこらえる闘いを放棄した。笑い声を聞かれないよう鼻をつまみ、顔を窓のほうに向けたものの、小刻みに揺れる肩を彼は見逃さなかった。「誰かさんがおかしいと思ってくれて、うれしいよ。おれはブリストルに泊まっている。おれがもっと派手な車じゃなくて、フィアットを運転してるのを見て、ホテルの連中がおかしいと思うんじゃないかな」

「車となるととたんに俗物になるんだから。燃費のいい車を借りる人は大勢いるわ。賢い選択よ」

「急いで逃げる必要もなく、もっと大きなエンジンを乗っけた車に追いかけられる必要もなきゃね」厳しい表情だった。「去勢された気分だ。こいつを運転してるかぎり、ナニを勃たせることはできないだろうな」

「ご心配なく。もし勃たなかったら、あした、どんなのでも好きな車を借りていいわよ」

魔法にかかったように彼の表情が明るくなり、にやにやがはじまったかと思ったら、苦悶の表情へと変わった。彼女が与えた選択の意味に気づいたからだ。「なんてこった。悪魔の選択じゃないか。そんな意地の悪いこと考えると地獄に堕ちるぞ」

彼女は無邪気な顔で「だから?」というように片方の肩をすくめた。話をセックスの方向へ持っていったのは彼なのだから、意に染まない結果になったとしても彼の責任だ。

ふたりが直面していることを考えれば、こんなに愉快でいられることがリリーには不思議だった。でも、きょうをふたりだけの日にしようと暗黙の了解ができていた。きっときょうが最後の日になるだろうから。契約エージェントのなかには、仕事柄、いまだけを生きる人がいる。彼女はそうではなかったけれど、あすを思い煩わずにすむことが、いまはとても魅力的に思える。彼の表情を見て、胸を衝かれた。これからどうするか、彼はもう決めている。あとはこちらがチャンスをつかんで育てればいいだけ。彼といると気持ちがやさしくなる。彼をいとおしいと思う気持ちは未来へとつながるものだ。それが怖くもあった。彼を愛することができるだろう。もう愛しはじめているのかも。ほんの少し。彼のユーモアのセンスと純粋な生きる喜びが、リリーの魂を深みから引き揚げてくれた。笑うことが必要だった彼女に、笑いを与えてくれた。

「再交渉といこう」彼が言う。「おれがナニを勃たせることができたら、ご褒美として、あした、別の車を選ぶことができる」

「それで、もしできなかったら、当分のあいだこの車を運転すること」

彼は鼻を鳴らし、すました顔で言う。「ああ、まずそういうことはないだろうけどね」

「だったら交渉の余地なんてないじゃない」彼女はシートを撫でた。「わたしはこの車が好きよ。とっても気に入ったわ。あなたと違って、わたしの性衝動はマシーンと連結してないの」

「男ってのはそういうものなの。ギヤシフトをくっつけて生まれてくるんだから。そいつに手が届くぐらい腕が伸びたときから、気に入りの玩具（おもちゃ）になる」

「この車にもギヤシフトはついてるわよ」

「構造上はね。だけど、男性ホルモンは不足してる」また鼻から甲高い音を発した。「ほらね？　こいつはソプラノだ。四気筒のソプラノ」

「町なかを走るのにもってこいの車よ。運転しやすいし、経済的だし、頼りになる」

彼が降参した。「わかった。きみの勝ちだ。こいつを運転する。でも、きみのせいで心に負った傷を癒（いや）すため、あとでセラピーを受けなきゃ」

彼女はフロントガラス越しにまっすぐ前を見つめた。「マッサージセラピー？」

「フムム」彼が考えこむ。「そうだな、そいつは効くかも。だけど、そうとうたっぷりやってもらわなくちゃ」

「なんとかなると思う」

彼がにやりとしてウィンクするのを見て、リリーは急に不安を覚えた。もしかして墓穴を掘った？　彼が口説くように仕向けてしまったの？　まだ百パーセントその気になっていなかったのに。九八パーセントぐらいは、でも、百パーセントではない。警戒心がいまだに抜けていないのだ。

彼は例の超人的な能力で彼女の考えを読み、真顔になって言った。「きみが望んでいないことを、無理強いするつもりはない。おれと寝たくないなら、ただ、ノーと言うだけでいい」

リリーは窓の外に目をやった。「なにかをしたいと思いながら、同時にするのが怖いと思ったことない？」

「ローラーコースターに乗ることとか？　乗りたいんだけど、最初の下りを思うと胃袋が喉までせりあがってきちゃうような？」

彼の場合、不安さえ楽しみとつながっているのだ。そう思ったら笑みが浮かんだ。「最後に付き合った人は、わたしを殺そうとしたの」さらりと言ったが、いまも心を蝕む悲しみと緊張は、とてもさらりと流せるようなものではない。

彼が小さく口笛を吹いた。「ひどい目に遭ったな。嫉妬に狂ったとかそういうこと？」

「いいえ、彼はそのために雇われたの」

「ああ、かわいそうに」心から同情する口調だった。まるで彼女のために嘆いているような。

「なるほど。それで慎重になるんだな」

「そんな生易しいもんじゃないわ」

「怯えてる？」

「すごくね」

彼はためらった。聞きたいのかどうかわからないというように。「どれぐらいすごく？」

リリーは肩をすくめた。「六年前のことだった」

彼の手のなかでハンドルが急に動き、車が車線をはずれると、横の車が即座にクラクションを鳴らした。「六年？」信じられないという口調だ。「それで六年間、誰とも親しくならなかった？　なんとまあ。それって——慎重すぎるにもほどがある」

そう思うのも無理はない。でも、彼は愛する人に殺されかけたことはないだろう。ドミトリの裏切り以上に心が傷つくことはないと思っていた。ジーアが死ぬまでは。

彼はしばらく考えていた。「光栄だな」

「そんなふうに受け取らないで。状況が状況だからこうなってるだけで、そうじゃなきゃあなたと親しくはなっていなかった。普通に出会っていたら、きのうの新聞とおなじで、気にもとめなかったわ」

鼻の横を掻きながら、彼が言う。「おれの魅力にまいったんじゃないのか？」

ふふんと鼻を鳴らす。「あなたの魅力がわかるほど、近づいてきてないじゃない」

「薄情に聞こえるだろうけど、もしそういうことなら、あのときさみが撃たれてくれてたほうがよかった。あの混乱のさなか、銃撃戦できみが劣勢なときに、おれがあそこにいたのは運命だったとは思わない？」

「まったくの偶然だったのかも。運命って言うけど、幸運だったか不運だったかまだわからないでしょ——つまり、あなたにとって」それに、彼女にとっても。でも、幸運だったと思うべきなのだろう。こんな切羽詰まった状況にあっても、また笑い声をあげることができたのだから。

「これだけは言える」彼がのんびりと言う。「おれはこの何年かで最高の運に恵まれてるな」

彼の顔を見ながら思った。こんなに楽天的で自分とうまく折り合いがついている人間って、心の内側はいったいどうなってるんだろう。こんなふうに生きられたのは、十代のころまで。ジーアが生きていたころは、それでも幸せだった。

あの子が亡くなって、心の平安とも幸福とも切り離されてしまった。ひとつのことだけを考えてきた。友人夫妻とジーアの復讐をすることだけを。そしていま、スウェインが現れ、彼女のゴールは個人的なものから、もっとはるかに重大なものへと変わってしまった。それは全体像を把握しきれないぐらい大規模なゴールだ。彼女自身の気持ちなど取るに足らないものになり、目の前にまったく別の現実が姿を見せていた。愛する者を失った嘆きは消えることはないけれど、悲しみの質は変化する。はらわたをえぐられるほどの苦悶から鈍い痛みへ、受容へ、楽しかったころを思い出すことへ——ときには、そのすべてを短期間のうちに経験することがある。順番もそのとおりではなく。彼女の意識は自分自身や、心を占める喪失感から外の世界へと移り、そのせいで悲しみの質が変化し、すべてを呑みこんでしまうような切実さが薄らいでいった。

こんな状態がいつまでつづくかわからないが、とてもありがたいと思っていた。それは、スウェインのおかげ。いかにもアメリカ的な押しの強さのおかげ。陽気にぶらぶらと歩く彼を見れば、女はみな楽しい気分になる。道行く女たちが彼を見ることに、リリーは気づいていた。それに、彼が自分におよぼした影響にも気づいていた。

彼が手を伸ばし、リリーの手を握りしめた。「そんなにくよくよすることないって。すべてうまくいくさ」

リリーは陰気な笑い声をあげた。「つまり、謎の電話の主はロドリゴじゃなくて、研究所の警備システムについて必要な情報をすべてその電話の主が与えてくれて、わたしたちは苦もなく研究所に忍びこみ、ウィルスを完全に破壊し、ドクター・ジョルダーノを殺して再発を防ぎ、誰にも知られずに逃げだせると、そう言いたいのね？」

彼は考えこんだ。「すべてじゃないな。そこまで望んじゃいけない。ただし、どっちに転ぼうとなんとかなるって、そう信じなきゃ。おれたちは失敗できない。だから失敗しない」

「プラス思考のパワー？」

「まんざら捨てたもんでもない。おれはいままでそれでうまくやってきたんだから。きみを見た瞬間から、きみのズボンのなかに入ってやるって思ってきた。それで、ここまできてるもんな」

ふたりはまた立ち往生していた。やるべきことはたくさんあるのに、その日やれることはなにもなかった。スウェインがあてにしている警備システムのプロから連絡はなかった。それも当然だ。なにに立ち向かおうとしているのか、ふたりにはわかっていた。研究所の警備システムは、並みのプロでは太刀打ちできぬほど複雑なものにちがいない。

なにもしないよりはとインターネット・カフェに出向き、インフルエンザについて調べてみた。情報はいくらでも見つかり、ホテルに戻るまでのかっこうの時間潰しになった。それぞれがコンピュータを借りて、分担して調べた。

検索するあいだ、スウェインはときどき腕時計に目をやり、やがて携帯電話を取りだしていくつもの数字を打ちこんだ。なにをしゃべっているのかリリーのところまでは聞こえなかったが、彼の表情は険しかった。短いやりとりを終えると、頭痛でもするのか額を揉んだ。

コンピュータが大きなファイルをローディングするあいだ、リリーは彼の席に行って尋ねた。「どうかしたの?」

「アメリカで友人が自動車事故に遭ってね。電話で容態を訊いたんだ」

「どうなの?」

「変わらない。よいほうに向かってると、医者は言ってる。最初の二十四時間をなんとか生き延びたから、少し希望が持てるようだ」手をひらひらさせる。「でもまだ予断は許されない」

「会いに行かなくていいの?」リリーは尋ねた。彼抜きでどうすればいいのかわからないけれど、ほんとうに近しい友人なら――

「行けない」彼がぽつりと言った。

リリーは文字どおりの意味にとった。彼は〝好ましからざる人物〟で、入国が許されないのだろうと。彼の気持ちがわかったから、そっと肩に触れた。リリーも祖国の土を踏むことは二度とないだろう。

彼が検索していたのは、CDCのウェブサイトだった。最初に開いたときには、とくに興味深いものは見つからなかったが、CDCにリンクしている関連サイトを丹念にクリックしつづけた結果、画面に長いリストが浮かびあがった。思わず満足の声をあげる。「やった」

〝印刷〟をクリックする。

「なにが見つかったの？」リリーは屈みこみ、彼の肩越しに画面を見つめた。

人に聞かれないよう彼が声をひそめる。「感染因子の安全対策の一覧」リリーが使っているコンピュータに顎をしゃくる。「きみはなにを見つけた？」

「つぎに世界的流行が予測される疾病と死者の数。役に立たないと思う」

「おれのほうのこいつは、必要なことを教えてくれそうだ。足りない部分は、アトランタにいる友人が補ってくれるだろう。けさ電話したときにもっといろいろ質問するべきだったが、あのときは考えてる余裕がなかった。やつもえらい剣幕だったしさ。明け方の三時に叩き起こしたから」

「無理もないわ」

「おれもそう思う」肩に置いたままのリリーの手に、彼が手を重ねた。「こいつをホテルに持って帰って読むとしよう。ルームサービスを頼むから、きみは荷物をほどいてゆっくりするといい」

「ホテルに言わなきゃね。あなたの部屋にふたり泊まることになるって」

「女房が来たって言うさ。問題ない。いいか、サングラスはかけたまま、ホテルの従業員に目を見られないかぎり大丈夫だ」

「ホテルの部屋でサングラスをかけたままなんて、変に思われないかしら。カラーコンタクトのほうが簡単じゃない？」

「目立つのはきみの目だけじゃない。全体だからな。髪の色や顔立ちや。ルームサービスが料理を運んできたら、バスルームに駆けこめ。邪魔が入るとすれば、メイドサービスとルームサービスだけだ」彼はログオフして、プリントアウトされた紙をかき集めた。彼が料金を払っているあいだに、リリーも自分のコンピュータをログオフし、資料を集めた。

通りに出ると、叩きつけるような風だった。昼間は陽射しが出てあたたかかったのに、風が出て気温がぐんとさがり、道行く人びとは帽子やスカーフで防寒していた。リリーは帽子を目深にかぶって髪をすっかり隠し、車へと向かった。駐車スペースを見つけるのがむずかしいことで有名なこの街ですんなり車を駐められるのだから、スウェインはよほどついている。きっと幸運の星のもとに生まれついたのだろうと、リリーは本気で考えはじめていた。彼ならハマー（ジープに似たディーゼル軍用車）を借りたとしても、きっと駐車スペースを見つけだすだろう。

フィアットをこきおろす言葉は吐かなくなっていたが、例の甲高い音を鼻から発するのをリリーは何度か耳にした。日がすっかり短くなって、もうじき冬だと実感される。ホテルに着くころには日もとっぷりと暮れて、リリーのサングラスは無用の長物となった。ロンドンで変装に使ったピンクのレンズのサングラスを持っていたことを思い出し、かわりにそれをかけた。薄い色だからものを見るのに支障はないうえ、目の色は充分に隠してくれるし、夜にサングラスをする変人にも見られない。

ピンクのサングラスをかけ、スウェインに顔を向ける。「どう?」

「セクシーでスタイリッシュ」彼は親指をあげて見せる。「うつむき加減でいれば時差ぼけに見えるし、楽勝だな」

彼の言うとおりだった。彼女のバッグを持つ彼のあとについてロビーを歩いても、注意を払う者はひとりもいなかった。部屋に着くと、彼はフロントデスクに電話を入れ、妻が到着したので泊まるのはふたりになった、と告げた。それからハウスキーピングに電話して、タオルをもうひと組持ってこさせた。リリーは荷物をほどき、たたんでおけるものはタンスの引き出しにしまい、しわになるものはクロゼットのスウェインの服に並べて掛け、洗面道具をバスルームに置いた。

クロゼットの床に彼の靴と並んで置かれた自分の靴を見て、ぞくっとした。いかにも親密な感じがしたから。彼の靴に比べると、リリーの靴はずっと小さくて繊細。どこからどう見ても、いま、彼と暮らしている、その事実を思い知らされた。

目をあげると、彼がこっちを見ていた。きまり悪い思いを見透かされた。

「心配するな」彼がやさしく言い、両腕を広げた。

25

彼の腕のなかに体を滑りこませ、ぬくもりに包まれて肩の窪みに頭を休めると、緊張が少しずつほぐれてゆくのを感じた。彼が頭のてっぺんにキスしてくれた。「繰り返す。おれたちは今夜、セックスしなくてもいいんだ。きみが不安を感じているなら、先に延ばせばいい」

「延ばせるの？」ささやき声で尋ねる。「いつもだったらずっと先に延ばしてる。二度のキスと一度の愛撫では、関係が築かれたことには——」

彼が大声で笑う。「そうだな。出会ってまだ数日だと、理屈のうえではわかってるけど、おれはもっとずっと長いこと一緒だった気がしている。一週間ぐらいとか」彼がからかう。

「愛撫したのは、たった一回だったっけ？」

「わたしが憶えているのは一回きり」

「だったら一回きりだ。おれの愛撫を忘れられるわけないもの」彼女のこわばった筋肉をほぐすように、背中を撫であげ、撫でおろす。

「一緒にいられるのは今夜だけかもしれない」彼女は言った。さりげない口調で、でも、せつなさは隠しようがなかった。そのことが、一日じゅう頭から離れなかった。時間をかけて彼を知り、関係を築きあげてゆく余裕などないのだ。そのことを考えれば、決めるのはたやすい。あす死ぬかもしれない。この世で過ごす最後の夜を、ひとりで過ごしたくはない。彼と愛を交わさないまま、死にたくはない。彼の腕のなかにすっぽりと包まれ、鼓動を聞きながら眠ることなく、死にたくはない。彼をいとしい人と思いたい。愛が育つかどうかわからないまま死ぬことになるかもしれないけれど、せめて望みは持っていたい。

「ヘイ」彼がたしなめる。「プラス思考のパワーを忘れちゃ困る。今夜は一緒にいられる最初の晩だ。今夜だけなんて、そんなことあるもんか」

「底抜けの楽天主義はポリアンナ（エレノア・ポーターのベストセラー小説に出てくる少女）といい勝負ね」

「ポリアンナはなんにでもいいところを見つける。おれはフィアットのいいところなんて一個も見つけられない」

彼が急に話題を変えたことに驚き、リリーはふっと笑みを洩らした。「わたしは見つけられる。あなたの反応を見てるだけで、おおいに笑えた」

彼が怖い顔をする。「つまり、おれを苛つかせるためにわざとあの車を選んだってわけ？」

あえて否定はせず、彼の胸に頰をこすりつけて満足のため息を洩らした。「ほんの一日だけ、あなたが運転するところを見たかったの。とってもいい車よ。前にフィアットに乗ってたことがあるから、信頼できて経済的だってわかってる。でもあなたったら、もがき苦しんでるみたいだった」

「埋め合わせはしてもらうからな」彼が頭を振りながら言う。「マッサージぐらいじゃ割に合わない。もっとでっかいものじゃなきゃ。ちょっと考えさせてくれ」

「なるべく早くしてね」

「楽しみに待ってろ」そう言ってリリーの顔を仰向かせ、あたたかなキスをくれた。ゆっくりじわじわと深まるキス。前夜と違って、胸を撫でる手は急いていなかった。手のひらで包みこみ、服の上から乳首をつまむ。ベッドに押し倒されるものとなかば覚悟したのに、襟元から手を滑りこませることすらしない。ほっとした。まだその気になっていなかったから。でも、彼の愛撫は気持ちよくて、手が離れたときには、体が前よりもずっとあたたかく、やわらかくなっていた。

　ドアに短いノックがあり、タオルを抱えたメイドの訪れを告げた。スウェインはドアを開け、タオルを受け取ると同時にチップを手渡し、メイドをなかへは入れなかった。頼めばいそいそと入ってきて、バスルームにタオルをセットしてくれただろうに。

「それじゃ、資料に目を通してみよう」タオルを片づけると、スウェインはインターネット・カフェでプリントアウトしてきた資料を指差した。「おれたちには必要ない部分もたくさんあるだろうけど」

　彼がお楽しみの前に仕事を片づけるつもりだとわかり、リリーはうれしかった。資料が置かれたコーヒーテーブルに、ふたりは向かい合って腰かけた。

「エボラ……マールブルグ病……どれも必要ないな」彼はぶつぶつ言いながら、紙を床に落としていった。リリーも紙の束を取りあげ、インフルエンザに関する情報を探してページを繰った。

「あった」しばらくして、彼女が声をあげた。「インフルエンザ・ウィルスは研究室でどんなふうに扱われているか。ええと……『研究室感染は報告されていない』が、フェレットには注意すること」

「なんだって？」スウェインが驚いた声を出した。

「そう書いてある。フェレットから人間へと、ウィルスはきわめて容易に感染する。その逆もしかり。フェレットはわたしたちを病気にし、わたしたちはフェレットを病気にする。公平ね」リリーは内容を簡単にまとめてみせた。「ほかには……『遺伝子組み換えウィルス……その潜在性は不明。バイオセイフティ・レベル2を推奨』バイオセイフティ・レベル2って？」

「ここにあったな……たしか」彼が急いでページをめくる。「ほら、あった。脅威は中位と考えられる。『研究所の職員はウィルスの取り扱い訓練を受けること。研究が行なわれているあいだは、研究室への出入りを制限すること』ネルヴィ研究所への出入りは、つねに制限されているだろうけど。『手洗いの励行……研究室内で飲食は禁止……廃棄物は汚染を除去してから廃棄すること』――それを知って安心した。下水に浸かっても大丈夫だろう、きっとね」

「浸かってなくてよかったわ」

「これからそうなるかも」

リリーはそれを聞いて鼻にしわを寄せた。下水溝からの侵入は自分のアイディアだし、ほかに方法がなければそうするつもりだったが、できればしたくなかった。

「『バイオハザードの表示を掲げること』」彼がつづけて読む。「『先の鋭い器具を使う場合はとくに注意すること』――フン――研究所の職員が細菌を扱うときには、あたりまえに注意することばかりじゃないか。『研究室のドアには鍵をつけること。特別の換気設備は必要としない』ははぁ」彼は資料を置き、顎を掻いた。「つまり一般的な研究所ってことだな。入り口にエアロックはなし。網膜スキャンも、親指の指紋で開閉するロックもなし。なんだかおれたちだけで勝手に騒いでいたみたい。ドクター・ジョルダーノがこの指示を守っているとしたら、おれたちが相手にするのは鍵のかかったドアだけだ」

「それに、武器を持った大勢の人間」

彼は手を振った。「なんと率直なご意見」資料をコーヒーテーブルに放り、両手を頭の後ろで組んで椅子にもたれかかった。「驚いた。伝染病を相手にするんだから、大奮戦してるものと思ったら、どれも個人の身の安全に関することばかり。建物自体の警戒システムはなし」

ふたりは顔を見合わせて肩をすくめた。「出発点に戻りましょ。わたしたちは建物自体の警戒システムに関する情報を手に入れる。侵入したら、バイオハザードの表示が出ているドアを探す」

「Xのマークのあるとこ」彼が言う。そんなに簡単にいかないことは、ふたりともよくわかっていた。だいいちに、あの広い敷地内のどこに問題の研究室があるのかわからない。侵入路を制限できる地下かもしれない。

期待していたよりもずっと少なかったものの、知りたいことは見つかったので、プリントアウトした資料のすべてに目を通す必要はなくなった。スウェインは床に散らかした紙を拾い集め、リリーはほかの資料をまとめ、すべてをゴミ箱に放りこんだ。

すっかり手持ち無沙汰になった。まだ早い時間だ。夕食も食べていない。シャワーを浴びるには早すぎる。彼がせっかちにベッドに連れこもうとしないのがありがたかった。ほかにやることもないから、リリーは持ってきた本を取りだし、ブーツを脱ぎ、ソファに丸くなった。

スウェインはルームキーを手に取った。「ロビーにおりて新聞を買ってくるけど。なにか欲しいものはない？」

「なにもないわ、ありがとう」

彼が部屋を出たあと、リリーは三十数えて立ちあがり、急いで彼の荷物を調べた。下着は引き出しにきちんとたたんでしまってあり、ボクサーショーツのあいだにはなにも隠してなかった。クロゼットに掛かっている服のポケットは、すべて叩いて調べたがなにもなし。ブリーフケースはなかったが、革製のダッフルバッグがあったので取りだしてなかを調べた。隠しポケットも上げ底もないようだ。中身はホルスターにおさめた九ミリのヘックラー・ウント・コッホだけ。ベッドサイドテーブルの上には、半分あたりでページの端が折ってあるスリラー小説が載っていた。逆さにして振ってみたが、なにも落ちてこなかった。

マットレスの下を手で探り、ベッドの下も覗いてみた。彼が着ていた革のジャケットはベッドに投げっぱなしだった。ファスナー付きの内ポケットにパスポートが入っていたが、前に調べたから取りだささなかった。

彼がみずから名乗った人物ではないことを示すものはひとつもなかった。ほっとして、ソファに戻り本のつづきを読んだ。

五分ほどして、彼が分厚い新聞を二紙と小さなビニール袋を持って戻ってきた。「ふたりめが生まれたあと、パイプカットをしたんだ。でも、いちおうコンドームを買ってきた。それできみが安心するならと思って」

その心遣いが身に沁みた。「危険なことをするの？　セックスでって意味よ」

「ハンモックの上に立ってやったことが一度ある。十七のときだけど」

「まさか。ハンモックの上ならできるかも、でも、立ってやるなんてぜったいに無理」

彼がにんまりした。「たしかに、ハンモックから転がり落ちてケツを打った。再挑戦はしなかった。それで気分はぶち壊し。それでなくたって、ケツが痛くて横になれなかった」

「わかるわ。彼女は笑い転げたでしょ」

「いや、叫んでた。笑ってたのはおれのほう。たとえ十七でも、腹を抱えて笑ってたんじゃ勃つものも勃たない。おれは見られたザマじゃなかったしな。あの歳の女の子ってのは、雰囲気とかそういうことにやたらと敏感だろ。おれはまるっきりクールじゃないって判断したらしく、思いっきりぷりぷりしてた」

笑ったのはむろん彼のほうだろう。リリーはほほえみ、頰杖をついた。「ほかには？」

彼はソファに近い椅子に腰かけ、足をコーヒーテーブルに載せた。「そうだな。そのすぐあとにエイミーと付き合いはじめて、それから離婚するまで、ほかの女には目もくれなかった。親しい女友達が何人かできたけど、たいてい数カ月、もって二年ってとこ、深い付き合いにはならなかった。もっともおれがいたのは、狂乱の一夜とはおよそ縁遠い場所だった。四本足のやつらと渡り合うのは別にして。文明世界に戻ってくると、ナイトクラブで時間を潰そうとは思わない」

「大人になってから大半の時間を未開の地で過ごしたにしては、ずいぶんと洗練されてるわね」彼女は急に不安になった。自分の言った言葉の矛盾点に気づいたからだ。もっと前に気づくべきだったけれど、彼の武器はクロゼットのなかのダッフルバッグにしまってあるので、それほど警戒していなかった――それに、こっちの武器はしまってない。

「おれがフランス語をしゃべるし、高級ホテルに泊まってるから？　そうできるときには、いいホテルに泊まることにしてる。自分と空のあいだには空気しかないような場所にいることが多いから。派手な車が好きなのは、馬の背に揺られなきゃならないことが多いから――それだって馬が使えればいいほう」

「でも、南アメリカでフランス語は一般的とは言えないでしょ」

「聞いて驚くなよ。おれのフランス語は、国外追放でコロンビアに流れてきたフランス人から習ったんだ。フランス語よりスペイン語のほうが上手だし、ポルトガル語もしゃべれる。片言のドイツ語もね」皮肉な笑みを浮かべる。「傭兵は国籍もまちまちだからな」

彼が自分を傭兵だと言うのは、これがはじめてだった。むろん彼女はそう理解していた。傭兵かそれに近いことをやっているのだろう、と。なにか事を起こしたい場合に、おれを雇って事を起こさせる、と彼は言っていた。それが企業買収のことだとは、まったく思わなかった。不安が消えてゆく。彼が数カ国語をしゃべれるのはあたりまえ。

「あなたと結婚した人は、大変だったでしょうね」リリーは言った。ふたりの子供を抱え、家でじっと待つ生活はどんなだったろう。彼がどこでなにをしているのか、まったくわからない。戻らない場合だってありうる。最果ての地で死んで、死体も見つからない場合だって。

「そりゃどうも」彼がにやにやしはじめた。ブルーの目が輝いている。「でも、おれは一緒にいて楽しい男だぜ」

たしかにそうだろう。リリーは衝動的に立ちあがり、彼の膝に座ってシャツの襟から手を滑りこませ、うなじをつかんでもたれかかった。彼は左腕でリリーの背中を支えると、すぐさま右手で腿と尻を撫でまわしはじめた。彼の顎の下にキスすると、ひげの剃り跡が唇をこすった。けさ使ったアフターシェーブの残り香が混じる彼の匂いを深く吸いこむ。

「なんの真似?」彼は尋ね、答を待たずにキスした。骨が融けてしまいそうな、ゆっくりと深いキス。

「楽しさを味わおうと思って」彼が唇を離したので、リリーはささやいた。今度は彼女のほうから求める。彼の唇は前よりもっと力強く、舌はもっと執拗だった。彼の手がウェストをなぞり、シャツの下から忍びこんできて乳房まであがってきた。ブラを押しあげられ、剝きだしの乳房を手のひらで包まれると、リリーは息を呑んだ。冷たい肌の上で、彼の手は熱く、乳首にあてがわれた親指はやわらかだ。

唇を離して深く息を吸い、彼の喉に顔を埋めた。あたたかな悦びに下腹が疼く。長いこと欲望を感じなかったから忘れていた。こんなにもゆっくりとほころんで、じわじわと全身に広がるなんて、肌がこれほど敏感になるなんて。だから、猫のように体を擦りつけたくなる。いっきにいってほしかった。一度めの気まずさを通り過ぎればリラックスできる。それなのに、彼の今夜の愛し方には、〝急ぐ〟という項目は含まれていないようだ。ゆっくりと撫でまわされて乳房は過敏になり、その感覚は痛さと紙一重。やがて彼はブラをもとの位置に戻し、彼女をきつく抱きしめた。彼のものが硬くなっているのがわかった。それとも、予備の拳銃をポケットに忍ばせてるの？　感じからして、大きな四五口径。それなのに、彼はやさしく背中を撫で、鼻のてっぺんにキスして言った。「急ぐことはない。食事をしてゆっくりしよう。待ったからって気が削がれたりしない」

「あなたはそうでしょうけど、わたしは削がれる」リリーは体を起こし、彼を睨みつけた。

スウェインがにやりとする。「のんびり構えろよ。よく言うじゃないか。『待てば海路の日和あり』おれバージョンもあるんだ」

「へえ？　どんな？」

「待てば待つほど、うまくイク」

もう、叩いてやろうかしら。「イカなかったら承知しないから」リリーは彼の膝から立ちあがり、ルームサービスのメニューを取りあげて彼に投げた。「注文して」

注文したのは、ロブスターと帆立貝、キリキリに冷えたボジョレー一本、アップルタルト。彼に倣（なら）ってのんびり過ごすことにし、注文した料理が運ばれてくるまでリリーは読書をつづけた。スウェインは二紙の新聞にざっと目を通すと携帯電話でアメリカにかけ、自動車事故に遭った友人の容態を尋ねた――変わりなし。彼の顔に心配のしわが刻まれる。

その顔を見て、陽気に見せているだけなのね、と思った。笑ったりからかったりしていても、彼のなかには顔に出さない思いがあるのだ。ふと考えこむときがあり、その顔からも目からもユーモアは影をひそめる。冷たく容赦のない決意を、彼のなかに垣間見ることがあった。陽気なのは表向きだけ、さもなければ、自分で選んだ分野で成功できるわけがない。もっとも、傭兵というのは選んでなるものなのだろうか、それともなりゆきでそうなってゆくの？　彼はかなりの金を得ているようだから、よほど優秀なのだろう。人好きのする魅力的な物腰は、彼のなかの一部にすぎない。ほかの部分は、素早くて、破壊的。

リリーはずっと、普通の職業の、普通の心配事を抱える、普通の男との付き合いを避けてきた。彼女がしていることを、けっして理解してもらえないからというだけではなく、ねんごろな関係になったとき、そういう男をパワーで押さえつけてしまいそうだから。彼女の仕事は激しさと決断力が求められ、それは蛇口をひねって流したり止めたりできるものではない。愛する相手を支配したくなかった。対等な立場でいたい。でもそのためには、こちらとおなじぐらい性格の強い相手でなくてはならない。スウェインのなかにある気楽さや自信は、彼女によって少しも脅かされはしない。彼の自我に媚びる必要はないし、彼を萎縮させないよう自分を抑える必要もない。スウェインがなにかに萎縮することがあったとしたら、驚きだ。きっと少年のころから、ガッツのある問題児だったにちがいない。

　彼のことを観察すればするほど、敬う気持ちが強くなる。彼に向かって真っ逆さまに落ちてゆく。安全ネットは張ってない。

26

食事がすむと、スウェインはテレビの『スカイ・ニュース』を観はじめ、リリーはまた読書した。のんびりとくつろぐ彼を見ればまるで長年連れ添った夫婦だけれど、硬い一物が尻を突いていたことをリリーは忘れていなかった。男のほうに関心がなければ、あそこまで硬くはならないはず。急かさないことで、彼女にリラックスする時間を与えてくれているのだろう。いずれふたりがベッドに入り当然のなりゆきになることは、彼もわかっている。リリーにもわかっていた。わかっていることが充分な刺激剤だった。彼を見るたび考えずにいられない。じきに彼は裸になり、彼女も裸になって、彼がなかに入ってくるのを感じ、身内でとぐろを巻く緊張感が解き放たれるだろう。

十時になると、「シャワーを浴びてくる」とリリーは言い、『スカイ・ニュース』を観る彼を残して立ちあがった。大理石のバスルームに備えつけの洗面用品はデザイナーズ・ブランドで、すばらしい香りがした。ゆっくりと時間をかけて髪を洗い、腋の下と脚の無駄毛を剃(そ)り――アメリカ人の習慣を彼女は捨てられない――芳しいローションを全身に塗り、髪をブローして歯を磨いた。一時間近くかけてすっかり身繕(みづくろ)いを終えると、備えつけの分厚いローブを羽織り、ウェストで紐をしっかりと結んで、裸足でバスルームをあとにした。

「長風呂だな」彼は嫌味を言い、テレビを消して立ちあがった。その視線が彼女の輝く髪からつま先まで舐めまわす。「てっきりパジャマ姿で出てくると思ってた。どうやって脱がせるか、そればっかり考えてたのに」

「パジャマは着ないの」彼女はあくびした。

彼の眉が吊りあがる。「パジャマを着てるって言ったじゃない」

「嘘よ。寝るときは裸」

「完璧にすばらしい男の夢をぶち壊して、よくも平気だな」

「わたしがベッドでなにを着ようと、あなたには関係ないでしょ」気取った笑みを浮かべてソファに向かい、本を取りあげて腰をおろし、ソファの上に両脚を持ちあげてたたんだ。その拍子に奥のほうまで見えたはず――わざとやったのだけど――彼はそれ以上なにも言わず、くるっと背中を向けるとバスルームに駆けこみ、三十秒後にシャワーの音がした。ようやく急ぐ気になったのね。

ベッドサイドテーブルの時計を見ながら、時間を計った。彼のシャワーは二分足らずで終わった。それから、洗面台で水を流す音が四十七秒。その二十二秒後に、彼は濡れたタオルを腰に巻いただけの格好で出てきた。

ひげを剃りたての顎に、リリーは目をみはった。「そんなに速くひげが剃れるなんて、信じられない。喉を切らなかったのが奇跡ね」

「きみをベッドに連れこめるなら、頸動脈の一本や二本切ったってかまわない」彼女の手を取って立たせる。ベッドへと導くあいだに、明かりをつぎつぎに消してゆき、残るはベッドサイドランプひとつとなった。ベッドカバーをめくり、彼女に向きなおった。

ベッドの脇で、頰を両手ではさまれてキスを受ける。歯磨き粉の味がした。バスルームで奮戦するあいだに歯まで磨いたのだ。手際のよさには畏れ入る。あのスピードで動いたのだから、喉を切らなかったとしても、歯ブラシを目に突きたてるぐらいはしていただろう。

彼はここまで大慌てだったのに、キスには時間をかけた。両腕を回して背中に手のひらを押しつけると、濡れた肌のなめらかさと筋肉の収縮が感じ取れた。キスのあいだに、彼の腰からタオルが落ち、彼女のローブの紐がほどけた。両腕を脇に垂らすと、ローブが肩を滑り落ち、腕を伝って足元に布の溜まりを作った。いまやふたりを隔てるものは、ため息と期待だけ。彼が最後の明かりを消し、彼女をベッドに横たえた。

かたわらに横たわる彼に手を伸ばし、暗さに目が慣れるまで両手で彼を知ってゆく。胸の強い毛、引き締まった腹、斜めに切れこむ脇腹、手のひらを腕の筋肉に沿わせて盛りあがった肩へと撫であげる。彼も探索に余念がない。リリーの尻から腿へと撫で、彼女を仰向きに寝かせると、唇から顎へ、それから喉へとキスでたどり、開いた唇を乳房の上で滑らせて、痛いほど突き立った乳首をくわえた。ゆったりとやさしく吸われて、リリーは悦びの吐息を洩らした。

「いいわ」ささやいて、手を彼の後頭部にあてがい、そのまま留めた。

「わかった」もう一方にもおなじ時間をかけると、ふたつの乳首が濡れたまま、小さな果実のようにつんと立った。

「あなたはどうしてほしい？」リリーは彼の腹を軽く撫でおろし、屹立(きつりつ)したものの先っぽをさっとこすって来た道を引き返し、平らな乳首がぴんと立つまでいじめた。

「ああ」彼がかすれた声で言う。「どれもいい」刺激の波に洗われて、彼が体を震わせた。遠慮なく彼女の手をつかみ、望みの場所へと導く。ペニスを指で包むと彼がのけぞり、ペニスもピクンとなって激しく脈打った。試しにゆっくりと撫でてみる。指が回らないほどの大きさに、リリーの内側の筋肉がぎゅっと縮まった。欲しがっている。

スウェインが口笛のような息を洩らし、彼女の手をどかそうとした。リリーは抵抗のうなり声をあげて別の手を伸ばし、さらに二度撫であげると、彼にその手もつかまれた。「ひと息入れさせてくれよ。はじまらないうちに終わっちまう」

「あんな偉そうなこと言っといて、たった一ラウンドももたないの？　ショックだわ」

「なにをこしゃくな」彼女の両手を顔の両側で釘付けにすると、彼が上に乗ってきた。「一ラウンド、じっくりいってやろうじゃないか」ついに彼の重みがかかってくると、リリーは反射的に両脚を開いてそのあいだで彼を受け止め、そのまま脚を立てて彼の尻をはさみこんだ。彼に向かって開かれた自分を感じる。つかまれていた左手から彼の手が離れ、そのまま下へおりてペニスの位置を直す。とば口を強く押され、リリーは腰を浮かせた。肉と肉がこすれる最初の長いひと突きを、たっぷりと感じたかった。でも、押されて熱くなるだけ、なにも起こらなかった。彼が少し引いて、また押してきた。苦痛の叫びが洩れる。彼女のほうが受け入れることを拒んでいる。

口惜しくて、頬がほてるのを感じた。「ごめんなさい」乾いたままなのがきまり悪くてたまらない。「その瞬間をくぐり抜けることが、いつだってむずかしいの。考えずにいられないみたい」

彼があげたかすれた笑い声が、彼女の髪のなかでくぐもる。こめかみに鼻を擦りつけてくる。「〝考えないこと〟が要求されるとしたら、おれはとてもうまくやれない。おれはいつだってなにか考えてるもの。いや、いまのは撤回。十秒ぐらいなら、なにも考えずにいられるな」彼の唇が耳たぶに移ってきて、歯でかじりはじめた。「謝らなきゃならないのはおれのほうさ、ダーリン、こんなふうにきみを急かせて」西テキサスののんびりした訛りがきつくなっている。「六年も愛を交わしてない女には、とりわけやさしいいたわりが必要だ。いちばん大事なステップをすっ飛ばしてしまった」

「ステップ？」まるでビデオカセットで録画予約をするみたい。怒るべきだと思ったけれど、軽く嚙まれているうちに、集中力が途切れてしまった。

「ウムフムム」彼はいま首筋を嚙んでいた。つぎは鎖骨。「というより、スポットだな。たとえばここととか」首と肩が交わるあたりの靭帯を嚙まれると、強烈な疼きが全身を駆け抜け、リリーは息を呑んだ。

彼の脇腹にしがみつく。「もう一度やって」

彼は従順だった。首筋をキスして、噛んでくれた。彼女が体を弓なりにして喘ぎ声を洩らすまで。軽く噛まれただけなのに、もうそれだけで絶頂に達してしまいそう。乳首をつままれて、その強い刺激はほんの数秒前なら痛かっただろうに、いまはぐずるような声が喉から洩れるばかり。乳房を彼の手に押しつけてもっととせがむ。

彼の手が体を下へと撫でてゆく。小指の先がお臍をいじくり、ウェストの脇からヒップへと歯が当たって両手が尻の下に滑りこんでくると、リズミカルな動きで揉みしだく。与えてくれる悦びのお返しがしたくて伸ばした手を、彼に押しのけられた。「ああ、ああ」彼がかすれ声で言う。「おれはひとつのステップで充分なんだ。それももういたわってもらったから」

「どんなふうに？」なんとか尋ねる。ちゃんとした言葉にするのがひと苦労だ。

「息遣い」

抑えきれずに笑いだすと、彼が腿の内側を噛むお仕置きで応えた。そうされてリリーは息ができなくなり、脚をもっと開いた。彼がなにをしようとしているのかわかった。だんだんにさがってくるあいだ、期待で悶え死にしそうになる。それでも、彼の舌が触れたとたん、電流のような刺激に全身が震えた。叫び声をあげ、踵をベッドにうずめて体をのけぞらせた。彼が腰をつかんで、もっと深く味わおうと引き寄せる。舌と指の両方で深く探ってくる。貫かれた感覚は強烈だった。ゆっくりと入れて出す動きにつれて強まってゆく小さな衝撃波が、すべての神経の末端を震わせた。

ああ、いい。彼のためにもう準備ができているのに、脚のあいだが濡れているのに、彼はキスと愛撫で満足しているみたい。ベッドの上で身をくねらせ、やめて、と彼に乞う。いえ、やめないで、ああ、もうどっちだかわからない。たまらなくなって彼の耳をつかみ、ささやいた。「準備できてるわ」彼がまだ疑っているといけないから。

彼が顔をめぐらせて、手のひらにキスした。「たしか？」

もう、焦らすのもいいかげんにして。リリーはベッドに起きあがった。「やるならやって、そうじゃなきゃ、なにもやらないで！　もう、気が狂いそう！」

彼は笑って彼女をベッドに押し倒した。なにがなんだかわからぬうちに彼が上になっていて、ゆっくりと容赦ない突きで入ってくると、肺から息を奪い去った。じっと目を閉じて、あらゆる感覚を味わいつくそうとした。圧力に熱に重み。

彼がわずかに前後に動きだして、彼女を内側から揺り動かす。リリーは反射的に内側の筋肉を引き締め、彼を閉じこめて動きを抑えようとした。彼がうめき、動きを止め、かすれ声を出す。「もう一度やってくれ」今度は彼が抑える番。そのあいだに、内側を引き締めて彼を愛する。締めてから意識して緩め、また締める。その動きが彼女を絶頂へと導く――でも、まだたどり着きはしない。

彼が腕を差し入れてリリーの脚を高く持ちあげ、支配権を奪った。この格好では彼の挿入の深さを勝手に加減することはできない。腰をあげて突きを迎え入れることもできない。すでに一定のリズムを刻んでいる長くゆっくりとした突きをただ感じる以外、彼女にできることはなにもなかった。彼は高い位置を保っていた。摩擦を最大限に感じる完璧な位置だけれども、オルガスムに手が届きそうで届かない。じれったくて気が変になりそうな時間が、じわじわと過ぎてゆく。全身がすごい力で引き伸ばされ、いまにもばらばらになりそう。彼の腕が震えだし、全身が震えだした。彼はもうもちこたえられない、それに気づいてリリーは泣きだしそうになった。だって、まだ絶頂を迎えられないのに。

「後ろからやってみたい」彼がつぶやき、引き抜いた。リリーが位置を変える前に、彼は仰向けに寝て彼女を上に乗せ、頭を左肩にあてがった。彼の熱い吐息が耳をなぶり、両手が乳房をまさぐり腹へと撫でおろす。脚を広げられて彼の両脇におろされた。ペニスがまたなかにおさまり、上へと突きあげられた。いっぱいに押し広げられ、思わず喘いだ。繰り返される激しい突きでいっきに絶頂へと近づいたものの、一歩手前で足踏みしてしまう。いまは彼が下にいるから、ひどく剝きだしの気分だ。熱い体を冷たい空気になぶられて、両脚は大きく開いたまま、頭をのけぞらせ、方向感覚を失いそうでおかしな気分。

「シーッ、おれがつかんでいる」なだめるような彼の低いささやきに、恐怖の叫びを発していたのだと気づいた。体の下の彼の腰の動きにつれて、なかのものが前後に動く。この体位だとより強く引っぱられ、動きを敏感に感じる。彼が右手を滑らせて脚のあいだに指を差し入れ、人さし指と中指の股でクリトリスをとらえた。二本の指のあいだをじょじょに狭めて支えとしながら、突きで彼女を上へ下へと動かす。熱く渦巻く感覚が耐えきれないほどに強まってゆく。

押し殺した声をあげ、踵をマットレスにうずめて体を震わせながら、彼のものを根元までおさめようと腰を沈め、執拗な指の動きに応えようと腰を浮かせた。頭のてっぺんからつま先まで震えが走り、腿はうねり、吐く息はすすり泣きとなって喉に絡みついたまま。もうじき、あと少し……

低い叫びが喉から迸り、もう後戻りできない高みまで押しあげられていた。脈動する波が下腹から広がって、自制のかけらを洗いざらい奪っていく。ついに、ついに――たどり着いた、そこに待っていたのは記憶にあるのよりはるかにパワフルな、めくるめく悦び、刺し貫かれてぐったりと果てた。

泣いていることはおぼろげにわかったけれど、なぜなのかわからない。まだ震えていて、腕をあげることもできないほどに疲れていた。その必要もなかった。スウェインが彼女の下から抜けだして、今度は上になり荒々しく押し入ってきた。根元までおさめる突きは激しく性急だった。汗で肌が湿っている。彼女が震えたように彼も震えていた。全身の筋肉を震わせてペニスを深く沈め、彼も絶頂へと向かってゆく。突くリズムが乱れ、胸の奥を震わす長く深いうなりがかすれた叫びとなって喉から出たそのとき、彼は体をのけぞらせた。リリーのなかで激しく脈打ち、尻をつかむ手に力が入って肌に指の痕を残した。それからゆっくりとくずおれた。体をひくひくと引きつらせ、目を閉じて腕を震わせながら、彼女に体重をあずけた。

彼の肺が懸命に空気を吸ったり出したりしている。リリーも息を喘がせながら、手足の動きを取り戻そうと必死だった。心臓の鼓動があまりに激しく速いので、気を失うかもしれないと思った。指先まで脈打っている。

ぼんやりと考えた。これが最後のオルガスムだとしても、超ド級だったのだから思い残すことはない。

ようやく手を持ちあげることができ、力の入らぬ指で頬の涙をぬぐった。いったいどうして泣いてるの？　そこに至るまでは大変だったけれど、その甲斐はあったじゃないの。

彼女の左耳の横に顔を伏せたまま、スウェインがうなった。「すごかった。足のつま先までびんびん感じた」リリーの上になったまま、彼は動けないでいた。どんどん重くなってくるけれど、リリーはかまわなかった。腕をその体に巻きつけて思いきり抱きしめた。

「あと一分で起きるから」彼が疲労困憊の声で言う。

「いいのよ」リリーは言った。それでも、彼はなんとか体を動かし、かたわらに横になった。ウェストに手が伸びて引き寄せられ、彼の肩と腕に頭をもたせた。

「第一ラウンドはいま正式に終了した」彼がつぶやく。

「前言撤回。第二ラウンドはとてもいけそうにない」息を喘がせながらそう言ったのに、深い寝息が聞こえるばかり。彼はもう眠っていた。大きく二度息を吸いこむと、自分も眠りに落ちてゆくのがわかった。彼の腕に包みこまれ、生まれてはじめて、心から安心できた。

27

スウェインの腕のなかで目覚めたとき、リリーはここそが自分の居場所だと思った。いまこの瞬間で時を止められたら、満足と安心をずっと感じていられるのに。この先に待ち構えているかもしれない不幸のことなど考えたくはなかった。やるべきことをやるだけなのだから、心配することはない。運がよければ、今夜もゆうべとおなじように過ごせるだろう。

自分でも呆れてしまうが、あれからさらに二ラウンドやった。こんなにヒリヒリするならやらなければよかった、と思わなくもない。彼は二時に彼女を起こし、今度はきみを見ていたいと言って明かりをつけた。あとの始末をしないまま眠ってしまったので、粘ついていることが恥ずかしかったが、車のことは別にして、彼は体に関しておよそ無頓着だとわかった。

「セックスは汚れるもんだ」体を洗ってこようとベッドを出かかったリリーを引きとめ、ぼんやりした笑みを浮かべて言った。「それに、原因を作ったのはおれなんだもの、気にする必要あるか？」

明かりがついていても気にならなかった。最初のときは暗いほうがいいだろう、と彼が気遣ってくれたのだ。リリーは三十七歳、うぶな小娘ではない。でも、体はすっきりと引き締まっている。もともと痩せぎすで胸も小さいタイプだから、体の部分はいずれ垂れてくるとしてもひどく垂れさがることはない。スウェインは、そんな彼女の体の隅々までじっくりと眺めていたようだ。

二度めのときは体が憶えていたのだろう、絶頂はたやすく訪れた。緊張していなかったし、やみくもに求めてもいなかった。それに、スウェインが臆面もない悦びようと口走る賞賛の言葉で、セックスを楽しいものにしてくれた。終わると一緒にシャワーを浴び、シーツの汚れた部分にタオルを敷いて二時間ほど眠った。

五時過ぎからの三度めは長く、ゆったりしていた。性急なところはまったくなかった。よろよろとベッドに戻ったのは憶えているが、よほどぐっすり眠ったらしく、夢を見たのかどうか憶えてもいない。厚いカーテンの縁から陽射しが洩れている。何時ごろだろう、そう思っても、時計を見るために寝返りを打つのさえ億劫だった。

男の寝ぼけ声にも、熊のうなり声にも聞こえる意味不明な音がして、髪が掻きあげられてうなじにキスを受けた。「おはよう」そう言って彼が体をすり寄せてくる。

「おはよう」筋肉質の体が背中をあたためてくれる感触がいとおしく、両脚のあいだに彼の脚が滑りこんでくる感触が、ウェストに回される彼の腕の重みがいとおしい。

「あのフィアット、まだ運転しなきゃだめかな?」まだ夢うつつのしゃべり方だけれど、目覚めて最初に思いついたのだから、彼にとっては重要な問題にちがいない。

彼の腕を軽く叩く。背中を向けているから笑い顔を見られなくてよかった。「いいえ、好きな車に乗っていいわよ」

「そんなによかったか、ハハ」うぬぼれたことを言う。だいぶ目が覚めたらしい。

たしかによかったから、腕を叩くよりももっといいご褒美をあげなきゃ。後ろに手を伸ばして尻を叩いてあげた。「そりゃもうめざましかった」祈禱のような一本調子で褒めたたえる。「テクニックは超一流、ペニスは最大級。わたしは世界一幸運な女。きっと歴史に残る——」

彼が仰向けになって笑い転げた。リリーはベッドを抜けだし、バスルームに退散した。彼の笑いがおさまって、仕返しされないうちに。鏡のなかの自分を見つめ、和らいだ表情にはっとなった。ひと晩のセックスですっかり若返った?

セックスのせいじゃない。体の奥深くまでリラックスしているのはうれしいことだけれど。スウェインのおかげ。やさしさと思いやりを示してくれたせい。大切に思われていると感じられるから。親密さ、誰かとつながっている、もうひとりじゃないという思い。何カ月も彼女はひとりぼっちだった。悲しみと嘆きの濠に囲まれ、なにからも、誰からも切り離されていた。スウェインの熱意と強い個性が、リリーを孤独から引っぱりだし、もう一度、人生に結びつけてくれた。

ああ、もう、彼をどうしようもなく愛している。こんなときに人を愛するなんて愚かしい。でも、どうすれば止められるの?　立ち去ることはできない。彼の協力が必要だ。なによりも、立ち去りたくなかった。彼が与えてくれるすべてが欲しい。一瞬一瞬を自分のものにしたい。彼がずっとそばにいてくれるかどうかなんて、気にもならない。ずっとっていつまで？　きょう一日、あるいはあすまで、それが彼女にとっての〝ずっと〟かもしれない。あるのは〝いま〟だけ。それで充分だった。

バスルームはひとつしかないので、彼が使えるよう急いで身支度した。バスルームに服は置いていなかった。ローブはベッドの脇の床の上だから、入ってきたときとおなじ裸で出ていかなきゃならない。それも気にならなかった。スウェインが気にしてないのだから。リリーがバスルームを出ると、彼がベッドから出てきた。眠そうな目で彼女の体の興味のある部分を順繰りに眺め、それから抱き寄せてしばらくじっとしていた。朝勃（あさだ）ちしたものにお腹を突かれて、リリーは残念に思った。こんなにヒリヒリしてなければ、応えられるのに。

「一緒にシャワーを浴びない？」彼女の頭のてっぺんに向かって、彼が尋ねる。

「それよりお風呂に長く浸かったほうがいいみたい」リリーは恨めしそうに言った。

彼が尻を揉んで持ちあげ、彼女をつま先立たせた。「ヒリヒリしてる、そう？」

「ええ、まあ」

「ごめん、そこまで考えなかった。二度で充分だったね。三度めは自分の手を使うべきだった」

「あなたがフィアットから解放されるのは、三度めのおかげよ」彼の肋骨を指でなぞって背中へと回し、背筋のへこみに指をうずめた。

髪に彼の唇が当たるのを感じる。「つまり、きみの犠牲は価値があるってことだ」

「きっとそう言うと思ってたわ」それでも彼女はほほえみ、彼の肩に鼻をこすりつけた。「あなたのなかで、自分がどういう位置にいるのかわかってうれしい」

彼はちょっと黙りこみ、恐る恐るという感じで尋ねた。「そういうときに、なにか甘い言葉を口走るべきだったのかな?」

「そうよ。ロマンス部門では、まだ力不足ね」

また黙りこむ。それから勃ったものを押しつけてきた。「こいつは勘定に入れない?」

「ひとりのときだってそうなることを考えれば、だめ、入れない」

「ほら、もうこいつはしょぼんとなってる。勃たせつづけられるのは、きみだけ。な、おれってロマンチックだろ」

彼女が口にした皮肉まじりの褒め言葉の仕返しをしたつもりだろうけれど、肩が小刻みに震えてちゃ台なしだ。ブルーの目を見上げると、いまにも笑いだしそうにキラキラ輝いていた。でも、こっちもクスクス笑いを噛み殺しているのだから、おあいこ。彼のお尻をピシャリと叩いて体を離し、ローブを取りあげた。「さっさと支度なさい、坊や。お腹すいてるでしょ? ルームサービスを頼みましょうか?」

「コーヒーで目を覚まさなきゃ。一緒に料理を頼めばいい」時計に目をやる。「もうじき十時だ」

もうそんな時間! 驚いた。ほんとうに熟睡したのだ。謎の男からいつ電話がかかってもおかしくない時間だ。スウェインがバスルームを使っているあいだに、ゆうべ充電器に差しこんでおいた携帯電話をチェックした。通話は〝オン〟になっているし、受信レベルを示すシグナルも出ているから、うっかり電話を受け損なってはいない。充電器から電話をはずし、ローブのポケットに滑りこませた。

ルームサービスに電話して、クロワッサンとジャム、それにコーヒーとオレンジジュースを注文した。朝食は伝統的なフランス式にかぎる、とスウェインは言っていたから、リリーもそれに倣った。料理でも、彼は驚くほど洗練されているし融通がきく。彼は自分の過去をすっかり話してくれてはいない。でも、それはこちらもおなじだ。これからも話すことはないだろう。彼は健康で誠実で、いまこの瞬間は彼女のもの。それだけで充分だった。

彼がバスルームから顔を突きだした。「風呂にいま浸かるか。ルームサービスはおれが応対するから。それともあとにする?」

「あとにする。邪魔されずにゆっくり浸かりたいから」

「だったらおれが先にシャワーを浴びる」彼の姿がバスルームに消え、じきにシャワーの音が聞こえた。

料理が運ばれる前に、彼はバスルームから出てきた。黒いズボンにシンプルな白い襟なしシャツというすっきりとした格好で、袖はまくりあげ筋肉質の腕を出していた。彼が伝票にサインするあいだ、リリーは部屋に背を向けて窓辺に立ち、外を眺めていた。ウェイターが出ていき、彼がドアから振り向いたとき、携帯電話が鳴った。

リリーは息を深く吸いこみ、ポケットから携帯電話を取りだした。表示を見て、番号非通知だとわかった。「そうだと思う」彼女は言い、電話を開いた。「はい、もしもし」フランス語で答えた。

「結論に達しましたか?」

機械処理した声を聞き軽くうなずいて知らせると、スウェインがやってきて耳を電話機に押しあてた。彼にも聞こえるよう、リリーは受話器を耳から少し離した。

「達しました。お引き受けします。でも、条件がひとつ。直接お会いしたい」

沈黙があった。「それは不可能だ」

「可能にしてください。わたしは命を危険にさらすのに、あなたはなにも危険にさらしていない」

「あなたはわたしを知らない。どんな形でお会いしても、あなたを安心させることはできない」

彼の言うとおりだが、彼女はすでに安心していた。電話をかけてきたのがロドリゴなら、会いたいという要求に飛びついてきたはずだ。彼女に顔を知られていない誰かを待ち合わせ場所にやって罠におびき寄せることなど簡単だ。この男はロドリゴではないし、ロドリゴのために働いているのでもない。

あなたの言うとおり、会う必要はありません、そう言おうとしたところで、スウェインが合図を送ってきて、声に出さずに「会え」と言って、うなずいた。会うことをあくまで主張しろと言いたいのだ。

その意図がわからなかったが、肩をすくめ、言われたとおりにした。「あなたの顔を見たいのです。あなたはわたしを知っている、そうでしょ?」

電話の主はためらっている。たしかに彼女のことを知っているのだ。「わたしの顔を見たからって、それでどうなるのです? どんな偽名を名乗っても、あなたにはわからない」

またしても彼の言うとおり。会いたいと主張する筋の通った理由を思いつかないから、筋の通らないことを言った。「それがわたしの条件です」ぶっきらぼうに言う。「呑むか、断るか」

相手が苛立たしげに息を吸いこむ音が聞こえた。「呑もう。あすの午後二時、パレロワイヤル公園の前で。赤いスカーフを巻いてきてください、わたしから声をかけます。ひとりで来ること」

スウェインが頭を振る。険しい表情が、受け入れられないと告げている。

「いいえ」リリーは言った。「友人も一緒に行きます。彼がぜひにと。あなたに危害をおよぼすことはありません、ムッシュー。彼はただ、わたしがあなたから危害を受けないことを確認したいだけ」

男が笑った。機械処理された笑い声は、耳障りな吠え声だった。「ひと筋縄ではいかない人だ。いいでしょう、マドモアゼル。ほかに条件は?」

「あります」おなじ条件をつけてやることにした。「あなたも赤いスカーフを巻いてきてください」

男はまた笑い、電話を切った。リリーは携帯電話を閉じ、大きく息を吐いた。「ロドリゴじゃないわ」言わずもがなのことを言う。

「そのようだな。よかった。ほんとうに運が向いてきたかも」

「どうして一緒に来るなんて？」

「会うのをいやがる男はなにか隠しているし、信用できない」彼女にコーヒーを差しだし、ウィンクした。「どういうことかわかるよね」

リリーはきょとんとした。電話のことや会話の内容に気を取られていたから。「なに？」当惑して尋ねた。

「おれたちにはきょうがあるってこと」彼がコーヒーカップで乾杯する。「それに今晩」

一緒に楽しむこと以外、なにもしなくていい、と言いたいのだ。リリーの口元にゆっくりと笑みが浮かんだ。窓辺に行ってカーテンをいっぱいに開き、明るい陽射しに目をやった。

「退屈だったらディズニーランドに行ってもいいわね」いまなら行けると思った。心を痛めることなくジーアの思い出に浸れる。

「裸で行ける？」彼がコーヒーを飲みながら尋ねた。

なにが言いたいのかわかっているから、彼女は口元を引き締めた。「それは無理ね」

「だったら、おれは部屋を出たくない」

28

翌日の土曜日もよく晴れ渡り、街には観光客が溢れていた。この時期には観光客もまばらだろうとスウェインは思っていたが、そうではなかった。パレロワイヤル公園を観る必要に迫られた連中が大勢いるのか、それとも祭りでもあるのか、この人出にはなにか理由があるはずだ。

〝公園の前〟というのは、待ち合わせ場所としてあまりに漠然としていた。壮麗な公園は広大で、商店とレストランとアートギャラリーに三方を囲まれ、入り口に通じる広場には縞模様の石柱が並んでいる。どこかの芸術家のアイディアだろうが……モダンなんだかなんだか、一六〇〇年代の建物とはおよそ不釣合いだ。それよりもっと丈が高く荘厳な石柱の列もあり、よけいに視線を遮られる。石柱の列と人の群れからめあての人物を探しあてるのは、思っていた以上にむずかしかった。赤いスカーフを巻いた人間はどこにでもいるから始末に悪い。

まったく、待ち合わせ場所としては最低だ、と彼は思ったが、それでかえって安心できた。プロならもっとましな場所を選ぶだろう。つまり、ふたりが相手をしようとしている男は、ど素人ということだ。ネルヴィ研究所の職員が研究内容を知って恐れをなし、連絡してきたのだろう。それならこちらが優位に立てる。

リリーはスウェインのかたわらに立ち、あたりを見回していた。目を隠すためのサングラスをかけたうえ、用心のために茶色のコンタクトをつけていた。それに、いつも髪を隠すためにかぶっている帽子。スウェインは彼女に目をやり、手を握って引き寄せた。

欲しいものや必要とするもの、好きか嫌いか、そういったことに関して、自分はいたって単純な人間だとスウェインは思っていたが、リリーとの関係や彼女のせいで引きおこされる感情は、単純とはとうてい言えないものだった。まさに苦境に立たされていた。彼にできるのは、大事なことから順番にひとつずつ片づけてゆき、すべてがうまくいくことを願うばかり。むろん、リリーのことは簡単に片づけられない。自分がすべきことを考えるたび、心臓をわしづかみにされる気がした。

フランクに話すことさえできれば。意識は回復したとはいえ、まだICUにいて、大量の鎮静剤を打たれている。そんな状態を〝意識がある〟とはとても言えない。フランクのアシスタントによれば、医者が検査で〝手を握って〟と言えばちゃんと反応するし、〝水〟という言葉を口にすることもあるそうだ。スウェインにとって〝意識がある〟状態とは、人と話ができて、理性的な思考過程をたどれることだ。フランクの状態はそれとはかけ離れている。たとえICUに電話が備わっていたとしても、彼は電話で話ができる状態ではない。

リリーのことでは、別の解決法がある。ありのままを話すことだ。彼女を座らせ、両手を握り、すべてを話す。フランクに命じられたとおりにすることはない。

だが、話せない。彼女がどんな反応に出るか、わかりすぎるほどわかっているからだ。よくて彼の前から姿を消す。最悪の場合、彼を殺そうとするだろう。彼女の過去や用心深さ、めったに人を信じない性格を考えれば、最悪の事態は免れない。恋人に裏切られ、殺されそうになったという過去がなければ……あるいは彼にもチャンスはあるかもしれない。その話を聞かされたとき、彼はうめき声をあげそうになった。ひどいトラウマになっていることは想像に難くない。九死に一生を得たその経験から、彼に釈明のときを与えず、即座に撃ってくるにちがいない。

彼女は感情的に危ない綱渡りをしている。喪失感と裏切りで心はぼろぼろになり、引きこもりの一歩手前だった。さらなる一撃には、もう心が耐えきれなかったのだろう。彼に心を開いたのは、そうせざるをえない状況に追いこまれていたからだ。彼はその隙に乗じた。自分から避けてはいても、彼女は人間的なふれあいに飢えていた。笑いとも、楽しむこととも無縁の生活を送っていた。たとえつかの間でも、それを彼女に与えてやれた。彼女がいちばん抵抗なく受け入れられるのが笑いだったことが、彼にとっての幸運だった。

この数日で美しく輝きだした彼女を見ていると、心臓が張り裂けそうになる。それが自分の卓越したセックステクニックや、人を惹きつける魅力のせいだなどとうぬぼれてはいない。彼女を殻のなかから引きずりだしたのは、単純な人間的ふれあい。そのおかげで、彼女は笑い、彼をからかい、愛情を与えるとともに受け入れるようになった。だが、数カ月、いや何年もかけて彼女のなかに植えつけられたものを、数日で帳消しにすることはできない。彼女はいまも微妙なバランスの上に立っていて、裏切りの気配を感じただけで、ふたりのあいだに築きあげてきた信頼は崩れ去ってしまうだろう。

にっちもさっちもいかない。身動きできないのは彼もおなじだった。彼女に心を奪われていた。彼女と愛を交わしたこのふた晩は……そう、人生最良のときだった。彼女を失うことは、はらわたを引きちぎられるのとおなじだ。しかもこうなるように仕向けたのは彼自身だった。いまさらなにをしようと、彼女を失うことに変わりはない。いまここで正体を明かし、彼女を追ってきたのだと告げれば、彼女がそこに見るのは裏切り。自業自得だ。自分ならなんとかできると思っていた。ほんのひととき、彼女に楽しい夢を見させてやっても、あとはなんとかなると高をくくっていた。彼女がこんなに大事な存在になろうとは思っていなかった。彼女が感情的にここまで打ちのめされていたとは思っていなかった。そんな彼女にすべてを打ち明けたら、どんな反応を示すか想像がつく。なんて愚かで、傲慢だったろう。心ではなく頭で考えるからこういうことになる。そしていま、彼とリリーはそのつけを払わねばならない。

彼は払って当然だが、リリーは違う。彼女になんの落ち度もない。たしかにＣＩＡの大事な情報提供者を殺した。だが、殺されて当然の大悪党だ。インフルエンザ・ウィルスで大儲けしようとしていたのだから、なおさらのこと。あの時点ではまだそのことは知らず、純粋に復讐のためにやったにしても、スウェインに言わせれば、そんなのは重箱の隅をほじくるようなもの。大事なのは、リリーがあきらめなかったことだ。自分が正しいと思ったことをやり抜くため、進んで火の粉を浴び、みずからの命を犠牲にすることも厭わなかった。そういう堅固な道義心を持つ人間はそういるものではない。あるいは単純な頑固さ、まあ呼び方はどうでもいい。

自分になにが起きたかはっきりとわかって、胃袋の底が抜けた。心臓がばくばくいいはじめた。不意打ちを食らった気分。「なんてこった」スウェインは声に出して言った。寒い日なのに、汗がどっと噴きだした。

リリーが怪訝な顔で彼を見上げた。「どうしたの？」

「きみを愛している」自分の感情に気づいたショックのあまり、正直に言ってしまった。大惨事が目の前に迫っている。なにもかもしゃべってしまわないよう、歯を食いしばってこらえた。いま口にしたことだけでも、断崖から身を躍らせた気分だった。

サングラスのせいで彼女の目はよく見えないが、ぱちくりさせているのはわかる。それに、口がわずかに開いている。「どうしたの？」彼女はおなじ言葉を繰り返したが、今度は弱々しい声だった。

携帯電話が鳴った。

リリーが顔をしかめる。「もううんざり、なんでこういうときに鳴るの！」ぶつぶつ言いながら、ポケットから携帯を取りだす。

邪魔が入ったことに苛立ち、彼は電話機をつかんだ。「気持ちはわかる」小さな画面に目をやる。番号を見つめる。見覚えのある番号だった。数日前にかけたばかりだ。いったい

――？　「今度は番号がわかった」ためらいを隠すために言った。電話機を開き、ぶっきらぼうに答える。「もしもし、どういうことだ？」

「ああ……どうやら番号を間違えたようです」

「いや、間違ってないと思う」スウェインは言った。いったいどういうことなんだ。穏やかな声が彼の疑念を裏付けた。「待ち合わせのことでかけてきたんだろ」

相手も彼の声に気づいたのだろう、長い沈黙があった。相手が電話を切ってしまったのかと心配になるほど、長い沈黙だった。ようやく相手が言った。「ウィ」

「彼女が話した友人というのがおれだ」スウェインは言った。頼むからよけいなことを言わないでくれよ、と思う。彼はスウェインがＣＩＡだと知っている。そのことをリリーに尋ねたら、万事休す。

「どういうことかわからない」

たしかに、わからないだろう。なぜなら彼はスウェインが問題を解決するため、つまりリリーを仕留めるためフランスに送りこまれた、と思っているのだから――しかもそのとおりなのだから困る。それなのに、スウェインは彼女のために動いている。

「わからなくていい」スウェインは言った。「そっちに会う気があるのかどうか、それだけ教えてくれ」

「ウィ。思っていなかったもので、まさかこの公園がこんなに――それで、わたしはいま中央の池のほとりにいる。そのほうがわかりやすいから。池の縁に腰かけている」

「五分以内にそっちに行く」スウェインは言い、携帯電話を閉じた。

リリーが彼の手から電話機をふんだくった。「どうしてこんなことしたの？」

「きみがひとりじゃないことをわからせるためさ」うまい言い訳だ。ほかに思いつかなかっただけだけど。「公園の真ん中で待ってるそうだ、池のほとりで」彼女の腕を取り、公園へと向かう。

彼女は腕を引き抜いた。「動かないで」

彼は立ち止まり、驚いて振り向いた。「なんだって？」さきほど口走った愛の言葉につい て問いつめられるんじゃないかと、彼は不安になった。経験からいって、女はそういうことを話すのが大好きだ。でも、彼女の気持ちはまったく別の方向に向かっていた。

「最初の計画どおりにやったほうがいいと思うの。あなたは離れた場所から様子をうかがっていて。会いたいという要求に飛びついたら疑いを持たれるだろうって、ロドリゴは考えるはずよ。悪賢いもの」

スウェインがＣＩＡだと知っている男と、彼女をふたりきりにする？　まさか、そんな。

「ロドリゴじゃなかった」

「どうしてわかる？」

「やつはこの公園のことをよく知らなかった。土曜で人出がある公園の入り口が待ち合わせ場所としてふさわしくないことを知らなかった。ロドリゴがそういうことを調べないと思うか？　それにまわりを見てみろ。こんな人込みのなか、ロドリゴが女を誘拐すると思う？

きっと信頼できる相手だ」

「そうかもしれないけど、たしかじゃないでしょ」

「オーケー、それじゃこう考えたらどうかな。もしロドリゴだったら、助っ人がひとりいるぐらいで、やろうと思ってることをあきらめるか？」

「いいえ、でも、やろうと思っていることを、人の注目を集めずにやることは不可能になる」

「たしかにな。いいか、おれを信じろ。きみの命も、おれ自身の命だって危険にさらしたりしない。ロドリゴなら、ひと気のない場所を選ぶはずだ。そうしないのは馬鹿だからな」

彼女はしばらく考えてからうなずいた。「そうね。ロドリゴは馬鹿じゃない」

スウェインは彼女と指を絡ませ、先を促した。握りしめた細い手の感触に、また胃袋の底が抜けた。彼女の信頼が鉄床のように重くのしかかってくる。ちくしょう、おれはいったいどうするつもりなんだ？

「わかってると思うけど、あなたの言ったこと、ちゃんと聞こえてたわ」サングラスの縁越しに彼を見上げる。薄いブルーの目ではなく茶色の目に見つめられ、ぞくっとした。なんだかもうひとつの宇宙に吸いこまれたみたいな感じだ。

彼女の手を握る指に軽く力をこめる。「それで？」

「それで……うれしい」たったそれだけなのに、彼の心を射抜いた。「愛してるわ」と、たいていの女は簡単に言う。男よりもずっと簡単に。でも、リリーはたいていの女じゃない。

彼女にとって、愛することにも、それを認めることにも、持てる勇気を総動員する必要があるのだ――それも並大抵の勇気じゃない。彼女の前では、考えたこともないほど謙虚になる。そんな自分にどう対処すればいいのかわからなくなる。

かつてはリシュリュー枢機卿の領地だった広い公園をふたりは手をつないで歩いた。中央に噴水のある大きな池は、そのちょうど真ん中にある。数カ月前に比べれば、十一月の庭は華やかさに乏しいが、それでも人びとはのんびりと散策している。池のほとりに腰をおろし写真に撮って、帰郷したら休暇の思い出のアルバムに貼るのだろう。スウェインとリリーは池のまわりをめぐりながら、連れのいない、赤いスカーフの男を探した。

ふたりが近づいてゆくと、彼は立ちあがった。スウェインはすぐさま値踏みした。こざっぱりとした男で、背は一七〇センチぐらい。髪と目は黒く、骨ばった顔立ちが〝フランス人！〟と叫んでいるようだ。誂(あつら)えたジャケットは体にぴたりとフィットし、見たところ武器は携帯していないようだ。あるいはリリーのように、アンクルホルスターをつけているのかも。ブリーフケースを持っている。それだけでも、公園を散策する人びとから浮きあがっている。土曜の公園は勤め人の来る場所ではない。スパイ術は知らないと見える。知っていれば、その場所に溶けこむような格好をしているはずだ。

相手の黒い目がまずスウェインの顔を見つめ、それからリリーの顔へと移った。驚いたことに、その表情がなごやかになる。「マドモアゼル」彼は言い、軽くお辞儀した。とても自然で礼儀正しい仕草だ。ああ、たしかにあの穏やかな声だ、とスウェインは思った。でも、リリーを見る目つきは気に入らない。リリーをもっと近くに引き寄せる。ほかの男にたいする〝おれの縄張りに踏みこんでくるなよ〟のサインだ。

インターポールの男はすでに彼の名前を知っているが、リリーが変に思うといけないので、スウェインは先手を打ち自分から名乗った。「スウェインと呼んでくれ。彼女の名前は知ってるな。これでおれの名前もわかったわけだ。あんたは？」

男は鋭い目で様子をうかがっている。どうすればいいのかわからないからためらっているのではない。あらゆる角度から検討を重ねているのだ。名を明かさないでおく理由はなにもないという結論に、いずれ到達するはずだ。スウェインは彼の携帯電話の番号を知っていて、調べる気になれば名前も簡単にわかる。「ジョルジュ・ブラン」男は言った。ブリーフケースを掲げてみせる。「あちらのシステムについて必要な資料はすべて揃えたが、じっくり検討した結果、秘密の入り口は使えないだろうとわかった」

立ち聞きしている者がいないか、スウェインは周囲に目を配った。男の声がもともと低くてよかった。「人のいない場所に移動したほうがいい」

ブランも周囲を見回し、うなずいた。「申し訳ない。こういうことには慣れていないもので」

きれいに刈り揃えられた木立へと向かった。スウェインは人工的な庭園が好みではない。手つかずの自然のほうが性に合っているが、公園のあちこちに石のベンチが置いてあるのを見て、平日の人出の少ない時間ならのんびりと過ごせるのだろうと思った。彼の好みではなくても、多くの人が惹きつけられるのだろう。そんなベンチのひとつを見つけ、ブランが手招きしてリリーを座らせ、横にブリーフケースを置いた。

スウェインはすぐさま警戒し、ブリーフケースをつかんでブランに突き返した。「あんたが開けろ」厳しい命令口調だった。ブリーフケースに爆弾が仕掛けられていないともかぎらない。

リリーが立ちあがったので、スウェインはさっと彼女の前に出ると同時にジャケットの内ポケットに手を入れた。ブリーフケースにほんとうに爆弾が入っていても、彼女の楯になれる。もっとも、自分が吹き飛ぶ可能性がある場所で、ブランは爆弾を爆発させはしないだろう。だが、もし起爆装置を持っているのがブランではなく、彼らを見張っている誰かだったら？

ブランの顔に警戒の色がよぎった。スウェインの素早い動きのせいでもあり、その表情の厳しさのせいでもあった。「中身は書類だけだ」ブリーフケースを受け取り、親指で留め金を押した。カチンと音がして留め金がはずれ、彼は蓋（ふた）を開けて中身の書類を見せた。インナーポケットを開けて不審なものが入っていないことを示し、書類をめくる。「信じてくれていい」スウェインの目をまっすぐに見て、彼は言った。その言葉をスウェインは信じた。

肩から力が抜け、スウェインは拳銃の床尾から手を放した。「悪かった。ロドリゴ・ネルヴィなら、やりかねないと思って」

リリーが彼の背中にパンチを食らわす。「いったいなんの真似？」

彼女が怒るのも無理はない。彼に守られる立場に立つなんて、そんなやわな女じゃない、と言いたいのだろう。彼女のことだ、爆弾のことを予測していたら、自分が彼を守ろうとしただろう。だがブランと同様、彼女もこういう場面に対処する訓練は受けていない。スウェインがなにをするつもりなのか、とっさにわからなかったのだ。だからってこっちから謝るぐらいなら死んだほうがましだ。目を細め、肩越しに彼女を睨む。「習い性になってるんでね」

彼女も睨み返し、ゆっくりと彼の横を通ってベンチにまた腰をおろした。「お座りください、ムッシュー・ブラン」完璧なフランス語で言う。

おもしろがっている表情でスウェインをちらりと見てから、ブランはベンチに座った。

「秘密の入り口は使えないとおっしゃいましたね」リリーがさっそく本題に入った。

「ええ、さらに厳重な警備システムが敷かれたために、むずかしくなっています——とりわけ夜間は。警備員の人数が増やされ、すべての出入り口と廊下を守っています。昼間のほうが警備は手薄になる。人が大勢働いていますからね」

筋が通ってる、とスウェインは思った。彼らにとってはありがたくないが、筋は通っている。

「侵入するなら昼間のほうがいい」

「でも、どうやって？」スウェインが尋ねた。

「ネルヴィ兄弟の弟があなたを雇うよう手配しました。兄を助けるためスイスからやってきているダモーネ・ネルヴィ。彼にお会いになったことは、マドモアゼル？」ブランはリリーに尋ねた。

　彼女は頭を振った。「いいえ、彼はずっとスイスにいましたから。金融の天才だとか。でも、彼はなんのために人を雇うんですか？　ロドリゴがうんと言わないのでは？」

「いまも言ったように、彼は経営面で兄の肩代わりをするためにこちらに来ています。それで、警備システムの監督を外部の会社に頼もうと思っている。難攻不落の砦にするためにね。研究所を守るための措置だから、ロドリゴも同意する」

「ロドリゴはわたしの顔を知ってます。彼の手下たちも」

「だが、ムッシュー・スウェインのことは知らないのでは？　それを利用しない手はない。それに、あなたは変装がお得意でしょ？」

「ええ、まあ」リリーが言う。彼がそこまで知っていることに驚いていた。

「そのダモーネがおれたちを雇うのか？　よく調べもしないで？」スウェインが疑わしそうに言った。

　ブランは小さくほほえんだ。「適任者を見つけるよう頼まれましてね。彼はわたしを信用しているから、わたしの判断にけちはつけない。ダモーネ・ネルヴィ本人が、あなたがたを案内して研究所の警備システムを説明してくれる」両手を広げてみせる。「またとない話でしょう？」

29

「そうたやすい仕事じゃない」スウェインが言った。人に聞かれないようにと、三人は小さなカフェのぽつんと離れたテーブルについて、ブリーフケースの中身に目を通した。そのほうが意思の疎通が取れるとわかり、フランス語と英語両方が使われた。たがいに相手の言っていることは理解できるので、ブランはフランス語で話し、スウェインは英語で話すといった具合だ。リリーは話しかける相手によって使い分けている。いちいち考えなくても出てくるようだ。「必要なものを揃えるのに最低でも一週間はかかる」

ブランがいちいち確認を取るようにリリーを見るのが、スウェインには癪の種だ。リリーは肩をすくめた。「わたしは爆発物のことはなにもわからないの。スウェインはプロです」

彼女に爆発のプロだと言った覚えはなかったが、信頼してくれているのはうれしい。実を言うと、詳しいのは起爆装置ぐらいだ。

「あんたが用意した作り話はそれでいい。あとはおれたちがそれらしく見せなきゃならない。あんたの話からして、ダモーネは馬鹿じゃない――」

「ああ」ブランがつぶやく。「手ごわい相手だ」

「――それに、ロドリゴも関心は示すだろう。おれたちの身元調査をやるぐらいの関心はね」

「最低でもね」リリーがしかめ面で言う。「時間があれば、徹底的に調べるはずよ」

「だったら、彼にその時間を与えないようにしなきゃ。研究所を最初に訪れたときに、爆発物を仕掛ける。二度めのチャンスはめぐってこないだろうから。ダモーネはあんたをどこまで信頼してるのかな。ロドリゴがおれたちの身元調査をする前に、研究所に案内してくれるだろうか」

「信頼している」ブランはためらうことなく答えた。「わたしのほうで身元調べは徹底的に行なったと言うつもりだ」

スウェインはつい尋ねそうになった。インターポールは捜査を行なわないことを、ダモーネは知らないのか、と。でも、その言葉を呑みこんだ。ブランがインターポールの人間だと知っていることは伏せておかねばならない。リリーに説明のしようがないから。この会話の流れを慎重に渡らねばならないのは、ブランだけではなかった。

「必要なのは配送用トラックかバン、名刺、筆記用具、作業着――どれも警備の仕事につきものだ。すべてバンに積みこんでいける。この図面からでは、目標とする建物がどれかわからない。問題の研究所が敷地内のどこにあるのか、あんたも知らないんだろ？」

ブランはうなずいた。「それに、すべてが一箇所に集まっているのかどうかもわからない。資料はおそらく敷地内のあちこちにばらまいてあるだろう。資料の保管方法からすれば、お粗末なやり方だけれどね」

「あるいは、賢いやり方かも。バックアップを取るのがあたりまえの世の中でしょ。こっちで資料を破壊されても、別の場所におなじ資料を保管してあれば損害は最小限に食い止められる。そのことも、なかに入ったときに確認しておかないと。ダモーネは研究所内の案内をドクター・ジョルダーノに頼むかしら？　彼の仕事を守るための警備システムなんだから、どこにバックアップを保管しているのか、彼は教えてくれると思うの。すべてがきちんと守られているかどうかを確かめるのがわたしたちの仕事なんだから」

三人がいまやっているのは、不確実な部分を確実にする作業だったが、そういえば、リリーは人の心を読む達人だと評判だった。だからこそ、ただひとつのことを除けば、スウェインは偽りのない自分を彼女に見せてきた。嘘があればすぐに見抜かれてしまう。リリーはドクター・ジョルダーノに会ったことがあり、その人となりを見抜いた。仕事に誇りを持っている、と彼女は言っていた。専門分野における天才。そう、きっと自分の研究資料を守る安全措置をすべて、彼らに見せるはずだ。二度と破壊されたくないはずだから。

ブランの目に心配そうな表情が浮かんだ。「多くの人がいるところで、爆弾を爆破するつもりかね？　それとも人が少なくなる夜まで待つ？」

「爆破装置を夜まで残しておいて、誰かに見つかるような危険は冒せない。仕掛けたらできるだけ早く爆発させないと」

「爆発物の危険に備えた訓練だということにしたらどうかしら」リリーが言った。「事前に通告しておくの。某日の某時刻に非常ベルが鳴るから、そうしたらすみやかに整然と退去することって。疑わしいものが目についたとしても、訓練の一環だと思うでしょ。それも訓練の一部にすればいいわ。偽の爆弾を何箇所かに仕掛けておいて、職員たちが通常の業務を行なうあいだに見つけられるかどうかをテストするってね。わざわざ探す必要はないけれど、警戒は怠らないこと。爆発物を見つけた者にはボーナスを出す。見つけたら手を触れずに、場所を報告する」

「職員を計画の一部に含めるのか？」スウェインはうつむいて考えこんだ。たしかにそうすることで、計画の不確実な部分をかなり取り除くことができる。彼とリリーは大手を振って研究所内を歩きまわり、怪しげな包みを置いてまわることができるわけだ。ドクター・ジョルダーノが、爆発物を仕掛けるのにもってこいの場所を教えてくれるかも。あまりに大胆不敵だからこそ、誰も怪しまないだろう。いちばんの問題は、ドクター・ジョルダーノに見破られないよう、リリーがいかに巧みに変装するか。「むちゃくちゃな計画だな。気に入った。爆発物を持ちこむ言い訳も立つ。発見されたとしても、セムテックスやC‐4がどんなものか職員に見せるために持ってきた、と言えばいい。実物を見ていれば、万が一ほんとうに仕掛けられたときに見分けがつくってね」

「プラスチック爆弾を使うのか？」ブランが尋ねた。

「いちばん安全だ」――扱う人間にとっていちばん安全――「それに、いちばん安定している」セムテックスとC‐4のどっちが手に入るかわからないが、扱いに関してはどちらもむずかしくない。どちらも安定していてパワフル、それにどちらも爆発させるには起爆装置が必要。この地でなら、セムテックスのほうが入手しやすいだろう。チェコ製のプラスチック爆弾だからだ。もっとも、新しい製品でも三年で可塑性を失うから、セムテックスを使うなら、古すぎて爆発しなかった、ということがないようチェックする必要がある。

「来週のきょう、ダモーネに会えるようお膳立てしてくれ」スウェインはブランに言った。

「必要なものを手に入れるのが遅れるようなら、こっちから連絡する」

「土曜日に彼と会うつもりかね？」

「土曜日なら敷地内にいる職員の数は少ないだろうから、そのほうが好都合だ」

「なるほど。その日に会えるよう手配しよう」

「それからもうひとつ」リリーが言った。

「はい、マドモアゼル？」

「百万ドルの報酬。事前にわたしの口座に振りこんでください。必要なものを買い揃えるのに資金が必要だから」

ブランは驚いた顔をした。

「アメリカドルで。それが条件だったでしょ」

「ああ、もちろん。なんとか……そうしよう」

「これがわたしの口座番号」リリーは銀行名と口座番号をメモ用紙に書いてブランに渡した。

「月曜の午後に、振りこまれているかどうかチェックします」

ブランはメモ用紙を受け取った。その目に浮かんだ驚きの表情は消えていなかった。リリーがこの仕事を純粋に善意から引き受けたのではなく、金を受け取ることが信じられない、と言いたげに。スウェインは思った。おそらく彼女は、自分から買って出てでもこの仕事をやるだろうが、ブランが報酬を払うと言った以上、それだけの大金を断るほど馬鹿じゃない。

スウェインがコーヒー代を払っているあいだ、リリーはテーブルに広げた資料を片づけ、ブリーフケースにしまった。握手しようと彼女が差しだした手を、フランス人は口元に掲げてキスした。スウェインはかっとなり、ブランの手から彼女の手をひったくった。「やめろ。彼女には決まった相手がいるんだ」

「わたしにもだ、ムッシュー」ブランがぼそぼそ言う。「わたしはただ、感謝の気持ちを伝えたかっただけだ」

「そうかい。だったら、ほかの誰かに伝えればいい」

「わかったよ」ブランは言った。その言葉にはもっと深い意味が隠されている。

ふたりで店を出るときに、リリーはクスクス笑っていた。「フランス人は手にキスするの。なんの意味もないわ」

「冗談じゃない。彼は男だ、だろ？　下心があるに決まってる」

「自分の経験から言ってるの？」

「ああ、そうとも」彼女の手を握る。「フランス男はどこにだってキスする。あの唇がなにに触れてたかわかったもんじゃない」

「つまり、手を消毒したほうがいいってこと？」

「いや、だが、もしやつがきみにまたキスしたら、おれがやつの唇を熱湯消毒してやる」

彼女がやさしい笑い声をあげ、彼の腕にもたれかかった。頬をほんのり染めて。彼が憤慨するのを、まんざらでもない気持ちで見ているのだ。彼女の肩を抱き寄せて、スウェインは歩きつづけた。

一週間！　準備に忙しくなるとはいえ、執行猶予になった気分だった。少なくともあと七夜、リリーと過ごせる。一週間もすれば、フランクも電話で話ができるぐらい回復するだろう――予後が順調でさえあれば。

「お金のことだけど、折半にしましょ」リリーが藪から棒に言いだして、彼を現実に引き戻した。「あなたの口座に振り替えるから」

「金のことなんて考えてなかった」彼は本心から言った。いまやっていることの承認は受けていないとはいえ、あくまでもＣＩＡの人間だ。この仕事の報酬はすでにもらっている。

「とっとけよ。金ならあるから。それに言ってたじゃないか。貯金が底をついてるって」それもまた事実だ。その貯金を生きて使えるかどうかは未知数だが。

いや、生きてもらわなきゃ。彼女に万が一のことがあったら、とても耐えきれない。フランクならきっとわかってくれる。

その晩、ホテルの部屋に戻ると、スウェインはデスクに向かい、ブリーフケースに入っていた青写真や概略図にもう一度目を通した。リリーがかたわらにやってきた。ブランが親切にも青写真に描かれた部屋の用途をそれぞれ書きこんでおいてくれたので、対象とすべきエリアを限定することができた。無差別に爆破する必要はない。たとえば、バスルームや会議室は除外できる。そんなところまで爆破するのはプラスチック爆弾の無駄遣いだ。爆弾を仕掛ける範囲を平方フィートの単位で割りだし、必要な爆弾の量を算出する。

　リリーが彼に両腕を回して背中にもたれかかり、耳の下にキスした。「わたしも愛してる」真剣な口調で言う。「たぶん。ううん、ぜったいに。でも、なんだか怖い」

「怖いなんてもんじゃない」スウェインは部屋の広さを計算する手を止め、椅子の上で体をひねって彼女を膝に抱いた。「最初はおたがいに楽しめばそれでいいと思ってた。それなのに、気がついてみると、きみが朝食をちゃんと食べたかどうか心配してる。きみはまるで〝見えない（ステルス）〟爆撃機だ。おれのレーダーに映らなかった」顔をしかめて彼女を見る。

「そんなふうに見ないで」彼女が抗議する。「わたしの責任じゃないもの。こっちは自分の仕事でせいいっぱいだった。ちょっとした撃ち合いがあって、相手が数でまさってた。そこへあなたが突っこんできた。それはそうと、あれはかっこよかったわ。ジャガーを横滑りさせて突っこんできたでしょ」

「あの車が懐かしい」思い出すように彼が言う。「お褒めいただいて光栄です、マダム。あれは〝州警察式方向転換〟っていうんだ。逆方向に行きたいけど、停止してバックしてなんて七面倒なことはしたくないときに使うテクニック」

「メルセデスで満足してるとばかり思ってた」

前日の午後、ふたりはフィアットを返しに出掛けた。スウェインが借りたのは、今度もまたパワフルなエンジンを載せた高級車、メルセデスSクラスだった。フィアットのほうが安心して乗っていられたけれど、スウェインのエゴはボンネットの下の気筒の数に直結しているのだから、従うしかない。お金を払うのは彼なのだから好きにすればいい。ロールスロイスが借りられなくて、リリーはほっとした。

「満足してるさ」彼が言う。「モーターを作らせたらドイツ人に並ぶ者はいない。ジャガーもかっこいいけどね。メガーヌも運転しやすい」

愛から車へと、話題がどこでどう飛んだのかリリーにはわからなかった。彼の首に両腕を巻きつけ、体をすり寄せる。わたしたち、これからどうなるの？　ふたりのあいだに未来があるかどうかもわからないのに、先のことを心配してもしょうがない。

「ここにじっと――」スウェインが言いかけた。

「なに言いだすの」リリーが遮る。「車のなかでじっとしてなんていられない」

「そのほうが安全だ」完璧な理屈で攻めてくる。

「でも、あなたは安全じゃない」彼女も理屈で言い返す。彼が顔をしかめる。彼女の理屈もおなじぐらい完璧なのが、スウェインには気に食わなかった。彼女も彼の真似をして、おおげさに顔をしかめた。

「掩護(えんご)してもらわなくていい」

「そう。だったら掩護する。危険はないんでしょうから」

「勝手にしろ」手で顔をこすり、ハンドルを指で叩く。少なくともこのハンドルはほんものの車にくっついている。黒のメルセデス、Sクラス。それだけがいまの慰めだった。

この買い物に彼は神経を逆立てていた。ロッキングチェアだらけの部屋にいる尻尾の長い猫みたいに。うなじがチクチクして、こいつは怪しい、と直感が叫んでいた。関わっているのが彼ひとりならなんとかなる。才能を試されているのだと奮起する。でも、リリーが関係してくるとなると、話はまったく別だ。

必要な量のプラスチック爆弾を用意できる供給業者を探すのに三日かかった。そいつが取引の場所に指定してきたのは、パリでも物騒な地区だった。それもとびきり物騒な地区。世界じゅうどこへ行ってもスラムはスラムだが、ここは臭気芬々(ふんぷん)。気持ちを逆撫でされる。

業者の姓はベルナール。よくある名前だから本名なのかもしれないが、スウェインは疑っていた。本名だろうが偽名だろうがどうでもいいことだ。肝心なのはプラスチック爆弾が使い物になることを確認すること、それから金を渡して無事にここから出ることだ。おなじ商品を何度も売って儲けるあくどい連中もいる。買い手を殺して商品は渡さず、金をいただくのだ。

当然のことながら、買い手のなかにもおなじことを考える連中がいる。売り手を殺して金は渡さず、商品をいただく。ぼろ儲けするやつはどちらの側にもいる。そんなわけだから、ベルナールもスウェインとおなじぐらい神経を尖らせているかもしれない。そいつはまずい。

「車のなかからじゃ、あなたの背後を守れない」リリーがバックミラーで自分の姿を点検しながら言った。しっかり変装してきている。頭のてっぺんからつま先まで黒ずくめ。ボクシータイプの黒い革のジャケットが、痩せてはいるがいたって女らしい体形を隠し、いつものスタイリッシュなブーツのかわりに五センチのヒールのオートバイ用ブーツを履いている。これで背が高くなるし、足の形もわからない。専門店で肌色のラテックスを買い、練習を重ね、男らしく見えるように顎と額に修正を施した。目には茶色のコンタクト、ブロンドの髪は眉毛すれすれまで引きさげた黒のニット帽にすっかり隠れている。中ぐらいの長さの黒い口ひげに合わせて、眉毛を黒く染める懲りようだ。

この変装を最初に見たとき、スウェインはプッと噴きだしたが、明かりは車のダッシュボードのライトだけといういまの環境では、いかにもほんものらしく見える。強面の兄さんという感じ。黒いマスカラをつけたまつげが長いのは男らしくないからと切ろうとするのを、スウェインがやめさせた。まつげの長さに気づくぐらい接近されたら、ふたりともすでに大ピンチ、変装もへったくれもなくなっている。

リリーは拳銃を手に持っていた。いざ使う段になったら、ブーツやポケットから取りだす数秒が命取りになる。

彼女が車の外に出ることが、スウェインには心配でならない。できるものなら彼女に甲冑を着せ、自分も防弾チョッキをつけたいところだ。残念なことに、彼女も同行すべきかホテルに残るべきかの論争で、彼は敗北を喫し、いままた、車に残るべきかどうかの論争にも勝てなかった。このところ、彼女と言い争うと負けてばかりで、どうしたらいいのかまるでわからない。彼女をホテルのベッドにくくりつけることも考えたが、それはつまり、あとでほどかなければならないということで——相手はリリー・マンスフィールドだ。休暇でパリに来ている中流家庭のママではない。どんな仕返しをされるか見当もつかないが、痛い思いをすることだけはたしかだ。

その日、寒冷前線の通過で空には雲が広がり、陽が落ちるとめっきり寒くなった。それでもスウェインは、車に近づく足音を聞き逃さないように窓を少しさげ、中腰で忍び寄ってくる者をとらえるためサイドミラーの角度を変えた。あとは用心して四方に目を配るだけだ。空から襲いかかってくるとは思わなかったが、屋上から飛び降りてこられてはかなわないので、廃墟となった周囲の建物からは充分に距離を取った。

ダッシュボードのライトを消すと車内は真っ暗になった。彼女のほうに手を伸ばす。素手では女だとばれてしまうので、彼女は手袋をしていた——まだ解決できていない問題がこれだ。研究所に男として入りこむとき、手をどうするか。彼女の指を握りしめる。岩のようにどっしりと構えていて、不安のかけらも見えない。万一のときには、ほかの誰よりも彼女に掩護してもらえば安心だ。

一台の車が角を曲がり、ゆっくりと近づいてきた。ヘッドライトがまぶしい。耳に馴染んだ鼻声のような甲高い音がした。くそったれめ、ベルナールはフィアットを運転している。

スウェインはすぐさまエンジンをかけ、ヘッドライトをつけた。車内に何人乗っているのかわからせないためのヘッドライトかもしれないから、スウェインも対抗したまでだ。

車内灯は切ってあり、リリーがそっと出るためにドアを開けてもばれない。普通なら降りてまっすぐに立つところだが、彼女は滑り落ちるように車外に出た。ライトをハイビームにしてあるから、フィアットに乗っている連中からはしゃがんだまま背後に回った彼女の動きは見えないはずだ。

フィアットのハイビームで目を射られないよう、スウェインは運転席で体を沈めた。まぶしい光のわずかな違いから、フィアットの車内に頭が三つあるのが見分けられた。

フィアットが近づいてくる。六メートルほどの距離を残し、フィアットが停まった。相手の出方を見るため、試しにメルセデスのライトを下向きにした。ハイビームのめくらましごっこは終わった。数秒後、フィアットのライトも下向きになった。

よし、助かった。これで視界は確保できる。バックミラーを覗いたが、リリーの姿はどこにもなかった。

フィアットの助手席のドアが開き、背の高いがっしりした男が出てきた。顎に短いひげを蓄えている。「あんた、誰だ？」

スウェインは、ジョルジュ・ブランのブリーフケースを左手に持って車を降りた。車のエンジンという遮蔽物（しゃへい）がなくなるのはいやだったが、相手も銃弾を遮るのは車のドア一枚という状態であることに多少の慰めを覚えた――熱したナイフでバターを切るのとおなじで、銃弾は車のドアを難なく通過する。車のなかで防護の役に立つのはエンジンだけだ。「スウェイン。そっちは？」

「ベルナール」

スウェインは言った。「金を持ってきた」

ベルナールが言う。「ブツを持ってきた」

おやまあ。スウェインは目をくるっと回した。まるで三流スパイ映画の台詞じゃないか。拳銃は革のジャケットの下のショルダーホルスターにおさめてある。右手を空けたのはそのためだ。フィアットのなかのほかのふたりにも、注意を怠らない。ベルナールは手に銃を持っていないが、車内のふたりは持っているにちがいない。

ベルナールは、手になにも持っていなかった。「ブツはどこだ？」スウェインは尋ねた。

「車のなかだ」

「見せろ」

ベルナールは車に向きなおり、後部座席のドアを開けた。かさばる物が入った小さなダッフルバッグを取りだす。中身がプラスチック爆弾かどうか、この目で確かめなければ安心できない。

「バッグの口を開けろ」

ベルナールはうなり、バッグを地面に置いてチャックを開いた。二台の車のヘッドライトに、セロファンで包まれた煉瓦のような中身が浮かびあがる。「ひとつ取りだせ」スウェインは言った。「いちばん下のやつを頼む。包みをほどけ」

ベルナールは苛立ちの声をあげたが、バッグに手を突っこんでごそごそやり、煉瓦のひとつを取りだしてセロファンを破いた。

「おつぎは端っこをちぎって指で丸めろ」スウェインが指示を出す。

「新品だ」ベルナールがむっとした声で言う。

「おれにはわからない、だろ？」

また苛立ちの声。ベルナールはプラスチックの塊の端をちぎり、指で丸めた。「ほら、見えるだろ？　ちゃんと可塑性がある」

「よし。あんたの正直さは認める」スウェインは皮肉をこめて言った。ブリーフケースを開いてなかの金を見せる。指示されたとおり、アメリカドルで八万。どうして誰もユーロでの支払いを要求しないんだ？　ブリーフケースを閉じて留め金をかける。

ベルナールは丸めたプラスチックを塊に戻し、バッグに投げこんだ。その顔にゆっくりと笑みが広がった。「そりゃどうも、ムッシュー。金をもらっていくぜ。そっちがなにもしなけりゃ、すべてうまく――」

「ムッシュー」リリーの声はとても小さかったので、スウェインとベルナールにしか聞こえなかった。「下を見ろ」

ふいに聞こえてきた声に、ベルナールは凍りついた。視線をさげたがなにも見えない。ヘッドライトが邪魔をしていた。

「そっちから見えないだろ？」リリーの声は低く、女だということを知らなければ、男か女か区別はつかないだろう。「だが、こっちからは見える。この角度だと、残念ながらあんたの睾丸に命中してしまう。上向きの角度で発射された弾は、膀胱と結腸をずたずたにし、腸の一部もだめにする。命は助かるだろうが、問題は、それでも生きたいと思うかどうかだ」

「なにが望みだ？」ベルナールがしゃがれ声で尋ねる。答はむろんわかっている。

「ブツだけ」スウェインが答える。自分の声もかすれているように感じられる。リリーの脅しに、彼の血も凍りついていた。「金はあんたらのものだ。騙すつもりはない。騙されるつもりもない。穏やかに取引といこうじゃないか。それから運転手に言って車をバックさせろ。あんたは横を歩いていけ。ブロックのはずれに着くまで車に乗るな。わかったか？」

ベルナールが車の外にいるかぎり、格好の標的だ。彼が横を歩いているあいだは、運転手がメルセデスに突っこんでくることはない。リリーはまだメルセデスの下だ。メルセデスがいくら重くても、フィアットに突っこんでこられれば多少は滑るだろう。

ベルナールが慎重に近づいてきた。「なにもすんなよ！」大きな声で言ったのは、フィアットのなかの仲間に聞かせるためだ。

スウェインはブリーフケースを持つ左手を伸ばし、ベルナールは左手に持つダッフルバッグを差しだした。スウェインがブリーフケースから手を放したその瞬間、ベルナールがブリーフケースとバッグの両方を持つ格好になったが、スウェインの左手がすかさずダッフルバッグの紐をつかんで取りあげた。右手はジャケットのなかだ。

ベルナールはブリーフケースを持ってあとじさった。「おれたちは約束をちゃんと守った。

パニクることないじゃないか」

「おれはパニクっちゃいない」スウェインが落ち着いた声で言う。「だが、あんたの車はパニックしていない。だから、いつパニクって発砲しないともかぎらない」

「馬鹿野郎！」ベルナールが吐き捨てるように言った。運転手に向かって言ったのか、スウェインになのかわからない。「角までバックしろ、ゆっくりだ。撃つなよ！」熱い鉛の弾が股間を切り裂く様を思い浮かべているのだろう。

「リリー」スウェインが小声で言った。「車の下から出てこい、すぐにだ！」

「出てるわよ」車の反対側から声がして、彼女はドアを開いて体を滑りこませた。

なんだよ、ベルナールが言われたとおりにするかどうか見届けなかったのか。もっとも、あの脅しを無視できる男が何人いる？　スウェインはダッフルバッグを彼女の膝に放って車に乗りこみ、ギヤをバックにぶちこむと、ハンドルをいっぱいまで切って車をスピンさせ、アクセルを踏みこんでタイヤをきしらせた。背後で車のドアが閉まる音がした。エンジンをふかす甲高い音とともに、敵は追跡を開始した。まるでミシンの音だ、とスウェインは思った。つぎにパシッと鋭い音がした。

「くそったれ、撃ってきやがった」スウェインが怖い顔で言う。車を壊されるのはもうたくさんだ。いいかげんにしてくれ。

「大丈夫」リリーが窓をさげ、膝立ちになった。「わたしが撃ち返すから」移動するものの上から移動する標的に向かって撃つときには、射撃の腕に頼るより奇跡を願ったほうがいい。

ところが彼女は、窓から半分身を乗りだし、できるだけ体を安定させると、慎重に狙いを定めて発砲した。背後でフィアットが大きく道をそれた。フロントガラスに命中したのだろう。

スウェインはアクセルを思いきり踏みこみ、馬力を全開にした。フィアットがみるみる遠ざかってゆく。野郎三人が懸命にペダルを漕いでいる情景が浮かんできて、スウェインはにたにた笑った。

「なにがそんなにおかしいの?」リリーが尋ねた。

「もしまだ〝ミシン〟を運転してたら、こうはいかなかった」

30

「きみにはまったく怖い思いをさせられた」スウェインが恨みがましい声を出す。革のジャケットを脱いでベッドに放り、ショルダーホルスターをはずした。

「どうして?」リリーがやさしく尋ねる。彼のジャケットを見るたびに湧きあがる衝動に負けそうだ。我慢できなくてジャケットを取りあげ、着込んでやわらかくなった革を撫で、袖を通した。むろん大きすぎて肩は落ち、袖は手が隠れるぐらいだけれど、彼のぬくもりが残っているし、革の感触がすばらしくて喉を鳴らしそうになった。

「なにしてる?」話をそらされ、彼が尋ねる。

「あなたのジャケットを着てみてるの」彼女は答え、〝見ればわかるでしょ〟の視線を送った。「ほかになにしてるように見える?」

「どこをどうやったって合わないように見えるけど」

「そうじゃなくて、感触を味わいたかったの」ジャケットの前を合わせ、鏡の前に立つ。自分の姿に噴きだしそうになった。黒い服にひげをつけ、ニット帽を目深にかぶったままだから、街のチンピラとチャーリー・チャップリンを足して二で割ったみたい。

ひげとラテックスを丁寧に剝がし取り、ニット帽を脱ぎ、髪を指で梳いてふわっとさせる。それでも道化みたいなので、ジャケットを脱いでベッドに放り、腰かけてブーツを脱ぎにかかった。

「わたしがあなたを怖がらせた？」話をもとに戻す。

「きみが怖がらせたんじゃない。きみのことが心配で怖くなったんだ。きみがベルナールにどこを狙うつもりか話すのを聞いたときには、おれのタマも縮みあがったけどね。男なら誰でもそうなる。やつは怯えきってたな。だけど、リリー、きみが車の下にいるうちに、フィアットが突っこんできたら、どうなってたと——なにやってるんだ？」

「服を脱いでるのよ」彼女はまた〝見ればわかるでしょ〟の顔をした。すでに下着姿になっていて、いまやブラのホックをはずしてベッドに放り、パンティまで脱ぎ去った。素っ裸になると、また彼のジャケットを取りあげて袖を通し、鏡の前に戻った。

そう、このほうがずっといい。ジャケットはやっぱりぶかぶかだけど、髪を垂らして裸足になったから、セクシーに見える。ポケットに手を突っこんで肩を怒らし、首を回した。ぐるっと回って背中を鏡に映す。「このジャケット、大好き」小さくつぶやき、お尻の線が見え隠れする位置までジャケットの裾をあげた。息が苦しくなって、体がちょっとほてってきた。誰かが部屋のサーモスタットの設定温度をあげたみたい。裾をもうちょっとあげる。

「欲しいならやるよ」彼がかすれ声で言う。目がどんよりしている。彼女の後ろにやってきて、両手で尻をつかんだ。「ただし、そいつを着るときは、ほかのものは身につけないこと」

「そんな条件がつくの」喘ぎ声を出さずにいるのでせいいっぱい。乳首はツンと立って痛いほどだ。まだ触れられてもいないのに。この激しい欲望、いったいどこから湧いてきたの？ わからないけれど、いますぐ彼が入ってきてくれないと死んでしまう。

「受け取る、どうする？」尻の頬っぺたをこねまわす彼の手のひらが熱い。

「わかった、もらうわ」ポケットから両手を出し、袖を撫でる。「強引な取引ね」

「おれが強引なのはそれだけじゃない」彼が言い、ズボンの前を開いた。「屈んで」

リリーの体はすでに融けていて、押し寄せる欲望の波に内側の筋肉がギュッと縮まった。壁に両手を突いてつま先立ちになると、彼が膝を曲げて大きな亀頭をあてがい、執拗な突きで根元までいっきにうずめた。衝撃に息を呑む。彼女の腰をつかんで固定すると、引いて、突いてを繰り返す。

リリーの足が床から浮きあがり、頭が壁を叩く。彼が悪態をつきながら腕を彼女の腰に回し、おろした錨はそのままで体の向きを変え、ベッドへ向かった。引き抜くこともせず、体位を変えることもせず、彼女をベッドに屈みこませてピストン運動を再開した。

いつもなら絶頂に達するには直接の刺激が必要だけれど、彼を受け入れる準備がとっくにできていたから、彼のものがなかでこすれる、それだけでわれを忘れた。アドレナリンの噴出と素肌を撫でる革の感触、ジャケットの下は素っ裸なのに彼は服を着たままという状況、それに荒々しい体位、そのすべてがないまぜになっていっきに彼女を高みへと押しあげた。締めつけをもっときつくしたくて内腿に力を入れた。彼のものが狭くなった襞を押しのけて侵入してくる、その感触だけでもう充分だった。悲鳴を呑みこみ、ベッドカバーに顔をうずめ、布地を握りしめると、全身の筋肉が痙攣(けいれん)して解き放たれた。

スウェインが背中にのしかかってきて、彼女の肩の両脇に手を突いた。動きのあまりの激しさに、突かれるたびに全身が震えた。彼がうめき声をあげ、ペニスが信じられないほど硬くなった。それから短く突きを繰り返し、絶頂へと向かってゆく。彼女の腰を強くつかむと激しく腰を回転させた。

五分たって、ふたりともようやく起きあがることができた。「動かないで」スウェインがくぐもった声で言い、体を起こして革のジャケットを押しあげ、彼女の尻をじっくりと眺めた。うめき、全身を震わせる。「そうか、そうか、なんのフェチかわかったぞ」

「わたしの、それともあなたの？」それだけ言うのがせいいっぱい。いまもまだ、体のなかを小さな稲妻がジグザグに走っているから。きっと彼もおなじなのだろう。彼のものはまだやわらかくなっていないから。

「どっちだろうとかまうもんか」息をフーッと吐き、彼女の尻をつかんで頬っぺたを押し広げ、割れ目を親指でたどってゆく。硬くなったままの彼のものをきつくくわえこんでいる、敏感な部分に行き着くまで。

やさしく揉まれて、全身から力が抜けた。彼の奉仕が心までほぐしてくれる。「倒錯してる」リリーは眠たげな声でささやいた。「わたしたち、今夜、撃たれたのよ。動転すべきなのに、かえって燃えあがるなんて」

「過剰なアドレナリンは組織にいたずらするからな。なんとか燃やさなきゃならない。でも、きみがこういう反応を示すなら、今度はおれが撃ってやる」

彼女が大笑いしたので、彼のものがするりと抜けた。スウェインはうなって体を起こし、服を脱ぎはじめた。「さあ、急いでシャワーを浴びよう。ひと汗かいた」

リリーは革のジャケットを脱ぎ、彼と一緒にバスルームに向かった。ゆったりと湯船に浸かりたかったものの、眠ってしまいそうだからシャワーで我慢することにした。さっぱりと汗を流し、新しい下着に彼のシャツを羽織り、足が冷えないように靴下を履いた。部屋は脱ぎ散らかした服でひどいありさまだったが、片づける気になれず、革のジャケット——彼の受け持ちだと思うけど——をクロゼットに掛けるだけにした。彼もくたびれてそれどころじゃないらしい。ズボンだけはくと、ダッフルバッグを開いてセムテックスの選り分けをはじめた。

使えるものと使えないものを分けていく。ダッフルバッグが空になったところで、古くて使えないのは五本だけと判明した。「こんなものだろう。使えるやつが充分にある。だめなやつが多少は混ざっていてもしょうがない」使えるものをダッフルバッグにしまう。

リリーは使いものにならないのをつま先で突いた。「これはどうするの？」

「いくらなんでもゴミ箱に捨てるわけにはいかない。おれが知ってるプラスチック爆弾の処理方法はただひとつ、焼くか爆発させるかだ。研究所に持っていくしかないだろうな。ほかのと一緒に吹き飛ばすことにしよう。爆発しなくても、火事で燃えちまう」彼は買っておいたコンビネーション・ツール——ナイフやペンチや小型の鋸（のこぎり）や、ほかにも彼女には使い道のわからない工具がひとつになっているもので、機内にはぜったいに持ちこめない——からナイフを取りだし、ほかと区別するために使えない爆弾に切りこみを入れ、ダッフルバッグにしまい、クロゼットのいちばん上の棚に片づけた。

「詮索（せんさく）好きなメイドがいないことを願うよ」あくびまじりに彼が言う。「おれはひと眠りする。きみはどうする？」

シャワーを出てからというもの眠気がつのるばかりだったところへ、彼のあくびが駄目押しになった。「バタンキューよ。それで、つぎに揃えるものは？」

「起爆装置、無線制御のね。爆弾を仕掛けたら安全な場所まで避難するわけだが、コードを持って研究所内を何百メートルも走ったら疑われるだろう。機材を揃えたら、つぎは名刺や作業着やヴァンの手配だな。どれも簡単に手に入るし、ヴァンの横腹につける会社のロゴは、磁石でつくやつを特別に作らせればいい」

「それじゃ、今夜はなにもやることないのね」彼女はまたあくびした。「だったらベッドに一票」アドレナリンの噴出もおさまり、荒々しいセックスでリラックスし、骨がぐにゃぐにゃになった気分だった。明かりの始末は彼に任せ、ベッドに向かった。疲れすぎていて靴下を脱ぐのがやっと、ベッドに倒れこんだ。

彼がシャツを脱がせてくれ、パンティをさげるのをぼんやりと意識した。どちらをつけたままでも気持ちよく眠れそうだけれど、やっぱり裸で彼に抱かれるほうがいい。彼がベッドに入ってきて寄り添ってくれると、ため息が出た。彼の胸に手を当てる。「愛してる」

彼の腕が体に回された。「おれも愛してるよ」こめかみに彼の唇を感じた。そこで眠りに落ちた。

スウェインは彼女を抱き寄せ暗闇を睨みつけたまま、長いこと起きていた。

ついに土曜日がきた。リリーは鏡の前で念入りに変装をした。よほどうまくやらなければ、この計画は成功しない。ドクター・ジョルダーノに見破られたら一巻の終わりだ。

髪は短く切って染めるか、かつらを買うかだった。髪を染めるのはかまわないが、よほどのことがないかぎり短く切りたくはなかった。ありがたいことに、パリでは精巧なかつらが手に入る。彼女が買ったかつらは、男にしては長めだが、おかしく思われるほどではない。茶色はデニス・モレルの色だから使いたくなかったし、彼女自身の色であるブロンドもだめ、となると残るは黒か赤だ。選んだのは黒、赤よりははるかに一般的なうえ、世界の人口の大半が黒髪だ。かつらの上から、スウェインが考えだした架空の警備会社のイニシャル入りの帽子をかぶる。スウェイン警備請負会社（セキュリティ・コントラクターズ）だから、ＳＳＣ。スウェインはどこから見てもアメリカ人以外には見えないので、本名を使うことにした。

映画のメイクアップで使われるラテックスは、練習を重ねて扱い方も手馴れてきた。メイクアップ・アーティストにはおよびもつかないが、テクニックを磨くのに何年もかけてはいられない。顎を少し広くし、鼻梁を高くして古典的なローマ人の横顔を作った。もともとの鼻は鉤鼻で、目の色と同様とても目立つ。眉毛とまつげを黒くし、ふっくらとした上唇を隠すために口ひげをつけた。眉弓を高くすることはあきらめた。どうやってもネアンデルタール人になってしまう。濃い茶色のコンタクト――デニス・モレルのときにつけたはしばみ色のより濃い色――にワイヤーリムの眼鏡をかけて、変装は終了だ。化粧していることがばれないよう、ラテックスを肌の色に馴染ませるためのファンデーションはとくに念入りに塗った。

耳たぶのピアスの小さな穴もラテックスで覆った。片方だけピアスをしている男はいるし職場にイヤリングをしてくる男もいないことはないが、両耳にピアスをしている男はめったにいない。なかにはいるだろうけれど、注目を集めることは極力避けたかった。

本格的な冬の到来を告げる寒さがつづいていたが、彼女にとってはありがたかった。体型を隠すために胸に伸縮性のある幅広の包帯を巻いた。ダークブルーの作業着はだぼっとしているのでお尻の形が目立たない。寒さをしのぐために作業着の上から合成繊維の詰め物をしたベストを羽織ると、体型はまったくわからなくなった。厚底のワークブーツを履くと背が七センチ高くなる。

問題は手だ。爪は磨かず短く切ったが、指はほっそりとしていかにも女らしい。外にいるあいだは手袋をしていられるが、なかに入ったらどうする？　手をポケットに突っこんだままでは、スウェインが爆弾を仕掛けるのを手伝うことはできない。せいぜいできることといえば、ブルーのアイシャドーで手の甲の血管をなぞり、浮きあがって見えるようにするぐらいだ。苦肉の策として二本の指にバンドエイドを貼り、手を使う仕事だから切り傷や擦り傷が絶えないという印象を与えることにした。

助かるのはあまりしゃべらなくてよいことだ。おしゃべりはスウェインの役目、肉体労働は彼女の役目。低い声を維持するのはむずかしい。かすれた声にするため、無理に咳をして喉を嗄らした。

スウェインはむろん、彼女のかすれ声をセクシーだと思っている。きっとくしゃみをしても、セクシーだと思うだろう。この一週間と半日、愛を交わした回数からして、彼は歳を偽っているんじゃないだろうか。ほんとうは二十二歳で、こめかみの白髪は若白髪。彼にそれだけ関心を持たれてうれしくないわけではない。それどころか、日照りのあとの植物のように、彼の関心を吸いこんでいた。

だからといって発情期のウサギみたいにやりまくっていたわけではない。スウェインには怪しげな人間を探しだす才能があるのか、それともほんとうにそういう連中と知り合いなのか、入手困難な品を簡単に手に入れていた。一方のリリーは――かならず変装して――それ以外に必要なものの手配を担当した。こちらの条件に合うヴァンを探し、車体に貼る会社のロゴを作らせ、名刺や〝SSC〟の文字が入ったいかにもそれらしいチェックリストを刷らせ、クリップボードや工具、作業着にブーツを購入した。起爆装置を買い入れるために、スウェインは荒っぽい連中と連絡を取っていた。

リモコンは彼が手作りするつもりでいた。無線で動かす玩具――車とか飛行機――のリモコンから簡単に作りだせると言っていたのだが、誂えた装置のほうがプロっぽく見えるというので、金を払って作らせることにし、それから数日というもの、費用のことでぶつぶつ言っていた。

つぎに彼がやったのは、青写真を見ながら爆弾を仕掛ける場所と使う爆弾の量を決めることだった。リリーは爆発を数字の面から考えたことはなかったが、そういえばエイヴリルは必要とされる爆弾の量をきっちり計算し、余分には使わないことを誇りにしていた。スウェインはリリーに、セムテックスをこれこれの量使えばこれこれの損害を与えることができるというようなことを、まるで誰でも知ってる一般知識ででもあるかのように説明してくれた。彼はプラスチック爆弾とセムテックスをおなじ意味に使っていたが、厳密に言えばまったくおなじではない。C－4もプラスチック爆弾もセムテックスもおなじ種類の爆弾だが、プラスチック爆弾はより広義な用語で一般的な意味で使われている。リリーは細かな部分にこだわった。細部をおろそかにしなかったために命拾いをしたことが何度もあったから、スウェインに、〝セムテックス〟の意味で〝プラスチック爆弾〟を使うのはおかしい、としつこく食いさがった。そんなリリーに、彼はしかたないという顔で調子を合わせた。

爆弾をどこにどう仕掛け、起爆装置をどうセットするか、スウェインは時間をかけてじっくり説明してくれた。まず爆弾を仕掛ける場所に番号を振り、それぞれの場所に仕掛ける爆弾を用意し、それにも番号を振った。場所と番号がすらすらと出てくるよう暗記し、青写真を頭に叩きこむと、実地見学に出掛けた。研究所の敷地の広さを目で見て確かめ、仕事に要する時間を計るためだ。

敷地内に隠れ場所があることがわかったのは成果だったが、なかに入ってみないとわからないこともあるので、爆弾を仕掛けるのに二時間以上かかりそうだ。長くかかればそれだけ発見される可能性は高い。スウェインは安全だが、もしロドリゴが姿を見せた場合、リリーは危険だ。〝警備の専門家〟が施設内を見てまわっていることをダモーネから聞かされれば、ロドリゴは興味を持つにちがいない。その場合、スウェインが応対し、リリーは別の場所を見てまわるのに忙しくしている。あとはロドリゴが、もうひとりの〝専門家〟に会わせろと言わないことを祈るしかない。

ドクター・ジョルダーノも、リリーの正体を見抜くかもしれないという意味で厄介な存在だ。なるべく彼の注意を引かないようにするしかないが、それもむずかしい。施設は彼のものであり、研究は彼の誇りであり喜びだ。スウェインはSSCの社長という触れこみだから ドクターは彼の意見に耳を傾けるだろうが、リリーにまったく目がいかないことはないだろう。

その日がドクター・ジョルダーノの人生最後の日となるのだ。毒にやられ苦しんでいるときに、とても親切にしてくれたことをリリーは忘れられないが、彼こそが恐ろしい陰謀の中心人物だ。ジョルダーノが生きているかぎり、ウィルスを人から人に感染するよう突然変異させるノウハウを悪用して、世界的大流行をいつ起こさないともかぎらない。彼が関与しなくてもウィルスは充分に脅威だから、世界的大流行はいつ起きてもおかしくないが、意図的にそれを起こして大金を手に入れようとするなんて許せない。

　爆弾を仕掛けたら、訓練だと称して職員全員を即刻避難させる。全員が建物の外に出たところを見はからい、スウェインが起爆装置のスイッチを入れ、同時にリリーがドクター・ジョルダーノを殺す。爆発音と火災でパニックが起こり、怪我人も出るだろう。スウェインとリリーは爆発の前に耳栓をし、遮蔽物となる物陰に身をひそめ、騒ぎに乗じてヴァンに乗りこみ逃げだす――そうできることを願っている。絶対確実なことなどないのだから。

　爆発物の準備をするのに、高級ホテルはふさわしい場所とは言えない。毎朝、メイドが部屋の掃除にやってくる前にすべてを片づけておかねばならない。車上荒しが心配だから、爆弾をヴァンにしまうわけにもいかない。チンピラにセムテックスを持たせたら、どんなことになるのか想像するのも恐ろしい。

「準備はいいか、シャルル？」スウェインが尋ねた。リリーの偽名としてふたりで選んだのが、シャルル・フルニエだった。スウェインはふたりきりのときでも彼女をシャルルと呼び、ひとりで興奮していた。

「最善を尽くしたつもりだけど」リリーは化粧台から離れ、重たいワークブーツでできる範囲でつま先旋回してみせた。「いけてるかしら？」

「〝いけてる〟の定義によるな。きみをデートに誘う気にはなれない。そういうことを言ってほしかったのならね」

「そういうこと」彼女は満足して言った。

彼がにやりとする。「キスする気にもなれないな。そのひげにはぞっとする」彼は爆弾をダッフルバッグと箱に分けてしまったところだ。起爆装置は別の箱に入れ、用心のためにリモコンの電池は抜いておいた。

彼も左の胸ポケットに〝SSC〟の縫い取りのある作業着を着ていたが、ボスであることを示し、注意を引きつけるために白いドレスシャツにネクタイを締めていた。ネクタイが見えるように作業着の胸元を開き、ショルダーホルスターの線が出ないよう作業着自体にゆとりをもたせてあった。彼女はいつものアンクルホルスターにしたが、ブーツのせいで拳銃を取りだしにくい。早撃ち大会に出るわけではないけれど。そのときがきて、すべてが順調にいっていれば、拳銃を抜く時間は充分にあるだろう。

スウェインがダッフルバッグと爆弾入りの箱を、リリーが起爆装置の入った箱を持った。エレベーターではふたりきりだったが、計画を再確認することはむろん、無駄口もいっさい叩かなかった。すべきことは頭に入っている。

「きみが運転しろ」ヴァンまで来ると、スウェインがポケットから鍵を出して放った。

リリーは眉を吊りあげた。「わたしの運転を信用してるの？」

「おれはボスだから、自分じゃ運転しない。それに、ヴァンは運転してもおもしろくない」

「そんなことだろうと思った」リリーはそっけなく言った。ルーカス・スウェインにとってヴァンの軽快さは陸にあがったクジラ並みだから、喜んで鍵を渡したのだろう。

ダモーネ・ネルヴィとは午後三時に研究所で会うことになっていた。スウェインがその時間を選んだのは、午後のほうがみんな疲れて注意力が散漫になるからだ。研究所に着くと、リリーの視線は小さな公園に引きつけられた。ここで銃撃戦が起きたのはほんの二週間前。事件はニュースで取りあげられたが、誰かが死にかけているわけではないので、ニュースネタとしてはおもしろみに欠け、翌日には忘れ去られた。週末とはいっても寒く、たまに元気な人が犬を散歩させる以外、公園にひと気はなかった。人は少なければ少ないほどいい。

ゲートには警備員がふたりいた。リリーは数度咳をして声をかすれさせた。警備員のひとりが手を挙げたので、リリーはおとなしく車を停め、窓をさげた。冷たい風が吹きこむ。ベストを着ていてよかった。「ムッシュー・ルーカス・スウェインです。ムッシュー・ネルヴィとお会いすることになっています」彼女がなにも言わないうちに、スウェインが身元確認のために国際免許証を出した。リリーも偽の免許証を取りだし、二枚重ねて差しだした。「フルニエ」警備員が免許証の名前を読みあげ、リストの名前と付き合わせた。そこにはふたつしか名前が書かれていないから、時間はかからない。

「左手の正面玄関へどうぞ」警備員が免許証を返して言った。「〝来客用〟と表示が出ているスペースに駐車してください。ムッシュー・ネルヴィにはこちらから連絡しておきます。ドアの脇にブザーがありますので押してください。なかにいる者がロックを解除します」

リリーはうなずき、免許証をポケットに入れ、ヴァンの窓をあげて冷気を遮断した。さらに数度咳をする。警備員と話したとき、声が充分にかすれていないと思ったのだ。咳をすればするほどいやな音が出る。痛みも感じるから、使いすぎないようにしなければ。

玄関からふたりの男が出てきた。ひとりはドクター・ジョルダーノだ。「左がドクターよ。もうひとりはダモーネ・ネルヴィにちがいない」

たしかに兄弟はよく似ていたが、ロドリゴはただのハンサム、ダモーネ・ネルヴィは彼女が出会ったなかでもっとも美しい男だった。といっても女々しさは微塵(みじん)もなく、豊かな黒髪といいオリーブ色のなめらかな肌といい古典的な美しさだ。背が高く引き締まった体を、優雅な服に包んでいる。チャコールグレーのダブルの背広の体に沿ったみごとな線は、イタリア人にしか出せないものだ。ドクター・ジョルダーノは歓迎の笑みを浮かべているが、ダモーネはよそよそしく、厳しい表情だった。

「どういうこと」リリーはつぶやいた。

「なにが?」

「わたしたちはダモーネに頼まれてやってきてるわけでしょ。だったら、あんな疫病神でも迎えるような顔をしなくたって」

「適切な比喩(ひゆ)だな。ああ、きみの言いたいことはわかる。医者はほほえみ、ダモーネはほほえまない。おそらくにこやかなタイプの男じゃないんだろう」

たいていの場合、単純な説明がいちばん当たっているものだけれど、リリーは漠然とした不安を振り払えなかった。指定されたスペースにヴァンを駐め、それとなくふたりの男を観察した。

スウェインはぐずぐずしなかった。さっさとヴァンを降り、自信たっぷりの足取りで玄関に向かい、男たちと短い握手を交わした。身のこなしが変わっていた。いつもののんびりムードはどこへやら、〝邪魔だ、どけどけ〟の歩き方になっている。ボディランゲージがわずかにだが変化して、妥協を許さぬやり手のビジネスマンそのものだ。

計画どおりに彼女はヴァンを降りて後部に回り、荷台のドアを開け、印刷された用紙をはさんだクリップボード二枚と、回路試験器二個を取りだした。回路試験器は、ふたりがやろうとしていることにはなんの役にも立たないが、いかにもそれらしく見えるからと、スウェインが持ってくることに決めた品だ。なにかやってるところを見せるために、回路のひとつふたつ試験してみてもいい。

リリーは荷物を持つのも〝男らしく〟を守った。クリップボードを胸に抱えるようなことはせず、三人の男たちのほうに向かった。「部下のシャルル・フルニエです」スウェインが彼女を指して言った。「こちらはダモーネ・ネルヴィ、それにドクター・ジョルダーノ。ドクターがさっそく施設内を案内して、どこにどんな保安措置が設置されているか見せてくださるそうだ」

両手が塞がっているから握手はできないので、リリーは会釈だけの挨拶になった。ドクター・ジョルダーノのにこやかさは変わらないが、ダモーネの表情はますます険しくなっていた。この〝点検〟はそもそも自分の考えではない、と言いたげなこのそぶりはいったいどういうことなの？

まさか。すべてはこちらを罠に誘いこむための大芝居だった？　自分の所有地の建物でならなんだってできる。これ以上の名案はない。ロドリゴは思っていたよりはるかに悪賢い？もしそうなら、リリーはみごとにお株を取られたことになる。彼女をとらえるチャンスにすぐ飛びつかず、様子を伺いながらおもむろに罠に追いこむ。通りを歩いている彼女をさらうのは人目につく。ロドリゴには事件を揉み消すだけの政治力があるにしても、じっくり待っていれば誰にも気づかれない場所に誘いこめるのだから、それを行使するまでもない。おそらく研究所には人っ子ひとりいなくて、駐車場の車は見せかけにすぎないのだ。

もしこれが彼女の誤算なら、自分の命ばかりかスウェインの命も犠牲にすることになる。笑いも生きる喜びもそっくり消え去り、全身が冷たくなるのを感じた。ルーカス・スウェインのいない世界は、いまよりずっと暗くなる。彼女のせいでスウェインにもしものことがあったら――

ところがいま、顔をそむけるダモーネを、ドクター・ジョルダーノがたしなめていた。フィアンセが訪ねてこないからって、そんなふくれっ面するな、と。「きみが訪ねていけばいいじゃないか」ドクターはそう言ってダモーネの背中を叩いた。「男のほうから会いにいくのを女は待ってるものさ」

「それじゃあすにでも」ダモーネは肩をすくめた。なんだか弱気な感じだ。

リリーは体の力が抜けるのを感じた。想像を逞しくしすぎた。ダモーネの機嫌が悪いのは、恋人がやってこないから。

ドクター・ジョルダーノが戸口のキーパッドに数字を打ちこむと、ブザーの音とともにドアが開いた。「以前は各自がカードを持っていて、スキャナーに差しこむようにしていたんだが、カードの紛失が続出しましてね。それにキーパッドのほうがより安全だと警備会社が判断したので」ドクターを先頭に全員がなかに入った。

「たしかにそうです」スウェインが言う。「許可を受けていない人間に、誰かが番号を教えないかぎりは。しかしですね、わたしがここに来てまだ二分しかたっていないが、番号はわかりましたよ。六 - 九 - 八 - 三 - 一 - 五。番号を打ちこむときには、手元を体で遮るようにしなければ。しかもキーパッドは音を出す。聞き分けられますよ」ポケットからデジタル・レコーダーを取りだした。「念のためにこの機器に音を記録させました」〝再生〟のボタンを押すと、異なる六つの音色が聞こえた。「これがあれば、番号がわからなくてもドアを開けることができます」

ドクター・ジョルダーノはばつの悪そうな顔をした。「ふだんはもっと用心しているんですよ。まさかあなたを警戒する必要はないと思ったから」

「誰にも気を許してはいけません」スウェインは役になりきっている。「それに、キーパッドは音の出ないものに変えるべきです。これは使いものにならない」

「ええ、わかりました」ドクター・ジョルダーノは白衣のポケットから手帳を取りだし、書きこんだ。「すぐに手配します」

「けっこうです。ひととおり見てまわったら、二種類の訓練を実施したいのですが。部下とわたしで敷地内の何箇所かに偽の爆弾を仕掛け、所員が怪しいと思われるものを見つけだすまでの時間を測定します。もし誰も気づかなければ、全員を集めて事情を説明し、敷地内を見てまわって、見慣れないものを見つけたらあなたに報告するよう伝えます。所員の意識を高めるためです。だいいちに、爆発物は人目につかないところに仕掛けられるものだということをわからせる。それで、どういう場所を探せばいいか、どんなものを探せばいいかが身につくわけです。最後に避難訓練を行ないます。全員が建物から退去するまでの時間を計り、どのルートを使うと効率的に避難できるか、そのルートは幾とおり考えられるか、そういったことを調べます。こういう訓練は所員の人数がいちばん多いときに行なうのがベストですが、きょうしか時間が取れなかったので、できる範囲内でやれることをやりましょう」

リリーは感心していた。スウェインはたいした役者だ。それに、小型のレコーダーをポケットに忍ばせているなんて気がつかなかった。電子機器を揃えに出掛けたときに買ってきたのだろう。

「なるほど、すばらしい」ドクター・ジョルダーノが言った。「それじゃ、どうぞこちらに」

スウェインがドクター・ジョルダーノと並んで先を行き、ダモーネがかたわらに並んだので、リリーは肝を潰した。相手が誰であれ、ふたりきりで会話する羽目に陥ることはなんとしても避けたかった。両手が塞がっているので口元を隠すこともできない。そこで顔をそむけ、二度ばかり咳をした。

スウェインが振り向いた。「シャルル、いやな咳をしてるな。薬を飲んだほうがいい」

「あとで飲みます」彼女はしゃがれ声で言い、おまけにひとつ咳をした。

「どこかお悪いのですか？」ダモーネが礼儀正しく尋ねた。

「咳が出るだけです、ムッシュー」

「それならマスクをしたほうがいい。ドクター・ジョルダーノはインフルエンザ・ウィルスの研究をしていますからね。体が弱っている人はとくに感染しやすい」

ドクター・ジョルダーノが振り向き、心配そうに言った。「いや、いや、あの研究室には入らない」

「所員が研究中のウィルスかバクテリアに感染することはよくあるんですか？」スウェインが尋ねた。

「むろんあります――よくあることだから、いちいち記録も取っていない。でも、とくに毒性の強い菌にたいしては、ワクチンの開発を行なっていますからね。その研究室に出入りする者のなかに病気の症状が出た者はいません。マスクと手袋着用のことと厳しく言ってあります」

ワクチンが準備できて大金をつかむまで、ウィルスが一般に広まらないよう注意を払っていることを知り、リリーはほっとした。ドクターの背中や手入れの行き届いた頭を見つめる。いい人そうに見えるのに、すべての元凶。この男のせいでジーアは死んだ。

このごろ――スウェインと出会ってから――胸が張り裂けそうな悲しみを覚えずにジーアのことを考えられるようになった。悲しいけれど好ましい思い出として。でも、ドクター・ジョルダーノを目の前にし、ジーアがこの世にいないのは彼のせいだと思うと、悲嘆がいっきに甦(よみがえ)ってきた。歯を食いしばって嗚咽(おえつ)と涙をこらえた。〝シャルル〟はこんなところで泣いたりしない。

ジーアがつぎつぎと病気に罹(かか)るので、みんな――彼女とエイヴリルとティナ――どれほど気を揉んだものか。十歳の年には肺炎を二度も患った。生後数週間の栄養不足で免疫機能が低下しているためか、たんに運が悪いのか。冬になると数回は寝込み、夏風邪も一度はかならず引いて気管支炎を起こした。ドクター・ジョルダーノが地球上にばらまくつもりのインフルエンザにも、きっとひとたまりもなかっただろう。そうなったら、不運にも命を落とす人たちのひとりになっていた可能性は？

そんなことをさせないために、エイヴリルとティナは行動に出て、その結果があんなことになってしまった。あまりに皮肉の効いた結末。

悲嘆ののちに襲いかかってきたのは激しい憎しみだった。あまりの激しさに全身が震えた。なにか馬鹿なことをしでかす前に感情を抑えなければ。荒い息を呑みこむ。

かたわらでダモーネが怪訝な顔をしている。リリーは気取られないようにと顔をそむけ、また咳をした。顎に力を入れすぎているので、ラテックスが剝がれないか心配だ。それより心配なのは、ひげを蓄えているのに、男なら夕方に目立ってくるはずのひげが彼女の顔にいっさい現れないことに、ダモーネが気づくことだった。

四人は長い廊下の先を右に折れた。「わたしのオフィスです」ドクター・ジョルダーノが指差したのは、金の名札が掛かるドアで、入り口にはやはりキーパッドがあった。「その隣がメインの研究室。これからご案内します。いちばん重要な研究を行なっている部屋です。ムッシュー・フルニエ、あなたは廊下で待っていたほうがいいでしょう」

リリーはうなずいた。スウェインは自分の分のクリップボードと回路試験器をリリーから受け取り、言った。「そう長くはかからない」男三人は研究室に消え、リリーは、男が辛抱強く待つときするように壁に寄りかかった。ダモーネが一緒に残ると言いださなくてほっとした。

三人は十分ほどで出てきた。スウェインはクリップボードになにやら書きこんでいる。ドクター・ジョルダーノがオフィスに入るのを見て、リリーは、スウェインがレコーダーのスイッチを押してくれていることを願った。ドクターもさっきのことで懲りたとみえ、キーパッドに数字を打ちこむとき、手元を体で遮ったからだ。爆弾を仕掛けるのに、研究室とオフィスの両方に入る必要がある。

「シャルル」スウェインがメモを書きこみながら言う。「ドクターのオフィスの365BSディテクターのGFモジュレーターをチェックしてきてくれ」

「はい、サー」リリーはかすれ声で答え、専門用語をせっせと書きとめた。GFモジュレーターとはなんなのか、実在のものなのか、見当もつかない。スウェインの口から発せられる言葉のうち、彼女にわかるのは〝BS〟だけだ。それでもなんだか意味がありそうに聞こえるし、彼女がドクター・ジョルダーノのオフィスに入る言い訳になる。

巡回はそんなふうにして進んだ。スウェインの〝爆破予定場所リスト〟にあるエリアの

〝検査〟を終えるたび、彼は自分かリリーがそこに戻る言い訳となるような指示を出す。指示をけっして繰り返さないのは、使った数字やイニシャルをすべて記憶しきれないからだろう。スウェインの広範な専門知識に、ドクター・ジョルダーノはえらく感心しているようだが、ダモーネの表情からはなにも読み取れなかった。ダモーネは手ごわい相手だ。そんな彼が、ジョルジュ・ブランの推薦でふたりを迎え入れたのだから、それだけブランを信頼しているということだろう。

ようやく検査を終えると、スウェインは小さな笑みを浮かべた。「これでいいでしょう。おふたりに異存がなければ、シャルルにチェックを頼んだ項目について、もう一度ふたりでチェックしなおし、さきほど申しあげた〝びっくり箱〟をこっそり隠してきます。それにはおそらく……一時間あまりかかるでしょう。それから所員のみなさんと〝楽しむ〟時間を設けます。警戒を怠ってはならないことを、身に沁みてわかっていただけたらと思っています。それがすんだら避難訓練に移ります」

「けっこうです」ダモーネが言い、ヨーロッパ式に軽くお辞儀した。「きょうはありがとうございました。わたしはこれで失礼します。施設のことは、わたしよりドクター・ジョルダーノのほうがよく知っています。彼が研究の要ですからね。お会いできてうれしかったです」彼はスウェインと握手し、リリーに手を差しだした。断るわけにもいかないから、リリーはできるだけ強く握手を返し、一度軽く振ってから手を放し、両手をポケットに突っこんだ。

ダモーネは表情の読めない顔で彼女をしばらく見つめたが、なにも言わずに去っていった。彼がいなくなって、リリーのなかのなにかがほんの少しほぐれた。彼はあくまでも礼儀正しかったものの、ときおり鋭い視線を投げかけてきた。彼女のことをなにか変だと思っているのだが、それがなんなのかわからない、と言いたげな視線だった。

ダモーネを見送ると、リリーとスウェインはヴァンに戻り、爆発物を分担した。彼女がクリップボードに書きこんだメモには、爆発物を仕掛けるべき場所が記されている。起爆装置の使い方はスウェインから習って知っている。むずかしいことはなにもない。ものを破壊するのは、造りあげるよりはるかに簡単だ。

「ほぼ終わりだな」スウェインが言う。「大丈夫か？　最初のうち、いまにも気を失いそうだったな」

リリーが感情の渦に呑みこまれそうになったことに、彼は気づいていたのだ。「ええ」彼女は答えた。目は潤んでいないし、両手は震えていない。「覚悟はできてる」

「それじゃ行こう。幸運を祈ってキスしたいけど、上唇が毛むくじゃらだからな」

「だったら、今夜ベッドに入るまでつけっぱなしにしとくわ」これからやろうとしていることを考えれば、冗談を飛ばすなんておかしいけれど、ユーモアが重石になってくれる気がする。願いを口にしたのだ。ふたりとも無事に夜を迎えられますように。

「なんて物騒な」彼が緊張を解くように肩をすくめた。ブルーの目がひどく真剣にこちらを見ている。「気をつけろ。無事にやり遂げるんだぞ」

「あなたもね」

彼が腕時計を見る。「オーケー、頑張ろう。三十分以内にすべてを仕掛け終わりたい」

ふたりは建物に入ると、じっと見つめあったあと、反対方向へと向かった。一度も振り向かなかった。

31

スウェインが青写真に描かれた部屋に番号を振り、おなじ番号を爆弾に振っていたので、どの爆弾をどこに仕掛けるか、リリーにもわかっていた。最大限の効果を得るためにはどこに仕掛ければいいか教えてくれたが、所員全員を避難させるまで見つからないよう、うまく隠さねばならない。

もうじき終わる。廊下を進むあいだ、その思いが全身を駆けめぐっていた。すれちがう人に見られても視線を逸らすことはしなかった。彼女に関心を払う人も、声をかけてくる人もいなかった。いったん施設内に入ってしまえばこちらのもの。最初の爆発事件があってから、ネルヴィ兄弟とドクター・ジョルダーノは警備に神経を尖らすようになったが、所員たちにとっては前と変わらぬ職場なのだろう。週末なので働く人の数も少なかった。いまいる人たちは、仕事に没頭していてほかのことは目に入らないか、ほかの連中が休んでいるときに働くことにうんざりして不満たらたらかのどちらかなのだ。終業時間は間近だから、多くの人がただ時間潰しをしていた。

もうじき終わる。四カ月のあいだ、彼女にはひとつの目的しかなかった。復讐。でも、それは個人の復讐よりももっと大きなものへと変わっていた。エイヴリルとティナがはじめたことを、彼女がいま終わらせようとしている。幼年時代から思春期へと移る途中で命を落とした少女のために。

リリーの人生は、十八の年に妙な方向へと向かってしまったが、ジーアには平凡な幸せをつかんでほしかった。結婚して子供を産んで、世界じゅうの大多数の人と同様にあたりまえの生活を送ってほしかった。世の中の流れに乗れる人。群衆にまぎれこめる人。自分がどれほど幸せか気づくことなく人生を送れる人。社会の一員でいられること。ジーアにはそうであってほしかった。彼女自身がついに持てなかった、持つことをあきらめざるをえなかったものを、つかんでほしかった。

ジーアはほんとうに特別な子供だった！　自分の人生が短いことを悟っていたかのように、いつも全力疾走だった。どんなことにでも驚異と喜びを見つけだした。とってもおしゃべりだった。言葉にできることはすべて言葉にせずにいられず、いつも早口でまくしたてるものだから、大人たちは笑いだし、もっとゆっくりしゃべりなさい、と言わずにいられなくなる。

もうじき終わる。目標が達成される。まず爆弾を仕掛けたのは、ドクター・ジョルダーノの実験結果や研究成果がおさまるファイルキャビネットの裏側だ。セムテックスの塊に起爆装置を突き刺す。じきにすべてが灰になる。

もうじき終わる。つぎは記録をおさめたコンピュータが並ぶ部屋だ。コンピュータ一台一台に少量の爆弾を仕掛け、ディスクが保管されている場所にはもっと大きな塊を仕掛けた。

すべて破壊しなければならない。ドクター・ジョルダーノの研究成果はひとつ残らず。

ドクターのオフィスと生きたウィルスが保管されるふたつの研究室はスウェインの担当だ。残念ながらそこには開発中のワクチンもおさめられている。

ワクチンだけを破壊から救う方法はないものだろうか。一年もすればぜったいに必要になる。ドクター・ジョルダーノの研究のその部分だけを守ることはできない。そのときがくるまでに、別の研究所がおなじ研究を進めていて、ワクチンの生成に成功してくれることを願うしかない。

長く急な階段を地下へとおり、爆発を完全なものにするため、建物を支える壁にもいちばん大きな爆弾を仕掛けた。階段をのぼって戻ったときには息が切れ、心臓がばくばくいっていた。

体力が戻りつつあると自分に言い聞かせることは、もうできなかった。少し動いただけで息が切れるのはまぎれもない事実だ。息切れがひどくなっているかどうかわからないが、現実と向き合わなければ。できることなら心臓病の専門医を探して、厄介な弁を治してもらおう。

それから先どうするかは、ロドリゴ・ネルヴィの出方しだいだ。フランスを離れることになるのはたしかだ。ヨーロッパにもいられない。スウェインは先のことをなにも語らなかったし、彼女も口にしなかった。だいいち、先があるのかどうかもわからない。ひとりで生きる未来は想像できなかった。いまはいつでもスウェインがそばにいてくれる。

彼にとって、どこに行くのが安全なの？　南アメリカには戻らないだろうし、ふたりともアメリカには戻らないだろう。メキシコかカナダ。それなら故郷に近い。ジャマイカも選択肢のひとつ。スウェインは寒いところが嫌いだから、カナダは選ばないかも。彼女が最初に思いついたのはカナダだったけれど。それなら夏はカナダで過ごして、冬はもっと南に移ればいい。

白衣を着て分厚いノートを持った、しかめ面の男が会釈をしてすれちがった。窓の外に目をやると、太陽が沈みかけていた。十二月の短い日が暮れようとしている。こちらにとってはまさに好都合の時間帯だ。みなが早く家に帰ることしか考えない。

誰にも邪魔されることなく爆弾をすべて仕掛け終わった。あまりに簡単すぎて怖いぐらいだ。

リリーはドクター・ジョルダーノのオフィスに戻った。スウェインが先に戻っていて、座り心地のよさそうなソファに腰かけ、コーヒーを飲んでいた。ドクター・ジョルダーノは金属製の瓶を指差して言った。「ご自由にどうぞ。コーヒーは喉にいい」

「メルシ」咳のしすぎですっかり喉を痛めてしまった。熱いコーヒーの最初のひと口で粘膜が潤い、気持ちよさにため息が出かかった。

「問題は深刻ですよ」スウェインがドクターに話している。「爆弾を仕掛けるあいだ、なにをしているのだと声をかけてきた人はひとりもいなかった。警戒する人もね。用心こそ防御の第一歩です。みなさん仕事に没頭しすぎて、ほかのことまで頭が回らないようですね」

「だが、科学者とはそうしたものです」ドクター・ジョルダーノがいかにもイタリア人らしく両手を挙げ、言い訳をした。「わたしになにができます？　仕事のことは考えるなとでも言えと？」

スウェインは頭を振った。「解決策としては、科学者ではない所員――訓練を受けた警備員――を配置することです。電子機器に依存しすぎるのは危険ですよ。どちらも必要です。警備会社がそのことを指摘しなかったとは意外ですね」

「いや、指摘しましたよ。ただ、われわれの仕事はひじょうにデリケートですから、ウィルスを取り扱う際の安全対策に理解のない人間を施設内に入れたくなかった」

「そういうことならしかたないですね。警備上の洩れが生じたとしても、承知のうえのことなら――」スウェインは、自分の出番はないというように肩をすくめた。「報告書にはわたしが推奨する警備方法を書いておきます。どれを採用されるかはあなたの判断にお任せします。さて、そろそろつぎの訓練といきますか。所員が爆発物を見つけられるかどうか」

ドクター・ジョルダーノは腕時計を見た。「時間があまりありません。短時間で終わるんでしょうね」

「もちろんです」

ドクター・ジョルダーノはインターコムのスイッチを押し、所内放送をはじめた。咳払いすると、これまでに行なわれたことを説明した。それを聞いた所員たちは、きっと顔を見合わせ、不安げに周囲を見回しているだろう。

ドクター・ジョルダーノはまた腕時計を見た。「五分のうちに偽の爆発物を見つけだしてくれたまえ。手は触れないこと。わたしに電話で報告してくれればいい」

インターコムのスイッチを切り、スウェインに尋ねた。「いったいいくつ設置したのですか？」

「十五です」

時計と睨めっこで待っていると、所定の五分のあいだにかかってきた電話は四本だった。それからドクター・ジョルダーノは悲しげにため息をつき、インターコムで結果を流した。

〝どうしましょう？〟という表情でスウェインを見た。

リリーは腰かけたまま、痛みをほぐすふりで右脚を揉んでいた。いよいよそのときがくると、言いようもない悲しさを感じた。さっきはあれだけの怒りと憎しみを覚えていたのに、いまになって悲しくなるのはなぜ？　それでも、たしかに悲しかった。

人を殺すことに疲れていた。はたして終止符が打たれる日はくるのだろうか。ロドリゴ・ネルヴィは死ぬまで彼女を探しつづけるにちがいない。他人はみな敵に見え、人前で気を抜くことはないのだ。

スウェインが立ちあがった。「訓練のことは言ってなかったのですから、しかたありませんよ。これまでが不注意すぎましたね。ちょっと目を覚まさせてやりましょう。いいですね？」スウェインがインターコムを指差すと、ドクター・ジョルダーノが手を振って許可を出し、ほほえんだ。スウェインはインターコムのスイッチを入れ、片言のフランス語で緊急放送を流した。「爆発物はほんものだ！　手違いがあった！　いますぐここを出ろ！」スイッチを切り、ドクター・ジョルダーノを急かしてドアへ向かわせた。背後では、リリーがブーツから拳銃を抜こうとしていた。ところがスウェインが肩越しに振り向き、鋭く頭を振った。「ヴァンを動かせ」声に出さずに言う。

信じられなかった。どうしてそのことに気づかなかったのだろう。ヴァンは建物のすぐ近くに駐めてあった。安全な場所に動かさなければ逃げようにも足がなくなる。鍵を持っているのは彼女だからスウェインにはどうしようもないし、大急ぎで移動しながら、リモコン用の電池をポケットから出して装塡するのに忙しい。

あちこちの部屋や研究室から所員が慌てて出てきた。みなうろたえている。「どういうこと？」女のひとりが尋ねた。「冗談かなにか？」

「いいえ」リリーは言った。「急いで！」

玄関を出ると、リリーはドクター・ジョルダーノに怪しまれないよう「ヴァンに忘れ物をしたので取ってきます」と言い、ヴァンに向かって走った。

所員のうち自動車通勤している者たちは、リリーに倣って自分の車へ走りだした。ゲートに詰めている警備員が、いつもと違う慌ただしい動きを見て詰め所から出てきた。拳銃はホルスターにおさめたままだが、いつでも抜けるよう床尾に手を当てている。

リリーはヴァンのエンジンをかけ、バックで駐車スペースから出た。ドクター・ジョルダーノがぎょっとした顔を彼女に向けたが、スウェインがなにか言い、所員たちを指差してドクターの気をそらしながら、急ぎ足で安全な場所へと移動した。

警備員の視界を遮るとともに爆発から身を守る楯とするため、リリーはヴァンをスウェインと警備員のあいだに駐めた。ヴァンを降りるとスウェインの声が聞こえた。「これで全員だと思いますか？」

「わかりません」ドクター・ジョルダーノが答える。「きょう出勤している者は多くないはずだが、正確な人数となると——」そう言って肩をすくめる。

「つねに把握しておかないと、人数を数えようがないでしょう？」スウェインがもっともなことを言い、驚いたことにリモコンを彼女に差しだした。

「きみが主役だ」

彼がリモコンをテストするのを見ていたし、彼から使い方の説明を受けていたが、どうして計画からはずれるようなことをするの？　尋ねている暇はなかった。ドクター・ジョルダーノが怪訝な顔をしている。彼に質問する暇も、警戒する暇も与えず、リリーはリモコンのスイッチを入れた。小さなグリーンのライトが光るのを確かめてから、起爆装置に電波を送るボタンを押した。

低くくぐもったウワンという音がして、大混乱が生じた。

施設の一部が吹き飛び、衝撃波が襲いかかってきた。黒煙と炎が立ち昇り、破壊物の破片が黒雲となって頭上を覆った。人びとは悲鳴をあげてしゃがみこみ、なんとか身を守ろうとした。巨人がまき散らす岩のように降ってくる破片を浴びて、男がひとり倒れた。

ドクター・ジョルダーノは恐怖の表情でスウェインを見た。リリーが武器に手を伸ばしたときには、スウェインが作業着に手を突っこんでいた。大きなヘックラー・ウント・コッホを取りだすとドクター・ジョルダーノの胸に突きつけ、二度引き金を引いた。ドクター・ジョルダーノはどさりと倒れた。即死だった。

スウェインは素早く動いてリリーをヴァンに押した。彼女が運転席に乗りこむと、彼がさらに押すので助手席に移動した。スウェインが運転席につく。エンジンはかけたままだった。彼はドアを閉め、ギヤを入れて発進させた。その脇を警備員が走ってゆく。もうひとりは詰め所で電話をかけ、受話器に向かって狂ったように叫んでいた。ヴァンがゲートを抜けるときも、まだ叫んでいた。

電話が鳴ったとき、ダモーネはロドリゴのオフィスにいた。ロドリゴが電話を受けた。オリーブ色の顔が蒼白になる。

ダモーネは立ちあがった。「どうした?」電話を切ったロドリゴに尋ねた。

ロドリゴはうなだれ、がくりと肩を落とした。「研究所が破壊された」かすれた声で言う。「爆弾だ。ヴィンチェンツォは死んだ」ゆっくりと顔をあげた彼の目には恐怖が浮かんでいた。「おまえが研究所に迎えた警備コンサルタントに殺されたんだ」

ダモーネは数度、大きく息を吸いこんだ。それから静かに言った。「あのウィルスをばらまくことは許せなかった」

「許せなかった——？」ロドリゴはいま聞いた言葉が信じられないというように、目をしばたたいた。だが、たしかにそう言ったのだ。ダモーネはとても穏やかな表情で立っていた。

「おまえには——わかっていたのか、こういうことになると？」

「おれが金を払ってやらせた」

世界の中心軸がずれたようなそんな気がした。ロドリゴがこれまで真実だと思っていたことがすべて実体を失った。目もくらむようなその一瞬に、すべてが明らかになった。「最初の爆発もおまえが仕組んだんだな。ジュブラン夫妻を雇ったのはおまえだったのか！」

「残念なことに、ヴィンチェンツォは研究を再現することができたから、もっと思いきった手段を取らざるをえなくなった」

「おまえのせいで親父は死んだんだぞ！」ロドリゴが怒鳴って立ちあがり、いつもデスクの引き出しに入れてある拳銃に手を伸ばした。

ダモーネのほうが素早かった。彼の拳銃は手元にあった。ためらわなかった。引き金を三度引き、ロドリゴの胸に穴をふたつ開け、だめ押しの一発を頭に命中させた。兄はデスクに突っ伏してから、ゴミ箱を倒して床に倒れた。

ダモーネは手を脇にさげた。涙がひと粒、頬を伝った。

八月に事を起こしたときから、いつかこうなると覚悟していた。大きく息を吸い、涙をぬぐった。地獄への道には善意が敷きつめられている、とはよく言ったものだ。彼の望みはウィルスを破壊することだけだった。父が計画どおりウィルスをまき散らすのを、黙って見てはいられなかった。

ジゼル、すばらしく勇敢だが病弱なジゼルは、インフルエンザに感染したらきっと命を落とすだろう。前年に腎臓の移植手術を受けたばかりで、拒否反応が出ないよう免疫システムの働きを抑える薬を服用しているから、ワクチンでも彼女を救うことはできない。子供が産めない体だからと、彼女はプロポーズを受け入れることをためらっていた。イタリア人にとって家族がどれほど大事な意味を持っているか、わかっていたのだ。それでも、ダモーネはなんとか彼女を説得した。彼女を愛していた。この気持ちは自分にも説明がつかないほどだ。彼女のために、ウィルスを破壊する道を選んだ。

最初に爆弾を仕掛けた人間を父が見つけだすとは思っていなかったので、サルヴァトーレ・ネルヴィに楯突いた見せしめにジュブラン夫妻と娘が殺されたと知り、ひどく心を痛めた。

だが、ジュブラン夫妻には友人がいた。このリリー・マンスフィールドは、死んだ友人の復讐を誓い、父を墓場に送った。

ジュブラン夫妻の任務を引き継がせるのに、彼女ほどの適任者はいない。ジョルジュ・ブランの協力を得て――彼女に会いたいと言われたときにはパニックに陥りそうになったが、すぐにブランに電話して代役を務めさせた――彼女と友人を研究所に引き入れる計画を立てた。

父を殺した女に対面したとき、自分がどうなるのか見当もつかなかった。一瞬、殺してやろうかと思った。みずから招いたこととはいえ、父を亡くした悲しみを彼女に償わせるために。〝シャルル・フルニエ〟は変装した女だとわかった。もっとも、その変装があまりに巧みだったので、三人めが関与しているのかと思ったほどだった。なんとか彼女に握手を求め、ほっそりと女らしい手の感触に確信を深めた。

彼女は任務を完遂した――それに、アメリカドルで百万を彼に払わせた。彼としては、支払う約束を反故にするつもりだったが、彼女のほうが一枚上手で前払いを主張した。

爆発で彼女が死んでくれていたら。おそらくそうだ。ヴィンチェンツォ以外に死者が出たのかどうかわからない。だが、もし彼女が生き延びたとしたら、停戦することにしよう。リリー・マンスフィールドはネルヴィ一家から命を狙われることにはならない。彼が起こした事件に彼女は反応したまでだ。斜面を転がる雪玉ひとつがやがて雪崩を引きおこし、ついにはこういうことになった。

彼は兄を殺した。死ぬまでその十字架を背負ってゆかねばならない。でも、ウィルスを破壊したことで多くの命を救ったのだから、それでとんとんではないか。それに、ジゼルの命を救うことができた。

ダモーネはドアに向かった。銃声はむろん聞かれたはずだが、誰も部屋に入ってはこなかった。ドアを開けると、廊下には不安顔の男が数人立っていた。男たちを見回し、ロドリゴの部下のタデオに目をつけた。「ロドリゴは死んだ」彼が静かに言った。「すべての事業はわたしが引き継ぐ。タデオ、兄の遺体は丁重に扱うように、いいな？　わたしが故郷に連れて帰り、父の墓の隣に葬る」

タデオが青ざめた顔でうなずいた。この世界のしきたりは承知していた。ダモーネの部下になるか、死ぬかだ。

彼は生きることを選んだ。ほかの男たちに小声で命じ、オフィスに入ってロドリゴの遺体を運びだした。

ダモーネは別の部屋から電話をかけた。「ムッシュー・ブラン。終わった。きみの務めは完了した」

32

「なぜギリシャなの？」スウェインのホテルの部屋で荷物をまとめながら、リリーは尋ねた。

「あたたかいし、最初に乗れる飛行機の行き先だからだ。パスポートは持ってるね？」

「何枚も」

彼は手を休め、妙にやさしい笑みを彼女に向けた。「きみの本名が載ってるやつ。チケットは本名で予約した」

彼女は顔をしかめた。「面倒なことになるわ」ＣＩＡのレーダーにはまだ引っかかっていないようだけれど、用心するにこしたことはない。ああいうことがあったあとだから、これからどうなるのか誰にもわからない。「テレビをつけて。ニュースでなにか流すんじゃないかしら」

爆発が公表されなかったのか、この時間のニュースには間に合わなかったのか、いずれにしてもつぎのニュースの時間まで待ってはいられない。スウェインはベルボーイを呼ばずに荷物を自分で持っており、チェックアウトした。

「わたしのアパートに寄ってちょうだい」車に乗りこむと、リリーが言った。ヴァンはホテルの数ブロック手前に乗り捨ててきた。

　スウェインが信じられないという顔で彼女を見る。「回り道してる時間はないぜ」

「ジーアの写真を取ってきたいの。いつ戻ってこられるかわからないんだもの、残してはいけない。もし飛行機に乗り遅れるようなら、電話で予約をキャンセルしてつぎの便にしてもらう」

「なんとか間に合うだろう」彼の表情からよからぬことを企んでいるのがわかる。命がけのドライブに備え、リリーは覚悟を決めた。

　なんとか無事にアパートに着いたが、急ブレーキやクラクションの音がどんなに間近から聞こえようと、リリーは目を閉じたままだった。「すぐに戻るわ」車が停まると、彼女は言った。

「おれも一緒に行く」

　車を降りてドアをロックする彼に、リリーは呆気に取られた。「でも、道を塞ぐことになるのよ。ほかの車が入ってきたらどうするの？」

「待たせりゃいいさ」

　彼女と一緒に階段をのぼるあいだ、彼の左手は彼女の背中にそえられ、右手は拳銃の床尾から離れなかった。リリーが鍵を開け、ドアから手だけ入れて電灯のスイッチを入れると、スウェインが先に入って拳銃を構え、部屋をぐるっと見回した。待ち伏せしている者はいない。

リリーが部屋に入ってドアを閉めた。「拳銃はここにしまっておける」タンスから金庫を引っぱりだす。「一年契約で転借してるの。あと八カ月残ってる」

ふたりの拳銃を金庫に入れ、鍵をかけてタンスに戻した。拳銃は分解して鍵のかかる箱に入れ、飛行機会社にそのことを言って預け、目的地で受け取ることはできる。でも、そうすんなりはいかないと、彼女は思っていた。それより行った先で調達するほうが面倒がない。それに、飛行機会社の人間によけいな関心を持たれたくなかった。

ジーアの写真をトートバッグにしまい、ふたりは部屋を出た。階段をおりる途中でスウェインがにやりとして言った。「あれが修道女から買ったっていうベッド?」

リリーはクスッと笑った。「いいえ、部屋に備えつけのベッド」

「きみの〝修道女話〟は頭っから信じちゃいなかったけどね」

猛スピードで飛ばしたにもかかわらず、飛行機には間に合いそうになかった。リリーが電話でキャンセルし、別の便を予約した。それからは彼がアクセルから足を離すときもあったので、彼女は思いきって目を開けることができた。

「ドクター・ジョルダーノをなぜ撃ったの?」リリーは前方を見つめたまま尋ねた。彼が計画どおりにしなかったことが引っかかっていたからだ。彼女が感情的になっているのを見抜き、撃ちそこなうのを恐れたから?

「そのことはいずれ話さなきゃと思ってた」彼がため息まじりに言った。「おれが撃ったのは、あれがきみにとって個人的なことだったから。きみはきっとあとで罪の意識を覚える。

それがわかったから、おれがやった」

「サルヴァトーレ・ネルヴィも個人的なことだったわ。でも、罪の意識はこれっぽっちも感じなかった」

「それとこれとは問題が別だ。きみはドクター・ジョルダーノを好いていた。彼があんなことをしていると知る前はね。彼を殺せば、きみは傷つく」

そのとおりなのだろう。シートに頭をもたせて、彼女は考えた。サルヴァトーレを殺す計画を練っていたころは、圧倒的な悲しみの波に揉まれ必死だったから、それ以外のことはなにも見えなかった。でも、あれからいままでのあいだに、ふたたび太陽を見つけた。ドクター・ジョルダーノを殺していたら、太陽は少し翳っていたかもしれない。自分でもよくわからなかった。ジョルダーノを殺すことは正義を行なうことだ。世の中のためになること――でも、やらずにすんでほっとしていた。それが不思議でもあり、彼女をうろたえさせもした。つまり、丸くなってしまった……それに、スウェインは気づいていた？　だから、彼がかわりに撃ったの？

スウェインが手を伸ばしてリリーの手を握った。「くよくよ考えるな。すんだことだ」

すんだ。終わった。完了した。背後でドアが閉まり、過去が封印されたような気がする。スウェインとギリシャに行くこと以外、先のことはなにも思い浮かばない。生まれてはじめて、根無し草になった。

空港に着くとメルセデスをレンタル会社に返し、チケットカウンターに行ってチェックインした。出発まで二時間ほどあり、ふたりとも空腹だったのでレストランに入り、入り口が見える奥のブースに席を取った。チェックインは拍子抜けするほどすんなりいった。誰もふたりを引き止めなかったし、リリーの名前に目をぱちくりさせる者もいなかった。かえって不安だ。

レストランの壁にはテレビが何台も設置してあり、客は食事しながらニュースやスポーツや天気予報を観ることができる。そのテレビから〝ネルヴィ〟の名前が流れ、ふたりとも顔をあげた。

「ショッキングなニュースが飛びこんできました。ダモーネ・ネルヴィの発表によれば、ネルヴィ所有の施設のひとつで、きょうの午後遅くに爆発があり、兄のロドリゴ・ネルヴィが死亡しました。兄弟は、父のサルヴァトーレ・ネルヴィをひと月足らず前に亡くしたばかりでした。ネルヴィ家の所有財産はすべて、ダモーネ・ネルヴィが引き継ぐことになります。ロドリゴ・ネルヴィの命を奪った爆発は、ガス漏れが原因と考えられています。警察が原因を調査中です」

リリーとスウェインは顔を見合わせた。「ロドリゴはあそこにいなかった」彼女が小声で言う。

「ああ」彼が考えこむ。「なんて野郎だ。クーデターだな」

リリーもそう思った。ダモーネは爆発に乗じてロドリゴを殺し、事故に見せかけた。研究所が破壊されて動揺し、とっさに兄を殺したにちがいない。でも、ダモーネは頭脳明晰で知られている。それになんでも金にする能力がある。その彼が衝動に駆られて行動を起こすだろうか？　一歩間違えば、自分が殺される可能性もある。

もうひとつの可能性は、ロドリゴの死が衝動的な殺人ではなかったということだ。そうなると、考えられることはひとつ――「まさか」驚きの声が彼女の口から洩れた。「彼がすべて仕組んだのね」

三週間後、リリーが遅い午後のまどろみから目覚めると、テラスからスウェインの声が聞こえた。どこかから調達してきた衛星電話で話している。それも怒りの口調で。「冗談じゃない、フランク――いや、だめだ。クソッ、だめだ。わかった。わかったって言ったんだ。でも、気に食わない。あんたはおれに借りがある、それもでっかいやつ。そう、おれに借りがあるって言ったんだ。おれになにか言うなら、自分が正しいかどうか徹底的に確かめてからにしてくれ」受話器を叩きつけ、テラスの低い手すりに近づき、両手を腰に当てて青いエーゲ海を睨みつけた。

リリーはベッドから出てテラスに通じるドアを抜け、後ろから彼に近づいて腰に両腕を巻きつけた。裸の背中に顔をもたせて、あたたかな肩甲骨にキスする。「ようやくフランクと話ができたのね？」フランクは例の自動車事故に遭った友達だ。二週間前にＩＣＵから一般病棟に移ったものの、そばについている人間が石頭で、電話を取り次いでくれなかった。前日に今度はリハビリ病棟に移り、ようやくいま話ができたのだが、スウェインの口調から、最初の話し合いは思いどおりにいかなかったことがわかる。

「ガチガチの頑固親父め」彼は吠えたが、彼女の手を取って自分の胸に押しあてた。

「どうしたの？」

「おれがやりたくないことをやらせようとしてる」

「どんな？」

「嫌いな仕事をやれって」

うれしい知らせではない。ふたりは三週間、ギリシャのエビア島にいて、まるで天国にいるような怠惰な生活に浸りきっていた。曇り空が多かったけれど、パリに比べればずっとあたたかで、二十度を超すこともある。夜はぐんと冷えこみ、ベッドでぬくぬくするにはそれがまたよかった。きょうはとりわけ理想の一日だった。昼間はずっと太陽が顔を覗かせ、スウェインは上半身裸で過ごしていた。夕暮れ時のいま、気温はぐんとさがったものの、まだあと数分は快適に過ごせる。

愛を交わし、朝寝坊して、好きなときに食べる。町をぶらぶら散歩する。滞在しているのは、カリストスという港町の海を見下ろす丘の上の一軒屋だ。鮮やかなブルーの鎧戸（よろいど）の簡素な白い家と平和な雰囲気に、リリーは恋をした。彼と一緒ならずっとここで暮らしたいけれど、素朴な物語にやがては幕がおりる。

それも思っていたより早く終わりを迎えそうだ。スウェインが気に染まぬ仕事を引き受ければ――フランクはなにがなんでも引き受けさせる気だ――島を離れなければならない。彼女はこのままいつづけることもできるが、大きな問題がある。そうしたいかどうか。それよりもっと大きな問題は、彼と一緒に行くという選択肢が彼女に与えられるかどうか。将来のことはまだ話し合っていなかった。いまがあまりにも楽しくて、堪能しているうちに日々が過ぎ去っていった。

「仕事を引き受けたら、どこへ行くことになるの？」

「まだわからない」

「だったら、なぜ気に入らないってわかるの？」

「なぜなら、ここにいられなくなるから」スウェインは彼女の腕のなかで体の向きを変え、額にキスした。「離れたくない」

「だったら離れなきゃいい」

「フランクはずるいんだ。交換条件を持ちだしてきた」

「彼は自分でやることができないのね。リハビリにどれぐらいかかるの？」

「少なくとも一カ月、と彼は言っていたが、いままでどおりに仕事ができるまでどれぐらいかかるかは、誰にもわからない」

「仕事を引き受けた場合、やり終えるまでにどれぐらいかかる？」

彼は答えなかった。リリーの心は沈んだ。きっと長くかかるのだろう。「一緒に行ってもいいわよ」そのつもりはなかったが、口に出してみた。彼が一緒にいたいと思っているなら、そう言ってくれるはず。そう思ってくれてるんでしょ？　彼は「愛してる」と日に数回は言う。彼女との時間を心から楽しんでいる様子だし、折りに触れて見せる心遣いや、彼女に触れる仕草にもそれは表れていた。

「それはできない」彼がようやく言った。「おれが仕事を引き受けた場合、そういう選択肢はないんだ」

そういうことなのね。「いつまでに決めなきゃならないの？」

「数日のうちに。どう考えたってすぐには決められない」顎の下に指を当てて仰向かせ、黄昏色に染まる彼女の顔をじっと見つめる。記憶に刻みこもうとするかのように。ブルーの目はひどく真剣だった。「どうすればいいのかわからない。ここを離れたくない」

「だったら離れなきゃいい」彼女がすっぱりと言い、彼は笑う。

「そんなふうに割りきれたらな。フランクは……手ごわい相手で、断りきれない」

「なにか弱みを握られてるの？」

彼が笑い声をあげた。苦々しい笑いだった。「そういうんじゃない。説得力があるだけだ。それに認めたくないけど、おれは誰よりも彼のことを信頼している」気温がさがったことにようやく気づいたのか、彼が急に震えた。「なかに入ろう。引き受けないかもしれない仕事のことをぐじぐじ考えるより、やりたいことはほかにいくらでもある」

彼がその話を二度と口にしなかったので、リリーも触れなかった。夕食はディルとケーパーで味付けした新ジャガ、オリーブオイルに漬けたフェタチーズ、パンとクレタ島で造られるブータリワインのシンプルなものだった。クリソーラという女性が毎日やってきて料理を作ってくれている。ギリシャ伝統の豪華な夕食を用意すると張りきっていた彼女を、夕食は軽めがいいとふたりがかりで説得した。彼女がしぶしぶながら従ったのは、そのほうが早く家に帰って家族とゆっくり夕食を楽しめるからだ。

家にはテレビがなかったが、ふたりとも不自由は感じなかった。三週間の滞在中、スウェインが新聞を買ったのは二度。外部の邪魔が入らない、それだけで充分だった。プレッシャーもなく、肩越しに振り返ることもなく、ただ自分でいられること。あたたかい日中は何時間でもテラスに座り、お日さまを浴び、心を癒す。ジーアの写真はいつでも見られるよう寝室に飾った。その翌日、スウェインは財布からふたりの子供の写真を取りだし、ジーアの写真に並べて置いた。クリソーラは三人とも彼らの子供だと思っている。誤解を解こうとは思わないし、説明するのがひと苦労だ。ふたりともギリシャ語はよくわからず、クリソーラの英語も似たりよったりだから。なんとか意思の疎通ははかれているが、努力の賜物だ。

その晩、スウェインがじきに去ってゆくかもしれないとわかったせいか、ジーアのことがしきりと思い出された。曲がり角という曲がり角で思い出が待ち構えているような日々もあったけれど、いまでは涙ぐまずに過ごせるようになった。ジーアのことを考えたからだろう、スウェインにもそういう日があるのだろうかとふと思った。子供たちのことばかり考える日が。

「ふたりが恋しくない？」リリーは尋ねた。「クリッシーとサムが」

「苦しんで当然だ」

「心が苦しくなるぐらいにね」即答だった。「リリーも知っていた。でも、罪の意識を抱えて生きているとは、いままで気づかなかった。「そんなつらい思いをつづけるより、ふたりに近づいていけばいいのに。彼らの子供時代を見逃したからって、大人になったふたりに会ってはいけないってことじゃないでしょ。いつかあなたはおじいちゃんになるのよ。孫たちと会わずにいるつもり？」

スウェインはワインのグラスを回しながら、じっと考えこんでいた。「そりゃふたりに会いたいさ。ただ、ふたりがおれに会いたいと思ってくれてるかどうか。会えばにこやかに接してくれるだろう。好いてくれてもいるだろう。だけど、それはおれがふたりの生活に関わりないところにいるからだ。もしおれがしゃしゃり出ていったら……どうなる？」

「本人たちに訊いてみたら」

彼がにやっとする。「簡単な問題には簡単な答ってわけ？　小さな子供にとっては、親がそばにいてくれさえすればいい。だのにおれはふたりを見捨てた。まぎれもない事実だ」

「ええ、そうね。それであなたは、死ぬまでそれをまぎれもない事実のままにしておくつもり？」

彼女を長いこと見つめてから、ワインを飲み干し、グラスをテーブルに置いた。「いや、たぶんそうはしない。いつかそのうち、勇気をかき集めてふたりに訊いてみる」

「ジーアがまだ生きていたら、わたしはぜったいにそばにいると思う」それもまたまぎれもない事実だ。彼女が言いたいのは、ジーアは生きていないけれど、あなたの子供たちは生きている、ということ。こんなふうに彼を責める理由がわからなかった。たぶんジーアのことを思い出したせい、それにスウェインがもうじきいなくなるせい。話すならいましかないと思ったから。前にも語り合ったことだけれど、彼は子供たちのことで深刻になりすぎていると、リリーは思った——もしかしたら彼は、自分の犯した間違いを重く受け止めるあまり、子供たちから離れていることを罰として自分に科しているのかも。彼を知れば知るほど、そうだと思えてくる。

「わかった」彼が苦笑いを浮かべて言う。「考えてみる」

「さんざん考えてきたんでしょ。いったいいつになったら行動に移すつもり？」

苦笑いが一転、大笑いになった。「いやはや、きみの質の悪さときたら、スッポン顔負けだな」

「スッポンが小言を言う？」

「スッポンは嚙みついたら、雷に打たれるまで放さないって言うだろ」

リリーは首をかしげた。「ここに来てから一度も雷は鳴ってない」

「ああ、たしかに。わかったよ、子供たちに電話するって約束する」

「それで——？」

「それで、訊いてみる。おれはダメな父親だが、これからちょくちょく訪ねていったら迷惑だろうか？」質問の形にしたのは自分の言葉に自信がないからだろう。でも、彼のブルーの目は躍っていた。

彼女は手を叩いた。芸を披露した子供を褒めるように。

「こしゃくなやつ」彼は笑って立ちあがり、彼女の手を引っぱって胸に抱き寄せた。「今夜は特別なものを見せてやるつもりだったけど、やめとく。いつもと一緒、いつもとね」

そうやって彼女を懲らしめるつもりだったとしたら、的はずれもいいところだ。リリーは笑いを嚙み殺し、彼の肩に顔を押しあてた。彼をこんなに愛しているから、一緒の時間を最後の瞬間まで楽しむつもり。彼が友人のフランクに頼まれた仕事を引き受けるかどうかで、やきもきしたりしない。これも、たったいま話したことに通じるんじゃない？　愛する人と一緒の時間を大事にすること。いつまでつづくかわからないのだから。

愛した彼を失うことになっても、不運だとは思わない。それよりも、いちばん必要としていたときに、彼とめぐり会えたことを幸運だと思おう。

翌日も穏やかに晴れた一日で、気温はぐんぐんあがり、日が落ちるとまたぐんと冷えこんだ。四月には三十度を超し、七月ともなれば三十五度を上回ることもめずらしくない。でも、一月初旬の気候は、ときおり雨が降っても、パリと比べればはるかに過ごしやすい。

クリソーラが用意してくれた昼食は、ハーブで味付けしてオリーブオイルで揚げた小型のパイにサフランライスだった。陽射しを楽しみながらテラスで食べた。石造りのテラスは照り返しがきついので、リリーは町で買った、ゆったりとした白いガーゼのドレスを着て、いつでも羽織れるよう手元にショールを置いていた。アンクルホルスターが隠れるかどうか気にすることなく好きな服を着られるのがうれしく、島にやってくる観光客のファッションをせっせと取り入れた。一月に夏服を着るなんてどうかしてる、と地元の人たちは思っているかもしれないが、彼女は気にしなかった。サンダルも履きたかったし、銀のアンクレットも買った。女らしいし、くつろいだ気分を味わえるから。スウェインが去ったあとも、エビアに残ろうかと思う。この島がとても気に入っていた。

「きみの訓練者（ハンドラー）は誰だった？」彼が出し抜けに尋ねた。のんびりと楽しんでいる彼女とは、考えていることがまったく違う。「きみをこの仕事に引きこんだやつ。名前は？」

「ミスター・ロジャーズ」彼女は皮肉っぽくほほえんだ。

　彼はワインを喉に詰まらせそうになった。

「ファースト・ネームは教えてくれなかったけど、フレッドでないことはたしか。どうでもいいことだけど。本名かどうかも疑わしい。なぜそんなこと訊くの？」

「きみを見てたら、なんて若く見えるんだろうって思って、それで、あんな仕事を若い子にやらせるやつは、いったいどんな畜生かと思ったんだ」

「なにがなんでも仕事をやり遂げようとする種類の畜生よ」

　昼食のあと、彼女はテラスの寝椅子で昼寝をし、スウェインの舌がもたらすこのうえない悦びで目覚めた。彼はスカートをウェストまでまくりあげ、下着を取り去り、ひざまずき、彼女の開いた脚のあいだに顔を埋めていた。快感に体をのけぞらせ、喘ぎながらも彼女は言った。「クリソーラが見たら――」

「ちょっと前に帰った」スウェインはささやき、指を二本、やさしく滑りこませた。両方の刺激であっという間に絶頂に達し、震えがおさまりきらないうちに、彼がズボンの前を開いて覆いかぶさってきた。彼の突きはスムーズでゆっくりだった。このひと月、何度も体を重ねてきたからたがいにしっくりと馴染んでいた。彼はやさしくて思いやりがあり、彼女が二度めの絶頂を迎えるまで待ってから、深く沈めて自分を解き放つのだった。

戸外で愛を交わすのは素敵。あとの始末をして服を着終わってから、彼女はそんなことを思った。肌をなぶる空気はシルクのようで、いっそう敏感に反応してしまう。ワインのグラスを運んできた彼に、リリーはほほえみかけた。伸びをして、全身が気持ちよくほぐれていた。グラスを受け取ると、彼は寝椅子の端に腰をおろした。あたたかな手がスカートの裾から滑りこんできて、のんびりと腿をさする。

「クリソーラはどうしてそんなに早く帰ったの？」芳しいワインを飲みながら、彼女は尋ねた。そんなに長く眠っていたはずはないもの。夕食の支度もしてくれていないだろうに。

「市場で買い物があるんじゃないか、たぶんそう言ったんだと思う」スウェインがほほえむ。

「市場で買い物よ」クリソーラと意思の疎通をはかる試みは、傑作な結果をもたらすことがしばしばだけれど、スウェインは熱心に繰り返していた。

「それとも、彼女の家の屋根に豚がのぼっちゃったのか」

「たぶんね」腿をさする手が足首までおりてきた。彼は銀のアンクレットをいじくってから足を持ちあげ、足首にキスした。「でも、夕食に豚がでてきたら、おれの翻訳能力もまんざらじゃないってことだな」

「残りの午後、なにして過ごすつもり?」ワインを飲み終え、グラスを置いて尋ねる。筋肉のひとつも動かせるかどうかわからないけれど。二度のオルガスムで骨がバターみたいになっていた。でも、こんな素敵な午後を無駄にしたくはないから、もし彼がカリストスに出掛けたいのなら、頑張ってみるつもり。

彼は頭を振った。「なにも。本でも読んで、ここに座って港を眺める。雲の数を数える」

彼女の足首を叩いて立ちあがり、テラスの手すりまで行ってそこでワインのグラスを傾けた。リリーのなかの女の部分が、広い肩や引き締まった腰をほれぼれと眺めた。でも、見て楽しいのはその歩き方だ。なんでもたっぷりと時間をかけてやるのが好きなのさ、と語りかけてくる、のんびりとセクシーな歩き方。クリソーラでさえ彼の前だと女の顔になる。二十も年上なのに、じゃれて笑って。彼女がふざけても、なにを言われているのか彼にはまるっきりわからないのだけれど、それでも適当に相槌を打っている。意味がわからないのはリリーもおなじだったが、クリソーラのほんのり赤くなった顔やボディランゲージから、いちゃついているのだとわかった。

なんだかとってもだるくて、彼女は目をつむった。眠たくて、ゆったりとした気分で……最後のグラスは余分だったかも……このままじゃ眠ってしまいそう――

無理に目を開けると、スウェインがじっと見つめていた。その顔に浮かぶ表情の意味がわからない。用心深く見守っている。ユーモアのかけらもない。

やられた。心の声が言う。サルヴァトーレ・ネルヴィをはめたのとまったくおなじ方法で、みごとにはめられた。

全身が痺(しび)れていた。立ちあがろうとしたものの、上体を起こしたとたん、また寝椅子に倒れた。いったいなにができる？　すでに体内に入ってしまったものから逃れることはできない。

スウェインが寝椅子のかたわらにひざまずいた。「あらがうな」やさしく言う。

「あなたは何者？」もつれる口で尋ねた。頭はまだはっきりしていた。彼はネルヴィの手のものではない。となると考えられるのはひとつ。ＣＩＡ。秘密諜報部員か契約エージェント。どっちにしてもおなじことだ。ネルヴィ一家に立ち向かう彼女を助けたわけがなんであったにしても、それが終わったいま、彼は任務を遂行したのだ。彼の演技にはみごとに騙された。すばらしい役者であることは、研究所で実証ずみ。あのとき気づくべきだった。でも、すでに彼に恋をしていた。

「知ってるんだろ」

「ええ」まぶたが重く、痺れは唇まで広がっていた。なんとか考えをまとめたい。「どうなるの？」

彼女の顔にかかる髪を、彼がやさしい手つきで掻きあげた。「きみは眠るだけだ」彼がささやく。こんなやさしい声ははじめて聞く。

それじゃ、痛みはないのね。よかった。苦しみながら死ぬのはいやだ。「あれはほんものだった？　ひとつでも？」触れた手も、キスも、すべて嘘だった？　彼の目が暗くなる。それとも彼女がそう思っているだけ。視覚が失われているせい。「ほんものだった」

「それなら……」考えの脈略を失うまいと必死になる。いったいなにを――？　そう、思い出した。「あなた……」うまくしゃべれない。彼の姿も見えなくなった。唾を呑みこみ、必死でしゃべろうとする。「……眠っているあいだにキスしてくれる？」

はっきりはしないけれど、彼がこう言うのが聞こえたような気がした。「いつでも」彼に手を差し伸べようとした。頭のなかではそうしていた。最後に思ったのは、彼に触れたいということ。

スウェインは彼女の頬を撫で、微風が髪をそよがすのを見つめていた。金髪が揺れて舞いあがり、落ちて、また舞いあがる。まるで生きているみたいに。屈みこんであたたかな唇にキスし、長いこと彼女の手を握っていた。

涙で目がチクチクする。フランクのくそったれ。耳を貸そうとせず、最初の計画を変えようとしなかった。スウェインがやれないのなら、それができる人間を送りこむと言った。やれるならやってみろ。〝モグラ〟の正体がわかっていたなら、仕事なんてくそくらえだと啖呵を切ってやれたのに。だが、彼の手元には録音テープがあった。ネルヴィ研究所爆破の準備をしているときに、ブランから渡されたものだ。ワシントンに戻ったら、その片をつけねばならない。前日の午後、リリーがベッドから出る音が聞こえたから、フランクにすべてを話すことができなかった。ドクター・ジョルダーノの企みをかいつまんで話し、リリーの処分についてフランクと短い口論をしただけだ。

この日の午後、リリーとふたりきりで過ごしたかったから、クリソーラを家に帰した。リリーを抱きしめ、彼女が絶頂に達するとき、あのすばらしい目を見つめていたかった。体に回される彼女の腕の感触を味わいたかった。

それも終わってしまった。

彼女にもう一度キスをして、電話をかけた。

じきに丘の上のほうから、聞き覚えのあるウワン、ウワン、ウワンというヘリコプターの音が聞こえた。テラスのすぐ先の平らな場所に着陸すると、三人の男と女がひとり降りてきた。彼らは無言で手際よくリリーを包み、輸送の準備をした。男のひとりが女に言った。

「そっちを持て」スウェインはきっとなって振り向いた。

「彼女の足だ」怒りの声をあげる。「彼女は人間だ、物じゃない。それに、どえらい愛国者だ。きちんと敬意を払わなかったら、おまえのはらわたを引きちぎってやる」

男はびっくり仰天して彼を見つめた。「もちろんだとも。べつに他意はなかったんだ」

スウェインは拳を握りしめた。「わかった。ただ……いい、つづけろ」

数分後、ヘリコプターは離陸した。遠ざかってゆくヘリコプターが小さな黒い点になるまで、スウェインはじっと見つめていた。それから無表情になり、家に入っていった。

エピローグ

六カ月後

リリーは廊下をドクター・シャイの診察室に向かっていた。これが最後になることを願って。六カ月の集中的な再教育とセラピー、それにカウンセリングでもう充分だった。目が覚めて拘留されたことを知り、最初は激怒したが、二度めのチャンスを与えられたことに感謝する気持ちが起きると、あとは協力的になった。でも、もうここを出る心の準備はできていた。

六カ月がまるまるセラピーに費やされたわけではない。まず心臓の傷んだ弁を修復するための手術を受け、回復はむろん一夜にしてならず、二カ月かかった。いまではすっかりよくなっていたが、手術後の数週間はきつかった。メスを入れるのは最小限に抑えられたといっても、手術中は人工心肺につながれ、心臓は鼓動を停止していたわけだから、六カ月たったいまでもそのことを不安に感じることがあった。

典型的な精神分析医なる生き物がいるとして、ドクター・シャイはリリーが考えるそれとはまったく違う。背が低く、ぽっちゃりして、陽気な小妖精みたいな女性だ。あんなにやさしい目をしている人を、リリーはほかに知らない。ドクター・シャイのためなら人も殺す。リリーがいまでも彼女の診療所にいるのは、そのせいでもあった。

普通の生活に適応できるのかどうか、リリー自身ずっと不安に思っていた。ドクター・シャイが彼女のために作った治療プログラムでも、正常の範囲からはるかに逸脱していることがわかった。衝動を調べる訓練を終えてはじめて、自分には人を殺す準備ができていて、いつでも――つねに――人と対立したときの最初の反応がそれだったことがわかった。対立を避けることがとてもうまくなったのはそのせいだった。無意識のうちにそうしていたのだ。多くの人間と関わらないようにすることで、危険を最小限に抑えてきた。

繰り返し訓練を受けることによって、自分を再教育し、ドクター・シャイとセッションを重ねることで、怒りと苦痛をうまく処理できるようになった。悲嘆は耐えきれぬものだけれど、孤立もおなじだ。彼女には家族が必要だ。数週間前、ドクター・シャイに励まされ、勇気をかき集めて母に電話した。ふたりとも声をあげて泣いた。人生のなかの家族という部分とふたたびつなぎ合わされた安堵感は驚くほど大きかった。

人生のなかのスウェインとの関係という部分だけは、ドクター・シャイと語り合っていなかった。

母に電話をするまで、見舞いを受けることも、外界と接触することも許されなかったから、彼に殺されたと思ったエビア島でのあの日以来、彼と会わず、電話で声を聞くこともなくて当然だった。彼女もそれを願ったことに、彼は気づいているだろうか。

あんなやり方で任務を遂行したことで、彼が厄介な立場に立たされたかどうか、リリーは知らない。CIAがどこまで知っているのかもわからないから、彼のことは口にしなかったし、ドクター・シャイもそのことには触れなかった。

診察室のドアをノックすると、聞き覚えのない声がした。「どうぞ」

ドアを開くと、デスクの向こうに男が座っていた。「どうぞ」男はそう言ってほほえんだ。リリーは部屋に入り、ドアを閉め、いつもの椅子に腰かけた。

「わたしはフランク・ヴィネイ」男は言った。七十代はじめだろう、温厚そうな顔をしているが、これほど鋭い視線と向き合うのは、リリーにははじめてだった。名前を聞いてショックを覚えた。CIAの作戦本部長。

いくつかの点がつながった。「スウェインのフランク？」

彼がうなずく。「そういうことだ」

「自動車事故に遭ったというのはほんとうだったんですか？」

「ほんとうだよ。むろんなにも憶えておらんがね、新聞はすべて読んだ。あの事故のせいでスウェインは苦境に立たされた。彼は、局内にロドリゴ・ネルヴィに情報を流している〝モグラ〟がいることを知ったんだが、それが誰なのかはわからなかった。〝モグラ〟ではないと、彼が確信を持って言える人間はわたしひとりだった。そこで彼は誰にも連絡を取らなかった。あの作戦を彼は自分ひとりで——おっと、むろんきみの協力を得て——やらざるをえなかった。きみの働きにたいし、きみの祖国は心から感謝している」

まさかその言葉を聞こうとは、夢にも思っていなかった。「わたしはてっきり、殺されるのかと思っていました」

温厚そうな顔が厳しくなった。「長年国家に尽くしてくれたきみを？　わたしはそんな作戦はとらんよ。報告書を読む。知ってのとおりね。きみが極度の緊張状態にある兆候を読み取っていたのだが、とるべき措置をとらなかった。きみがサルヴァトーレ・ネルヴィを殺したと知り、きみが情報網を分断してしまうのではないかと恐れた。だが、最後の最後まで、きみを切り捨てることは考えなかった。わたしが最初に考えたのがこれだった」彼はドクター・シャイの診療室を示した。「だが、この計画を話しても、きみが信じるとはとても思えなかった。きみは逃亡するか、殺すか、あるいは両方やるか。だからとらえるしかない。そこで最高のハンターを送りこんだ。幸運な選択だった。ほかのフィールド・オフィサーだったら、状況の変化に彼ほどうまくは対応できなかったろう」

「彼が〝モグラ〟のことを知ったのは、研究所で実際にはなにが行なわれているのか、わたしが知ったときだったのですね」

「そのとおり。状況は複雑だった。ダモーネ・ネルヴィは、父と兄の企みを知ると、エイヴリル・ジュブランと妻を雇って研究成果を破壊させることで、ウィルスがばらまかれるのを阻止しようとした。それがすべてのはじまりだった」

映画スターみたいにハンサムな男。ジュブラン夫妻を訪ねてきた男のことを、隣人のマダム・ボネはそう評した。あれはダモーネ・ネルヴィだったのだ。

「彼はわたしの正体を知っていたのですね。研究所で会ったときには」リリーはつぶやいた。

「それに、わたしが父親を殺したことも」

「そうだ。たいした男だよ。きみが爆発で死んでもかまわないと思っていたんだからね。あるいは、きみとスウェインが逃げだすときに、警備員がきみを撃ったとしてもね。ただし、きみの任務を邪魔するようなことはいっさいしなかった」

彼のほうが器が大きい、とリリーは内心で思った。あのとき彼女はわれを忘れ、ドクター・ジョルダーノに襲いかかろうとした――でも、しなかった。ダモーネ・ネルヴィもおなじ思いだったのだろう。なんだ。それなら、器が大きくもない。

「問題は、あれですべてが解決したわけではないことです」リリーは言った。「鳥インフルエンザ・ウィルスはほっておいても突然変異します。いつしないともかぎりません」

「そのとおり。われわれには止める手立てはない。しかし、CDCもWHOも、信頼度の高いワクチン生成方法を開発しようと懸命に努力している。その前にウィルスが突然変異したとしたら――」彼は両手を広げた。「少なくとも誰かが故意にばらまいたわけではないし、それで巨万の富を得るわけでもない。ところで、健康の問題といえば」彼はうまく話題を変えた。「きみの具合はどうなんだね?」

「すっかりよくなりました。手術を受けるというのは、楽な仕事ではありませんでしたけど、うまくいきました」

「よかった。スウェインが立ち合ったからな、知ってのとおり」

腹に一撃を食らった気がした。「なんですって?」そう言ったつもりが、出てきたのは弱々しい喘ぎだった。

「きみの手術に。彼が望んだんだ。きみに人工心肺が取りつけられたとき、彼は気を失いかけたよ」

「どうして……ご存じなんですか?」ショックはあまりに激しく、しゃべるのがやっとだった。

「わたしも立ち合ったからね、むろん……心配だった。小さな手術ではない。彼は回復室でずっときみに付き添っていたが、きみが意識を回復する前に去らざるをえなかった」

それとも、意識を回復する前に去りたかった。どう解釈すればいいのかわからない。どう考えればいいのかわからない。

「きみは好きなときにここを出るといい」ミスター・ヴィネイがつづける。「これからどうするつもりだね?」

「なによりもまず、母と妹に会いに行きます。それからのことは……わかりません。なにか新しい仕事を見つけないと」彼女は力なく言った。

「訓練を受けたい分野があるのなら……献身的で臨機応変で、忠誠な人間を、われわれはいつでも必要としているからね」

「お申し出、感謝します。でも、よく考えてみないと。正直に言って、なにがしたいのかわかりません」

「わたしで少しは役に立てるかもしれない」彼は言い、やっとのことで立ちあがった。いまでは杖を使っているのだ。それもすっかり頼っている。「彼が待っている。会うつもりはあるかね？」

誰が待っているのか尋ねる必要はなかった。心臓が飛びあがり、脈が速くなった。「ええ」ためらうことなく答えた。

ヴィネイがほほえむ。「よかった。彼にとってもどれほどつらかったか、きみに理解してもらえるかどうか心配だった」

「理解できませんでした、最初は」リリーは正直に言った。「とてもショックで……でも、それから考えはじめました」

彼は苦労してデスクを回り、彼女の肩をやさしく叩いた。「よい人生を、リリアン」

「そうします、ありがとうございました……ミスター・ロジャーズ」

フランク・ヴィネイはほほえみ、診療室をあとにした。十秒後、ドアがまた開き、ルーカス・スウェインが立っていた。あいかわらずハンサムだけれど、笑ってはいなかった。ブルーの目に浮かぶ表情は……恐れに近いものだった。

「リリー」彼が口を開いた。「おれ――」

「わかってるわ」彼に最後まで言わせず、リリーは笑いながら彼に飛びついた。彼の反射神経はすばらしい。すぐに両腕を開き、抱きとめてくれた。

訳者あとがき

リリーは三十七歳、十九年のキャリアを持つCIAの契約エージェント、つまりプロの暗殺者だ。お金のために殺すのではない、愛する祖国のため、祖国の政府が掲げる正義のために殺す。古臭い言い方をすれば、天誅（てんちゅう）を加えるのだ。狙った的はぜったいにはずさない銃の腕と巧みな変装術で、ヨーロッパを拠点に〝闇の世界〟で生きてきた。自分が信じる正義のためとはいえ、人を殺すという行為が心に傷を残さないはずはない。神経がすり減り、ひびの入った卵の殻のように、自分を脆く感じることがある。あとほんの一撃で、ばらばらに砕けてしまいそうだ。なにも残っていない、人生は荒涼たる不毛の大地。そんな思いを抱いていた。

幕開けはマフィアのボスの暗殺。だがこれは、CIAから依頼された仕事ではない。個人的な復讐だった。この仕事に入ったとき、家族と縁を切ったリリーにとって、心を許せる相手は、仕事仲間で親友でもあるエイヴリルとティナ夫妻だけだった。夫妻は養女にしたジーアのために殺し屋稼業から足を洗い、パリで平穏な暮らしをしていた。ジーアはリリーにとってわが子同然の存在。その成長ぶりが、リリーの生きる支えだった。そんな家族三人を、マフィアのボスは冷酷に殺した。エイヴリルとティナは、この世界に足を踏み入れたときから、リスクは覚悟していたはずだ。でも、十三歳のジーアにはなんの罪もない。リリーにはジーアを忘れることはできなかった。許すことはできなかった。達観などできるはずもない。これは、娘を殺された母親の復讐だ。

暗殺を成功させたリリーは、マフィアからもCIAからも追われる身となった。組織の枠からはみだした人間は、ただの消耗品というだけでなく、消されるべき存在となる。

孤立無援のリリーの前に現れたのが、ルーカス・スウェイン。のほほんとした笑顔と、行くあてもないし、急ぐ用もないカウボーイのような、ぶらぶらとした歩き方の男。ジョークを連発してリリーを笑わせ、太陽のような明るさでリリーの凍えた心をとかしてゆく。でも、スウェインは、リリーを始末するためにCIAが送りこんできた契約エージェントかもしれない。揺れ動くリリーの心……人並みに女としての幸せもつかみたいと、心の奥底では思っているリリーの心情を、さすがリンダ・ハワード、きめ細やかに描いている。

話は変わって、一九九七年、香港で鳥インフルエンザが大流行し、すべての鶏を処分したというニュースは日本でもマスコミが大きく報じた。その後二〇〇三年秋から二〇〇四年春にかけて東アジアで大流行し、タイでは一週間で六万羽の鶏が処分された。日本でも、鳥インフルエンザが発覚した京都の農場が廃業に追いこまれ、会長が自殺するという痛ましい結果を招いた。

この鳥インフルエンザのウィルスはH5N1型と呼ばれ、鶏から鶏だけでなく、人にも感染して世界を震撼させた。このとき亡くなったタイの少年は、死んだ鳩と遊んでいて感染したらしい。タイで少年の感染が多かったのは、彼らが鶏をペットとしてかわいがり、インフルエンザに罹った鶏の回復を願って看病したためだそうだ。鶏に向ける愛情がこんな結末を生むとは、なんともやりきれない話だ。

ウィルスはほかのウィルスと結びついたり、突然変異を起こしたりして、より強力でより多くの種に伝染する感染効率の高いものへと進化を遂げる。いまやアジア全域で、鶏やアヒルなどの家禽ばかりか、豚や猫にも広がっており、鶏からトラに感染した例もある。また、死んだ動物の肉からも感染している。人から人へと感染する強力なウィルスが、いつ世界的大流行を起こさないともかぎらない。まさに時限爆弾の上で生活しているようなものだ。しかもインフルエンザは空気感染するから、大流行が起これば世界じゅうに安全な場所などなくなる。

むろん世界じゅうの研究機関が、鳥インフルエンザ・ワクチンの開発に取り組んでいる。アメリカのテレビ局、ABCのニュース番組『ナイトライン』によると、アメリカでは現在臨床実験の段階で、二百万回分が用意できており、流行が起きた場合でも数カ月の猶予があれば、これを数千万回分に増やすことができるそうだ。しかし、世界の人口六十五億からすれば、なんとも心もとない数字だ。

世界保健機構（WHO）が二〇〇五年五月十九日付けで発表した鳥インフルエンザ感染者

数報告によると、二〇〇三年十二月二十六日から二〇〇五年五月十三日までの感染者は九十七人、そのうち死亡した人の数は五十三人。
今秋の流行時期に、鳥インフルエンザ・ウィルスが、人から人に感染する強力なものに変異していないことを願うばかりだ。

二〇〇五年六月

ザ・ミステリ・コレクション

くちづけは眠り(ねむ)の中(なか)で

［著　者］　リンダ・ハワード

［訳　者］　加藤(かとう) 洋子(ようこ)

［発行所］　株式会社 二見書房
東京都千代田区神田神保町1－5－10
電話　03（3219）2311［営業］
　　　03（3219）2315［編集］
振替　00170－4－2639

［印　刷］　株式会社 堀内印刷所
［製　本］　ナショナル製本協同組合

落丁・乱丁本はお取り替えいたします。
定価は、カバーに表示してあります。

ISBN4－576－05101－6
http://www.futami.co.jp

二度殺せるなら
リンダ・ハワード
加藤洋子［訳］

長年行方を絶っていた父親が何者かに射殺された。父の死に涙するカレンは、刑事マークに慰められるが、射殺事件の黒幕が次に狙うのはカレンだった…

石の都に眠れ
リンダ・ハワード
加藤洋子［訳］

亡父の説を立証するため、考古学者となりアマゾン奥地へ旅立ったジリアン。が、彼女を待ち受けていたのは、死の危機と情熱の炎に翻弄される運命だった。

心閉ざされて
リンダ・ハワード
林　啓恵［訳］

名家の末裔ロアンナは、殺人容疑をかけられ屋敷を追われた又従兄弟に想いを寄せていた。10年後、歪んだ殺意が忍び寄っているとも知らず彼と再会するが…

青い瞳の狼
リンダ・ハワード
加藤洋子［訳］

ＣＩＡの美しい職員ニエマと再会した男は、彼女の亡き夫のかつての上司だった。彼の使命は武器商人の秘密を探り、ニエマと偽りの愛を演じること……

夢のなかの騎士
リンダ・ハワード
林　啓恵［訳］

古文書の専門家グレースの夫と兄が殺された。犯人は、目下彼女が翻訳中の14世紀古文書を狙う考古学財団の理事長。いったい古文書にはどんな秘密が？

Mr.パーフェクト
リンダ・ハワード
加藤洋子［訳］

金曜の晩のジェインの楽しみは、バーで同僚たちと「完璧な男」を語ること。思いつくまま条件をリストにした彼女たちの情報が、世間に知れたとき…！

二見文庫　ザ・ミステリ・コレクション